대중문학의 탄생

식민지기 한국 대중소설 연구

:: 일러두기

1. 이 저서는 2011년 정부(교육부)의 재원으로 한국연구재단의 지원을 받아 수행된 연구임(NRF-2011-812 -A00133)

2. 단행본과 신문·잡지명은 겹꺾쇠(『 』)로, 단편소설과 시, 논문, 기사 제목은 홑꺾쇠(「 」)로 표기했다.

3. 인용한 작품들은 가능한 한 원문 표기를 살렸지만, 가독성을 높이기 위해 띄어쓰기만은 현대어 표기에 따랐다. 다만 당대의 한글 표기가 통일되어 있지 않았고, 오늘날의 어법과 차이가 있어 표현의 통일성이 완전히 구현되지는 않았다.

대중문학의 탄생

식민지기 한국 대중소설 연구　　　　　정혜영 지음

아모르문디

식민지기 조선의 '대중'들은 어떤 소설을 읽었을까?

식민지기 조선의 '대중'들은 어떤 소설을 즐겨 읽었을까. 탐정소설 『태풍』의 성공으로 작가 김내성이 집을 사고, 이광수가 연애소설 『사랑』의 성공 덕분에 아내 허영숙에게 병원을 열어주었다는 것은 어느 정도 알려진 이야기다. 이것을 보면 일제 강점기 조선에서도 탐정소설이나 연애소설이 대중적 호응을 받고 있었던 듯하다. 탐정소설이건 연애소설이건 모두 1920년대를 전후하여 새롭게 등장한 문학양식이었다. 탐정소설은 근대 과학의 발전에 기초하여 서구에서 탄생한 새로운 문학양식이었던 만큼 조선의 전통적 문학양식과 명확히 구별된다. 그렇다면 연애소설은 어떤 면에서 '새로운 문학양식'의 범주에 포함되는 것일까. 이 시기 조선에 등장한 연애소설은 『춘향전』 등 여타 남녀 간의 사랑을 다룬 고소설과는 문체에서부터, 시점 채택, 주제에 이르기까지 모든 것이 새로운 이질적인 문학이었다. 즉, 남녀 간의 사랑이라는 역사 불문의 소재를 취하기는 했지만 연애소설 역시 탐정소설에 버금갈 만큼 혁명적이고 새로운 문학적 특성을 지니고 있었던 것이다.

최초의 근대소설로 평가되는 이광수의『무정』이 발표된 것이 1917년이었다. 탐정소설이나 역사소설 등 이른바 '대중소설'은 적어도 1917년 이후에야 그 등장을 기대할 수 있었다. 그러나『무정』으로 상징되는 근대적 문학양식이 곧바로 정착되고 근대적 형태의 대중소설이 대중들에게 전폭적으로 수용되었던 것은 아니다. 식민지기 조선은『춘향전』,『심청전』,『류충열전』같은 고소설이 여전히 독자의 광범한 호응을 받고 있었으며,『무정』이 이들 전시대 문학의 자리를 단숨에 탈환하기에는 많은 제한이 있었다. 그런 점에서 보자면 식민지기 조선은『춘향전』의 세계와『무정』의 세계, 즉 전근대와 근대가 충돌하며 공존하던 시기였다고 할 수 있다. 여기에 더하여 이 시기는『수호전』과 같은 중국 고소설이 독자들에게 널리 읽히는가 하면, 톨스토이의『부활』같은 작품들이 그 틈을 비집고 새롭게 대중들에게 수용되던 시기이기도 했다.

『춘향전』의 세계,『무정』의 세계

이처럼 식민지기 조선에서는 한문으로 창작된 고소설, 한글로 씌어진 고소설, 그리고 한글로 창작된 근대소설이 공존하고 있었고, 전근대적 이데올로기와 근대적 의식이 뒤섞여 경쟁하고 있었다. 따라서 다양한 문학양식과 다양한 의식이 혼재하고 있던 식민지기의 대중문학을 거론하는 것이 쉬운 일은 아니다. 그 어려움은 단순히 '문학'에 한정된 문제가 아니다. 거기에는 식민지의 근대성을 둘러싼 보다 본질적인 문제가 내재되어 있다. 식민지와 근대라는 배타적인 두 상황이 중첩되면서 근대성과 관련한 의미의 왜곡이 끊임없이 발생하고 있었기 때문이다. 전근대적 세계와 충돌하고 갈등하면서도 조화를 모색하며 근대적 세계를 향해서 주체적으로 진입해갔던 소위 서구 제국주의 국가의 순방향적 진행과정이 식민지 사회의 근대, 혹은 근대문학의 성립과정에서는 무언가 변질된 형태로 이루어지고 있었던 것이다.

그러므로 서구 역사를 통해 오랜 기간 이론적으로 정립되어 온 '대중'의 의미라거나 대중소설을 포함한 '대중문학' 일반과 관련한 다양한 언설을 곧바로 대입하여 식민지기 조선의 대중문학을 설명하기란 쉽지 않다. 굳이 멀리 서구의 예까지 갈 필요도 없을 것이다. 일본의 경우 메이지 유신을 기점으로 근대적 대중매체가 등장하기 시작하였고, 근대문학과 근대적 형태의 대중문학 역시 일련의 정상적 수순을 밟으며 정착되어 갔다. 예를 들면 일본의 신문은 서구 언론의 전개과정을 수용하여, 정론 중심의 '대신문(大新聞)' 그리고 통속적 기사나 소설 중심의 '소신문(小新聞)'으로 나뉘어 발전하였고, 그 발전 과정에서 대중 취향의 다양한 근대적 문학양식이 성립 · 발전하고 있었다. 아울러 서구 근대문학 작품에 대한 대대적인 번역 작업이 동시에 진행되면서 그 과정에서 근대적 문체가 성립되는 등, 근대문학 성립의 기본적 요건이 함께 충족되어 가고 있었다. 즉, 근대적 대중매체의 출현과 서구문학의 대대적 번역 작업이 먼저 일어나고, 이에 따라 근대문학, 근대적 양식의 대중문학이 출현하는 등 근대와 전근대가 혼재된 상황 속에서도 일련의 순차적 과정이 일본 근대문학, 혹은 대중문학의 성립 과정에서 나타나고 있었던 것이다.

그렇다면 식민지기 조선의 대중문학 역시 그와 같은 순차적 진행과정을 밟으며 성립 · 발전하였던 것일까. 우리 근대문학 역사상, 문학의 대중화 문제에 가장 먼저 착목하여 이론적으로 접근했던 인물은 카프(KAPF)의 문학이론가인 김기진이었다. 김기진은 카프가 문단의 주도 세력으로 등장한 1920년대 후반 몇몇 논설에서 『장화홍련전』, 『심청전』, 『춘향전』 같은 고소설이 독자대중을 장악한 현실에서 대중에게 낯설고 재미없는 이데올로기를 주입하려면 그들이 원하는 '흥미'의 문제를 고려해야 한다고 주장하고 나섰다. 이 주장은 조선 근대문학의 현실에 대한 나름의 판단에서 비롯된 것으로서, 조선 독자대중의 문화적 수준—김기진의 표현을 빌자면 '교양'—을 고려할 때 참으로 적확한 것이었다. 식민지 조선의 문화적 현실에 대한 김기진의 냉철한 논의가 나온 것이 1920년대 후반이었으니 조선에서 근대문학이 대중적으로 수용·정착되기까지란 어찌 보면 참으로 요원한 일이기도 했다.

대중문학의 전략

이처럼 식민지기 조선의 문화적 환경 속에서 탐정소설, 연애소설과 같은 대중소설, 즉 넓은 의미의 '대중문학'이 나름의 위치를 확보하기엔 상당한 어려움이 있었다. 이들 대중문학은 이광수의 『무정』을 기점으로 쏟아져 나오기 시작한 근대문학의 연장선상에 있었다는 점에서 소재, 내용, 문체에 이르기까지 일반 독자들에게 쉽게 수용되기 힘든 새롭고도 이질적인 문학양식이었다. 『무정』으로 상징되는 새로운 문학은—다시 김기진의 표현을 빌리자면— (문화적으로) '급진적인 청년 학생층' 혹은 신문화를 익힌 일부 지식인층에 한정되어 수용되고 있을 뿐이었다. 이외 절대 다수를 차지하는 조선의 독자들은 전시대의 문학양식인 전통적 고소설에 깊이 빠져 있었는데, 이 역시 한문으로 쓰인 전통적 '전(傳)'의 양식을 즐겨 읽는 상층의 독자와 한글로 쓰인 고소설을 즐겨 읽는 일반 독자로 나뉘어 있었다. 새롭게 등장한 대중문학은 이처럼 세밀하고 촘촘하게 구분되어 있던 문학 독자층의 빈틈을 비집고 들어가지 않으면 안 되었다.

일단, 새로운 형태의 대중문학이 이처럼 견고하게 구축된 기존 독자층을 파고들기 위해서는 당대 일반 독자의 '교양' 수준에 맞추는 것이 급선무였다. 여기서 말하는 '교양'에는 지적, 문화적 측면과 더불어 전통적으로 조선

사회를 지배해왔고, 또 여전히 지배하고 있던 이데올로기적인 측면 또한 포함하고 있다. 요컨대 1930년대 말에 이르기까지 여전히 초등교육의 보급이 제대로 이루어지지 않아 기초 지식 습득의 부재는 물론 문맹률이 심각했던 당대의 현실과, 유교적 이데올로기가 여전히 강고하게 지배하고 있던 조선 사회의 상황에 적절히 보조를 맞추는 것이 필요했던 것이다. 이를 위해 고려해야 했던 문제는 대략 다음과 같았다. 절대 다수의 독자들이 읽을 수 있도록 순 한글로 작성해야 하고, 가능한 한 초등학교 저학년 수준의 지식 정도를 넘지 말아야 하며, 충(忠)과 열(烈)의 유교이데올로기를 표방해야 한다는 것 등이었다. 이러한 조건은 한문으로 씌어진 고전적 문학양식인 '전(傳)'을 즐겨 읽던 구(舊) 지식층까지도 염두에 둔, 말하자면 독자 전반을 포섭할 수 있는 나름 최상의 방안이었다고 할 수 있다.

물론 식민지기 조선에 등장한 새로운 형태의 대중문학이 이와 같은 일목요연한 지침 아래 창작되었던 것은 아니었다. 오히려 그보다는 탐정소설, 연애소설 등 서구에서 성립된 대중문학의 제 양태가 조선 특유의 사회, 문화적 상황과 접하면서 자체적으로 일종의 '변형'과 '변질'을 일으키고 있었다고 보는 편이 정확할 것이다. 그런 점에서 이 '변형'과 '변질'의 과정에 대한 분석이야말로 식민지기 조선의 대중과 대중문학의 실체에 접근하는 하나의 유효한 방안이라고 할 수도 있다. 과학의 발전과 논리적 추론과정에 기초한 탐정소설이 근대 과학의 보급이 미비한 식민지 조선에서 어떻게 수용될 수 있었는지, 그리고 근대적 남녀관계에 기반한 '연애소설'이 남존여비의 전근대적 이데올로기가 여전히 지배하고 있던 조선 사회에서 어떻게 받아들여졌는지에 대한 탐색은 '대중문학'의 문제를 넘어 식민지기 근대문학, 더 나아가 식민지 조선의 근대성 문제로까지 연결될 수 있다.

실제로 식민지기 조선에서 대중문학은 근대문학의 보잘것없는 부속물이나 보조자로서의 역할을 넘어 근대문학을 완성시켜가는 동반자적 역할을 수행하기도 했다. 이광수의 『무정』과 김동성의 '셜록 홈즈' 시리즈 번역의 상보적 관계는 그 일례로 거론될 수 있다. 『무정』에서 이광수는 세계와 인간을 객관적으로 파악하기 위해 3인칭이라는 새로운 시점을 채택하고 있지만, 이형식이라는 인물에게 과다하게 집중하면서 3인칭 관찰자 시점보다는 1인칭 시점에 가깝게 소설을 전개하여 주관성을 과다하게 노출하는 한계를 보이고 있다. 이러한 문제를 1920년대 초반 김동성은 아서 코난 도일의 '셜록 홈즈' 시리즈를 번역하면서 보다 정밀하게 보완하고 있다. 과학적 지식과 논리적 추론을 바탕으로 객관적 사실에 다가가는 탐정소설 본연의 특성을 통해 3인칭 관찰자 시점의 맥락을 철저하게 인식한 김동성은 이후 이를 자신의 직접적인 창작 과정을 통해 적용해 보인 것이다.

식민지기 대중문학의 성취와 한계

이처럼 식민지기 조선에서 대중문학은 한편으로는 근대문학의 성립을 견인하는 하나의 동력으로서, 다른 한편으로는 식민지 조선의 불안정한 사회·문화적 현실을 적나라하게 반영하는 지표로서 자리하고 있었다. 이와 더불어 식민지 조선의 대중문학에 부과된 또 하나의 중요한 역할이 있었는데, 제국주의 이데올로기의 문화적 첨병으로서의 역할이었다. 일제의 식민정책이 본격화되었던 1920년대에는 일련의 역사소설들이 이 역할을 담당하였지만, 만주사변과 중일전쟁을 거쳐 일제가 성전(聖戰)이라고 일컬었던 이른바 '대동아전쟁'과 2차 세계대전을 향해 가던 1930년대 말부터 1940년대 초에 이르는 시기에는 대중문학의 전 영역이 '동원'되었다. 이 책에서는 식민지기 대중문학의 이와 같은 복잡한 측면들에 유의하면서 다음의 순서로 식민지 조선의 대중문학을 검토하고자 한다.

1부 '식민지, 대중, 번역탐정소설'에서는 탐정소설의 수용 과정에서 나타난 변화를 중심으로 식민지기 대중문학의 의미를 고찰하고 있다. 이를 위해 첫째, 영문으로 기행문을 쓸 만큼 영어에 능통했던 김동성이 '셜록 홈즈' 시리즈를 번역하면서 근대적 문체에 대해 인식하고 이를 자신의 소설 창작에 실제로 적용해가는 과정을 살펴보았다. 둘째 식민지기 유일의 탐정소설 작가였던 김내성이 이든 필포츠의 『붉은 머리 레드메인 일가』를 번역하는 과정에서 보인 축약과 오역 등의 변형이 의미하는 바를 분석함으로써 식민지기 조선의 대중과 대중문학의 실재성을 살펴보았다. 마지막으로 김내성의 소년탐정소설인 『백가면』에 내재된 두 가지 측면, 즉 방첩의식 확보와 자립을 위한 어린이 계몽이라는 이율배반적 성격을 통해서 식민지 탐정문학의 성취와 한계를 살펴보았다.

　2부 '근대적 역사의식과 역사소설'에서는 식민지기 열렬한 독자의 호응을 얻은 역사소설의 전개 과정을 살펴보았다. 이를 위해 첫째, 역사 대중화 작업의 문학적 선구자인 이광수가 1920년대 역사물 붐에 호응하여 발표한 『마의태자』를 중심으로 식민지 역사소설 등장의 의미를 살펴보았다. 둘째, 당대 최고의 이야기꾼이자 역사담 작가였던 윤백남의 일련의 역사소설을 중심으로 식민지 역사 대중소설의 역할과 종국적 운명을 살펴보았다. 대중의 구미에 밝았던 작가 윤백남이 대중소설 창작과정에서 경험한 '문체'에 대한 갈등과 대중성의 문제 역시 함께 다루고 있다. 마지막으로 카프 문학이론가 김기진이 갑신정변을 소재로 쓴 역사소설 『심야의 태양』을 중심으로 역사소설의 본질적 의미와 가능성에 대해 살펴보았다.

　3부 '전시동원체제의 연애소설'에서는 식민지기 최고의 판매부수를 올린 두 편의 연애소설을 중심으로 당대 대중문학이 표방한 '사랑'의 실체를 탐색하였다. 이를 위해 첫째, 이광수의 베스트셀러 『사랑』에 나타난 전근대적 세계로의 회귀의식과 가부장적 이데올로기를 분석, 당대 대중문학의 지형도를 그려보는 한편, 식민지기 연애소설에서 다루어진 '사랑'의 실질적 지향점을 추적함으로써 '연애소설'과 제국주의 이데올로기의 영향 관계를 살펴보았다. 둘째, 식민지기 최고의 베스트셀러였던 박계주의 『순애보』를 중심으로, 제국을 향한 순절(殉節)을 강요하던 시기 목숨을 건 사랑(殉愛)을 테마로 한 일련의 연애소설이 제국의 정치적 기동에 어떻게 호응하고 있었던가를 조명함으로써 식민지기 연애소설의 성취와 한계를 살펴보고자 했다.

4부 '식민지 근대성과 종합대중잡지'에서는 1930년대 발행된 두 편의 종합잡지와 한 편의 어린이잡지를 통해 식민지 대중문학 전반이 놓여 있던 매체 환경과 그 성격을 고찰하였다. 이를 위해 첫째, 조선총독부 기관지였던 『매일신보』에서 발행한 종합대중잡지 『월간매신』의 편집 구성과 게재 소설, 광고, 삽화 등에 대한 면밀한 검토를 근거로 이 잡지의 대상 독자층을 분석한 후, 잡지의 기획 의도와 정치적 의미를 살펴보았다. 둘째, 조선일보사가 야심차게 기획·발행한 성인 종합대중잡지인 『조광』과 어린이잡지 『소년』을 중심으로 1930년대 상업주의 대중잡지가 추구한 '국민적 공유성'의 실질적 의미를 규명함으로써 식민지기 대중잡지에 내재된 정치적 함의를 살펴보고자 했다.

차례

4부 식민지 근대성과 종합대중잡지

1부 식민지, 대중, 번역탐정소설

이민관이 여행권을 보자 해서 나는 중국 쑤저우에 갔던 한문 여행권을 제시했다. 이민관은 들고 보더니 "나는 읽을 수가 없다." 한다. 나는 얼른 대답하여 "당신이 읽을 수 없는 것은 나의 잘못이 아니오." 했더니 이민관은 픽 웃었다. 그래서 그는 능청으로 나더러 통역관을 한 사람 데려오라고 한다. 나는 "당신 보듯이 나는 외국 학생으로 지금 뉴욕에 처음 도착했으니 통역을 쓰려면 당신이 부르셔야겠소." 하고 대답하여 이민관과 나는 서로 이론을 캐다가 상륙을 허락하니 결국 나는 여행권 없이 입국한 셈이다. 그때는 아직 까다로운 이민법이 없던 좋은 시절이었다. – 김동성의 「나의 회상기」 중에서

1. 근대소설의 문체와 번역탐정소설

1. 번역이란 무엇인가?

언문일치체가 형성되던 바로 그 시기, 우리의 작가들은 근대적 문체의 전범
도 없는 상태에서 생활 전반을 지배하고 있던 한문 문어체로부터 어떻게 근
대적 문장을 만들어냈던 것일까. 이 점에서 '일본어로 먼저 소설을 구상한
뒤 조선어로 문장을 썼다'[1]는 김동인의 고백은 중요한 의미를 갖는다. 물론
이러한 경험은 김동인에게만 고유했던 것은 아니다. 일본 근대문학 작가 후
타바테이 시메이(二葉亭四迷) 역시 1906년 발표한 「나의 번역의 표준」[2]이

---

1) 김동인은 「문단 30년의 발자취」에서 "혼자 머릿속으로 구성하던 소설들은 모두 일본말로 상상하던 것
이라. 조선말로 글을 쓰려고 막상 책상에 대하니 앞이 딱 막힌다"고 언급하고 있다.(김동인, 「문단 30년의
발자취」, 『김동인 문학평론전집』(김치홍 편, 1984, 삼영사, 434쪽)
2) 二葉亭四迷, 「余が翻訳の標準」, 『二葉亭四迷全集』第9卷, 岩波書店, 1964, 153쪽. 이외에도 1906년
창간된 『文章世界』라는 잡지를 통해 후다바테이 시메이를 비롯한 일본 작가들은 언문일치의 형성과 관련하

라는 글에서 언문일치의 문장을 만들어내기 위해 러시아어로 먼저 글을 쓴 후 그것을 일본어로 번역했다고 언급한 바 있다.3)

김동인은 한국 근대소설 문체의 성립에 결정적 기여를 한 작가이며, 후타바테이 시메이는 일본 최초의 근대소설이자 언문일치체 작품으로 평가받는 「뜬구름(浮雲)」(1887~1891)의 작가이다. 이 두 사람이 각기 모국어인 '조선어'와 일본어 대신, 한 사람은 일본어로, 다른 한 사람은 러시아어로 먼저 생각하고 글을 쓴 후 다시 모국어로 옮겼다는 놀라운 고백을 하고 있는 것이다. 다소 기괴하다고 할 수 있는 이 고백의 의미를 고찰해볼 필요가 있다.

후타바테이 시메이는 도쿄 외국어대학교 러시아어학과에 입학하여 러시아 문학을 공부했으며, 투르게네프, 고리키 등 러시아 근대문학에 심취하여 투르게네프, 고골리, 톨스토이의 작품을 일본어로 번역하기도 하였다. 김동인은 1914년 일본 도쿄학원 중등부에 입학한 후, 1915년 메이지학원에 편입·졸업했는데, 나쓰메 소세키, 후타바테이 시메이, 아리시마 다케오 등 일본 근대문학 작가들의 작품을 탐독한 것으로 스스로 언급하고 있다. 19세기 말, 러시아 작가 투르게네프와 고리키의 작품을 읽으며 근대적 언문일치의 세계를 확보해갔던 일본 작가 후타바테이 시메이의 경험이 1910년대 조선 작가 김동인에게서 그대로 반복되고 있는 것이다.

여기에는 제국과 식민지라는 '이데올로기적 관계망' 속에서는 포착되기 어려운, 근대적 세계와 전근대적 세계, 근대적 문학과 전근대적 문학, 그리

여 다양한 방법을 모색하였는데, 특히 5월호의 경우, 언문일치 관련 논의가 특집으로 다루어지고 있다. 이 특집의 하나인 「余が言文一致の由来」라는 글을 통해서 후다바테이 시메이는 언문일치를 주장하면서 한자는 국민어가 아니므로 사용을 자제해야 한다고 언급하였다.(二葉亭四迷, 「余が言文一致の由来」, 『文章世界』, 1906, 5, 12쪽)

3) 한국문학의 근대적 문체와 언어의 관계에 대해 가장 먼저 착안한 연구는 안영희의 「한일 근대의 소설문체」이다. 이 논문에서 안영희는 김동인과 일본어, 후타바테이 시메이와 러시아어의 관계를 비교하면서 근대적 문체의 형성을 논하였다.(안영희, 「한일 근대의 소설문체」, 『일본어문학』, 2007, 229-254쪽)

고 근대적 문체와 전근대적 문체 간에 발생하는 보다 복잡한 문제가 내재되어 있다. 특히 대표적인 언문일치체 문학으로 거론되는 「뜬구름」의 창작이 작가 후타바테이 시메이의 '러시아 문학의 번역' 과정과 연계되어 있었다는 점은 주목할 만한 사항이다. 외국의 근대적 문학의 습득, 보다 정확하게 말하자면 근대적 문학의 번역 과정과 자국의 근대적 문학의 형성 사이에 긴밀한 연계가 감지되기 때문이다.

이 점에서 식민지기 최초의 전문번역가로 알려진 천리구(千里駒) 김동성의 번역 및 창작 활동은 주목할 만하다. 김동성은 미국에서 10년간 유학한 후, 자신의 여행기를 '영어'로 써서 출판할 정도로 뛰어난 영어 실력을 갖추고 있었다. 그러한 어학 능력을 바탕으로 김동성은 일본어 중역(重譯)을 통해 서양문학을 접하던 조선에서 최초로 '영어' 원서를 번역하여 독자에게 제공한다. 10년간의 미국 생활을 통해 김동성이 확보한 근대적 세계, 근대적 문학, 그리고 근대적 문체에 대한 이해가 과연 '조선어' 창작 및 번역 과정에서 어떻게 발현되었으며, 근대적 문체의 형성에 어떤 영향을 끼쳤던 것일까. 아울러 번역의 경험과 근대적 문체의 형성 과정은 어떤 관련이 있을까.

이광수와 김동인 등 한국 근대문학의 선구자들이 대개 일본 유학과 일본의 근대문학을 통해 언문일치체를 배워 한국문학에 도입했다는 점을 고려할 때, 김동성의 경험은 상당히 이색적이다. 김동성은 일본이라는 '매개과정' 없이 근대성과 근대문학, 그리고 근대적 문체를 '서구 문명'의 일원인 미국에서 직접 경험하고 습득하였기 때문이다. 일본이라는 '매개'를 통하여 수용한 근대, 그리고 서양으로부터 직접 수용한 근대, 이와 같은 경험의 차이는 문학 속에, 그리고 문체 속에 어떻게 반영되었을까. 이 차이에 대한 고찰은 한국의 근대문학, 나아가 한국어 문체의 성립과 관련하여 새로운 단서를 제공할 수 있을지도 모른다.4)

2. 모국어와 외국어, 조선어와 영어

　김동성은 1890년 개성 출신으로, 윤치호가 초대 교장을 지낸 미션 스쿨인 한영서원 설립의 숨은 주역이었다. 이후 중국으로 건너가 잠시 대학을 다녔으며, 다시 미국으로 건너가 헨드릭스 대학교와 오하이오 주립대학교 등에서 유학하였다. 본 연구에서 주목하고 싶은 부분은 김동성의 외국어 습득과 관련한 이력이다. 1900년대 조선에서 초등교육에 준하는 간략한 교육을 받고 1908년 중국 쑤저우(蘇州)의 둥오대학(東吳大學)에서 1년여 정도 공부한 경험이 전부였던 김동성이 미국 유학을 감행할 수 있었던 '배짱'은 어디서 나온 것일까. 김동성이 미국에 도착한 것은 1909년 11월 20일 오전이다. 입국 심사대의 풍경을 잠시 살펴보자.

　이민관이 여행권을 보자 해서 나는 중국 쑤저우에 갔던 한문 여행권을 제시했다. 이민관은 들고 보더니 "나는 읽을 수가 없다." 한다. 나는 얼른 대답하여 "당신이 읽을 수 없는 것은 나의 잘못이 아니오." 했더니 이민관은 픽 웃었다. 그래서 그는 능청으로 나더러 통역관을 한 사람 데려오라고 한다. 나는 "당신 보듯이 나는 외국 학생으

---

4) 김동성에 대한 연구는 그다지 많지 않다. 현재 발표된 연구는 번역문학가로서의 김동성, 만화가로서의 김동성 두 가지로 나뉜다. 먼저 최초의 신문만화 도입자로서의 역할과 그 의미를 다룬 「1920년대 민족만화운동」(최열, 『역사비평』, 1988), 『김동성의 신문만화 및 만화이론에 관한 연구』(김가현, 성균관대학교대학원, 2002)가 있다. 번역문학가로서 김동성의 역할과 의미에 대해서는 박진영의 「천리구 김동성과 셜록홈즈 번역의 역사」(『상허학보』, 2009)가 유일하다. 이외에도 김동성이 미국에서 출판한 여행기 「Oriental Impressions In America」를 번역한 『미주의 인상』(황호덕, 김희진 옮김, 현실문화, 2015)에 대한 서평으로 박진영이 쓴 「개성청년과 함께한 백년의 타임슬립」(『반교어문』, 2015, 569-574쪽)이 있다. 김동성의 이력 및 번역활동과 관련하여 본 연구는 박진영의 논문과 그가 운영하는 개인 블로그에서 많은 도움을 받았음을 밝혀둔다.

로 지금 뉴욕에 처음 도착했으니 통역을 쓰려면 당신이 부르셔야겠소." 하고 대답하여 이민관과 나는 서로 이론을 캐다가 상륙을 허락하니 결국 나는 여행권 없이 입국한 셈이다. 그때는 아직 까다로운 이민법이 없던 좋은 시절이었다.5)

인간의 기억이란 상황에 따라 변용과 조작을 겪기 쉽다. 이십대의 호기로운 젊은 자신을 감격스럽게 회고하는 나이든 김동성의 기억을 그대로 믿기는 어려울 것이다. 그러나 적어도 1909년 미국에 도착했을 때 김동성이 입국 심사관과 간략하나마 의사소통이 가능할 정도의 영어회화가 가능했다는 점은 분명했던 듯하다. 그렇다면 이 능력은 어떻게 습득한 것일까. 이 문제는 김동성이 1906년 10월 설립된 한영서원의 설립에 관여했으며, 1908년 중국 유학을 결행하기 전까지 한영서원에 적을 두고 있었다는 점이 단서가 될 수 있다.

그럼 한영서원의 설립에 관여한 상황을 잠시 살펴보자. 당시 개성에 들어와 있던 미국 남부 감리교 측에서 사학 설립을 준비하던 중, 마침 에모리대학 출신의 선교사 캔들러가 조선에 왔고, 이를 기화로 설립된 학교가 앵글로-코리안 스쿨(Anglo-Korean School), 즉 한영서원(韓英書院)이었다.6) 그리고 에모리대학 출신으로 독립협회를 설립한 윤치호가 초대 교장으로 초빙되었다. 여기서 한영서원의 설립에 관여하면서, 1905년 경성에 있던 윤치호를 모셔오는 역할을 맡은 것이 김동성이었다. 한영서원에서는 한글(조선어), 영어, 한문을 기본 교과목으로 하고 이외 지리, 체조, 과학, 음악 등의 신학문 중심으로 커리큘럼이 구성되어 있었으며, 수업은 모두 선교사들이

---

5) 김을한 편, 「나의 회상기」, 『千里駒 金東成』, 을유문화사, 1981, 281~282쪽.
6) 이상의 내용에 대해서는 앞서 언급한 박진영의 두 편의 논문 및 블로그 그리고 김동성 만화의 의미를 고찰한 김가현의 논문 『김동성의 신문만화 및 만화이론에 관한 연구』, 김을한의 『千里駒 金東成』(을유문화사, 1981)을 참조했다.

맡았던 것으로 파악된다.

미국인 선교사들과 더불어 한영서원 설립에 관여했고 1906년 개교 이후 한영서원에서 공부한 이력에 비추어 볼 때, 1909년 미국행을 감행하기 전에 이미 김동성은 간단한 회화는 가능할 정도의 영어 실력을 갖추고 있었던 것으로 파악된다. 김동성은 아울러 선교사들과의 교제를 통해서 미국 문화를 접

기자 시절의 천리구(千里駒) 김동성(『동아일보』, 1927. 9. 23)

하고 있었다. 더구나 존경해마지않는 교장 윤치호가 에모리대학 출신이 아니었던가. 세상을 향한 모험심에 가득 차 있던 10대 후반의 김동성이 미국을 향한 열망에 얼마나 강하게 사로잡혀 있었을까는 충분히 짐작이 가는 바이다. 김동성의 중국 쑤저우 둥오대학 입학은 그 계획을 실현하기 위한 하나의 단계였다.

쑤저우의 둥오대학은 1871년 개교하였다. 이 학교 역시 한영서원처럼 미국 감리교 선교사들이 세운 학교였든데, 김동성이 유학한 바로 그해 쑤저우 대학(Soochou University)[7]으로 미국에 정식 등록되었다. 이제 막 개교하여 학교로서의 면모를 채 갖추지 못함은 물론 미국 측으로부터 정식 교육기관으로 인정받지 못하고 있던 한영서원이 줄 수 없는 여러 부분들을 둥오대학은 김동성에게 제공해 주었던 것으로 추측된다. 아울러 윤치호 역시 바로 둥

---

7) 둥오대학의 연혁을 간략히 소개하면 다음과 같다. 1871년 미국 기독교 감리회에서 쑤저우 시에 '존양서원'을 설립하였고, 존양서원이 이후 박습서원으로 개명한 후, 상해에서 감리회가 설립한 중서서원과 합병하여 1900년 둥오대학(東吳大學)이 되었다. 1901년 미국 테네시주에 'Central University In China'라는 이름으로 등록한 후, 1908년 'Soochow University'로 개명하였다.(이상의 내용에 대해서는 둥오대학 홈페이지(www-en.scu.edu.tw) 참조)

오대학의 전신인 상해 중서서원을 거쳐 미국 유학을 떠나지 않았던가. 입국 과정에서 통역관의 대동 여부를 두고 약간의 소동을 벌이기는 했지만 적어도 미국 입국 시 김동성은 조선에서의 선교사들과의 접촉, 선교사들이 수업을 진행하는 한영서원에서 받은 교육, 거기에 중국 둥오대학에서의 영어 공부를 통해 웬만한 영어회화의 기초는 갖추고 있었던 것으로 추정된다. 기본적 영어 실력을 기초로 미국 생활을 시작하여 십여 년의 세월을 보낸 후, 1918년 김동성은 조선으로 돌아온다.

1918년 귀국한 김동성은 미국에서 영어로 출판한 「Oriental Impressions In America」를 직접 번역하여 「米州(미주)의 印象(인상)」이라는 제목으로 1918년 2월 23일부터 28일까지 『매일신보』에 연재한다.8) 이 글은 말 그대로 미국에 대한 간단한 인상기로서 30쪽이 겨우 넘는 짧은 분량이지만, 김동성의 근대적 세계 경험과 영어 실력을 파악할 수 있는 중요한 자료가 된다. 조선인이 거의 없는 오하이오에서의 십여 년의 생활 경험과 더불어 언어에 대한 천부적 감각도 있었던 듯, 김동성의 영문 실력은 상당한 수준에 이른 것으로 평가된다.

미국 생활 동안 김동성은 미국 최초로 여학생과 흑인의 입학을 허용한 오버린 대학을 돌아보고 참정권 문제를 둘러싼 갈등을 비롯한 미국 사회의 이모저모를 경험한다. 이를 통해 한편으로는 유색 인종과 여성에 대한 극심한 차별과 편견을 가지고 있으면서도 다른 한편으로는 차별과 편견을 타파하고 근대적 사회로 진입해가던 자유로운 미국의 분위기를 만끽한다. 그 경험을 짧은 인상기를 통해 표현하고 있는데, 이처럼 근대 미국의 풍경을 영어 문장

---

8) 「Oriental Impressions In America」는 신시내티에 소재한 The Abingdon Press에서 1916년 출판되었다. 김동성은 1918년 「米州의 印象」을 『매일신보』에 연재한다. 연재는 2월 23일부터 28일까지 계속되지만, 2월 24일에는 게재되지 않아서 연재 회수는 총 5회이다.

체계에 잘 녹여 서술한 결과물이 바로 「Oriental Impressions In America」인 것이다. 그러나 이 인상기는 조선어로 번역되는 순간 중대한 문제에 봉착하고 만다. 다음은 1916년에 영어로 쓴 「Oriental Impressions In America」와 1918년 조선어 번역인 「米州의 印象」이다.9)

(1) At last our long voyage has nearly come to an end on a November morning. Late in the morning we caught the view of the land, the skyline of coast hills in the far distance. Some one informed us that we were approaching New York City, yet we wondered how the city was on the hills. As we came nearer, to our surprise, it was the real New York, her skyscrapers appearing to be a long range of mountains to our naked eyes. Unconsciously our hat was off to the Statue of Liberty, as we were accustomed ed do to our gods at home. To be sure, not with the same spirit, but with our greetings and respects to our hostess-to-b we bowed our head politely.10)

(2) 自英渡米홀時에米艦「필나델피아」를搭乘ᄒ얏스니是ᄂ卽一八九八年西班牙戰役에有功한軍艦으로其後米國商船會社에셔買得한ᄇㅣ라無限渴望ᄒ던米洲大陸에接近된時ᄂ1909의仲冬下旬이라當日午前에沿岸을遠望하고或이告曰余輩가未久에紐育港에到着ᄒ겟다云云이나高山峻嶺만雲外에聳出ᄒ야余心에疑訝가不無홈은小學校에셔學혼拙誌가記憶되ᄂ故이더니於焉間에諸高山峻嶺인가疑ᄒᄇㅣ卽摩天ᄒᄂ鐵甕石閣의市街建築物이더라

---

9) 「Oriental Impressions In America」는 『미주의 인상: 조선 청년, 100년 전 뉴욕을 거닐다』라는 제목으로 번역 · 출판되었다(김희진 · 황호덕 옮김, 현실문화, 2015). 원서가 36쪽 분량이었음에 반해, 번역본은 216쪽으로 구성되어 있다.

10) Dong Sung Kim of Korea, 「Oriental Impressions In America」, The Abingdon Press, Cincinnati, Ohio, 1916년, p.9.

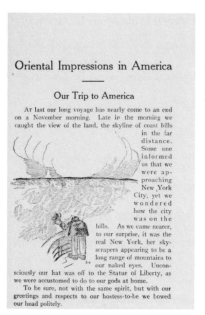
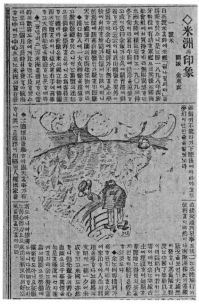

영어판 *Oriental Impressions In America*(1916)와 「米州의 印象」(『매일신보』 1918. 2. 23)

港口初入에一大女神像을遠望ㅎ고脫帽敬禮ㅎ얏스니이ᄂ舊慣의迷信으로偶像을
崇拜흠은아니오 爲客施主ㅎᄂ禮더라此像의米의獨立初에佛蘭西의寄贈흔바이니
炬火를右手에高擧ㅎ고大西洋船客을歡迎ㅎᄂ듯ㅎ더라[11]

영문은 군더더기 없이 간결하게 작성되어 있다. 특히 묘사 부분이 눈길을
끈다. 100여 일에 가까운 긴 항해 끝에 도달한 뉴욕. 이 뉴욕을 처음으로 접
하는 김동성의 놀랍고 기대에 찬 마음이 간결한 표현을 통해서 묘사되고 있
다. 거기에는 객관적 풍경으로서의 사물이 존재하고 그 사물을 바라보는
'나'라는 개인의 심경이 투사되어 있을 뿐, 관념적이며 선험적인 의식이 개

---

11) 김동성, 「米州의 印象」, 『매일신보』, 1918. 2. 23.

입할 여지가 없다. 예를 들자면 "… yet we wondered how the city was on the hills. As we came nearer, to our surprise, it was the real New York, her skyscrapers appearing to be a long range of mountains to our naked eyes." "우리는 도시가 어떻게 언덕 위에 있는 건지 의아할 뿐이었다. 가까이 다가가자 놀랍게도 뉴욕이었다. 뉴욕의 마천루들이 우리의 맨눈에는 길게 늘어선 산맥처럼 보였던 것이다." 이처럼 외적 풍경이 '나'라고 하는 한 개인의 눈에 비친 이미지, 혹은 '나'라는 개인의 놀라움과 감탄을 담은 독자적 내면의 반영으로서 묘사되고 있다.

김동성은 영어 원문을 조선어로 번역하면서 문장의 내용을 다소 수정한다. 그 수정은 일단 미국과 조선의 사회문화적 차이를 감안하는 과정에서 발생하고 있다. 예를 들면 원문에서는 자유의 여신상을 향한 목례를 두고, "with our greetings and respects to our hostess", 곧 "우리를 맞이해 줄 안주인에 대한 인사와 존경"이라고 표현하고 있는 반면, 조선어 번역에서는 "舊慣의迷信으로偶像을崇拜홈은아니오 爲客施主ᄒᆞᄂᆞᆫ禮더라"라고 바꾸는 등, 조선의 계몽적 상황을 감안하고 있는 것이다. 그러나 실제 문제시되는 것은 조선어 번역이 문어체 형식의 국한문혼용체로 이루어지고 있다는 점이다. 문어체 형식의 국한문혼용체로 번역되면서, 영어 원문에 표현되어 있는 '나'라는 '개인'의 '내면'적 변화의 흐름은 지워지고 있다.

"a long range of mountains"가 "高山峻嶺(고산준령)"으로, "skyscraper"가 "鐵甕石閣(철옹석각)"으로 번역되는 것이 단적인 예로 제시할 수 있다. '길게 늘어선 산맥'이라는 짧은 표현에서 나타나는 단순하지만 사실적인 묘사가 조선어 번역 과정에서 '高山峻嶺'이라는 상투적이고 유형적인 한문으로 대체된다.12) 이처럼 문어체 형식의 국한문혼용체로 들어가는 순간, 그 글에는 '나'라는 개인의 내면이 투영될 여지가 사라져버린다. 그리고 사라진 '개인'

의 자리를 가라타니 고진이 말한 바의 선험적이고 형이상학적인 산수화의 장(場), 즉 초월론적인 세계가 차지하고 들어온다.13) 영어 원문에 담겨 있던 미국의 사회에 대한 간략하지만 현장감 있는 김동성의 생생한 인식이 '한문' 중심의 문어체로 번역되는 순간 상투적 이미지의 전달, 그 이상의 의미를 지니지 못하게 된다. 이에 대한 당시 독자들의 반응은 어떠했을까.

『매일신보』에서 연재한 「米州의 印象」은 1918년 2월 23일 첫 회를 시작하면서 3면에 나름 큰 지면을 확보한다. 그러나 무슨 일에서인지 그다음 날인 2월 24일 게재되지 않다가, 2월 25일에 지면이 줄어든 상태로 게재되어, 2월 28일 총 5회로 연재가 마감한다. 원래부터 5회 계획으로 연재를 시작했는지 어떤지는 알 수 없으나 김동성의 「米州의 印象」은 여러 면에서 독자들에게 선호되기에는 무리가 있었던 것으로 판단된다. 이에 대한 이해를 위해서 김동성의 기행문에 앞서 1917년 6월 『매일신보』에 연재되었던 이광수의 기행문 『오도답파여행』을 살펴볼 필요가 있다.

道路도 죠키도 조타. 이러케 조흔 것을 웨 以前에는 修築홀 줄을 몰낫던고, 疾風ㄱ치 달녀가는 自動車도 거의 動搖가 업스리만콤 道路가 坦々ㅎ다. 그러나 쌸가버슨 山, 샛작 마룬 기천, 쓰러져 가는 움악사리를 보면 그만 悲觀이 싱긴다. 언제나 져

---

12) 이 점에서 우리에 앞서 근대적 언문일치체를 성립시켰던 일본 측의 논의를 주목할 필요가 있다. 일본 근대문학의 문체 성립과정을 다룬 연구서 『구조로서의 이야기』에서 고모리 요이치(小森陽一)는 메이지 시기 서양문학을 번역하여 일본에 소개했던 모리타 시켄(森田思軒)의 작업과 관련해서, "새로운 '실경(實境)'에 즉한 문체가 확득해야만 하는 첫 번째 요건으로서 "어떤 상황과 대상을 묘사할 때 사용되어온 유형적, 상투적 표현을 거부하는 것"이라고 언급하고 있다.(小森陽一, 『構造としての語り』, 新曜社, 1988, 38쪽)
13) 가라타니 고진은 『일본 근대문학의 기원』에서, 일본 전통 산수화와 서양의 기하학적 원근법과 비교해서 언급한 우사미 게이지(宇佐見圭司)의 "산수화의 장은 개인이 사물에 대해서 가지는 관계가 아니고, 선험적인, 형이상학적인, 전범으로서 존재하고 있다."는 언급을 인용하면서 "풍경 밖에 없는 듯 보이는 산수화에 '풍경은 존재하고 있지 않았던 것이다'라고 쓰고 있다.(柄谷行人, 『日本近代文学の起源』, 岩波書店, 2008, 21쪽)

山에 森林이 촘쑥 드려셔고 河川에는 물이 깁히 흐르고 村落과 家屋이 변격ᄒ여 질는지.

鳥致院公州間은 거의 쌜간 山뿐이다. 잔듸ᄭ지 벗겨지고 앙상ᄒ게 山의 쌔가 드려낫다. 져 山에도 原來는 森林이 잇셧스련만은 知覺업는 우리 祖上들이 松虫으로 더부러 말씀 쯧어 먹고 말앗다. 무엇으로 家屋을 建築ᄒ며 무엇으로 밥을 지을 作定인가. 道路左右便에 느러심은 아까시아가 엇더케 반가운지 이졔부터 우리는 半島의 山을 왼통 鬱蒼한 森林으로 덥허야 ᄒ다. 모든 山에 森林만 茂盛ᄒ게 되여도 우리의 富는 現在의 몃갑절이 될 것이다.[14]

『오도답파여행』에서는 외부 풍경에 대한 사실적 묘사가 행해지는 가운데 식민지 시대를 살아가는 지식인 '나'의 내면이 외부의 풍경에 투사되어 나타나고 있다. 이처럼 언문일치체에 기반한 묘사 중심의 기행문이 이미 이광수에 의해서 『매일신보』에 연재되고 있었다. 이 글을 읽었던 독자들이 문어체 형식의 국한문혼용체로 작성된 김동성의 고루한 「미주의 인상」에 호응하지 않은 것은 당연한 일이 아니었을까. 일반적으로 한문 문어체를 즐겨 읽는 독자들은 사담(史談)이라든가, 역사기담 등 고전적 문학양식에 익숙한 계층이었고 그 독자들이 근대적 세계를 다룬 기행문에 호응하기란 쉽지 않았던 것이다.

그렇다면 영어를 가지고 미국의 근대적 풍경을 성공적으로 묘사해냈던 김동성이 조선어 번역에서는 왜 이런 실수를 했던 것일까. 김동성의 이력을 적은 『천리구 김동성』에 따르면 김동성은 열네 살에 이르기까지, 즉 성장기 동안 줄곧 한문교육을 받았던 것으로 언급되고 있다.[15] 김동성의 조선어

---

14) 이광수, 「오도답파여행」, 『매일신보』, 1917. 6. 30.
15) 김을한, 『千里駒 金東成』, 을유문화사, 1981, 21쪽.

문장은 중국을 거쳐 미국으로 가기 전, 정확하게 말해서 1890년 출생부터 1908년까지 십팔 년에 이르는 성장기 동안 그가 조선에서 익히고 배워온 한 문체였다. 그런 점에서 청년기 10년 동안 모국어인 조선어와 떨어져 있었을 뿐만 아니라 조선 근대문학의 언문일치체 확립 과정을 지켜보지 못했던, 조선과 김동성, 조선어와 김동성 간의 십여 년의 간극이 「米州의 印象」의 번역 실패를 초래했다고 볼 수 있다. 그러나 김동성은 타고난 언어적 감각 덕분인지 당시 문학을 통해 시험되고 있던 언문일치체의 제 양태를 습득하여 문장에 적용한다. 단순히 적용할 뿐 아니라 1인칭 관찰자 시점을 성공적으로 조선어 문장에 도입하기까지 한다. 이 힘은 어디서 비롯된 것일까? 이를 밝히기 전에 먼저 김동성이 「米州의 印象」 번역 실패 후, 새롭게 확보해낸 조선어 문장의 결과를 살펴보도록 하겠다.

3. 탐정소설과 시점의 객관성

조선으로 귀국한 김동성은 1920년 4월 『동아일보』 창간과 함께 기자로 입사한다. 조선에서는 드물게 미국 유학을 다녀온 김동성의 이력을 생각하면, 동아일보사가 김동성에게 거는 기대가 컸음은 당연한 일이었다. 지면 구성 등에 어느 정도 관여하였는지는 알 수 없으나 일단 김동성은 1924년까지 『동아일보』에서 조사2부장 자리에 있으면서 여러 편의 글을 게재한다. 글과 더불어 신시내티 미술학교에 다닌 경력과 감각을 발휘하여 자신의 글에 간단한 삽화를 넣는 등, 조선 신문에 새로운 바람을 불어넣기도 한다. 삽화라든가, 만화 등이 삽입된 근대적 신문의 형태를 앞서 미국에서 경험하였을 뿐만 아니라 근대문학과 근대적 문체를 향유하며 십 년을 보낸 김동성이었다. 그 김동성이 1918년 『매일신보』에 「米州의 印象」을 번역·연재하면서는 전

김동성의 신문 만화 '개척'(『동아일보』 1920. 4. 13)

근대적 한문의 세계로 돌아가는 실수를 범했던 것이다. 김동성은 그 실수를 만회하기라도 하듯 1920년대 『동아일보』에 입사하여 일련의 글을 발표하면서 언문일치체를 향해 나아가고 있던 조선의 문체를 익히고 조선어의 감각을 되살리는 한편, 그 나름의 근대적 문체를 형성해갔다.

　김동성은 『동아일보』 입사와 더불어 정력적으로 기사를 생산한다. 일단, 자신의 미술 감각을 십분 활용하여 4월 13일 자기 이름을 내세워 '개척'이라는 제목 아래 한 컷짜리 그림을 게재한다. 그림의 내용은 향후 조선의 사회, 문화를 이끌어가는 '개척자'로서의 『동아일보』의 역할을 의미하는 것으로, 두 마리의 소가 이끄는 마차에 앉아 활기차게 채찍을 든 농부의 모습이 주를 이루고 있다. 미국의 서부 개척시대를 연상케 하는 그림이기는 하지만, 그래도 나름 새로운 조선의 건설을 향한 김동성의 열정과 의지가 느껴진다. 이어서 5월 28일 천리구라는 필명으로 「그를 미든 까닭」이라는 제명의 짧은 소설을 발표한다.16)

이 소설이 김동성의 창작인지 번역인지, 아니면 언젠가 읽은 외국소설의 내용을 나름 각색한 것인지는 확실하지 않다. 소설은 1912년 침몰된 타이타닉 호에 영국 유학을 마치고 귀국하던 개성 부호의 아들이 탑승한 것이 알려지면서 이를 중심으로 일어난 사건을 다루고 있다. 타이타닉 호 사건과 관련한 언론보도 등 근대적 이슈들이 소설의 주된 모티프가 되고 있기는 하지만, 소설 자체는 우연성이 남발되고 사건 간의 연결 고리가 약한 점 등 많은 문제를 안고 있다.[17] 이와 같은 문제점에도 불구하고 「그를 미든 까닭」은 앞서 발표했던 「米洲의 印象」과는 몇 가지 면에서 주목할 만한 차이를 보이고 있다. 먼저 한문 문어체로 번역된 「米洲의 印象」과 달리 순 한글체로 구성되어 있으며, 나름 언문일치체를 갖추어가고 있다. 10년 간 조선어와 격리되어 살았던 김동성이 귀국 후 2년 만에 이루어낸 성과라는 점을 고려할 때 놀랄 만한 언어 감각이라고 할 수 있다.

그러나 「그를 미든 까닭」은 순 한글로 작성된 언문일치체의 시도라는 점에서는 중요한 의미를 지니지만, 여전히 근대적 문학양식으로서는 불안정한 모습을 보이고 있다. 소설은 사건 해결이 완료된 '현재'에서 시작해서 사건이 발생한 '과거'로 돌아가는 회상기법을 사용하고 있다. '현재'는 송도 지역 '한양은행장'인 김교리라는 인물이 박태식에게 담보 없이 대출한 문제를 두고 도청 조사과 위원이 조사하러 온 내용이며, '과거'는 박태식이라는 일본 언론사의 조선통신원이 우연한 사건을 통해 김교리로부터 신용을 얻게 된

---

16) 「그를 미든 까닭」은 1920년 5월 28일부터 6월 1일까지 5회에 걸쳐 『동아일보』에 연재된다.

17) 1912년 발생한 타이타닉 호 침몰 사건을 소설의 한 모티프로 삼았다는 점에서, 번역의 의심이 들기는 하지만 번역으로 보기에는 구성이 지나치게 허술하다. 타이타닉 호 사건이 일어난 시기가 김동성이 미국에 체류하던 시기였다는 점을 감안할 때, 김동성은 이 사건을 현실감 있게 경험했을 것으로 추정된다. 그러므로 자신의 경험, 타이타닉 호 사건 당시의 미국 신문기사, 미국에서 읽은 탐정소설 양식을 조합하여 「그를 미든 까닭은」이라는 소설을 구성한 것이 아닐까 추측된다.

과정을 그리고 있다. '현재'는 '과거'의 사건이 만들어낸 결과로서 제시되고 있으며, '과거'는 현재의 사건을 설명하기 위한 근거로서 제시되고 있다. 추리소설 기법의 채택과 더불어 일종의 '추론'의 과정이 소설을 이끌고 있는 것이다. 다음은 「그를 미든 까닭」의 도입부이다.

엇던 사람이 몃칠젼 열한시반 차를 타고 와서 우리 송도정거장에 나려 큰 가방 한 개를 압에 놋코 인력거를 발니모러 장안으로 향하더니 서부마젼다리에 와서는 인력거에서 급히 나려 한양은힝으로 드러갓다.

창살로 압흘 둘는 영업실 안에는 이 은힝 지배인으로 오릭잇는 하병찬이가 안저 잇스니 그는 이 은힝 설립 때부터 한 번도 그 자리를 써난 적이 업는 사람이라.

(엇던 이) 영감. 그간 안령하옵시오.

(하) 박의원 내려와 게입시오. 어서 드러오십시오.

(박) 오늘 이 은힝 문부됴사를 속히 하고 다섯 시에 서울로 도라 오라는 명령을 밧고 왓습니다.

하병찬은 은힝장 김교리를 전화로 감안히 불럿다.

(하) 지금 경긔도텅 은힝조사위원이 내려와서 디방은힝 형편을 조사하는대 무슨 권고할 말삼이 잇다 하오니 곳 은힝으로 오십시오.

십오분쯤 되여서 김교리는 쑤벅쑤벅 은힝으로 드러왓다.[18]

소설을 처음 쓰는 김동성으로서는 묘사로 이루어진 '지문'의 사용은 아직 어려웠던 듯하다. 회상이라는 새로운 기법을 사용한 만큼 '현재'시제로 구성된 도입부는 향후 과거 사건을 설명함에 있어서 중요한 기능을 한다. 도입부

---

18) 천리구, 「그를 미든 까닭」, 『동아일보』, 1920. 5. 28.

에서 드러나듯, 김동성은 지문을 통해 상황을 설명하기보다는 모두 대사를 통해 처리하고 있을 뿐 아니라 희곡 대본처럼 대사의 주체를 괄호까지 사용해서 명시하고 있다. '지문'을 통해 상황을 설명하고 인물과 연관된 정보를 독자에게 제공하는 소설의 기본 작법에서부터 김동성은 혼란을 겪고 있었던 것이다. 등장인물과 관련한 새로운 정보를 독자에게 어떻게 전달할 것인가? 전달 방법과 관련한 이와 같은 김동성의 고민과 혼란은 이 소설이 3인칭 시점을 채택한 것에서 발생하고 있는 것으로 파악된다. 물론 조선 문단에서 3인칭 주인공 시점이 김동성의 「그를 미든 까닭」에서 처음 시도되었던 것은 아니다.19)

이미 1917년 이광수가 『무정』을 통해서 완전하지는 않지만 3인칭 시점을 우리 문학에 도입하고 있었다. 익히 알려져 있듯, 이광수의 시도는 서구 근대문학 번역 과정을 통해 새로운 언문일치체를 형성한 일본 근대소설에 의존한 것이었다. 이 점에서 조선에 앞서 언문일치체를 도입하고, 번역을 통해 근대적 언어와 문체를 완성한 일본 측의 논의를 참고할 필요가 있다. '번역어 생성' 과정을 통해서 일본 근대어 성립의 제 과정을 고찰한 야나부 아키라(柳父 章)는 서구 근대문학을 전범 삼아 3인칭 시점을 도입한 일본 근대문학의 의미를 다음과 같이 논하고 있다.

인간을 3인칭 단수로 묘사한다는 것은 작자가 주관적 입장을 벗어나서, 인물을 객관적인 세계 속에 위치시킨다는 것이며, 또 이야기의 단순 과거형은 그 세계의 모든 사태를 한눈에 볼 수 있는 입장에서 그린다는 것이다. 시대는 근대 과학이 발흥해서, 세

---

19) 3인칭 주인공 시점을 채택하고 있음에도 불구하고, 소설 전반에 걸쳐 '우리 송도', '우리 숭양신문사' 등 1인칭 시점의 표현이 지속적으로 발견된다. 그러나 이러한 표현의 사용은 시점의 혼란에서 비롯된 것이라기보다는 작가 김동성의 독특한 언어 표현에서 기인한 것으로 추측된다.

계를 리드하고 있던 십구 세기였다. 과학의 성과가 가르친 객관성, 윤리성 추구가 근대소설 역시 이끌고 있었다.[20]

이광수의 『무정』은 이형식이라는 인물을 주인공으로 하여 전개되고 있다. 그러나 첫 시도라서 그런지 이광수는 이형식이라는 인물을, 야나부 아키라가 언급한 '작가'의 주관적 입장에서 벗어나 독자와 공감을 형성할 수 있는 '객관적 세계' 속에 위치시키는 데까지는 이르지 못하고 있다. 작가 자신, 혹은 화자와 이형식 간의 거리가 형성되지 않아서 오히려 작가=이형식으로 느껴질 정도로 작품 내 모든 관심의 초점은 이형식에게 집중되어 있으며, 화자는 이형식의 감정에 이입되어 있다. 이처럼 화자는 주인공의 "내면에 밀착한 대가로 작품 속을 떠다니면서 실황중계 해가는 시점과 독자와 감성을 공유하는 시점은 잃어버리고 마"는 상황에 빠지고 있다.[21] 김동성의 「그를 미든 까닭」은 『무정』이 겪은 이 실패로부터 부분적으로 벗어나 있다. 「그를 미든 까닭」이 어떤 부분에서 그 같은 성과를 확보할 수 있었던 것일까.

김동성은 『무정』이 발표된 3년 후인 1921년 「그를 미든 까닭」을 발표하였다. 소설은 박태식이라는 신문기자를 중심으로 한양은행장이자 개성 부호이며 사진의 주인인 김교리와 사진 탈취범 간의 관계를 조명하면서 전개된다. 신문이라는 근대적 매체를 통해 사건을 이슈화하고, 사건이 해결된 현재

---

20) 柳父 章, 『日本語の思想』, 法正大学出版部, 47-48쪽.
21) 이와 같은 문제가 일본 근대소설과 언문일치체 소설의 효시로 평가되는 후타바테이 시메이의 「부운」에도 동일하게 나타난다고 지적되고 있는 점이 흥미롭다. 예를 들면 소설의 남자주인공인 '분죠(文三)'의 묘사에서, 화자는 객관적 거리를 유지하다가 갑자기 '분죠'와 함께 화내기도 하고, 그를 대신해서 내면 심리를 설명하기도 한다. 이에 대해 안도 히로시는 "그 의미에서는 일인칭적인 세계관에 근접하고 있다고도 할 수 있는데, 분죠의 내면에 밀착한 그 대가로 역으로 작품 속을 떠다니면서 실황중계 해가는 시점과, 독자와 감성을 공유하는 시점은 잃어버리고 만다."고 지적하고 있다.(安藤宏, 『近代小説の表現機構』, 岩波書店, 2012, 27쪽)

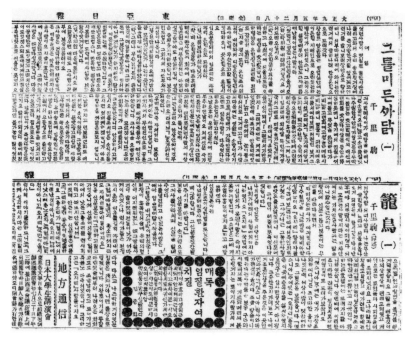

『동아일보』에 연재된 천리구 김동성의 「그를 미든 까닭」(1920. 5. 28)과 「농조」(1921. 8. 4)

에서 사건이 발생한 과거로 돌아가서 사건의 진행과정을 분석하는 작품의
구성은 당시 서구는 물론 일본에서도 인기를 끌었던 탐정소설의 구성을 조
야한 수준에서 차용한 것이었다.

그 때문인지 소설은 박태식의 내면 묘사에 집중하는 대신, 사라진 '한 장
의 사진'을 둘러싼 사건 해결에 중점을 두고 있다. 그러므로 중요한 것은 당
연히 인간의 내면 심리가 아니라, 한 장의 사진이 사라진 것과 그 사진을 되
찾기까지의 과정이다. 그런 점에서 인물의 내면 심리 묘사의 배제는 김동성
의 작가로서의 한계였다기보다는 '추리적 기법'을 기본으로 한 사건 중심의
소설이 가진 특성 때문이었던 것으로 판단된다. 이는 김동성이 「그를 미든
까닭」의 연재 완료 석 달 후 발표한, 역시나 추리적 기법을 채택한 「농조(籠

鳥)」에서 인물의 내면에 대한 절제된 묘사가 어느 정도 이루어지고 있다는 점에서도 파악된다.[22]

　물론「그를 미든 까닭」은 소설로서의 완성도는 부족하다. 일단 사진이 없어지기까지의 상황 전개는 논리적이고 세밀하게 묘사되고 있으나, 의외로 사진 탈취범의 흔적을 쫓고 범인을 찾아내기까지의 과정, 즉 추론의 핵심적인 부분에서 우연성이 남발되면서 그때까지 견지되어 온 긴장감이 한순간에 와해되어 버린다. 이와 같은 결정적 단점에도 불구하고「그를 미든 까닭」은 작가와 주인공 간의 '객관적 거리'가 유지되고 있다는 점에서 주목할 만한 성과를 이룬 것으로 판단된다. 사건의 전모를 객관적으로 정리하고 분석하여 독자들에게 전달하는 것, 김동성이「그를 미든 까닭」에서 중점을 둔 것은 바로 이 부분에 있었다. 덕분에 이 소설은 내용적 구성에서 드러난 여러 가지 문제점에도 불구하고, 작가 및 화자와 등장인물들이 객관적 거리를 유지할 수 있었던 것이다.「그를 미든 까닭」의 실패와 성공을 거울 삼아 김동성은 새로운 시도를 하는데 1인칭 주인공 '나'를 내세운「농조籠鳥」가 바로 그것이다. 내용의 구성은 역시나 회상기 형식이다.

　「농조」는 두 개의 시간대로 구성되어 있다. 하나는 조선인 '나'가 서너 명의 서양인과 함께 부산에서 기차를 타고 경성으로 향하는 1920년대 현재의 시간이다. 거기서 일행 중 한 서양인이 제1차 세계대전 발발의 원인이 된 오스트리아 황태자 저격 사건의 범인과의 친분에 대해 이야기하기 시작한다.

---

22) 이 점에서 메이지 시기 근대적 언문일치체의 형성과 서구문학의 번역, 특히 탐정소설의 번역 간의 관계에 주목한 다카하시 오사무(高橋修)의 논의는 주목할 만하다. 동일선상에서 한국 근대문학에 끼친 일본 근대문학의 영향을 고려할 때, 조선의 근대문학, 근대적 언문일치체의 형성 과정에서 탐정소설의 번역이 끼친 영향 역시 재고할 필요가 있다. 다카하시 오사무는『明治の翻訳ディスクール』(ひつじ書房, 2015)에서 서양문학의 번역 수용이 활발하게 전개된 메이지 시기 일본에서 서양소설, 특히 탐정소설의 번역은 일본 근대소설의 문체 확립 및 근대문학 성립 과정과 긴밀하게 연결되어 있었음을 지적하고 있다.

두 번째 시간대는 1910년대의 과거로, 화자인 '나'와 세르비아 청년 가브릴로 간의 우정이 그려진다. 중심을 이루는 것은 가브릴로라는 순수한 정신의 청년이 오스트리아 황태자를 암살하기까지의 과정이다. 이 두 시간대를 축으로 소설은 현재에서 과거로 향했다가 다시 현재로 돌아와서 끝이 난다.

서양사람 서너 사람과 나는 부산서 급힝열차를 타고 서울을 올나오게 되엿는대 한 시간이나 지난 후에야 서로 말시작이 되었다. 서로 모르는 사람이지마는 긔차 안에서는 가치 안즌 사람과는 말을 아니할 수 업는 것이다.

창밋헤 신문을 들고 보든 이는 우리를 바라다보면서 『자미잇는 긔사가 여긔 잇습니다. 구주젼깅을 니르키든 써비아 학싱 말슴이오.「오지리」황태자를「사라에보」라는 싸에서 죽인 죄로 잡혓는 그 자가 나는 그동안 사형을 밧은 줄로 알엇더니 이 신문에는 그 사람이 폐결해로 죽엇다 하엿습니다.』

나의 엽혜 안젓든 서양인은『나희가 어려서 사형에 처하지 아니히엿지요.「오지리」국법에는 이십일세가 못된 사람은 죽이지 못하는 법인대 그 소년은 그때 겨우 열아홉살이엇지요』하고 대답하엿다.

신문 보든 이는『참으로 이상한 법률도 잇습니다.』

나의 엽혜 안즌 사람『네. 그러합니다. 그 신문을 잠간 빌녀 주시기를 바랍니다.』

처음 신문 보든 이는 손가락으로 그 긔사를 가리치며 신문을 빌녀 주엇다.

나를 명면하고 안젓든 사람은 그예야 입을 열어 말시작을 한다.『그 청년을 내가 쌈박 이것섯군! 젼깅이 혹독한 서술에 우리의 정신이 어지러워젓고 쏘 그 암살사건이 발서 몃해 젼 일이닛가 싸마케 이즈엇스나 력사가둘운 젼깅의 시초와 리유를 깁히 쑤러내여 그 써비아 청년의 총소리까지라도 자세히 알아내일 터이지요.』

처음 신문보든 이『그러허고 말고가 잇습니까. 신문에서 들은 써비아에서 낫든 그 총소리를 력사적이라고 써드지 안슴니까.』[23]

「그를 미든 까닭」에서 신문에 실린 기사가 사건 구성의 중심이 되었던 것처럼, 「농조」역시 오스트리아 황태자 암살자인 세르비아 청년의 죽음과 관련한 신문 기사가 사건 전개의 축이 되고 있다. 신문이 정보 전달체일 뿐 아니라 사건을 일으키는 중요한 매체가 되며 생면부지의 사람들을 하나로 묶는 의사소통의 중요한 매개로서 작용하고 있다. 여기에는 신문의 홍보뿐 아니라, 신문이라는 언론매체를 통해 형성되는 근대라는 새로운 시대상을 독자에게 제시하려는 작가의 개인적 의도 역시 있었던 것으로 파악된다. 아울러 추리 기법의 도입에 상당히 심취해 있던 김동성의 태도에 비추어 볼 때 사건 전개의 주요 거점으로 신문을 활용한 '셜록 홈즈' 시리즈를 비롯한 당대 추리소설의 영향 역시 고려해볼 수 있다.[24]

일단 「농조」는 '새장 속의 새'라는 제목에 걸맞게, 오스트리아 식민지 세르비아 독립혁명 단체에 소속된 청년 가브릴로와 그의 아내가 새장 속에 가두어 키우는 코소보라는 새의 운명이 교차되면서 전개된다.[25] 자유를 갈망하는 세르비아, 자유를 갈망하는 새, 그리고 자유를 갈망하는 조선, 이 세 개의 상황이 안과 밖에서 서로 맞물려 돌아가면서 소설의 주제를 형성하고 있

---

23) 김동성, 「籠鳥」, 『동아일보』, 1920. 8. 4.

24) 이 점은 김동성이 『동아일보』에 게재한 두 편의 번역 추리소설인 「엘렌의 공(功)」과 「붉은 실」을 통해서도 확인된다. 「엘렌의 공」은 미국 추리소설가 아서 벤자민 리브의 「The Exploits of Elaine」을, 「붉은 실」은 코난 도일의 셜록 홈즈 시리즈 중 한 편인 「A Study in Scarlet」을 번역한 작품이다. 이 두 작품에서 신문은 사건 전개의 가장 중요한 매개가 되고 있다. 특히 「엘렌의 공」에서는 신문기자가 사건 해결의 중요한 존재로서 등장한다. 사건의 전개 상황은 신문기사를 통해 알려지는가 하면, 범인을 유인하기 위한 수단으로 신문 기사가 활용되기도 한다.

25) 「농조」역시 김동성의 창작인지 번역인지, 아니면 미국 혹은 서구에서 발표된 소설들을 참조해 각색한 것인지 분명하지 않다. 1차 세계대전의 회오리를 미국에서 직접 경험한 김동성의 경험과 지식을 고려할 때, 세르비아 청년 가브릴로를 모티프로 한 소설의 전개가 나름 이해가 되기도 한다. 그러나 「그를 미든 까닭」과 달리 「농조」는 치밀한 주제 구성 등 상당히 탁월한 소설적 성과를 보이고 있다.

는 것이다. 자칫 일관성을 해치기 쉬운 소설 내외의 다중적 상황이 '자유'라는 하나의 주제를 향해서 긴장감을 잃지 않고 전개될 수 있었던 이유는 한가지이다. 가브릴로의 이야기를 풀어가는 화자 '나' 그리고 나의 시선에 비친 '가브릴로', 이 양자 간의 거리와 균형이 적절하게 유지되고 있기 때문이다. 소설에서 '나'는 단지 관찰자일 뿐이다. 독자들은 '나'와 가브릴로 간의 대화, '나'와 가브릴로 아내 간의 대화를 통해서 가브릴로의 열정, 절망, 그리고 번민을 상상할 수 있을 뿐이다. '나'는 절대로 관찰자라는 위치에서 벗어나 멋대로 가브릴로의 내면에 끼어들거나, 주관적 해석을 내리지 않는다.

가브릴로는 『무정』의 이형식처럼 내면의 갈등을 과잉된 형태로 노출하는 법도 없다. 그것은 소설의 흐름 자체가 '나'라는 인물이 가브릴로의 내면에 과잉되게 관여할 수 있는 틈을 주지 않고 있기 때문이기도 하다. 그래서 '나'는 코소보 새의 죽음을 통해서 은유적으로 가브릴로의 운명을 예측할 수 있을 뿐이며, '나'의 눈앞에서 실제로 발생한 암살 사태를 목격하고, 가브릴로가 체포되는 광경을 직접 접하는 바로 그 순간에야 비로소 가브릴로의 암살 계획을 확실히 알게 된다. 관찰자로서 '나'의 주관적 판단이 철저히 배제되고 있으며, 섣부른 속단 역시 제어되고 있는 것이다. 화자 역시 관찰자가 전해주는 그 이상의 정보를 구태여 소설 속에 풀어놓으려고 하지 않는다. 관찰하는 자와 관찰당하는 자가 서로의 영역을 절대로 침범하지 않는 채 객관적 거리를 유지하고 있다.

이와 같은 객관적 거리는 화자와 주인공 사이에서뿐 아니라, 화자와 독자, 주인공과 독자 사이에서도 만들어지고 있다. 그 덕분에 주인공의 심리라든가, 작품의 의미를 자율적으로 이해하기 위한 심리적 공간이 독자의 의식 속에 만들어지는 것이 가능해진다. 독자는 작가가 설정한 '주제'를 일방적으로 전달받기보다는 자기 앞에 펼쳐진 수많은 객관적 정보를 통해서 스스로 가브릴로의 행동에 대해서 판단하고 의미를 부여하게 된다. 이 '객관적 거리' 덕분에 독자는 소설 내용에 대해서 능동적 입장에서 판단을 내리게 되는 것이다.

김동성은 어떻게 이런 결과를 만들어낼 수 있었을까. 흥미롭게도 「그를 미든 까닭」과 「농조」 두 편 모두 추리소설적 기법을 기저로 삼고 있다는 점은 김동성의 성공을 이해하는 데 중요한 근거가 된다. 사라진 사진을 되찾는 과정을 다룬 「그를 미든 까닭」이 추리소설 기법과 연관되는 것은 당연하지만, 「농조」는 어떤 점에서 그렇게 판단할 수 있는 것일까. 화자의 이야기에 등장하는 가브릴로라는 청년과 오스트리아 황태자 암살범 간의 연관에 대해서 작품 속 화자의 이야기를 듣는 세 명의 청자, 그리고 작품 밖의 독자는 이야기가 진행되는 동안 화자가 제시하는 여러 단서를 통해 연관 관계를 찾게 된다. 화자의 이야기가 끝날 즈음, 작품 내 청자 중 한 사람이 "바로 그 청년이 황태자 암살범이었군요"라고 내뱉는 부분은 작품을 줄곧 이끌어온 이 의문에 대한 답, 사건 해결의 지점이라고 할 수 있다.

여기서 셜록 홈즈 시리즈에 나오는 유명한 어구, "본다는 것과 관찰한다는 것은 전혀 별개의 과정"[26]이며, "문제를 해결하는 데 가장 중요한 것은 거꾸로 추리해 나갈 수 있는 능력"[27]이라는 말을 주목할 필요가 있다. 즉, 탐정소설에서 일어나는 "추론은 천재적인 번쩍임에 의한 것이 아니라 구체적인 세부의 해석에 기초하고 있다. 가시적인, 그러면서 누구나 볼 수는 없는 세부, 시선에서 비껴나 있지만 몇 안 되는 사람들만이 지각할 수 있는 세부에 착목해서 거기에서 당사자에 관한 정보를 끌어내는 것이 탐정적 지성의 기능이다."[28] 김동성은 이 기능을 소설 전개에 수용하고 있었던 것이다.

---

26) 아서 코난 도일, 백영미 옮김, 「보헤미아 왕국 스캔들」, 『셜록 홈즈의 모험』, 황금가지, 2002, 13쪽.
27) 아서 코난 도일, 백영미 옮김, 『주홍색 연구』, 황금가지, 2002, 204쪽.

이 점에서 김동성이 1921년『동아일보』에 코난 도일의 셜록 홈즈 시리즈를 번역·연재한 「붉은 실」의 의미를 고찰해볼 필요가 있다.

4. 번안과 번역, 그리고 변형

탐정소설의 번역이 식민지 근대소설의 성립 과정에 끼친 영향이란 무엇이었을까. 김동성의 「붉은 실」 번역이 갖는 문학사적 의미는 어쩌면 여기에 있는 것인지도 모른다. 「농조」 이후 김동성은 미국 추리소설 작가 아서 벤자민 리브의 「일레인의 공로」(*The Exploits of Elaine*, 1914)를 번역하여 「엘렌의 공(功)」이라는 제명으로『동아일보』에 1921년 2월 21일부터 게재한다. 소설이 발표된 1914년에 김동성이 미국에 체류했었다는 점, 그리고 아서 벤자민 리브의 '크레이그 탐정물'이 미국에서 대단한 인기를 끌었다는 점 등을 미루어 볼 때 이 작품의 선택에는 김동성의 의중이 강하게 작용한 것으로 추정된다.

일반적으로 일본의 서양서 번역본을 중역하여 수용하던 당시 조선의 풍토에서 「엘렌의 공」은 원작을 번역하였으며 작중 인물부터 지명에 이르기까지 그대로 살려 직역하였다는 점에서 중요한 의미를 지닌 작품이었다. 「엘렌의 공」은 탐정과 신문기자가 한 팀이 되어서 사건을 해결해가는 형태로서, 신문기자인 1인칭 '나'의 시점에서 묘사되고 있다. 이 작품에 이어 김동성은 다시 코난 도일의 셜록 홈즈 시리즈 6편을 번역하여 「붉은 실」이라는 제목으로 연재한다. 인명, 지명 등에 이르기까지 직역을 택한 「엘렌의 공」이 조선 독자들에게 흔쾌히 수용되지 않았던 탓인지, 김동성은 「붉은 실」 번역 과

---

28) 小倉孝誠,『推理小說の源流』, 淡交社, 2002, 133쪽.

원작 제명	발표 연도	조선어 번역 제명	발표 연도
A Study in Scarlet	1887년 11~12월	붉은 실	1921.7.4~8.30
A Scandal in Bohemia	1891년 7월호	보헤미아 왕	1921.9.1~9.10
The Red-Headed League	1891년 8월호	붉은 머리	1921.9.11~9.19
The Boscombe Valley Mystery	1891년 10월호	'보손'촌 사건	1921.9.20~9.30
The Man with the Twisted Lip	1891년 12월호	거렁뱅이	1921.10.1~10.10

〈표 1〉 김동성의 셜록 홈즈 번역 시리즈
김동성은 최초의 셜록 홈즈 시리즈인 『주홍색 연구』를 비롯하여, 『셜록 홈즈의 모험』에 실린 12편 중 5편을 골라 번역, 게재하였다. 번역한 작품과 원제, 원작 발표 연도, 번역 제명, 발표 연도는 표1과 같다.

정에서 나름의 절충안을 모색한다. 인명과 지명을 조선식으로 고치고, 대중적 수용이 어려운 내용은 삭제한 것이다. 그러나 조선의 상황을 고려한 인명, 지명의 변환, 난해한 과학적 서술의 부분적 삭제 등을 제외한다면 「붉은 실」은 원작의 내용에 상당히 충실한 형태로 번역되었다.29)

「붉은 실」의 화자인 '나'는 의사로서, 모험의 중심에 서서 탐정과 더불어 사건을 해결해가는 핵심 인물인 「엘렌의 공」의 신문기자 제임스와는 전혀 이질적인 모습을 보이고 있다. '나'는 셜록 홈즈의 조력자이기는 하지만 오히려 사건 해결과정의 관찰자로서의 거리를 정확하게 유지하고 있다. 사실 보도에 기초를 두지만 대중적 전달력에 신경을 쓰지 않을 수 없는 신문기자 (「엘렌의 공」의 제임스)와 자연과학을 전공한 의사, 즉 과학자(「붉은 실」의 '나')라는 직업상의 차이가 반영되고 있는 것으로 해석된다.30)

_____

29) 『주홍색 연구』(A Study in Scarlet)의 번역과 관련하여, 당대 조선문학에서 '번역'과 '번안'을 어떻게 구별했는지 검토할 필요가 있다. 「붉은 실」은 인명과 지명의 조선적 변환을 제외하고는 식민지기 번역된 서구 탐정소설들과 비교할 때는 물론, 여타 서구 문학작품들과 비교할 때도 그나마 원작에 가깝게 번역되었기 때문이다. 식민지기 조선문학에서 '번역'과 '번안'의 구별은 쉽지 않은 문제라고도 할 수 있다.
30) 이와 같은 차이는 아서 벤자민 리브(Arthur B. Reeve)와 코난 도일 두 작가의 직업과 전공 학문의 차이에서도 드러난다. 코난 도일 자신이 의대를 졸업한 개업 의사, 즉 자연과학을 전공하였고 아서 벤자민 리브는 프린스턴 대학을 졸업하고 뉴욕 법률학교를 다닌 후, 저널리스트와 편집장으로 일했다.

「붉은 실」의 화자이자 관찰자인 1인칭 '나'의 의미는 김동인이 「마음이 옅은 자여」(1920년)에서 채택한 1인칭 시점과 비교할 때 보다 명확해진다. 『창조』 2호에 발표된 김동인의 「마음이 옅은 자여」는 1인칭 시점을 채택했다는 점에서 한국 근대소설사에서 첫 번째 자리를 차지한다. 물론 이 소설은 두 부분으로 나뉘어, 2부가 시작되는 후반부는 3인칭 시점으로 서술되지만 전반부는 고백 형식의 1인칭 시점으로 전개되고 있다. 그리고 이 작품이 발표된 1년 후인 1921년 김동성은 1인칭 시점의 탐정소설을 번역하여 조선 사회에 소개하고 있는 것이다. 다음은 김동인의 「마음이 옅은 자여」와 김동성의 번역소설 「붉은 실」의 한 부분이다.

(1) 그렇다? 그는 이성의 사랑을 끌만한 용모는 못되었다. 그리고 내게는 J학교의 여교사로 벗이 많았다. 그럼 왜 나는 특별히 그를 사랑하였는고? - 딴 교사들은 '높은 곳의 꽃이다' 나는 그들을 벗으로 사괴는 데까지 겁을 내었다. 그와같이 나와 그들 사이에는 간격이 있었다. 그때에 Y는 내게 사랑을 요구하는 눈치를 보였다.[31]
Y는 미인이다. - 원체 애교있는 입에서 흐르는 부끄러움의 애교 - 두 큰 눈에서 쏟아져 나오는 기쁨의 폭포, 그가 웃을 때는 삼격형을 세워놓은 듯한 낯의 윤곽까지 곱게 반원형으로 된다.[32]
(2) 한정하는 성미가 폐로운 사람이 아니엇슴으로 가치 살기에 조금도 불편할 일이 업섯다. 다만 그 이의 보는 일이 보통사람과 잣지 아닐 뿐이오. 어느 째 잠자고 어느 째 이러나는 시간을 싹 명하여 놋고 저녁이면 아모리 느저도 열시후까지 안젓는 날이 업섯스며 나는 잠을 째기도 전에 조반을 먼저 먹고 나가는 것이 아조 정하의 습관이 되엿다. 엇던 째는 장안 복판까지 거러다니기도 하는대 무슨 맘이 싱기면 하로도

---

31) 김동인, 「마음이 옅은 자여」, 83쪽
32) 김동인, 「마음이 옅은 자여」, 102쪽.

멫십리를 것는지 다른 사람이 싸러가지를 못하게 쌜리 거러다니다가도 쏘 엇던 쌔는 무슨 싱각이 들면 아츰부터 저녁까지 여러 날을 두고 응접실 기다만한 탁자에 누어 손가락 하나 꼼작안코 입술한번 움지기지 아니하엿다. 이런 쌔 내가 보게 되면 정하의 눈은 아모 성긔가 업시 무슨 쑴을 쑤는 것가치 보이엿스매 만일 그 이의 성품이 단정하지 아닌 사람 가트면 아편침장이라고도 녁일번 하엿섯다. 33)

인용문 (1)은 「마음이 옅은 자여」에서 주인공 '나'가 연인 Y를 묘사한 부분이며, 인용문(2)는 「붉은 실」에서 '나'가 한정하(셜록 홈즈의 조선인명)를 묘사한 부분이다. 「마음이 옅은 자여」에서는 주인공이면서 화자인 '나'의 내면 흐름에 모든 관심이 집중되고 있다. '나'의 고독, '나'의 분노, '나'의 절망과 욕망에 대한 묘사가 중요할 뿐 나머지는 무의미하다. '나'의 절망과 환희의 모든 근거인 Y라는 인물은 작품 내에서 별다른 의미를 지니지 못할 뿐 아니라 구체적 이미지조차 확보하지 못하고 있다. 오히려 Y는 '나'의 감정의 흐름에 따라 상반된 모습으로 묘사되고 있다. 소설에는 오로지 '나' 한 사람의 범람하는 감정과 주관적 판단만 있을 뿐 다른 인간이나 세상이 존재할 공간적 여지라는 것이 없다. 이에 반해 「붉은 실」의 1인칭 '나'가 그려내는 세계는 다르다. 1인칭 소설의 또 다른 유형이 「붉은 실」에서 제시되고 있는 것이다.

'나'는 셜록 홈즈의 유일한 친우이며 파트너이지만 그것은 사적인 관계일 뿐, 관찰자로서의 '나'는 의학을 전공한 자연과학자의 정신과 태도를 정확하게 준수하고 있다. 그런 '나'의 입장 덕분에 셜록 홈즈라는 인물은 작품을 통해서 신화화되기보다는 인간적인 형상을 확보하고 있다. 예를 들면 사건 해

---

33) 김동성, 「붉은 실」, 「동아일보」, 1921. 7. 8.

김동성이 번역하여 연재한 「붉은 실」(『동아일보』, 1921. 7. 8)

결에는 천재적 능력을 지니고 있지만, 냉혹한 과학자이며 타인과의 소통이 단절된 정서적 부적응자이기도 하다는 등 객관적이다 못해 냉소적으로까지 묘사되고 있는 것이다. 이처럼 '나'와 '홈즈', '화자'와 '등장인물' 간에는 객관적 거리가 유지되고 있다. 이는 김동성이 「그를 미든 까닭」에서 3인칭 시점을 통해 시도하려다가 실패한 후, 「농조」에서 1인칭 관찰자 시점을 도입하여 확보한 성과이기도 하다.

이야기성을 강화하고자 3인칭 시점으로 바꿔 번역하던 당대 번역의 관습에서 벗어나 셜록 홈즈 시리즈의 1인칭 관찰자 시점에 내재된 객관성 확보의 특징을 김동성은 정확하게 반영한다. 인명과 지명의 변화가 일어나기는 하지만 그래도 식민지기 번역소설에서 흔히 발견되는 번역자의 과도한 개입의 문제점을 김동성이 일으키는 법은 거의 없다. 물론 김동성이 원작을 그대로 완역한 것은 아니다. 일단 과학적 지식에 치중한 부분이라거나, 독자들이 이해하기 힘든 서양의 역사, 인물의 인용 부분은 과감하게 생략한다.

이해하기 힘든 추론의 부분 역시 마찬가지다. 이와 같은 특징은 1부와 2부로 나뉘어 전개되는 소설 전체 구조에서 생략과 삭제가 이루어지는 과정을 통해서 분명하게 발견된다. 생략은 주로 과학적 설명, 추론이 중심을 이루는 1부에서 발견되며, 인물들의 과거사, 즉 이야기성이 강한 2부에서는 거의 일어나지 않는다. 아울러, 소설의 가장 중요한 맥을 형성하는 결론부분, 사건의 추론 과정을 정리하여 설명하는 결말부는 전체가 생략되고 있다.

그러나 이와 같은 번역 과정에서의 변화와 생략에도 불구하고 김동성은 원작이 지닌 '시점의 객관성'을 정확하게 지켜낸다. 화자인 '나'와 '홈즈' 사이에는 언제나 거리가 유지되어 '나'는 절대로 홈즈의 내면의 흐름은 물론, 홈즈가 예측하는 부분을 앞서 알아내지 못한다. '나' 역시 홈즈가 독자에게 제시해주는 자료와 정보, 그 정도만 알고 있다. 이 점에서 '나'는 독자가 가진 정보의 수준을 넘어서지 못하므로, 멋대로 독자의 판단에 개입할 수도 없다. 사건의 본질에 닿기 위해서 독자와 화자인 '나'는 함께, 제시된 자료와 정보를 종합하고 분석하여 끊임없는 논리적 추론의 과정을 거쳐야 한다. 작가는 작가대로, 독자는 독자대로, 화자인 '나'는 나대로 이 과정을 이끌어가는 일은 결코 쉬운 것이 아니다. 이들 모두 나름의 방법으로 사건의 본질에 닿기 위해 판단을 보류하고 또 보류하면서 마지막까지 상황을 조망·분석해 나간다.

이쯤에서 우리보다 먼저 서구 탐정소설을 수용·번역하는 데 주력하고 근대문학의 한 장르로서 탐정소설이 갖는 의미에 주목했던 일본 측이『주홍색 연구』를 어떻게 평가하고 있는지 잠시 살펴보자. 일본의 탐정소설 연구자인 우치다 류조는『주홍색 연구』를 두고 "그 자체로 한 편의 탐정소설에 지나지 않으나 추리소설 일반의 정식을 부여하는 듯한 탐정소설"이자, "(코난) 도일이 생각하는 탐정소설이라는 형식의 선언"[34]이라고 평하며 다음과 같이 논하고 있다.

---

34) 内田隆三, 『探偵小説の社会学』, 岩波書店, 2001, 94쪽.

홈즈는 탐정의 일이라는 것은 단순한 트릭의 해명이 아니라, 살인이라는 붉은 실한 가닥, 거기에서 펼쳐져 나오는 인간적인 동기의 해명에 있다고 생각하고 있다. 탐정은 범인의 '과거'로까지 거슬러 올라가서 사건을 조사하지 않으면 안 된다. 거기에는 인간으로서의 동기가 머물고 있는 사회학적인 깊이가 있고, '자색의 연구'라고 하는 것은 이 깊이의 차원을 탐사하는 것이다. 이러한 생각이 성립하는 것은, 세계에는 인간의 동기가 머무는 듯한 깊이가 있음에도 불구하고 그 깊이가 충분히 보이지 않는 듯 보이는 구조가 숨겨져 있기 때문이다.[35]

이처럼 인간적 동기를 찾기 위해 인간사의 이면과 내면의 흐름을 치밀하게 추적하는 추리소설의 기법이 이 땅의 근대소설의 성립 과정에 있어서도 상당한 역할을 하고 있었음은 부인하기 어렵다. 그 점에서 김동인이 추리 기법을 도입한 「유서」를 발표하고 마침내 탐정소설 형식의 「수평선 너머」를 직접 창작한 것이나, 채만식이 탐정소설 『염마』를 창작했던 것이 순전한 우연이나 '경제적 이유' 때문만은 아니었던 것으로 판단된다. 근대 사회의 병리적 현상을 마주하면서 사건의 진실에 닿기 위해 사회적 상황과 인간 심리에 대해 끝없이 탐색해가는 과정이 탐정소설에는 있었고, 조선의 작가들은 탐정소설에 내재된 그와 같은 근대문학적 특성을 읽고 있었던 것이다. 이처럼 탐정소설에는 당대의 사회적 환경 속에서 살아가는 인간의 기묘한 심리가 세밀하게 묘사되어 있었고, 이러한 특징은 근대소설의 문체를 형성하고 그 내용을 구성해가는 데 중요한 지침이 될 수 있었다.[36]

---

35) 內田隆三, 앞의 책, 95쪽.
36) 『주홍색 연구』가 일본에 처음 소개된 것은 1899년의 일이다. 이해 4월 16일부터 7월 16일까지 마이니치신문(每日新聞)에 '무명씨'의 이름으로 『피로 물든 벽(血染めの壁)』이라는 제명으로 발표되었다. 지명과 인명 등을 모두 일본식으로 바꾸어 번안했으며 삽화 역시 일본풍으로 묘사되었다. 특이한 것은 결말 부

그런데 내용의 생략이나 인명 및 지명의 조선화 과정에서도 김동성이 끝내 지켜내고자 했던 '객관적 거리'의 유지는 의외로 당대의 사회문화적 상황을 고려한 몇 줄의 첨가로 인해 상당 부분 훼손되고 있다. 김동성은 『주홍색 연구』를 『동아일보』에 연재하면서 "인생이라는 무색의 실타래 속에 살인이라는 붉은색의 실이 한 오라기 섞여 있"다는 작품 속 구절에 기대어 제목을 '붉은 실'이라고 바꾸고 있다. 이렇듯 『주홍색 연구』의 살인 동기는 '복수'다. 그리고 복수의 인간적 동기를 이해하기 위해 과거로 거슬러 올라가보면 거기에는 일부다처제의 전통을 지닌 몰몬교의 야만적 습속으로 인해 사랑하는 연인을 잃은 한 남자의 애절한 슬픔이 자리하고 있다. 여기서 잠시 번역자 김동성의 개인사로 돌아가 보자. 앞서 보았듯이 김동성은 1905년 감리교 선교사들의 한영서원 설립에 관여하고 그곳에서 공부했는가 하면, 감리교에서 중국에 설립한 둥오대학에 다니기도 했다.[37] 한영서원의 초대 교장이자 김동성에게 많은 영향을 끼친 좌옹(佐翁) 윤치호 역시 감리교 신자가 아니었던가. 이러한 성장 배경을 지닌 김동성이 미국 내에서도 이질적 종파로 배척당했던 몰몬교에 대해 결코 호의적이지 않았을 것임은 충분히 예측된다. 그런 점에서 『주홍색 연구』의 주제는 김동성의 종교적 입장과도 충분히 연결될 수 있는 것이다. 이 같은 추론은 원문에 없는 다음의 내용을 김동성이 일부러 첨가한 것에서도 알 수 있다.

분에서 셜록 홈즈 시리즈 중 하나인 'A Case Of Identity'의 내용을 결합시켰다는 점이다. 이외 『新陰陽博士』, 『몰몬기담』, 『神通力』 등으로 여러 차례 번안되었다. 이후 번안이 아닌 번역 작품으로 소개되기 시작하여 『의문의 반지』, 『심홍의 실』(1923) 등으로 출간되었으며 현재 일본에서 통용되는 『자색 연구』라는 제명으로 번역된 것은 1931년 노부하라 켄(延原謙)의 번역이 『도일 전집』 제1권에 수록되면서부터다.

37) 초기 근대교육기관의 설립에 감리교가 끼친 영향은 지대했다. 배재학당을 세운 아펜젤러, 이화학당을 세운 스크랜튼 부인이 모두 감리교 선교사였다. 감리교 선교사들의 교육사업에 관해서는 김진형의 『해방이전 한국감리교회 선교학교의 발전과 교회사적 위치 연구』(호서대학교, 2006)를 참조.

미국중에 '엘로' 라는 주가잇고 그주안에 '노부' 라는 고을이잇는대 그곳에서 심요한이라는사람은 '몰문' 이라는 예수교중에한파를 새로히만들고 교당까지 세윗는대 그 종교는 한사나희가 여러안해를두어도 무관히 녁이는 이사서르운종교이라창설한 심은한이는 세상을 떠난뒤에뎨이세교주로 '양불함' 이라는 사람이근만명의 교도를다리고 종교의자유를 차지러세인의 조롱을 피하야 서쪽불모지디로 새세상을차저갓섯던 것이다.38)

김동성은 몰몬교를 일부다처제를 숭상하는 이상한 종교, 곧 야만적 풍습을 지닌 이단으로 언급하고 있다. 그러나 김동성이 「주황색 연구」를 번역·소개하고자 선택한 것이 단순히 몰몬교에 대한 거부, 비판과 같은 종교적 문제에서 비롯된 것만은 아니었던 듯하다. 당대 조선 사회의 사회문화적 분위기와의 접점을 찾으려한 측면이 여기에 자리하고 있었다. 1920년대 조선에서는 감리교 선교사라든가, 일본을 통해서 수용된 일부일처제의 윤리가 사회적으로 적극 권장되면서, 한편으로는 충과 열의 유교적 덕목이 여전히 지배적 이데올로기로서 힘을 지니고 있었다. 이와 관련하여 셜록 홈즈 시리즈 중 가장 먼저 번역된 「세 학생」(The three students)이 조선어 번역 과정에서 「충복(忠僕)」으로 제목이 바뀌면서 일어난 내용상의 변화, 즉 추론 과정이 생략되고 주인을 향한 하인의 충성이 부각되는 기묘한 변형은 주목할 만하다.39) 흥미롭게도 동일한 과정이 「붉은 실」에서도 고스란히 반복되고 있었던 것이다.

---

38) 김동성, 「붉은 실」, 『동아일보』, 1921. 8. 6.
39) 코난 도일의 셜록 홈즈 시리즈 중 한 편인 「The three students」는 1918년 10월 19일부터 11월 16일까지 「충복(忠僕)」이라는 제목으로 『태서문예신보』에 번역·연재된다. 번역자는 알려져 있지 않은데, 도난당한 시험지의 범인이 누구인가에 초점을 맞춰 1인칭 시점으로 전개되던 원작과 달리, 번역작에서는 3인칭 시점으로 변환되어 주인을 위하는 하인의 '충성스러운 마음'을 다루고 있다.

다음은 「붉은 실」 2부 끝부분에서 몰몬교의 일부다처제 계율에 따라, 사랑하는 남자를 두고 하는 수 없이 몰몬교 장로의 첩이 된 후 죽음을 맞은 란사라는 여인에 대한 묘사이다.

사람이무슨일이던지 참마음으로하고자 만하면 아니되는일이업는것의 한증거이다 몃해동안을 자긔의사업이 곳이원수갑는일로알고 무한한고생겪으며일심정긔가 부도덕하고 잔인포학한 그놈들의 신상에엉긔엿다가필경은목뎍을 달하고애매히총마저죽은 리보성의 원혼과서름과분심에 일신이사러저업서진란사의 혼백을 위로하게되엿다. 과연ㄱ사람릉이 혼백이잇다하여스면 김긔준의 애쓰던일도동정을 하셔주엇겟고 원수를갑고난뒤에 고마웁게도 생각을혀셧것이다인생은육칠십이한이엇다는이만큼 장수하는사람이몃이나되며 또한오레산들진정한락을보는사람이 얼마인가 사람이늙어제명에 죽는다더라도 세상을리별하기는 조화하지앗는 터인대 일시는 락원의꽃으로 세상사람의 흠모를밧던 란사가 일케억울한죽음을 당한 것은 우리세상살님의 고르지못한액운이라할수밧게업다. 또는란사가만일 추악한 게집가탓스면 도로혀양아버지를 모시고 편안히지내엿슬런지도 모르고 아믕을 죽이고 그놈들의 첩이나되엿더면 자긔의 명대로 지내엇을넌지도 모르지마는인생이자긔의 마음과 정리에버서나며는 차라리죽는 것이 구구히사는것보다낫다는전례를 란사의 일생으로부터 배홀만하다.[40]

원작에서는 한 남자의 사랑과 복수가 마무리되는 시점에서 2부가 끝을 맺는데, 김동성은 2부의 마지막 부분에 원작에 없는 장문의 글을 스스로 만들어 첨가하고 있다. 생략은 하되, 개인의 의견을 첨가하는 일은 거의 없던 김

---

40) 김동성, 「붉은 실」, 『동아일보』, 1921. 8. 26.

동성41)으로서는 상당히 놀라운 선택을 한 것이다. 길게 인용한 내용에서 중요한 것은 마지막 대목, 란사가 '마음과 정리에 버서나며는 차라리 죽는 것이 구구히 사는 것보다 낫다는 전례'를 남긴 것이라는 구절이다. 이 구절은 앞부분, 첩의 자리를 수용하여 아버지와 함께 편안한 삶을 선택하는 것을 '추악한 계집'으로 표현하는 대목과 중첩되어 란사의 죽음이 묘하게도 정절(貞節)의 준수로 연결되어 간다. 「충복」의 번역 과정에서 일어난 변형이 「붉은 실」에서도 그대로 재현되고 있는 것이다.

「농조」에서 화자 '나'의 주관적 개입을 철저히 배제한 채 어떠한 판단도 내리지 않았던 김동성이 셜록 홈즈 번역 과정에서 왜 이런 쓸모없는 개입을 자청했던 것일까. 여기에는 탐정소설에 대한 당대 문단, 혹은 당대 사회의 부정적 인식, 달리 말하자면 문학 일반에 대한 당대 조선 사회의 '엄격한 요청'이 영향을 끼치고 있었던 것으로 보인다. '문이재도(文以載道)'라는 유교적 '문(文)' 개념이 여전히 위세를 떨치고 있던 당대 사회의 압력을 김동성은 무시할 수 없었던 것이다. 그러나 근대과학의 합리성에 기반한 탐정소설에 전근대적 정절의 이데올로기를 접합시켰을 때, 작품 내에 어떤 불협화음이 일어날 것인가를 김동성은 어렴풋이나마 감지하고 있었음이 분명하다.

셜록 홈즈 시리즈 번역 과정에서 김동성이 가한 변형은 나름 일관된다. 추론 과정이 생략되고, 이야기성은 그대로 유지되는 것이다. 당대 독자들의 수준을 고려한 선택이다. 이와 더불어 '왓슨'의 관점에서 전개되는 1인칭 관

---

41) 예를 들자면 "This conversation had occurred while our cab had been threading its way through a long succession of dingy streets and dreary baways"(A. Conan Dole, 「A Study in Scarlet」, WARD, LOCK & BOWEN, 1893, p.59)에서 "a long succession of dingy streets and dreary baways"를 "골목이 좁고 더러웟스며 어린아희들은 깨끗지못한의복을 입고 길가온데서 때를지어 작란을 하엿다."(김동성, 「붉은 실」, 「동아일보」, 1921. 7. 19)는 등 사소한 정도의 첨가가 여러 군데서 일어난다.

찰자 시점도 그대로 유지된다. 화자와 독자, 화자와 등장인물 간의 객관적 거리가 유지되는 1인칭 관찰자 시점의 담백하고도 냉철한 소설 문체에 당대 조선의 대중들은 어떻게 반응했을까? 이에 대해서는 회의적으로 답할 수밖에 없을 듯하다. 조선 유일의 탐정소설 전문작가였던 김내성은 1930년대 말 셜록 홈즈 시리즈 중 하나를 『심야의 공포』(원제: *The Adventure of the Speckled Band*)라는 제명으로 번역·발표하면서 3인칭 시점으로 바꿔버린다. 김동성의 셜록 홈즈 번역은 식민지 조선 독자들의 수용 한계를 가늠하는 일종의 '시험대'였다고 할 수 있다. 이 과정을 거쳐 이후 대다수의 탐정소설 번역은 추론의 과정을 포기함은 물론, 1인칭 시점을 3인칭 시점으로 바꾸어 '이야기성'을 강화하는 길을 택하고 있기 때문이다. 이와 관련하여 1940년 김내성이 이든 필포츠(Eden Phillpotts)의 『紅髮(홍발) 레드메인 一家(일가)』(원제: *The Red Redmaynes*)를 번역하는 과정에서 보인 일련의 변형은 이른바 '식민지 조선 독자대중'의 수준을 가늠하는 척도가 될 수 있다.

2. 번역과 문화, 그리고 독자

1. 추리소설 번역의 문제

추리소설은 대중들이 선호하는 문학양식의 하나이다. 최근 우리나라에서도 드라마부터 인터넷 웹툰에 이르기까지 추리문학이 적극적으로 활용되고 있다. 그러나 생각해보면 우리 문학에 추리소설이 이처럼 적극적으로 수용된 것은 그리 오래된 일은 아니다. 식민지기 동안은 김내성, 그리고 해방 이후 오랜 기간 동안은 김성종 한 사람이 한국 추리문학을 대표하고 있었다. 물론 그 척박한 시기에도 추리소설은 꾸준히 독자들에게 읽히고 있었다. 코난 도일의 '셜록 홈즈' 시리즈를 비롯하여 아가사 크리스티, 엘러리 퀸 그리고 마쓰모토 세이초에 이르기까지 서구와 일본의 수많은 추리소설 작가들의 작품이 한국어로 번역되었다. 그럼에도 왜 우리 문단은 오랜 기간 '창작 추리소설'이 하나의 독립된 문학 장르로서 힘을 갖지 못했던 것일까. 이 질문은 일견 우리 대중문학, 혹은 대중문화의 본질과 연결되어 있는 문제이기도 해서 쉽게 답을 하기는 어렵다.

이 땅에 서구 문학양식인 추리소설이 '탐정문학'이라는 이름으로 처음 모습을 드러낸 것은 대략 1910년 무렵이다. 물론 서구 추리물의 번역으로, 내용이 대폭 축약되어 원작의 흔적을 찾기 어려움은 물론, 추리소설이라고 부르기도 민망한 수준이었다. 이렇게 변형된 형태의 번역, 번안 추리소설이 수편 등장한 후, 1921년 천리구(千里駒) 김동성이 『동아일보』에 「붉은 실」이라는 제명으로 코난 도일의 셜록 홈즈 시리즈를 완역에 가까운 형태로 번역·연재하면서 비로소 추리소설다운 추리소설이 조선에 모습을 드러내게 된다. 그러나 안타깝게도 「붉은 실」을 끝으로 식민지기 이 땅에서 완역에 가까운 형태의 탐정소설 번역 작업은 모습을 감추고 있다. 그것은 번역 작업을 수행할 만한 언어적 역량을 갖춘 번역자가 없었다거나 하는 문제는 아니었다. 어차피 이 시기 서구 탐정소설은 대개 일본을 거쳐 소개된 만큼, 그 원작이 독일어건, 프랑스어건, 영어건 큰 문제가 될 바가 아니었기 때문이다. 그렇다면 무엇이 문제였을까.

1940년 조광사에서 출판된 '세계걸작탐정소설전집' 시리즈의 번역 과정에 대한 고찰은 이 질문에 대한 나름의 답을 제시할 수도 있다. 특히 영국작가 이든 필포츠의 대표작인 『紅髮 레드메인 一家』(원제: *The Red Redmaynes*)의 번역은 한국 최초이자 식민지기 유일의 탐정소설 작가였던 김내성에 의해 이루어졌다는 점에서 매우 중요한 의미를 지닌다. 그 이유는 첫째, 김내성 자신이 탐정소설 작가인 까닭에 완역이 아닌 한 탐정소설의 정체성을 유지하기 위해 번역 과정에서 누락해서는 안 되는 부분과 누락해도 무방한 부분에 대한 나름의 기준점을 제시할 수 있다는 점이다. 둘째, 김내성은 일본에서 일본어로 창작·발표한 자신의 작품을 조선어로 번역하는 과정에서 조선의 대중을 감안하여 여러 가지 변형을 가한 경험이 있기에 조선 독자에 대해 누구보다 정확하게 파악하고 있다는 점이다. 이상의 사항을 염두에 둘 때, 일단 주목되는 부분은 김내성이 왜 수많은 서구 탐정소설 중 이든 필포츠의 『紅髮 레드메인 一家』를 선택했느냐 하는 점이다. 여기에는 김내성 개인뿐 아니라, 조선 독자대중의 취향 또한 개입되어 있음을 부인할 수 없을 것이다.

한국 최초의 추리소설가 김내성

2. '세계걸작탐정소설전집' 기획을 둘러싼 상황

『붉은 머리 레드메인 일가』는 영국의 이든 필포츠가 1922년 발표한 추리소설이다. 이 작품이 조선에 처음 소개된 것은 전집 출판 붐 속에서 1940년 조광사가 '세계걸작탐정소설전집'을 펴내면서이다. 이 전집의 제1권으로 이든 필포츠의 『붉은 머리 레드메인 일가』와 에밀 가보리오(Emile Gaboriau)의 『르루주 사건』(*L'Affaire Lerouge*)이 함께 번역되어 출판된 것이다. 『르루주 사건』은 시인 보들레르가 불어로 번역한 에드거 앨런 포의 추리소설의 영향으로 탄생한 최초의 장편 추리소설이다. 게다가 이 소설은 조선에서 이미 1913년 이해조가 『누구의 죄』라는 제명으로 발표하여 큰 인기를 끌며 대중들에게 강력한 인상을 남겼다. 그런 점에서 『붉은 머리 레드메인 일가』가 조선에서 나름 인지도가 있던 코난 도일, 모리스 르블랑, 에드거 앨런 포 등의 작품을 제치고 『르루주 사건』과 더불어 첫째 자리의 영예를 차지할 수 있었던 까닭은 무엇이었을까. 이에 대한 답을 구하기에 앞서 먼저 조광사의 '세계걸작탐정소설전집' 기획에 대해 살펴볼 필요가 있다.

식민지기 문학전집 출판은 1936년과 1937년 사이에 한성도서주식회사가 '현대조선장편소설전집'을 기획, 출판하면서 시작되었다.[1] 이어 박문서관에서 1938년부터 '현대걸작장편소설전집'을, 1939년부터 '신찬역사소설전집'을 발행하면서 전집 출판 붐이 본격화되었다. 이와 같은 전집 출판 붐은 근대문학의 대중화는 물론, 상당한 수익성까지 올린 것으로 알려지고 있다. 당시의 분위기를 잡지 『삼천리』에서는 "유사 이래 처음이라 할 활황을 정(呈)"했다고 하면서 "반도 문단의 거성 전부를 등장시켜 전집합전(全集合戰)"을 하였다[2]고 적고 있다. 조광사의 '세계걸작탐정소설전집' 발행 역시 바로 이 같은 분위기 속에서 이루어진 것이었다. 조광사는 익히 알려져 있듯 평북 정주 출신의 사업가 방응모가 1933년 조선일보사를 인수한 후 만든 출판 계열사였다.[3] 조광사는 앞서 문학전집 시대를 이끈 한성도서주식회사나 박문서관과 달리 조선문학뿐 아니라 해외작가에게로 눈을 돌렸다는 점에서 특징적이었다. '세계걸작탐정소설전집'은 바로 이와 같은 조광사의 독창적인 문학전집 기획의 한 결과였다.

'세계걸작탐정소설전집'이 본래 전체 몇 권으로 기획되었는지는 알려져

---

1) 김종수, 「일제 식민지 문학서적의 근대적 위상—박문서관의 활동을 중심으로」, 『우리어문연구』, 2011, 474쪽.

2) 「기밀실, 우리사회의 제내막」, 『삼천리』 11권 7호(1939. 6), 25쪽.

3) 1940년 8월 조선총독부 경무국이 "時局의 趨勢에 鑑하여 言論의 지도 物資의 절감 기타 各般의 國策的 見地로부터 언론기관 통제의 긴요함을 인정하고 愼重 考究한 결과 먼저 諺文신문의 통제를 단행하기로 결정"함에 따라 『조선일보』와 『동아일보』는 폐간된다. 이에 따라 폐간의 절차가 진행되는데, 『조선일보』는 폐간하되, 조선일보사 계열사 출판부인 조광사는 존립을 허락받는다. "朝光社 繼續經營=朝鮮日報의 傍系 言論機關으로 朝鮮 문화사회에 공헌이 많은 朝光社는 그냥 존속키로 하고, 월간잡지 「朝光」 「女性」 「少年」의 3種을 매월 계속 발행하며 또 출판부에서 내든 單行本 출판도 擴充 계속하며, 신문사에서 하여오던, 문화, 운동, 음악 등 諸般 사업을 引繼하여 경영"하도록 결정한 것이다. 이에 따라 당국에서는 조선일보사 사원 300여 명 중 20명은 조광사 등 편집방면에서 흡수하도록 조치를 취하였다.

있지 않다. 현재까지 알려진 것은 모두 3권으로 1권은 앞서 언급한 『르루주 사건』과 『붉은 머리 레드메인 일가』, 마지막 3권은 『바스커빌의 괴견』과 『파리의 괴도』로 이루어져 있다.4) 『르루주 사건』과 『붉은 머리 레드메인 일가』 두 편 모두 작품 당 400쪽이 넘는 방대한 분량임에도 한 권으로 묶었다는 것이 다소 의외이기는 하지만 일단 두 편이 제1권으로 기획되어 번역·출판된다. 『르루주 사건』은 소설가 안회남이, 『붉은 머리 레드메인 일가』는 조선 유일의 탐정소설 전문작가 김내성이 맡았다. 이외 3권의 경우 이석훈이 『바스커빌의 괴견』을, 박태원이 『파리의 괴도』의 번역자로 명시되어 있다. 이들 중 안회남과 이석훈은 탐정소설 창작 경험이 전무했지만, 김내성은 일본의 탐정소설 전문잡지인 『프로필』의 '문예현상모집'에 조선인 최초로 당선되어 실력을 인정받았으며, 박태원도 소년물이기는 하지만 『소년 탐정단』과 『특진생』 두 편의 탐정소설 창작 경험이 있었다.

창작 경험은 비록 없었지만 안회남도 탐정소설에 대해 상당한 식견을 갖추고 있었던 것으로 파악된다. 1937년 3월 급전이 필요했던 소설가 김유정이 안회남에게 탐정소설을 추천해 달라고 부탁했던 것에서 그의 관심과 지식 정도를 엿볼 수 있다.5) 실제로 안회남 자신이 '세계걸작탐정소설전집' 제1권 서문에서 다음과 같이 적고 있다.

현대에 있어서 탐정소설은 가장 새롭게 출현한 대중문학이다. 그러면서도 그것은 아직 여러 독자의 층에 침투되어 있다고는 할 수 없다. 탐정소설의 연령이 일세기도 채

---

4) 조광사에서 발행한 '세계걸작탐정소설전집'에 대해서는 박진영의 『번역과 번안의 시대』(소명, 2011)에서 상세하게 다루고 있다.

5) 김유정은 세상을 뜨기 11일 전인 1937년 3월 18일 친구 안회남에게 쓴 편지에서 돈을 구하기 위해 탐정소설을 번역하려고 하니, 번역할 소설 하나만 소개해달라고 부탁하고 있다.(김유정, 「필승前」, 『원본김유정전집』, 한림대학출판부, 1987, 451-452쪽.

못되기 때문이리라.『에드가 알란포』가 활약하기 시작한게 한 구십여년전일이다. 그리하여 우리는『섹스피아』와『유고』와『에르테르의 비애』는 잘 상식화하여 가지고 있지만 탐정소설의 고전과 전혀 깜깜이다.

나는 이십여년전에 나의 선친의 저작에서『코난도일』의 번역을 읽은 일이 있다. 그 것은 "The adventures of Speckled band"라는 단편이었다. 조선에 있어서 탐정소 설의 이식은 이것으로 효시일 것이다. 또『화가』라고하는 鮮漢文의 창작이 있었는데 이것은 내가 한글로 개작하여 십여년전에『새벗』지에다가 발표하였다.

그후 金東成씨가 역시 도일의 단편집을《붉은실》이라는 책 이름으로 발행하였고 이 상협씨의《쥬마》모험담의 번역을 거쳐 유광열 현진건 정순규 이원규 제씨의 손으로 많은 번안본이 출현하였다.《포》의 것으로는《황금충》이 이하윤씨의 역으로 중외일 보에 연재되었는데 이 방면의 고증은 후일에 상세한 것을 期할 밖에 없다. 그러나 이 상의 소기록을 보더라도 오늘날까지 이 방면의 지지부진한 상태를 잘 斟酌하게되리 라 생각한다.[6]

안회남은 조선 번역탐정소설의 짧은 역사를 언급하면서 조선 탐정소설의 척박한 현실을 지적하고 있다. 조선 유일의 탐정소설 전문작가였던 김내성 을 두고 안회남이 이 문제를 거론하고 나선 것이 다소 의외이기는 하지만, 서문에서 나타나듯 안회남은 탐정소설과 관련해서 자신이 상당한 조예를 가 진 것으로 자부하고 있었던 듯하다. 이 글에서 주목할 점은 앞서 언급했듯, 조선에서 아직은 탐정소설이 대중문학으로서 자리 잡고 있지를 못하다는 것, 그리고 조선의 번역 탐정소설을 '번역'이 아니라 '번안'으로 명시하고 있 는 것 두 가지다. 결국, 안회남이 정리한 탐정문학 성립과 관련한 조선의 현

---

6) 안회남, 「序」, 『紅髮 레드메인 一家, 르루쥬 事件』, 1940, 1-2쪽.

실은 간단하다. 조선에서 탐정문학의 완역은 시기상조이며, 겨우 번안의 형태로 대중에게 수용되고 있을 뿐이고 그 역시 몇몇 계층에서 제한되어 있다는 것이다. 김내성조차 1939년 코난 도일의 『얼룩 끈』(*The adventures of Speckled band*)을 번역하면서 번안의 형태를 취했음을 고려할 때, 안회남이 서문에서 제시한 내용은 정확한 지적이었다고 할 수 있다.[7]

안회남이 서문에서 굳이 조선 번역탐정소설 약사(略史)를 언급한 것은 조광사가 기획한 '세계걸작탐정소설전집' 출간의 역사적 의미를 강조하기 위함이었을 것이다. 이어 그는 에밀 가보리오를 두고 "불란서 탐정소설계의 창시자이며 『르루주 사건』은 세계 탐정문학의 귀중한 고전"이라고 명시하는 등 자신의 번역 작업의 중요성을 거듭 강조하고 있다. 번안을 탈피하기 어려웠던 조선 탐정문학의 지지부진한 현실 속에서 서구의 대표적 탐정문학, 그것도 장편 탐정문학의 번역 작업을 최초로 시도한 일종의 개척자로서의 자부심이 흘러넘치고 있었던 것이다. 실제로 안회남의 지적처럼 조선의 문화적 현실에서 볼 때, '세계걸작탐정소설전집'은 탐정문학 전집은 물론 제대로 된 번역 작품조차 가져본 적이 없는 조선에서 발행된 최초의 탐정소설 전집이었으며, 번안이 아니라 번역의 형태로 발행된 최초의 작업이었다. 말하자면 '세계걸작탐정소설전집'의 발행은 조선 탐정문학의 새로운 장을 여는 획기적 사업이었던 것이다. 그 첫 장을 바로 자신이 열고 있으니 안회남의 감동이 얼마나 컸을지는 충분히 짐작이 간다.

이상의 상황을 고려할 때 '세계걸작탐정소설전집'의 기획과 발행에는 안회남, 김내성, 박태원, 이석훈 등 번역에 참가한 모든 작가들이 관여하되, 안

---

7) 김내성은 코난 도일의 셜록 홈즈 시리즈 중 하나인 『The adventures of Speckled band』를 『심야의 공포』라는 제목으로 번역하면서, 지명과 인명을 모두 조선식으로 바꾸는가 하면, 과감한 생략을 통해 내용상의 변형을 가하는 등 번안의 형태를 취하였다. 이에 대해서는 졸고, 「번역과 번안 간의 거리」(『탐정문학의 영역』, 역락, 2011)를 참조.

회남의 입김이 가장 크게 작용했을 가능성이 높았던 것으로 추정된다. 안회남과 김내성이 번역한 작품이 1권에 수록된 것도 다분히 의도된 것으로 추정된다. 안회남이 맡은 『르루주 사건』이 세계 최초의 장편 추리소설이었다면, 김내성은 조선 유일의 탐정소설 전문작가였으니, 이들의 번역이 첫 번째 자리를 차지하는 것도 일견 당연한 일이다.[8] 그런데 김내성은 어떤 이유에서 『붉은 머리 레드메인 일가』를 선택한 것일까.

서문에서 안회남은 『붉은 머리 레드메인 일가』와 작가 필포츠에 대해 번역자의 해설이 있을 것이라고 언급하고 있지만 그의 예측과 달리 김내성은 번역 작품에 대한 별도의 해설을 싣지 않았다. 안회남이 번역한 『르루주 사건』의 경우 이해조의 번안을 통해 이미 알려져 있었지만, 『붉은 머리 레드메인 일가』는 처음 소개되는 작품일 뿐만 아니라 저자에 대해서도 독자들에게 거의 알려져 있지 않은 형편이었다. 그럼에도 불구하고 김내성은 당연히 있어야 할 작품 및 작가 해설을 작품에 덧붙이지 않았던 것이다. 이로 인해 김내성이 조선에 익히 알려진 다른 작가들의 작품을 두고 왜 생소한 이 작품을 선택했는지 그 연유를 파악하기는 어려울 듯하다. 드러나 있지 않은 그의 생각을 파악하기 위해서는 원작의 내용 및 저본의 선택, 번역 과정, 김내성 탐정문학과의 관계 등을 살펴볼 필요가 있다.

3. 세 가지 판본의 『붉은 머리 레드메인 일가』

이든 필포츠의 『붉은 머리 레드메인 일가』는 1922년에 발표되었다. 김내성이 1940년 조광사의 '세계걸작탐정소설전집' 기획에 임하여, 탐정문학 불

---

8) 서문에서 안회남은 "우리 문단의 유일한 탐정소설 작가 김내성 형과 손을 맞잡고 이 책을 上梓함에 이르러 자못 감개가 무량한 바 있다"고 언급하고 있다.(안회남, 앞의 책, 2쪽)

모지였던 조선의 상황에서 코난 도일, 모리스 르블랑 등 익히 알려진 작가의 작품을 두고 이 생소한 작품을 선택한 것은 무슨 까닭일까. 이 질문에 답하기 위해서는 먼저 조선의 작가 김내성이 이든 필포츠라는 영국 작가의 작품을 어떤 경로를 통해 접했는가를 먼저 따져봐야 할 듯하다. 식민지 조선의 서구문화 수용 과정을 고려하면 이 질문에 대한 비교적 간단한 추론이 도출되는데, 일본을 통한 수용이 바로 그것이다. 이 추론은 이든 필포츠가 일본에 소개된 과정을 먼저 살펴보고, 이를 김내성의 일본 유학 시기와 연결시켜보면 나름 개연성 있는 답을 얻을 수 있다. 일본에서 이든 필포츠가 소개된 과정을 살펴보면 다음과 같다.

영어로 씌어진 원작이 일본에서 『赤毛のレドメイン一家』라는 제명으로 번역·출판된 것은 1935년의 일이다. 번역자는 이노우에 요시오(井上良夫)였으며 출판사는 柳香書院이었다. 이노우에 요시오는 김내성이 등단한 『프로필ぷろふいる』지에서 탐정소설을 소개하고 평론하는 일을 담당했던 인물로서 일본 탐정소설의 대부인 에도가와 란포, 소설가이자 탐정소설 번역가인 모리시다 우손 등과 함께 柳香書院의 '세계탐정명작전집世界探偵名作全集'의 공동편집을 맡았다.9) 『赤毛のレドメイン一家』는 바로 이 전집의 일환으로 출판된 것이었다. 출판 1년 후인 1936년 에도가와 란포가 이 작품에 매료되어 번안작 『녹의의 귀(綠衣の鬼)』를 발표한다.10)

---

9) 이노우에 요시오는 1933년 9월부터 10월에 걸쳐 『프로필』지에 『영미 탐정소설의 프로필』을 연재한 것을 최초로 번역되지 않은 해외 탐정소설의 소개에 힘쓴 인물이다. 아울러 에도가와 란포, 모리시다 우손과 공동 편집한 세계탐정명작전집에서 작품 선정에 협력하고, 스스로도 필포츠의 『붉은 머리 레드메인 일가』와 녹의의 『육교 살인사건』을 번역했다. 이상에 대해서는 權田萬治, 新保博多 監修, 『日本ミステリ事典』을 참조(新潮社, 2000, 49쪽).

10) 일본을 대표하는 탐정소설가 에도가와 란포는 서구 탐정소설 베스트 10을 여러 차례 발표했는데 가장 잘 알려진 것이 1947년 발행된 『수필탐정소설』의 부록인 '세계탐정소설걸작표'다. 여기서는 『붉은 머리 레드메인 일가』가 1위, 이어서 가스통 루루의 『황색방의 수수께끼』가 2위에 올라 있다.

이처럼『붉은 머리 레드메인 일가』는 1935부터 1936년 사이에 일본에 소개되어 큰 인기를 끌고 있었다. 바로 이 시기에 와세다 대학에 유학중이던 김내성이 탐정소설「타원형의 거울」(1935)로『프로필』지 문예현상모집에 조선인으로서는 최초로 당선된다. 당선 전부터 에도가와 란포의 문하를 드나들며 탐정소설가로서의 꿈을 키우던 김내성이었다. 그런 김내성이 에도가와 란포가 극찬하고 일본에서 큰 인기를 끈 일본어판『붉은 머리 레드메인 일가』를 접한 것은 당연한 일이었을 것이다.

이러한 추론은 김내성의 번역과 일본어판 번역 간의 유사성을 살펴보면 상당한 근거를 확보하게 된다. 김내성 번역의『紅髮 레드메인 一家』와 이노우에 요시오 번역의『赤毛のレドメイン一家』의 연결고리는 목차에서부터 발견된다. 〈표 2〉는 1922년 발행된 영어 원작과 1935년 발행된 일어판, 그리고 1940년 발행된 조선어판의 목차이다. 발행 순서를 다시 정리하자면 영어 원작→일본어 번역판→조선어 번역판이다.

세 판본의 목차를 살펴보면 일본어판과 조선어판에 흥미로운 일치가 발견된다. 2장의 원제인 'The problem Stated'를 두고 일본어판은 원작과 달리 'ゼンニイ・ペンディーンの物語', 즉 '제니 펜딘의 이야기'라고 번역하고 있다. 제니 펜딘은 가공할 살인사건을 일으킨 당사자임은 물론 탐정 브랜던과 묘한 감정선을 가지며 소설 전체를 이끌어가는 인물이다. 마크 브랜던에 의하면 제니 펜딘은 "실로 그가 지금까지 보아온 중에서도 가장 아름다운 얼굴을 가진 여성"이자 뛰어난 지략을 소유한 인물이다. 1장에서 탐정 마크 브랜던은 휴가차 방문한 다트무어의 습지에서 우연찮게 향후 자신의 영혼을 송두리째 뒤흔들 너무나 아름다운 이 여성과 만나는데, 2장에서 바로 이 여성의 신분을 알게 됨은 물론, 그녀로부터 사건을 의뢰받고 거대한 미스터리 속으로 발을 내딛게 되는 것이다. 그런 점에서 원작 2장의 제목을 'The problem

『The Red Redmayne』	『赤毛のレドメイン一家』	『紅髮 레드메인 一家』
1. The Rumor	噂	風聞
2. The problem Stated	ゼンニイ・ペンディーンの物語	쟨니-·펜딘의 이야기
3. The Mystery	不可思議	奇奇怪怪
4. A Clue	手掛り	證據物
4. Robert·Redmayne Is Seen	ロバート··レドメインの出現	로버-트·레드메인의 出現
5. Robert·Redmayne Is Heard	ロバート··レドメインの傳言	로버-트·레드메인으로부터의 傳言
6. The Compact	約束	約束
7. Death In The Cave	洞窟内の死	洞窟속의 屍體
8. A Piece Of Wedding Cake	結婚菓子の一片	結婚菓子
9. On Griante	グリアンテノ山の上で	그리안테노의 山上에서
10. Mr Peter·Ganns	ピイター·ガンス氏	피-터-·깐스氏
11. Peter Takes The Helm	ピイター·ガンスの指導	피-터-·깐스의 指導
12. The Sudden Return To England	急速英国へ	英國으로
13. Revolver And Pickaxe	拳銃と	拳銃과 부삽
14. A Ghost	幽霊	幽靈
15. The Last Of The Redmaynes	レドメイン家の最後	레드메인一家의 最後
16. The Methods Of Peter·Ganns	ピイター·ガンスの方法	피-터-·깐스의 方法
17. Confession	告白	告白
18. A Legacy for Peter·Ganns	ピイター·ガンスへの形見	피-터-·깐스에의 記念物

〈표 2〉 세 가지 판본의 『붉은 머리 레드메인 일가』의 목차 비교

Stated'라고 한 것은 자연스럽다고 할 수 있다. 이것을 일본어판에서는 번역 과정에서 '제니 펜딘의 이야기'로 바꾼 것이다.

이와 같은 일치는 목차 전반에서 발견된다. 2장에 이어 4장과 5장, 11장 이 그러한데, 특히 11장 'Peter Takes The Helm'을 'ピイター·ガンスの指導' 라고 옮긴 일본어판과 '피-터-·깐스의 指導'로 옮긴 조선어판의 일치는 결 코 우연의 소치로 보기 어렵다.11) 여기서 한 가지 가능성이 도출된다. 1935

---

11) 'Helm'의 사전적 의미는 '키, 타륜, 조타장치, 지배, 지도' 등이다. 1977년 출판된 『빨강 머리 레드 메인즈』(오정환 옮김, 동서문화사)에서는 '진두에 서다'로, 2012년 출판된 『붉은 머리 가문의 비극』(이경아

년 이노우에 요시오가 영문 원작을 일본어로 번역한 후, 그 일본어 번역본을 김내성이 1940년에 조선어로 번역했다는 추론이다. 즉, 김내성의 조선어 번역인 『紅髮 레드메인 一家』는 원작을 번역한 것이 아니라, 일본어 번역본을 저본으로 하여 중역된 것이라는 주장이다. 이 같은 추론은 일본어 번역본과 조선어 번역본의 비교 과정에서 확인할 수 있는 작지만, 결정적인 '실수'의 일치를 통해서 확증된다.

(i) Jenny Pendean rose from her chair by the table where she was writing letters and Brendon saw the <u>auburn</u> girl of the sunset. [12]

(ii) 卓子に向かって手紙お書いてゐた'ゼンニイ・ペンディーンが椅子から立上がった。とブレンドンは以外にも夕陽を浴びたかの<u>金髪</u>の乙女を目の前に見たのである. [13]

(iii) 그 순간 브렌든 탐정은 의외에도 저번날 저녁 낚시질을 가던 도중에서 우연히 만났던 <u>브론드</u>의 처녀를 눈앞에 보았다. [14] (밑줄 강조는 인용자)

『붉은 머리 레드메인 일가』에서 '붉은색' 머리칼은 레드메인 일가의 성격을 드러내는 가장 중요한 특징이다. 붉은색 머리칼은 제니 펜딘과 그녀의 남편인 마크 펜딘에 의해 살해된 레드메인 일가 세 남자, 알버트, 벤디고, 로버트의 공통적인 신체 특징이면서, '불같고 화를 잘 내는 성격'을 공유한 그들 집안의 특징을 상징적으로 드러낸다. 그런 점에서 원문에서 'red hair' 대신

옮김, 엘릭시르)에서는 '키를 잡다'로 번역하였다.

12) Phillpotts, Eden, 『The Red Redmayne』, Macmillan, 1922, 22쪽.

13) 井上良夫, 『赤毛のレドメイン一家』, 柳香書院, 1935, 21쪽.

14) 김내성, 『紅髮 레드메인 一家』, 조광사, 1940, 12쪽.

'auburn', 즉 적갈색으로 묘사한 제니 펜딘의 머리칼 역시 그녀가 같은 성격과 기질을 지닌 레드메인 일가의 일원이라는 점을 강력하게 암시하는 근거가 된다. 그런데 영어 원작에서 'auburn', 즉 적갈색으로 묘사된 제니 펜딘의 머리칼 색깔이 일본어로 번역되는 과정에서 무슨 이유에선가 '金髮(금발)'로 바뀌고 있다. 이든 필포츠의『붉은 머리 레드메인 일가』에 대한 이해가 깊었던 번역자 이노우에가 왜 이런 결정적인 실수를 범했는지 그 이유를 정확히 알 수는 없다.

　문제는 이노우에 요시오의 번역에서 발생한 결정적인 실수가 김내성의 조선어 번역본에서도 동일하게 발견되고 있다는 점이다. 김내성은『紅髮 레드메인 一家』에서 제니 펜딘의 머리칼 색깔을 '블론드', 곧 금발로 번역하고 있다.[15] '금발'보다 '블론드'가 조금 더 모던하게 느껴진다는 차이가 있을 뿐 '블론드'나 '금발'이나 같은 색깔인 것은 분명하다. 이와 같은 일본어 번역본과 조선어 번역본 간의 오류의 일치에서 김내성의『紅髮 레드메인 一家』가 영문 원작이 아니라 이노우에 요시오의 일본어 번역을 중역한 것임을 확인할 수 있다. 이 같은 일치는 여러 부분에서 발견된다. 예를 들면 제니 펜딘의 남편 이름인 'Michael'이 조선어 번역본에서 '마이클'이라는 영어식 발음 대신, '미카엘'로 표기되고 있는데, 이 역시 일본어 번역본의 표기에 따른 것이다.

　이상에서 살펴보았듯, 김내성의『紅髮 레드메인 一家』는 영어 원작을 직접

---

15) 2012년 발행된 한글 완역본『붉은 머리 가문의 비극』(이경아 역, 2012, 엘릭시스)에서는 "마침 편지를 쓰고 있던 제니 펜딘이 자리에서 벌떡 일어섰다. 그녀는 바로 해질녘의 **붉은 머리 아가씨**였다."라면서, 문제의 부분을 '붉은 머리'로 번역하고 있다. 1965년 일본추리작가협회상을 수상한 뒤 발행된 中島河太郎의『추리소설전망』에도 "그의 작품 배경으로 자주 등장하는 다트무어를 무대로 **금발**의 여성이 등장해서 그녀를 한번 보고 깊은 감동을 받은 것이 휴가 중의 경부보였다"라고 하여 '금발'로 언급하고 있다.(中島河太郎,『推理小說展望』, 双葉社, 1965, 365쪽) 이 같은 실수는 1935년 번역된『赤毛のレドメイン一家』를 참조함으로써 초래된 것으로 추정된다.

번역한 것이 아니라, 일본어 번역본을 중역한 것으로 판단된다. 『紅髮 레드메인 一家』의 번역을 둘러싼 이와 같은 추정은 당시 조선에서 번역되어 출판된 서구문학 번역 작품의 저본에 대한 하나의 풍설, 즉 서구문학의 조선어 번역 대부분이 일본어 번역의 중역이라는 주장을 뒷받침하는 근거가 될 수 있다는 점에서 주목할 만하다. 그러나 문제는 일본어 번역본과 조선어 번역본 사이에 '일치'만 존재하는 것이 아니라, 그 일치보다 더 큰 '차이'가 존재한다는 것이다.

4. 번역 과정에 나타난 차이

김내성의 『紅髮 레드메인 一家』는 일본어 번역본 『赤毛のレドメイン一家』를 저본으로 하여 번역한 것이다. 그런데 번역 과정에서 행해진 '생략'으로 인해 상당한 분량의 감소가 일어나고 있다. '생략'은 조선어 중역 과정에서만 발생한 것이 아니라, 영어 원작의 일본어 번역 과정에서도 일어나고 있다. 일본어 번역본의 경우, 묘사에서 간단한 생략이 일어나기는 하지만 영어 원작을 완역에 가까운 형태로 번역한 데 비해, 조선어 번역본의 경우 상당한 분량의 추가적인 생략이 일어나고 있다. 그럼에도 생략은 원작의 지명, 인명, 기본 내용을 그대로 유지하면서 묘사 등 핵심 내용에 영향을 주지 않는 지엽적인 부분에서 일어나고 있다. 그때까지 여타 서양 탐정소설의 조선어 번역 과정에서 나타난 극심한 변형과 비교할 때 미미한 수준이었다.

그렇다면 선택적 생략의 기준은 도대체 무엇이었을까. 김내성은 1937년에도 아서 코난 도일의 셜록 홈즈 시리즈 중 하나인 『심야의 공포』(원제: *The Adventures of Speckled Band*)를 번역·출간하고 있는데 번역 과정에서 몇 가지 주목할 만한 변형이 이루어진다. 일단, 당시 조선 대중들에게 익숙지 않은 서구의 지명과 인명을 조선 식 지명과 인명으로 바꾼 것은 물론, 탐정소설의 생명이라고 할 수 있는 추론과 관련된 부분을 모두 과감하게 생략해 버렸다.16) 골치 아픈 추론 과정, 읽기 힘든 외국 인명과 지명 등 독자대중에게 수용되기 여러운 요소는 모두 바꾸거나 생략한 것이다. 그 결과물은 국적불명의 괴기소설 한 편이었고, 이것이 바로 김내성이 판단한 조선 탐정문학의 현주소이자, 조선 대중의 실제적 수준이었던

조광사의 '세계걸작탐정소설전집' 제1권

것이다. 김내성은『紅髮 레드메인 一家』를 번역하면서도 상당 부분을 생략하지만, 그 생략은 '원작의 의도'를 해치지 않은 수준에서 이루어지고 있었다. 일단 인명, 지명은 원작의 것을 그대로 사용하면서 상황, 풍경과 관련한 긴 묘사는 대부분 생략하였다. 이는 완역에 가깝게 번역한 일본어 번역본의 특징이기도 했다. 일본어 번역 과정에서 이든 필포츠 탐정소설의 특징 중 하나인 세밀한 '풍경 묘사'가 어느 정도 생략되고 있었지만 이 생략은 작가의 의도 내지 핵심 내용을 크게 해치지 않는 수준이었다. 문제는 일본어 번역본을 저본으로 하여 조선어로 번역되는 과정에서 발생하고 있었다. 이와 관련하여 2011년 출간된 한국어판『붉은 머리 레드메인 가족』의 역자 해설을 잠시 살펴보자.

역자 해설에서 이경아는 "탐정소설이라는 특수한 장르의 작가 중에 자신

---

16) 추론 과정의 생략은 김내성뿐 아니라 당시 조선에서 발표된 탐정소설 다수에서 동일하게 발견된다.

이 인간성을 연구하고 있다는 점을 전면에 내세우는 사람을 찾기란 꽤 어려울 것"이라고 전제한 후, 필포츠 소설의 특징이야말로 "반드시 '인간성의 탐구자'나 '성격의 연구자'로 형용되는 인물이 등장"하는 것이라고 말하고 있다.17) 아울러 『붉은 머리 레드메인 가족』이야말로 이 같은 필포츠 소설의 특징이 절묘하게 발현된 소설로 평가하고 있다. 이처럼 '성격의 연구자', '인간성의 탐구자'라는 필포츠 소설의 특징이 잘 드러나는 용어로서 작품 내에 등장하는 것이 바로 'Shell Shock', 일본어 번역본에 'シェル・ショック'라고 번역된 용어인데, 이는 우리말로 '전쟁신경증'이라 번역되는 정신의학적 질환을 지칭하는 용어다.18)

'Shell Shock'는 전쟁신경증의 한 형(型)으로서 병사가 전투라는 준엄한 상황 속에서 신체적·정신적으로 견딜 수 없는 한계까지 도달해 버렸을 때, 심한 불안상태가 되어 전투능력을 잃는 것을 말한다. 1차 세계대전 직후의 영국을 배경으로 이야기가 전개되는 『붉은 머리 레드메인 가족』에서 'Shell Shock'는 작가 이든 필포츠의 특징인 인물 성격 연구의 주요 근거가 될 뿐만 아니라 이야기의 전개에도 중요한 역할을 한다. 말하자면, 지능적인 두 범죄자인 마이클 펜딘과 제니 펜딘의 완전범죄 계획의 첫 단추가 되기도 하면서, 주변 인물들로 하여금 참전 경험이 있는 로버트 레드메인을 여러 건의 살인사건의 범인으로 의심하도록 유도하는 '트릭'으로 사용되는 것이다.19)

---

17) 이든 필포츠 지음, 이경아 옮김, 『붉은 머리 가문의 비극』, 엘릭시르, 2012, 487쪽.

18) Jones, Edgar, Wessely, Simon, 『Shell Shock to Ptsd』, Hove, New York, 2005, 12쪽.

19) 원작에서 제니 펜딘은 마크 브랜든 탐정에게 남편 살인사건을 의뢰하면서 1차 세계대전 참전 경험이 있는 삼촌 로버트 레드메인을 'Shell Shock', 즉 '전쟁신경증' 환자로 몰아가고 있다. 이러한 모습은 레드메인의 약혼녀, 형 벤디로 레드메인에게서 동일하게 나타나면서, 로버트 레드메인을 살인범으로 연결하는 '트릭'이 되고 있다.

1) No case is quite like another. They all have their differences. I think that Captain Redmayne, who has suffered from shell shock, must have been overtaken by loss of reason. Shell shock often produces dementia of varying degrees—some lasting, some fleeting. I'm afraid your uncle went out of his mind and, in a moment of madness, may have done a dreadful thing.   Then he set out, While he was still insane, to cover up his action.[20]

2) 私の考へますところでは、かねてシェル・ショックに悩まされてゐたレドメイン大尉が急に理性を失って了ったものに違ひあるまいと思ふのですよ。シェル・ショックといふものはよく精神錯乱を引き起こすものです。それがいつまでも続くのもあればまた急に治る一時的なものもありますけれど。それで多分貴女の伯父上も急に理性を失って狂気状態になり恐ろしい事仕出かしたものではありますまいか。そしてまだ狂気のままに自分の犯行を隠蔽しようとかかったものでせよ。[21]

3) 제 생각으로는 로버-트 대위는 정신에 이상이 생겨서 갑자기 그러한 무서운 행동을 취하지나 않았을까하고요. 그리고 그와같은 광란(狂亂)된 정신으로 이번에는 자기의 무서운 범행을 숨기고저 했던 겁니다.[22]

영어 원문에서 탐정 마크 브랜든을 비롯한 사건 관련자들은 모두 로버트 레드메인을 'Shell Shock', 전쟁신경증을 앓고 있는 환자로 언급하면서, 이 정신적인 질병으로 인해 살인까지 범한 것으로 단정하고 있다. 물론 참전 경험이 있는 로버트 레드메인 대위와 'Shell Shock'의 연관은 로버트 레드메인을 살인범으로 몰기 위한 제니 펜딘의 계략, 보다 근본적으로 말하자면 작가

---

20) Phillpotts, Eden, 『The Red Redmaynes』, Macmillan, 1922, 53쪽.

21) 井上良夫, 『赤毛のレドメイン一家』, 柳香書院, 1935, 47쪽.

22) 김내성, 『紅髮 레드메인 一家』, 조광사, 1940, 28쪽.

이든 필포츠가 고안한 교묘한 트릭이다. 당대 유럽 사회를 뒤덮고 있던 전쟁 후유증의 한 상징적 증상을 탐정소설의 핵심 요소라고 할 수 있는 '트릭'으로 차용한다는 점에서 이 작품은 전쟁과 인간이라는 보다 거대하고 철학적인 주제까지 포괄하게 된다. 작품의 핵심적인 에피소드인 로버트 레드메인의 'Shell Shock'와 관련한 내용은 영어 원작에서 매우 상세하게 반복적으로 설명된다. 'Shell Shock'는 '일종의 치매증상'이며 장기적 혹은 일시적으로 나타나기도 한다는 등 증상과 관련한 다양한 설명이 이어진다. 일본어 번역에서는 이 영어 원문이 그대로 완역되고 있다. 그러나 조선어로 번역되는 순간 'Shell Shock'는 '정신에 이상'이 생긴 단순한 질환으로만 설명될 뿐이다. 그 결과 전쟁과 인간이라는 거대한 주제, 그 주제를 통한 '인간성 탐구' 내지 '성격 탐구'라는 이든 필포츠 소설의 특징이 소멸되고 있다.

이 같은 문제점은 살인의 한 근거가 되는 레드메인 일가와 제니 펜딘의 독특한 기질과 관련한 부분의 조선어 번역 과정에서 동일하게 발견된다. 영어 원문에 따르면 레드메인 일가는 '성격이 불같고 화를 잘 내'는 기질의 사람들이다. 레드메인 일가의 마지막 세대인 제니 펜딘은 바로 이 기질을 가장 강하게 물려받은 인물이면서, 여기에 더하여 결단력까지 갖춘 것으로 언급되고 있다.23) 제니 펜딘이 일으킨 전율할 만한 살인사건이 바로 이 같은 타고난 기질, 즉 성격에서 비롯되고 있다는 것이다. 그런데 이 부분이 일본어를 거쳐 조선어로 번역되는 과정에서 생략되고 있다. 이러한 생략이 초래한 결과를 논하기 전에 일본어판 번역자인 이노우에 요시오의 역자 서문을 먼저 살펴볼 필요가 있다.

이노우에 요시오는 "필포츠가 그의 탐정소설에서 즐겨 취급하는 특이한

---

23) 일본어판 『赤毛のレドメイン一家』의 207쪽에는 영어 원문의 이 내용이 그대로 완역되어 있다.

재미라고 하면, 성자라고만 생각되던 인물에게서 은폐된 악마의 본성을 끌어내기도 하고, 선악 양자가 담소 중에 번쩍이는 불꽃을 날리면서 지혜 다툼을 나눈다고 하는 지적전율이다"고 소개한 후, 이든 필포츠를 가리켜 "심리탐정, 성격탐정의 재미를 성공적으로 취급한 작가로서는 대략 포오 이후 제1인자"라고 평가하고 있다.24) 학생시절부터 급우들의 인기를 독차지할 만큼 매력적인 성격을 지닌 한편으로, 문제아로 퇴학당할 만큼 어두운 내면 세계를 함께 지니고 있던 이중적인 제니 펜딘. 그리고 이와 같은 인간의 어두운 심리를 파고들어서 마침내 사건의 해결에 이르는 탐정 피터 건스. 이들 간의 지적 대결은 이든 필포츠의 탐정소설에서 처음 선보인 새로운 성과이자, 필포츠 탐정문학의 특성이었던 것이다. 작품의 성패를 가르는 이러한 특성의 근거가 되는 것이 제니 펜딘의 유전적, 즉 성격적 특질이다. 이 중요한 특질이 조선어로 번역되는 과정에서 전면 생략되어 버린 것이다. 로버트 레드메인의 'Shell Shock'라거나, 제니 펜딘의 유전적 기질 등 범죄의 근거를 사회학적 혹은 심리학적으로 설명해주는 핵심 근거들이 생략되고 난 후, 『紅髮 레드메인 一家』에 남는 것은 무엇일까.

필포츠 탐정소설의 또 다른 특성으로 지목되는 것이 '연애'이다. "추리소설에 연애의 감정을 집어넣는 것은 금물이라고 하는 논자도 없는 것은 아니지만 필포츠는 단연코 탐정에게 연애를 시켰다"25)는 지적처럼, 이 작품은 한 편의 연애소설로 분류할 수 있을 정도로 '연애', 즉 사랑이 소설의 핵심 키워드가 되고 있다. 탐정 마크 브랜든은 제니 펜딘을 보고 한눈에 반함은 물론, 마침내 그녀를 열정적으로 사랑하게 된다. 그러나 안타깝게도 이 사랑으로 인해 마크 브랜든은 탐정으로서의 객관적 태도와 냉철함을 잃고는 사

---

24) 井上良夫, 『赤毛のレドメイン一家』, 柳香書院, 1935, 2쪽.
25) 中島河太郎, 『推理小說展望』, 双葉社, 1965, 365쪽.

건 해결의 모든 기회를 놓쳐버리고 만다. '사랑에 빠진 탐정', 어떻게 보면 연애소설의 새로운 전범을 창조해냈다고도 할 수 있는『붉은 머리 레드메인 가족』의 '탐정 연애' 모티프는 대중들뿐 아니라, 조선의 작가들에게도 상당히 매력적인 소재였던 듯하다. 채만식이 1934년 발표한 탐정소설『염마』에서 탐정 백영호가 우연히 마주친 여인에게 한눈에 반해서 냉철함을 잃어버린 후, "'연애와 탐정은 동시에 할 것이 못된다'고 탄식을 하"[26)는 장면 역시 바로 이 영향이었던 것으로 추정된다.

  하지만『붉은 머리 레드메인 가족』으로부터 가장 많은 영향을 받은 이는 다름 아닌 번역자 김내성일 것이다. 1939년 발표된 김내성의 장편 탐정소설 『마인(魔人)』의 탐정 유불란은 '연애감정'으로 인해 사건 해결의 기회를 놓친다는 점에서 마크 브랜든과 흡사하다. 예를 들면 유불란이 절세의 미모를 지닌 주은몽을 사랑하여 사건에 대한 객관적 판단을 잃은 후 "탐정은 절대로 사건 중의 이성과 연애를 해서는 안" 된다고 강변하는 모습은 제니 펜딘을 향한 사랑으로 인해 사건 해결의 기회를 잃은 마크 브랜든의 뼈아픈 자책의 말에 다름 아니다. 아울러, 소설의 결말부에서 '연애'에 빠져 범인 색출의 기회를 놓치고 마침내 탐정 폐업을 선언하는 유불란의 모습은 동일한 이유로 탐정직을 접고 떠나는 마크 브랜든의 모습과 정확히 일치한다. 다른 것이 있다면, '경찰을 관둘 예정입니다'는 간략한 말로 의사를 표현하는 마크 브랜든과 달리 조선의 유불란은 다음과 같은 신파적인 표현으로 자신의 감정을 드러내고 있다는 점이다.

  이번 사건은 나에게 가장 귀중한 교훈을 가르쳐주었습니다. 나에게 탐정의 소질이

---

26) 채만식, 『염마(艶魔)』, 『채만식 전집』1, 창작사, 1987, 335쪽.

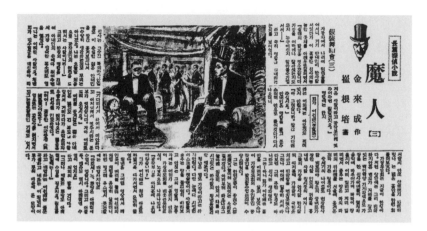

김내성이 연재한 장편탐정소설 『마인』(『조선일보』, 1939. 2. 17)

없다는 것을 가르쳐주었습니다. 그러나 나는 그것을 결코 슬퍼하지 않습니다. 이후에는 절대로 범죄사건에 손을 대지 않겠다는 것을 나는 이 자리에서 임경부께 맹세합니다. 탐정의 혈관에는 피가 순환하여서는 안 된다는 사실을 나는 비로소 깨달았기 때문입니다. 탐정의 혈관에는 강철(鋼鐵)이 돌아야 합니다.27)

'연애'에 빠진 탐정. 이든 필포츠의 작품이 조선에 번역되면서 가장 중요시된 것은 바로 이것이었다. 김내성은 이든 필포츠 소설의 특징인 '풍경 묘사'와 '성격 묘사'를 번역 과정에서 과감하게 생략하는 대신, 연애 에피소드는 거의 그대로 살리는 선에서 번역을 하고 있었다. 물론 이외에도 생략한 부분은 많았다. 400페이지에 달하는 원작이 번역 과정에서 절반 분량으로 줄어든 것에서 그 생략의 정도를 알 수 있다. 이러한 생략 덕분에 조선어 번역본 『紅髮 레드메인 一家』은 대중적인 면모를 강하게 지니게 되었다. '전장

---

27) 김내성, 『마인』, 판타스틱, 2009, 475쪽.

속에 놓인 인간'과 같은, 조선 독자들에게 수용되기 힘든 심각한 주제가 깨끗하게 정리되었던 것이다. 대신 '천사의 얼굴에 악마의 심장을 가진' 제니 펜딘과 그리스 조각상 같은 외모를 지니고 있으나 역시 어두운 내면을 지닌 마이클 펜딘 두 사람 간의 삶과 죽음을 초월한 사랑 등, 대중의 흥미를 끌 만한 에피소드들이 한층 강력하게 부각되었다. 번역 과정에서 어떤 부분을 생략하고 어떤 부분을 강조할 것인가를 결정하여 '탐정소설'이 아니라, 한 편의 새로운 '대중연애소설'을 탄생시킨 것은 바로 번역자 김내성이었다.

김내성은 왜 '번역자'로서 지켜야 할 '룰'을 저버린 것일까. 번역자 김내성의 일탈은 단순히 개인적 취향에서 비롯된 것은 아니었던 듯하다. 유학 시절 일본의 탐정소설 전문잡지 『프로필』에 발표한 두 편의 탐정소설을 귀국 후 자신이 직접 조선어로 번역하여 발표하는 과정에서 보인 '변형'을 통해 이에 대한 답을 찾을 수 있다. 그 변형의 과정을 단적으로 표현하면 '추론'의 배제와 '신파적 연애'의 첨가라고 요약할 수 있다. 작가 김내성이 일본어로 쓴 자신의 작품을 조선어로 번역하면서 이 같은 '변형'을 가한 결정적 요인은 식민지 조선의 문화적 상황, 엄밀히 말하자면 조선 독자대중의 수준에 대한 냉철한 인식에 있었다. 과학 기술 및 근대적 미디어의 발전이 충분히 이루어지지 않았음은 물론, 초등교육조차 제대로 보급되지 않아서 문맹률이 높았던 조선의 상황에서 '논리적 추론 과정'을 통한 '지적 전율'을 즐길 만한 탐정소설 독자층이 마련되어 있지 않다고 판단한 것이다. 근대문학이 만들어낸 가장 대중적인 문학양식 중 하나인 탐정소설은 당대 독자대중의 내실을 판단하는 바로미터가 될 뿐만 아니라, 식민지 조선의 대중문학이 처한 운명을 드러내는 또 하나의 근거가 된다. 그 단적인 예의 하나로 1930년대 선풍적인 인기를 끈 김내성의 소년탐정소설 『백가면』을 살펴보자.

3. 방첩시대와 소년탐정소설

1. 식민지와 과학스파이소설

1960년대부터 80년대에 이르기까지 우리나라 TV의 어린이 프로그램의 상당 부분은 일본 애니메이션이 차지하고 있었다. 〈우주소년 아톰〉, 〈요괴인간〉, 〈우주소년 빠삐〉, 〈미래소년 코난〉 그리고 우주공상과학물 〈은하철도 999〉에 이르기까지, 이 시기 방영된 어린이용 애니메이션의 대다수는 일본에서 만든 것이었다. 이들 애니메이션은 '공상과학'과 '모험'이 결합되어 있다는 공통점을 가지고 있었다. 벰, 베라, 베로라는 요괴 가족이 등장하는 〈요괴인간〉의 경우 요괴가 등장한다는 점에서 괴기물이라고 볼 수도 있지만, 이들 존재가 선함과 강함을 함께 가진 피조물을 만들어내기 위해 연구하던 과학자가 연구 도중 갑자기 죽는 바람에 탄생한 변형 인간이라는 점에서 공상과학물의 범주에 넣어도 무방할 것이다.

모험의 투지와 과학적 상상력으로 가득 찬 이들 애니메이션이 그 시절 한국의 어린이들에게 준 영향은 컸다. 과학적 연구 기반이 제대로 마련되어 있지 않던 당시 한국에서 일본 공상과학 애니메이션들은 어린이들에게 미래사회에 대한 호기심과 과학에 대한 열정, 그리고 새로운 세계를 향한 도전정신을 일깨워줬다. 물론 일본 문화의 거대한 힘에 압도당한다는 부작용 또한 만만치 않았다. 분명한 것은 일본은 아시아 어느 나라도 따라갈 수 없는 과학적 지식을 기반으로 어린이물에서조차 놀라운 과학적 상상력을 발휘하고 있었다는 점이다. 이와 같은 문화 상품의 등장에는 메이지 유신 이후 지속적으로 과학 발전에 공을 들여온 국가 차원의 노력이 내재되어 있었다.

과학 기술 발전을 향한 일본의 노력은 참으로 집요한 바가 있었다. 이러한 집착의 한 단면을 태평양 전쟁이 한창이던 1943년 일본 도후쿠(東北)제국대학 임시징병검사와 관련한 자료에서 찾아볼 수 있다. 1943년 10월 임시징병 문부성 통계자료에 의하면 도후쿠제국대학 법문학부의 경우 재적자의 3분의 2가 입대하지만, 이과생은 징병검사를 받은 후 "입영연기의 조치가 취해졌기 때문에 현실적으로는 대부분 대학에 남아 있"었다고 한다.[1] 이처럼 이공계 학생을 보호한 이유는 무엇보다도 국가 발전의 근간으로서 과학과 기술이 갖는 중요성에 대한 일본 사회의 오랜 믿음이 거론되겠지만, 군국주의 국가를 지탱하기 위한 기초로서 군사 기술 개발의 필요성 역시 무시할 수 없을 듯하다.[2]

---

1) 당시 일본인 학생의 학부별 입대 현황을 보면 다음과 같다. 법문학부: 재적자수 1259, 재학징집연기임시특례수검자(在学徵集延期臨時特例檢者) 827, 입대 767. 이학부: 재적자수 321, 재학징집연기임시특례수검자 180, 입대 0. 의학부: 재적자수 416, 재학징집연기임시특례수검자 258. 입대 0. 공학부: 재적자수 612, 재학징집연기임시특례수검자 398, 입대 0. 이처럼 이공학부 학생의 입대는 국가적 차원에서 저지되고 있었다. 그러나 조선인 학생의 경우, 이공계 관련 학부에 소속되어 있더라도 입대한 것으로 나타나고 있다.(이상의 내용에 대해서는 永田英明, 「東北帝国大学の「学徒出陣」」, 『東北大学史料館だより』, 東北大学史料館, 2005. 12, 4쪽을 참조)

실제로 서구의 스파이물이나 제국주의 시기 일본의 스파이소설에서 공통적으로 발견되는 것 중 하나는 과학 기술의 발전에 대한 병적인 집착이다. 대개의 경우 스파이전은 첨단 과학 기술을 이용한 신무기 개발과 관련되어 발생하며, 이를 막는 애국 요원들(자국 스파이) 역시 놀라운 무기에 의지하여 적성국 스파이들의 공격을 물리친다. 말하자면 '신무기 개발'을 근간으로 하여 전개되는 일련의 스파이소설이야말로 근대 과학 기술의 발전 없이 존재할 수 없는, '근대적인, 너무나 근대적인' 문학장르라고 할 수 있을 것이다.

그런데 놀랍게도 이런 스파이소설이 식민지 조선에도 있었다. 그것도 어린이를 대상으로 한 과학스파이소설이 1930년대 조선에서 발표되고 있는 것이다. 비록 김내성이 쓴 『백가면』한 편이 전부인 형편이지만 식민지기 동안에 과학스파이소설이 발표되었다는 사실 자체만으로 주목할 만한 일이다. 1943년에 이르러서야 겨우 경성제국대학에 이공학부가 개설되는 열악한 사회문화적 현실 속에서, 그것도 식민지 치하의 조선에서 '과학스파이소설'의 등장은 너무나도 비현실적이기 때문이다. 이후 스파이소설은 몇몇 작가들에 의해 방송소설로도 발표되고, 성인 대상 잡지에도 연재된다. 스파이들의 각축전이 실제로 발생할 정도의 국력의 성장과 과학 기술 발전을 일종의 전제조건으로 하는 스파이소설이 식민지 조선에서 그 모습을 드러낸 것은 어떤 이유에서일까. 김내성의 『백가면』은 이에 대한 답을 얻을 수 있는 중요한 근거가 될 수 있다.

---

2) 최근 일본 방위성에서 일본 내 이공계 대학을 대상으로 총 3억 엔의 '군사기술에의 응용이 가능한 기초연구' 응모를 한 것은 단적인 증거가 될 수 있다. 물론 이 연구 공모가 '민생용에도 사용될 수 있는 연구에 한정된다'고 규정하고는 있지만 일본 내 다수의 전문가들로부터 "軍學공동연구가 제동 없이 확대되어서, 학문의 자유가 위협받을 염려도 있다"는 지적이 나오고 있다고 한다.(이상의 내용에 대해서는 「軍事可能研究に16大学応募 東工大や岡山大 防衛省が費用支給」, 『共同通信』, 2015. 9. 24 참조)

2. 『소년』의 창간과 소년과학탐정물의 등장

와세다 대학 독법학부를 졸업한 김내성이 조선에 귀국한 것은 1936년의 일이다. 유학 중 일본의 탐정소설 전문잡지 『프로필』의 '신인 소개'란에 「탐정소설가의 살인」이 게재된 후, 같은 잡지 현상공모에 「타원형의 거울」이 당선되어 탐정소설 작가로 등단한 직후였다. 귀국 직후 김내성은 약간의 시차를 두고 두 편의 소년소설을 발표한다. 조선일보사에서 발행한 어린이 잡지 『소년』에 게재한 『백가면』(1937. 6~1938. 5)과 『동아일보』에 게재한 『황금굴』(1937. 11. 1~1937. 12. 31)이 그것이다. 두 편 모두 일종의 '모험소설'이라는 공통점을 가지고 있다. 본격 탐정소설 작가로 등단한 김내성이 어린이를 대상으로 한 모험소설로 조선 문단에 첫 선을 보인 것은 다소 의외였는데, 여기에는 조선일보사에서 펴내는 어린이 잡지 『소년』이 중요한 요인으로 작용하고 있었던 듯하다.

1930년대 황금광 열풍 속에서 금광으로 부호가 된 평북 출신의 방응모는 1933년 폐간 직전의 조선일보사를 인수하여 대대적 개혁에 들어간다. 일단 신사옥을 건립하고 백만 부 무료 배포를 통해서 조선일보사의 사세 확장을 알린 후, 조선의 전 '국민'을 대상으로 잡지 발행에 들어간다. 1935년에는 성인 일반을 대상으로 한 종합잡지 『조광』을, 1936년에는 여성 일반을 대상으로 한 종합잡지 『여성』을, 1937년에는 청소년을 대상으로 한 『소년』과 어린이를 대상으로 한 『유년』을 각각 창간한 것이다. 이렇게 세분화된 대중화 전략은 1920년대 일본에서 백만 잡지의 성공 신화를 이룬 종합잡지 『킹구』의 전략을 그대로 답습한 것이다.3) 신문사 인수와 더불어 방응모는 막강한

---

3) 『킹구』는 영어 king의 일본식 발음으로, 일본의 유력 출판사인 강담사(講談社)가 1925년 대량 인쇄, 대량 판매의 출판혁명을 일으키며 창간한 성인 대상 종합잡지이다. 강담사는 『킹구』에 이어, 여성 일반을

자금력을 기반으로 조선 사회의 주요 인사들을 필진으로 섭외하는데, 여기에는 방응모의 평안도 인맥이 핵심적인 역할을 담당하고 있었다.

평양고보 출신인 김내성이 조선일보사가 발행하는 잡지『조광』의 편집국에 입사한 것은 평안도 인맥을 중심으로 이 같은 야심찬 기획이 진행되던 시기인 1936년의 일이었다. 1937년 청소년 대상 잡지인『소년』이 발행되자, 당시 인기를 끌었던 탐정물의 조선 유일의 전문작가인

1920년대 일본에서 대대적 호응을 얻은 백만 잡지『킹구』(1931년 4월호 표지)

김내성이 이 야심찬 기획에 투입되는 것은 당연한 일이었다.『소년』은 청소년 대상 잡지임에도 불구하고 김내성 이외에도 이광수, 채만식, 박태원, 윤동주 등 문학인을 비롯하여 무용가 최승희, 한글학자 최현배 등 당대 조선의 내로라하는 유명인사들이 필진으로 참여하고 있었다.

『소년』은 지면 구성도 매우 화려한 모습을 보이고 있다. 1920년대 개벽사에서 발행한 청소년 잡지『어린이』가 평균해서 50쪽 내외였던 것에 비해『소년』은 종간 직전까지 80쪽을 유지하였을 뿐 아니라, "매호마다 2~6쪽의 옵세트 화보를 넣어서 이채를 띠었다."[4] 그렇다면 이처럼 경제적 지원을 아끼지 않으면서까지 조선일보사에서 청소년 잡지를 발행한 이유는 어디에 있

대상으로『퀸』을, 청소년을 대상으로『소년구락부』를, 어린이를 대상으로『유년구락부』를 차례로 발행하여, 일본의 전 국민을 독자로 포섭하는 거대 언론제국을 겨냥하고 있었다. 이에 대해서는 佐藤卓己,『キングの時代』, 岩波書店, 2002를 참조.

4) 이상의 내용은 경인문화사에서 펴낸『소년』잡지 영인본의「해제」에 있는 내용을 참조.

었던 것일까. 식민지기 한국인의 신문접촉 경향을 조사한 김영희의 연구를 잠시 살펴보자. 김영희는 "1934년 월 구독료가 1원이었던 신문을 구독하는 것은 대기업 노동자들도 어려웠"을 것이라 지적한 후, 다음의 상황을 근거로서 제시하고 있다.[5] 1934년 기준, 고용인 50인 이상 공장에 취업한 조선인 남자 성년공의 일일 평균 임금이 90전이었으며,[6] 1930년 기준 조선어 해독 가능 인구는 전체의 20%를 넘지 않는 수준이었다.[7] 이러한 상황에서 월 구독료가 1원 20전, 한부 가격이 6전인 신문의 구독이 활발하게 이루어질 수 없었다는 것이다.[8]

전체 6면으로 구성된 신문 한 부가 6전이었음을 고려하면 80쪽의 지면 구성에 부록까지 제공하면서도 10전이었던 『소년』의 가격은 상당히 저렴한 수준이었다. 한글 해독률이 20% 정도 수준이었으며 초등교육조차 원활하게 보급되어 있지 않은 당시 상황에서 잡지 독자층 역시 여타 성인 대상의 종합잡지나 신문에 비해서는 폭넓었다고 할 수 있다. 성인 대상 종합잡지로 발행한 『조광』의 경우, 생활과 관련한 잡다한 내용이 들어 있기는 했지만 정세와 관련한 시사적 논설이 포함되어 있었기 때문에 한글 해독이 겨우 가능한 일반 독자층이 쉽게 사서 읽을 수 있는 잡지는 아니었다. 그런 점에서 소학교에 다니는 어린이에서부터 고등보통학교에 다니는 청소년 정도의 지적 수준을 가진 이들을 독자 대상으로 겨냥하여 어려운 시사 상식을 배제하고 야담이나 동화 등 흥미 위주의 내용으로 구성한 『소년』이 오히려 당대 조선 독자대중에게 적합한 잡지였다고 할 수도 있다.[9]

---

5) 김영희, 「일제시대 한국인의 신문접촉 경향」, 『한국언론학보』, 2001, 50쪽.
6) 김영희, 앞의 논문, 51쪽.
7) 김영희, 앞의 논문, 51쪽.
8) 구독 신문부수가 상당히 향상되었던 1939년 말에도 국문 신문의 보급률이 100가구 당 4.72부였다. 김영희, 앞의 논문, 63쪽.

하지만 식민지기 최고의 인기를 구가
한『야담』이 월 평균 9,000부가량 발행
되었다는 점을 고려할 때『소년』의 발
행부수가 그 이상을 넘어섰을 리 없는
것은 당연한 일이었다. 그럼에도 불구
하고 조선일보사가 이렇다 할 수익성이
없음에도 상당한 비용을 들여『소년』을
창간하여 이 잡지에 조선을 대표하는
다양한 문화계 인사들이 필진으로 참여
하게 한 것은 무슨 이유에서였을까. 그
것은 단순히 상업성, 돈의 문제만은 아

청소년 잡지『소년』창간호(1937. 4)

니었던 듯하다. 일단『소년』의 창간사를 살펴보자.

우리는 잡지『소년』을 내어보냅니다. 조선의 여러백만 어린이들을 위하야 보내어 드
립니다. 여러분의 가장 든든한 스승이 되라고 또 여러분의 가장 정다운 동무가 되라
고 우리는 잡지『소년』을 여러분에게 보내는것입니다.

여러분에게 모르시는 것이 있거든 이『소년』을 뒤져 그 모르시는 것을 알아내십시오.
『소년』은 곧 여러분의 스승이십니다.

그리고 여러분이 공부하시는 틈틈이 이 착하고 정다운 동무『소년』을 찾으십시오.
『소년』은 반드시 여러분에게 웃음을 드릴것입니다.10)

---

9) 영인본『소년』의「해제」에 따르면 "게재되는 내용은 소설, 동화, 동요, 동시, 교양물, 기타 읽을거리 등
으로서 이 가운데 소설과 동화가 전체 내용의 40%를 차지하고 나머지 동요, 동시는 고작 4~5%를 넘지
못하고 있으며 교양물, 기타 읽을거리가 50%를 차지하고 있다."
10)「소년을 내면서」,『소년』, 1937. 4, 9쪽.

창간사에 따르면 『소년』의 발행은 조선 어린이의 교육에 목적을 두고 있다. 창간호를 기준으로 살펴볼 때 『소년』에는 전설, 동화 등과 더불어 「봄의 과학」, 「봄의 식물」 등 과학적 지식을 재미있게 풀어 설명한 것이라든가, 화보와 더불어 미래 세계를 흥미롭게 표현한 「백년 후의 세계」, 그리고 과학적 질문에 답하는 「척척박사」, 체육 관련 지식을 다룬 「소년체육관」 등 근대과학과 관련한 항목이 주종을 이루고 있다. 동화, 소설의 경우에도 전설과 옛이야기 두세 편을 제외하면 대부분 서구 동화의 번역 내지 서구 동화를 조선적으로 재해석한 것 등이다. 재미를 겨냥하면서도 근저에는 근대적 세계와 관련한 지식, 특히 근대 과학의 전수가 중요한 의미로서 자리하고 있었던 것이다. 이와 같은 편집 구성은 종간에 이르기까지 지속된다.

『소년』은 이처럼 조선 어린이의 교육, 특히 과학 지식 전파에 힘을 쏟고 있었다. 조선의 선각자들이 근대 조선을 만들기 위해서 과학 보급이 절대적으로 중요함을 깨닫고 과학의 대중화를 주창하며 '과학데이' 행사를 개최한 것이 1934년의 일이다.[11] 『소년』에서 과학 지식 보급에 힘을 쓴 것은 바로 이와 같은 시대적 요청의 연장선상에 있었던 것으로 보인다. 어렵고 재미없는 과학 지식을 채색 화보, 재미있는 동화, 만화 등, 당대 조선 일반 대중의 지적 수준에 걸맞은 형식으로 보급하려 했던 것이다. 전설, 야담, 사화에 익숙한 당대 조선 독자들의 호응을 이끌어내는 것이 쉬운 일은 아니었겠지만 『소년』은 상업적 이익을 넘어, 조선 청소년의 계몽을 향해 나름의 힘을 경주하고 있었다. 여기에는 조선의 근대화와 독립을 위해서는 과학적 지식의 보

---

11) 1930년대를 넘어서면서, 과학의 중요성에 대한 인식이 사회적으로 대두하여 조선 최초의 민간 과학단체인 '발명학회'의 주도로 언론, 정치, 사회, 문학에서 조선을 대표하는 인사들이 참여하여, 조선의 대중들에게 과학과 기술에 관한 지식을 보급하기 위한 일련의 운동이 펼쳐진다. 이 운동의 한 방안으로서 먼저 『과학조선』이라는 잡지를 발행하고, 더불어 1934년 4월 9일 '과학데이'를 제정하여 조선 전역에서 일종의 축제와 같은 행사를 개최한다.

'마라톤왕' 캬라멜 광고 이미지의 변화. 왼쪽은 1937년 4월부터 실린 광고이며, 오른쪽은 중일전쟁 발발 직후인 10월호에 게재된 소년병 이미지가 들어간 광고이다.

급을 통한 이른바 '실력양성'이 절실하다는 것을 당대 지식인 상당수가 공유하고 있었던 것도 큰 힘으로 작용했을 것이다.

그러나 대중의 계몽이라는 순수한 목적을 견지하기에도 『소년』의 발행을 둘러싼 시대적 분위기가 너무나 삼엄하였다. 『소년』은 중일전쟁 직전인 1937년 4월 창간되어 태평양 전쟁을 앞둔 1939년 폐간된다. 일본이 총력 전시체제에 들어감에 따라, 『소년』 역시 점진적인 변화를 보이고 있는데 그 변화는 먼저 잡지 광고 면에서 나타나고 있다. 『소년』은 어린이와 청소년 대상 잡지였던 만큼 광고가 많지 않아서 창간 직후부터 지속적으로 게재된 광고로는 일장기를 단 마라톤 선수의 만화가 등장하는 경성풍국제과의 엿 광고인 '마라톤 왕' 광고가 있다. 1936년 손기정 선수의 하계 올림픽 마라톤 금메달을 상징하는 이 광고 만화 컷은 한편으로는 조선 어린이들의 체력을 장려하면서, 한편으로는 조선의 어린이는 곧 일본의 '소국민(小國民)'이라는 점을 소년 소녀 독자들에게 지속적으로 환기시키고 있다.

일선동체(日鮮同體) 사상을 주입하고 있는 이 광고가 중일전쟁이 발발한 직후인 1937년 10월부터 변화된 모습을 보이고 있다. 일단 기존의 '마라톤

왕' 광고는 그대로 게재하면서 여기에 일본 모리나가(森永)제과의 '밀크 캬라멜' 광고가 함께 등장하는데, 두 광고 모두 체력 단련을 강조한 마라톤 선수 대신 군복을 입은 소년병이 등장하고 있다.12) 아울러 1937년 12월에 이르면 '세계공군'이라는 큰 제목 아래 첫 장부터 시작해서 3쪽에 걸쳐서 일본, 독일, 미국, 프랑스의 공군 폭격기 사진이 게재되면서 그와 관련한 다양한 설명이 부연되고 있다. 1941년 12월 일본의 하와이 공습으로 시작되는 태평양

『소년』에 실린 소년 항공병 사진(1938. 8)

전쟁이 이미 1937년부터 식민지 조선의 청소년 대상 잡지에서 그 징조를 드러내고 있는 것이다.

이와 같은 전시체제의 급박한 분위기는 『소년』 1938년 8월호 첫 페이지에 소년 항공병의 전신사진이 게재되면서 본격화된다. '「가스미가우라(霞ヶ浦)」 해군항공대 「아라와시(荒鷲)」 제2세대들'이라는 설명이 붙은 이 사진에는 "빛나는 사명을 띄고 하늘을 政服해가는 든든하고도 미더운 바다의 '아라와시'!!"라는 문구와 더불어 소년들의 참전을 독려하고 있다. 어떤 위험한 모험에도 굴하지 않는 강인한 체력과 정신력을 지닌 소년들이 조국(일본)의 승리를 위해 전쟁에 나설 것이 절실하게 요구되는 시대가 시작되고 있었던 것이다. 이 같은 시대적 변화에 따라 『소년』에는 한편으로는 『톰소여의 모

---

12) 『소년』 1937년 10월호의 '마라톤 왕' 광고의 경우 "한 개 먹고 기운 내어 出擊"이라는, 소년의 참전을 장려하는 광고 문구까지 함께 게재되고 있다.

험』을 조선 상황에 맞게 축약한 『선머슴 武勇傳』과 같은 모험소설이 실리고13) 다른 한편으로는 방첩의식을 강화하는 『백가면』이나 『소년탐정단』과 같은 소년첩보소설이 게재되기에 이른다.

이처럼 어린이 잡지 『소년』의 발행에는 조선의 독립과 일본의 전쟁이라는 이율배반적인 시대의 요청이 동시에 내포되어 있었다. 식민지 조선의 자립을 위한 대중의 계몽, 그리고 제국의 승전을 위한 합일된 의식, 이러한 이율배반적인 두 측면이 착종되어 있던 1930년대 중반 식민지 조선의 상황은 『소년』의 내용적 구성에도 반영되고 있었다. 시대의 모순적인 요청은 『소년』 잡지의 최고 흥행작인 김내성의 탐정소설 『백가면』에서 더욱 극명하게 드러나고 있었으니, 아래에서는 이 문제에 대해 본격적으로 논의해보고자 한다.

3. 과학 지식의 보급과 모험의 서사

『백가면』은 1937년 6월부터 1938년 5월까지 『소년』에 연재된다. 현재 남아 있는 『소년』 잡지가 결호가 다소 있으므로 『백가면』의 전모를 파악하기는 어렵다.14) 특히 1편과 마지막 편이 게재된 호가 결호여서, 시작과 결말 부분이 파악되지 않는다는 결정적 한계가 있기는 하지만, 남아 있는 부분을 중심으로 줄거리를 파악하면 다음과 같다. 세계적 발명가인 강박사가 아들 수길과 아들 친구인 대준 등과 함께 곡마단 구경을 다녀오다가 납치를 당하는 사건이 발생한다. 이에 수길과 대준 두 소년은 조선의 유명 탐정인 유불

---

13) 1938년 6월부터 게재된 『지붕속의 王女』역시 같은 맥락에서 설명될 수 있다. 미국 어린이소설 『소공녀』를 축약하여 번역한 이 작품에서 강조되는 것은 역경을 뚫고 자신의 삶을 살아가는 소녀의 이야기이다. 전시 상황 속에서 소년들에게는 '모험'이, 소녀들에게는 '인내'와 '봉사'가 강조되고 있었던 것이다.

14) 『백가면』이 게재된 것 중 현재 남아 있는 『소년』 잡지는 1937년 7, 8, 9, 10, 12월, 그리고 1938년 1, 2, 3, 6월 호이다. 『백가면』에 대한 논의는 이 범위 안에서 전개될 수밖에 없다.

『소년』에 연재된 김내성의 『백가면』. 그로테스크한 삽화는 화가 정현웅의 작품이다.

란과 함께 강박사 구출작전에 나서는데 이 과정에서 놀라운 사실이 밝혀진다. 강박사 납치 사건은 신무기 설계도를 훔치려던 적성국 스파이들이 자행한 것이었으며, 납치 주범으로 알려져 있던 백가면은 사실은 십여 년 전 행방불명되어서 죽은 줄 알았던 대준의 아버지로, 적성국 스파이들에 맞서 강박사를 구하려한 애국자였다는 것이다.

『백가면』은 연재 당시 『소년』 독자들의 열렬한 호응을 받았는데 여기에는 모험과 추리를 혼합한 흥미진진한 내용 구성과 더불어 조선미술전람회 입선 출신 화가 정현웅의 그로테스크한 삽화가 한몫하고 있었다. 백가면의 실체와 강박사의 생존에 대해 매호 증폭되는 궁금증이라든가, 흰 말을 타고 경성 시내를 질주하는 백가면과 택시를 타고 그 뒤를 쫓는 소년들 간의 추격전 등의 흥미진진한 전개는 강렬한 터치의 삽화와 연결되면서 마치 한 편의 영화를 보는 듯한 느낌을 독자에게 주고 있었다. 실제로 『백가면』은 당시 일반적인 소설과는 달리 시각적 효과에 상당한 힘을 기울이고 있었다. 경성경무국의 공지를 공지문 형식 그대로 게재하는가 하면, 수길과 대준이 어머니에게 보내는 간단한 쪽지 역시 사각의 테두리에 넣어 게재하는 등 평면적 공간에 머물던 기존 소설 양식과 달리, 시각적 효과를 강조함으로써 긴박감, 현장감을 상승시키고 있었다.

이처럼 김내성은 『백가면』 연재를 통해 조선의 여타 어린이 잡지는 물론 성인 대상 소설에서도 보기 힘든 새로운 형태의 소설을 시도하고 있었다.15) 특히 당시 조선에는 존재하지 않았던 새로운 직종인 '탐정'의 등장이 주목할 만하다. 식민 치하라는 정치적 상황에서는 제국의 통치 질서에 혼란을 초래할 위험성이 다분한 탐정이라는 존재가 설 자리가 없었다. 그런 만큼 '탐정'에 대한 기본적 이해 역시 대중들에게 채 형성되어 있지 않은 상황이었다. 몇 편의 번역 작품, 그것도 대개 극도로 축약된 형태의 번역탐정물을 통해 어렴풋한 이미지만 겨우 소개되어 있을 뿐이었다.

그런 점에서 『백가면』에 등장하는 유불란이라는 인물은 한편으로는 당시 조선 독자들에게 '탐정'이라는 낯선 존재를 설명하는 것이면서, 다른 한편으로는 탐정소설이라는 새로운 문학 장르의 여러 맥락을 조선적 상황 속에서 보여주는 것이기도 했다. 유불란의 경력을 먼저 살펴보면, 일단 그는 독신이며 동경경시청에서 최고의 조건으로 근무 요청을 받았지만 거절하고 현재는 탐정소설 창작에 몰두하고 있다. 아울러 그는 경무국의 핵심 인사들과 친분을 가지고 있고, 화학 약품과 책이 가득한 서재를 가지고 있는 것에 비추어

---

15) 『백가면』이 조선 최초로 '소년탐정소설'이라는 명칭을 달고 나온 작품은 아니다. 『백가면』 발표 10년 전인 1925년, 방정환이 잡지 『어린이』에 '탐정소설'이라는 이름 아래 『동생을 차즈러』를 비롯하여 네 편의 소설을 연이어 발표한 바 있다. 그러나 아직 초보적 모험소설 수준을 벗어나지 못한 이 소설들과 달리 김내성은 『백가면』에서 탐정소설 전문작가로서의 탄탄한 실력을 바탕으로 '추론'과 모험이 절묘하게 조합된 '탐정소설다운 탐정소설'을 조선 최초로 선보이고 있다.

볼 때 이공학을 전공했거나 적어도 이공학에 조예가 깊은 인물로 추정된다. '탐정' 유불란이 사건 해결에 함께 나선 경시청 소속의 형사들과 차별화되면 서, 외부자임에도 정식 치안체계에 속한 형사들로부터 협조 요청까지 받는 중요한 요인 중 하나가 바로 '과학 지식'에 근거한 추론이다.

소설 속에 그려진 유불란은 과학에 해박한 지식을 갖고 있는 인물이다. 그는 백지뿐인 강박사의 비밀수첩을 확보한 후, 약품에 적셔서 글자가 나타 나게 하는 등 화학 지식을 지니고 있는가 하면 자력과 관련한 물리학적 지식 도 갖추고 있다. 그는 다양한 과학 지식을 활용하여 강박사 납치의 이유를 파악하고 사건을 해결해나간다. 이 과정에서 설명되는 납치된 강박사의 발 명품과 관련한 과학적 지식은 주목할 가치가 있다.

> 여러분은 보통학교 이과(理科)교과서에서 자석(磁石)소위 지남철이라는 것을 배웠
> 을것이며 따라서 자석이 쇠(金)를 빨아드리는 힘을 가졌다는 사실도 배웠을것입니다.
> 그런데 자석에는 여러분도 아시는바와 같이 천연자석(天然磁石)과 인공자석(人工
> 磁石)이 있는데 이 인공자석 가운데서 가장 강도(强度)의 흡인력(吸引力-빨아들
> 이는힘)을 가지고 있는 것은 전자석(電磁力)입니다.
> 옛적부터 위대한 발명이란 모두가 다 사소한 일에서부터 시작되었습니다. 사과나무
> 에서 사과가떨어지는 것을 보고 만유인력(萬有引力)을 발견하였으며 김으로 말미
> 아마 주전자 뚜껑이 열리는 것을 보고 증긔긔관차를 발명하지를 않었습니까.16)

탐정소설의 고전이라 할 수 있는 아서 코난 도일의 셜록 홈즈 시리즈의 주인공도 화학 연구에 일가견이 있는 인물이며, 그의 파트너 또한 의학을 전

---

16) 김내성, 『백가면』, 앞의 책, 1938. 1, 83쪽.

공한 것으로 되어 있다. 모두 이학(理學), 즉 과학적 지식에 해박한 인물들인 것이다. 셜록 홈즈와 왓슨은 이러한 과학적 지식과 논리적 추론을 무기로 경찰이 해결하지 못한 살인사건의 전모를 파헤쳐 간다. 탐정소설은 근대문학의 그 어느 장르보다도 근대과학으로부터 많은 것을 물려받은 문학양식인 것이다. 그런 점에서 탐정소설이라는 장르의 형성은 근대적 과학의 발전과 근대적 제도의 확립을

『과학조선』 창간호 표지(1933. 6)

통해 강력한 근대국가를 형성하고 이를 발판으로 삼아 식민지 개척에 나섰던 서구 제국주의 국가들의 빛나는 자기표식이 아닐 수 없다. 과학 지식이 강조되는가 하면, 신무기 설계도 탈취를 둘러싸고 사건이 전개되는 등 『백가면』 역시 근대과학의 산물로서의 특질을 뚜렷하게 드러내고 있다. 그러나 고등교육기관인 경성제국대학이 법문학부와 의학부를 중심으로 설립된 것이 1926년이고 보면, 식민지 조선에서 전문적인 '과학' 연구는 매우 늦었다고 할 수 있다. 탐정소설이 성립할 만한 현실적인 조건이 거의 부재했다고도 할 수 있다. 1934년에 이르러서야 대중적인 과학 보급을 위한 다양한 시도가 이루어지고 있었다. 1933년 조선 최초의 과학 전문잡지인 『과학조선』의 발행을 시작으로, 과학의 생활화를 모토로 1934년 4월 19일 경성을 비롯하여 전국 각지에서 '과학데이' 행사를 개최하였다.17)

---

17) 『과학조선』, 『조선일보』, 『동아일보』 등의 보도에 따르면 1934년 4월 19일의 과학데이 행사에는 자동차 54대의 카퍼레이드, 소년 군악대 연주 등이 이어졌으며 행사를 구경하기 위해서 수천 명의 인파가 운집하였다고 한다.

당시 '과학데이' 행사를 이끈 발명학회 이사장 이인이 "측량기를 발명한 세종대왕, 거북선을 발명한 이 충무공은 물론이고, 우리 손으로 만들어낸 금속활자며 비차(飛車) 등을 소개하며 한편으로는 민족의 긍지를 일깨"[18]웠다고 회고한 것에서 이 시기 조선 과학의 수준을 엿볼 수 있다. 말하자면, 1930년대 중반 식민지 조선의 '과학'이란 수백 년 전의 조상의 발명품을 상찬하는 것 외에 새로운 과학적 발견이나 발명품을 제시하지 못하고 있었던 것이다. 반면 메이지유신 이후 다양한 근대 학문의 수용을 통해 세계와 조우했던 일본의 경우, 1800년대 말에 이미 과학계몽서가 등장해서 베스트셀러가 되고 있다.[19] 1910년대에 이르면 자국 연구자를 독일에 파견해서 혈액형 발견을 재정리하는 연구에 참여하도록 한다.[20] 과학 발전의 지체야말로 조선의 전근대성과 식민 상태의 요인이라는 것, 당시 조선을 대표하는 언론인, 작가, 종교 지도자 등이 1930년대 과학 대중화 운동의 전면에 나선 것은 이와 같은 절박한 인식 때문이었다.

그런 점에서 『백가면』은 당시 활발하게 전개되고 있던 '과학의 대중적 보급'을 위한 가장 효율적인 계몽서 역할을 담당하고 있었던 것 같다. 탐정 유불란은 이 계몽서에서 교사 역할을 담당하였다. 그는 독자에게 자석의 원리를 재미있게 설명하는가 하면, '만유인력'의 원리나 '증기기관차'의 구조를 통해 과학적 발견과 발명의 중요성을 가르쳐주고, 화학적 지식이 어떻게 마술 같은 상황을 만들어낼 수 있는가를 직접 보여주면서 과학적 호기심을 일깨워주었다. 매호마다 『소년』에는 다양한 과학 정보들이 화보와 함께 게재

---

18) 이인, 「나의 이력서」, 『한국일보』, 1973. 3. 24.

19) 橫田順彌, 『近代日本奇想小説史入門編』, ビラールプレス, 2012에서 참조.

20) 일본은 1911년 동경제대 의과대학 출신인 原來復을 독일의 하이델베르크 대학에 유학시켜 혈액형 연구에 참여하도록 하는데, 이 연구에 기반하여 일본 내에서 혈액형에 따른 종족의 우열을 결론짓는 이론이 출현하기 시작하였다. 이에 대해서는 『血液型と性格の社会史』(松田薰, 河出書房新社, 1991)를 참조.

되었지만, 그것만으로는 과학에 익숙지 않은 당시 독자들에게 과학의 중요성을 인지시키는 데 어려움이 있었다. 과학적 지식이 전무한 이들에게 그것의 중요성을 일깨우고 계몽하는 역할을 하기 위해 도입된 것이 바로 모험을 곁들인 탐정소설이었던 것이다.

『소년』의 독자 코너인 '소년담화실'에는 매호마다 『백가면』에 대한 뜨거운 독자 성원이 이어졌다. 그런 점에서 볼 때 『백가면』이 과학 전도사로서 매우 성공적인 역할을 해냈다고 할 수 있다. 여기에는 『백가면』이 탐정소설을 표방하면서도 모험소설의 양식도 함께 채택한 점이 유효하게 작용했던 것 같다. 강박사 납치사건의 전모를 '추리'해가는 유불란 탐정과 경무국이 소설의 한 축을 이루고 있다면, 납치된 아버지를 구하기 위해 백가면과 맞서 다양한 '모험'을 겪는 대준과 수길 두 소년이 또 다른 축을 이루고 있는 것이다. 이 두 가지 축이 서로 교차하면서 소설의 재미를 배가시켜가는 구조로 이야기가 전개되고 있다. 특히 아버지를 구하기 위해 어떤 위험도 불사하는 효심 강한 대준과, 친구 대준을 위해서 위험한 모험에 뛰어든 의리 있는 수길 등 열네 살 두 소년의 모습은 비슷한 연령대의 독자들의 공감대를 이끌어내는 데 매우 효과적이었다.

『백가면』에서 사건의 전모를 밝히고 악을 징벌하는 것은 유불란 탐정이지만, 실제로 소설 전반을 이끌어가는 것은 이들 대준과 수길, 두 소년이다. 이들은 전 세계가 벌벌 떠는 '백가면'이라는 무서운 괴한에 맞설 정도로 담력이 있는가 하면, 백가면이나 적성국 스파이들의 계략을 물리칠 만큼 뛰어난 지략을 갖추고 있다. 또한 어떤 고난에도 굴하지 않고 목표에 도달하려는 투지도 가지고 있다. 이들은 『선머슴 무용전』의 톰 소여나 허클베리 핀, 『웅칠이의 모험』의 주인공인 웅칠이 등 당시 『소년』에 연재된 그 어떤 소설의 주인공보다 흥미진진한 모험담을 엮어내고 있었다.

이러한 성공에는 두 소년의 모험이 '충', '효', '의'와 같은 전통적 가치를 수호하기 위한 것이라는 점도 유효하게 작용했을 것으로 추정된다. '충', '효', '의' 등은 조선 사회의 지배적인 이데올로기로서, 이 전통적 가치의 수호에 당대 독자들이 호응한 것은 당연한 일이었다. 서양 세계 등 외부의 적으로부터 전통적 가치와 의식을 수호하고 대의를 지키는 이 두 소년이야말로 식민지의 암울한 현실 속에서 시대가 요구하는 새로운 영웅상이었다고 할 수 있다. 그러나 이 영웅들이 발 딛고 있는 현실은 안타깝게도 식민 치하의 조선이었고 이 현실을 무시하기에는 중일전쟁에서 태평양전쟁을 향해 가던 당시의 정치적 상황이 너무나 삼엄하였다.

4. 방첩시대와 소년탐정소설의 의미

　『백가면』은 대준과 수길, 그리고 유불란 탐정이 백가면을 도와서 악을 물리치고 강박사의 무기 설계도를 되찾는 것으로 끝난다. 당연히 사회는 평온을 회복하고 체제의 질서는 유지된다. 그렇다면 소설 속 영웅들이 겪는 모험의 최종적 수혜자는 과연 조선일까, 일본일까. 예를 들면 유불란 탐정은 조선인이면서 사건 해결을 위해서 제국의 경찰인 하야시(林)경부와 긴밀한 공조체계를 유지하고 있다. 또한 강박사의 설계도를 훔치려는 인물들은 모두 일본 제국의 적성국 사람들로 그들의 목적은 일본제국을 무너뜨리는 것이다. 제국 경찰의 동지는 조선인의 동지일까 적일까? 일본의 적은 조선의 적일까 동지일까? 이러한 의문에 직면하는 순간 『백가면』은 말 그대로 혼란의 도가니로 빠져버린다. 이 혼란스러운 상황을 더듬어 답을 구해가는 과정은 식민지 탐정소설의 본질과 관련된 것이면서, 『소년』과 조선일보사의 또 다른 의중을 심사숙고해 보는 작업이기도 하다.

『백가면』에서 모든 사건의 중심에 있는 것은 강박사의 발명품으로, 그것은 다름 아닌 신무기 설계도이다. 신무기의 성능에 대해서 작품에서는 '그 발명품을 손에 넣는 나라는 어느 나라든지 전쟁에서 반드시 이길 수 있을 정도'라고 설명하고 있다. 그러므로 이 설계도를 훔치고자 하는 자들은 당연히 일본제국을 무너뜨리고 세계제패를 꿈꾸는 적성국 스파이들이다. 그 적성국의 면면을 보면 중국인, 영국인, 러시아인 등으로 당시 중일전쟁으로 적대관계에 있거나, 세계대전의 전운이 감도는 가운데 향후 일본과 적대관계로 들어갈 수 있는 국적의 사람들이다. 식민지 조선의 입장에서 보자면 그들이야말로 일본제국을 무너뜨리고 조선 독립의 길을 열어줄 아군이자 동지가 아니던가. 그런 점에서 보자면 『백가면』의 유불란이나, 영웅 백가면은 '애국자'가 아니라 일본을 도와 조선의 독립을 저해하는 '매국노'가 되고 만다.

실제로 유불란은 처음부터 일제 치안체제 내부 인물로 묘사되고 있다. 그는 동경경시청의 요청을 받을 정도로 뛰어난 능력을 지니고 있을 뿐 아니라, 조선총독부 경무국의 핵심 경찰들과 친분이 깊다. 탐정소설이라는 가리개를 걷고 본다면, 유불란이 지략과 담력을 바쳐 지키는 국가는 조선이 아닌 일본이며, 그의 활동 덕분에 유지되는 체제는 제국주의 체제이다. 말하자면 유불란의 애국심은 일본제국을 향해 있는 것이다. 체제유지 소설로서 『백가면』이 갖는 이 같은 특징은 스파이 침입에 대응하여 '경성 60만 시민에게 고함'이라는 제목으로 배포된 신문사 호외를 통해 적나라하게 드러난다.

시민제군이여 이 비상시국에 처하는 제군은 벼개를 놉히고 코를 골면서 안락의 꿈에 도취할때가 아니다. 우리의 적(敵)은 단지 한사람의 백가면만이 아니라, 지금 호시(虎視)를 부릅뜨고 강박사의 발명을 방해하려는, 그리고 기회만 있으면 긔게에관한 비밀서류를 빼앗고저하는 야수(野獸)와도 같은 전세계의 눈동자다.

시민제군이여! 제군은 두 눈을 크게 뜨고 서울 장안을 살펴보라. 장안은 지금 각국에서 파견(派遣)된 스파이(軍事探偵)들로 말미아마 일대 수라장을 이루고 있다. 그들은 서로서로 백가면으로부터 비밀수첩을 빼앗어다가 자긔네가 세계의 제왕(帝王)이 되려고 쌈싸우고 잇는 것이다.

시민제군이여! 우리는 손과손을 마조잡고 힘과힘을 합하야 어떠한일이 있다할지라도 강박사를 구해내며 비밀수첩을 빼앗지않으면 안될 것이다.[21]

1931년 만주사변, 1937년 중일전쟁, 1941년 태평양 전쟁, 일본이 일으킨 이 전쟁으로 인해 식민지 조선은 1930년대부터 해방에 이르기까지 전시체제를 겪고 있었다. 제2차 세계대전 참전이 채 본격화되지도 않은 1938년 8월호 『소년』에는 일본, 독일, 이태리 국기와 더불어 '日獨伊親善圖書募集(일독이친선도서모집)'이라는 제목 아래 나치 완장을 두르고 소년단복을 입은 독일 소년, 일장기를 가슴에 달고 군모를 쓴 일본 소년, 그리고 이태리 소년단복을 입은 세 명의 소년이 제각각으로 거수경례를 하는 포스터가 실려 있다.[22] 1938년 8월 일제는 이미 중일전쟁을 넘어 세계대전을 향해 움직이고 있었고, 여기에 소년들의 호응까지 요청하고 있었던 것이다. 이 같은 삼엄한 정치적 상황은 당시 신문과 잡지에도 고스란히 반영되어 나타났다. 예를 들면 『백가면』의 신문 '호외'에 등장하는 "우리의 敵(적)은 단지 한사람의 백가면만이 아니라, 지금 虎視(호시)를 부릅뜨고……野獸(야수)와도 같은 전 세계의 눈동자" 운운하거나, "두 눈을 뜨고 서울 장안을 살펴보라"는 국민 전

---

21) 김내성, 『백가면』, 위의 책, 1938. 1, 85-86쪽

22) 이 포스터는 1938년 8월호 마지막 페이지 하단, 곧 언제나 실리는 '모리나가(永森)밀크카라멜' 광고 아래에 실려 있다. 내용은 친선도서모집으로 되어 있지만, 언어가 다른 세 나라가 친선도서를 서로 교환한다고 해도 어린이들이 그 도서를 읽을 수 없는 만큼, 포스터의 목적은 도서모집에 있다기보다는 어린이들에게 전시체제를 이해시키고 상황에 맞게 행동하도록 세뇌하기 위함이었던 것 같다.

체에 대한 경계태세의 요청이 이 시기를 전후하여 식민지 조선의 언론 전반에서 끊임없이 출몰하고 있었다.

이와 같은 경계태세는 일단 스파이 출몰을 둘러싼 확인되지 않은 루머성 기사의 지속적인 유포를 통해서 이루어지고 있었다. 국제 스파이 혐의로 모국(某國) 상인이나 나병연구의 권위자가 검거가 되었다는23) 기사에서부터 독일 미인을 싸고도는 스파이, 상해에서 목포에 온 미인 스파이 검거, 그리고 소비에트연방의 여자 스파이가 북중국에서 활약하고 있다는 등 '여자 스

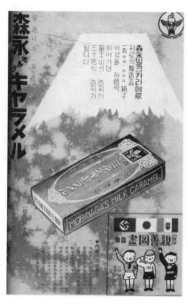

'일본·독일·이태리 친선 도서모집' 포스터가 실린 캬라멜 광고(『소년』 1938년 8월호)

파이'를 내세운 자극적인 기사에 이르기까지 확인되지 않은 무수한 스파이 관련 기사가 1930년대 중반부터 태평양 전쟁 발생 전인 1940년까지 빈번하게 신문, 잡지에 게재되고 있다. 이들 기사의 맥락과 의미를 총괄적으로 정리해주는 것이 1940년 발표된 논설 「그대의 겨테 스파이가 잇다」라고 할 수 있다.

일본군 보병중좌 후지타 미노히코(藤田實彦)가 작성한 이 논설의 내용은 간단하다.24) 현재는 비밀전이 횡횡하는 삼엄한 시기이므로, 총후, 즉 후방

---

23) 기사들은 다음과 같다. 「독일미인을 싸고도는 스파이」(『조선중앙일보』, 1935. 3. 2), 「국제스파이혐의로 모국상인등 검거」(『조선중앙일보』, 1935. 11. 4), 「국제스파이혐의로 나병계의 권위자」(『조선중앙일보』, 1935. 1. 17), 「상해서 목포에 온 미인스파이」(『매일신보』, 1936. 5. 31). 이와 더불어 중일전쟁발발직후인 1938년 8월 '조선방공협회'가 설립된다.

24) 이 논설은 조선일보사에서 여성을 대상으로 발행한 『여성』 1940년 10월호에 게재되고 있다.

여성들의 가벼운 잡담이 국가기밀을 누설하는 틈이 될 수 있음을 지적하면 서 적성국의 첩보전에 대비하여 만반의 방어를 기울일 것을 누차 강조하고 있다. 총후 경계를 위해서 '애국반상회'라든가, '애국소년단'이 사회 전반에 서 조직되고 운영되기 시작한 것도 대략 이 무렵이었다. 조선사회 전체가 적 국 스파이들의 '첩보전'에 대비한 경계태세에 돌입하고 있었던 것이다. 그러 나 과연 이 경계태세가 스파이로부터 국가기밀을 유지하기 위한 것이었을 까. 『백가면』에 따르면 적성국의 스파이들이 조선의 경성으로 모여든 것은 세계적인 발명가 강영재 박사가 개발한 신무기 설계도를 탈취하기 위해서였 다. 그러나 식민지기 동안 일본의 주요 군수공장은 대부분 본토에 있었고, 조선에는 단 한 곳 인천에 설립된 것이 전부였다. 1938년 중일전쟁이 발발 하자 전쟁 수행을 뒷받침하는 형태로 도시를 재편하기 위해 경성과 인천 사 이에 대규모 공업단지를 조성하는 이른바 '경인시가지 계획'을 발표한 후, 1941년에 비로소 인천 부평에 육군 조병창이라고 하는 병기창을 설립하는 데, 이것이 바로 조선 최대이자 최초의 군수공장이었다.[25]

조선 최초의 본격 군수공장인 육군 조병창이 1941년에 설립되었다는 점 에 비추어볼 때, 세계 각국의 스파이들이 군사기밀을 확보하기 위해 내지(內 地) 일본이 아닌 식민지 수도 경성에 모여들 여지는 현실적으로 그다지 없 었다고 할 수 있다. 뿐만 아니라 1943년이 되어서야 조선 최고의 교육기관 인 경성제국대학에 이공학부가 개설될 정도로 과학 기술의 발전이 뒤늦었던 조선이 아니던가. 그럼에도 불구하고 조선 과학자의 세계적 신무기 발명, 세 계 각국 스파이들의 경성 집결이라는 비현실적인 상황을 연출하면서까지 김

---

25) "조병창은 해방이 될 때까지 소총, 탄약, 포탄, 차량 등이 제작됐는데, 그 주변에 하청업체들이 줄지 어 자리를 잡게 되면서 부평은 하나의 거대한 군수공업도시로 형성"되어 갔다.(한만송, 「11. 침략전쟁을 위한 군사기지로 변한 '부평 조병창'」, 『시사 인천』, 2006. 7. 5)

내성이 일종의 '스파이소설'을 연
재할 수밖에 없었던 이유는 어디
에 있었던 것일까. 앞서 거론했던
'그대의 곁에 스파이가 있다'는 논
설 제목이 이에 대한 답이 될 수
있다. 말하자면 "그대의 곁에 스파
이가 있다는 식의 불온하고도 위
험한 기운의 대사회적 전파"야말
로 "철저한 자기 검증을 거친 순수
한 우리를 발견케 하고 마침내 우
리의 결속을 극대화시켜주게 된다
는 것",26) 스파이소설 『백가면』의
연재는 바로 그 이유에서 비롯되

조선방공협회 결성식((『동아일보』, 1938. 9. 17)

고 있었던 것으로 여겨진다. 『백가면』의 연재가 종료된 직후인 1938년 마침
내 '조선방공협회'가 설립되어 전국의 청년층, 공장, 광산, 항만 등 직업별로
방공권을 형성하여 방공과 방첩 사상을 강화하고 철저한 국민 의식화를 도
모하고 있었음은 이점에서 유념해 둘 만하다.27)

　실제로 『백가면』에 이어 1938년 6월부터 『소년』에 연재된 박태원의 『소
년탐정단』은 갑작스레 마을에 등장한 수상한 남자에 대해서 마을 소년들이
주목하는 것에서 소설이 시작된다. 물론 이후 내용은 빈집에 들어가서 물건
을 훔친 의문의 도둑잡기로 전개되지만 계속해서 그 중심에 있는 것은 외지

26) 졸고, 「방첩소설 '매국노'와 식민지 탐정문학의 운명」, 『탐정문학의 영역』, 역락, 2011, 71쪽.
27) 이 단체는 전국적으로 3,359개의 조직과 332,141명의 단원을 거느렸다고 한다. 변은진, 『일제파시즘
기(1937-45) 조선민중의 현실인식과 저항』(고려대학교대학원, 1998, 26-28쪽)을 참조.

에서 들어 온 '수상한 사람'에 대한 주의이다. 외지로부터 온 사람에 대해 끊임없이 주의를 환기시키면서 '그대 곁에 스파이가 있다'는 식의 위기의식을 전파하여 방첩의식을 사회 전반에 보급시키려 하고 있는 것이다. 중일전쟁이 발발한 이후 사회의 전반적 방향이 전쟁에 도움이 되는 쪽으로 움직이고 있던 때였던 만큼, 문학이 이 움직임의 선봉에 설 것을 강요받는 것도 당연한 상황이었다. 조선방송협회에서 발행한 잡지 『방송』 1940년 7월호에서 조선에서 라디오 방송의 의미를 "싸우는 일본에 필요한 국민생활의 변화"[28]에 두고 있는 것이 바로 그 단적인 예라고 할 수 있다.

『백가면』에 퍼부어졌던 독자의 열렬한 호응을 고려할 때 방첩의식 보급이라는 『소년』 측의 의도는 나름 효과가 있었다고 할 수 있다. 특히 『백가면』의 주된 독자층은 십대, 넓게 잡아도 이십대 초반의 젊은이들로 그들은 '한일합방' 이후에 태어나서 일본이 재편한 새로운 교육과정인 '조선교육령'에 따라 일본어 중심의 교육을 받은 세대들이었다. 이들은 독립적인 조선에서 살다가 합방이 되면서 주권 상실을 경험한 부모 세대와는 달리 이미 일본에 대한 경험, 감각부터가 이질적인 세대였으며, 부모 세대보다 일본에 대해 우호적이었고 일본제국의 신민이라는 의식을 비교적 자연스럽게 수용하고 있었다. 일제의 입장에서 보자면 이들이야말로 전시체제 아래 식민지 사회의 내부 분열을 방지함에 있어서 가장 효율적인 첨병 역할을 할 수 있는 존재였다. 방첩소설이 여타 성인 대상 종합잡지를 두고 소년소녀 대상 잡지에 먼저 모습을 드러낸 것에는 이와 같은 이유가 있었던 것으로 추정된다.

이처럼 사회 전역에 방첩 의식을 유포하기 위해서건, '소국민'(小國民)으로 호명되는 후속세대의 의식화를 위해서건 『백가면』의 연재는 유효했다.

---

28) 조선방송협회, 『방송』, 1940. 7.(『JODK, 사라진 호출부호』, 쓰가와 이즈미, 김재홍 옮김, 2004에서 재인용)

특히나 소설 전개의 중심축이 유불란 탐정이 아니라 두 명의 소년, 수길과 대준에게 있었던 것은 주제의식의 효과적인 전파를 위한 탁월한 선택이었던 것으로 판단된다. 수길과 대준이야말로, 어디서나 발견되는 조선의 보통 '소년들'이었기 때문이다. 아버지와 친구와 함께 즐거운 외출을 한 후 돌아오는 길에 갑작스레 납치사건이 발생했다는 점에서 비슷한 일상을 살고 겪고 있던 소년 독자들에게 느껴진 충격과 분노는 클 수밖에 없었다. 이 충격과 분노가 '보이지 않는' 적까지도 철저히 섬멸하여 일본제국을 수호해야 한다는 굳건한 애국심으로 연결되는 것은 이미 필연적인 결과였다.

2부 근대적 역사의식과 역사소설

"세 살적 버릇이 여든까지 간다. 오백년 전에 있던 우리 조상들의 장처 단처는 오늘날 우리 중에도 너무도 분명하게, 너무도 유사하게 드러나는구나. 그 성질이 드러나게 하는 사건까지도 퍽으나 오백년을 새에 두고 서로 같구나. 우리가 역사를 읽는 재미가 여기 있는지도 모른다." – 이광수의 『나의 회상기』 중에서

4. 이광수의 역사소설과 '역사의 대중화'

1. 역사로의 선회

춘원 이광수가 『마의태자』를 발표한 것은 1926년의 일이다.[1] 신청년들의 '자유연애'를 다룬 첫 번째 장편소설 『무정』을 발표한 지 십 년이 지난 시점이었다. 십 년 남짓한 기간 동안 이광수는 기행문 『오도답파여행』을 비롯하여 소설 『재생』, 『개척자』 등을 발표한다. 어느 것이건 근대적 세계에 대한 열망으로 가득 차 있는 작품이다. 그 세계는 평등의식, 과학 발전에 기초한 합리성, 개성 존중 등으로 특징지어지며, 전통 조선사회와는 배치되는 세계였다. 그런 점에서 볼 때 과거 역사로 갑자기 회귀한 이광수의 작가적 행보는 상당히 의외의 선택이었다고 할 수밖에 없다. 물론 『마의태자』가 역사를

---

1) 『마의태자』는 상하 두 편으로 나뉘어 1926년 5월 10일부터 10월 2일까지 상편이, 그리고 1926년 10월 11일부터 1927년 1월 9일까지 하편이 연재된다.

다룬 이광수의 첫 번째 작품이었던 것은 아니다. 그는 1924년에 이미 연암 박지원의 『허생전』을 재해석하여 동명의 제목으로 『동아일보』에 연재한 바 있으며, 1926년 『마의태자』를 발표한 데 이어 『단종애사』, 『이순신』 등 역사를 테마로 한 일련의 작품을 연이어 발표하면서 당대 문단에서 볼 수 없었던 '장편 역사소설'이라는 새로운 장르를 선보였다.

그렇다면 왜 이광수는 자신의 작가적 상상력을 구체화할 대상으로 '역사'를 선택했던 것일까. 영채의 죽음을 확인하러 떠난 평양 칠성문에서 탕건을 쓴 노인과 만남으로써 전통적 조선과 조우한 후, 주저하지 않고 곧바로 발길을 돌려 근대적 세계로 돌아왔던 『무정』의 이형식을 떠올리면 이 선택은 더욱 납득하기 어렵다. 적어도 1917년을 전후한 시기의 이광수에게 과거의 조선, 역사 속의 조선이란 근대적 세계로 진입하기 위해 반드시 결별해야 할 대상이었다. 그런데 1924년 『허생전』을 시작으로 이광수는 갑작스레 자신이 버리고 온 그 과거 역사 쪽으로 선회해갔던 것이다. 이 시기 이광수에게 도대체 무슨 일이 있었던 것일까. 우선 사회적으로는 3·1운동의 저항과 더불어 이른바 '문화정책'이 실시되고 있었다. 이광수 개인적으로는 무수한 논란을 불러일으킨 논설 「민족개조론」(1922)을 발표한 시기이기도 했다. 이러한 일련의 사건들은 이광수의 '역사적 선회'와 어떤 관련이 있었던 것일까. 그리고 이광수는 역사소설을 통해 무엇을 얻으려했던 것일까.

2. 역사의 발견, 역사의 대중화

이광수는 1922년 발표한 「민족개조론」에서 "한 민족의 역사는 그 민족의 변천의 기록"이라고 명시한 후 세계 역사 속에서 '민족개조사상'이 어떻게 발현되고 있었는가를 다루고 있다. 익히 알려져 있듯 이 글에서 우리 민족은

無情

李光洙著

이광수의 『무정』 표지

단군 이래로 역사상 민족개조사상이라는 것이 발현된 적이 없는 불우한 민족이며, 조선 5백년은 민족성의 타락이 가장 심각하게 이루어진 시기로 지적되고 있다. 어쨌거나 이 시기 이광수는 조선 역사에 상당한 관심을 기울이고 있었던 것으로 보인다. 그러나 작품 창작에서 이광수가 역사적 소재로 선회한 것이 반드시 이 때문만은 아니었던 것 같다. 1920년대 조선사회에서 '역사'에 대한 관심은 다수의 논자들에게서 발견되고 있기 때문이다. 이 시기 발표된 역사에 관한 다양한 논의들을 열거하면 대략 다음과 같다.

* 이조인물약전(김형식, 1921. 11. 1~4)

* 조선역사통속강화(최남선, 1922. 9. 17~9. 29)

* 조선사(안확, 1923)

* 조선사개강(이병도, 1923. 9. 28~1924. 2. 24)

* 조선사연구초(신채호, 1924. 10. 13~1925. 3. 15)

* 단군사론(최남선, 1926. 2. 17)

* 백두산근참기(1926. 7. 28~1927. 1. 23)

이상의 논고들에 1926년 최남선이 개설하여 호응을 얻은 '조선사강좌'까지 합치면 1920년대 조선에서는 일종의 '역사열풍'이 불고 있었다고까지 할 수 있다. 1922년 발표한 「조선역사통속강화」에서 최남선이 역사를 놓고 말한 다소 과장되고도 열에 들뜬 정의에서 이 열풍의 단면을 엿볼 수 있다.

> 宇宙의 大生命이 朝鮮人과 및 그 國土를 通하여 얼마만큼 開顯되었는가를 찾는 것
> 이 朝鮮歷史다 …… 宇宙의 生命이 어느 國土에 顯現하매 반드시 民族이란 機關을
> 通하여 文化라는 形式을 取한다. 歷史의 價値란 것은 곧 이 民族의 賢愚와 勤慢을
> 査定하는 것이다. 그로 말미암아 생긴 文化의 質과 量이 얼마나 됨을 比較的으로 商
> 量하는 것이다. 그러므로 民族과 文化는 歷史를 硏究하는 樞機的 兩大問題이다.2)

'우주의 대생명이 한 민족과 그 국토를 통하여 개현된 정도=역사'로 규정
하는 최남선의 태도는 확실히 '민족 변천의 기록=역사'로 규정한 이광수의
태도에 비해 상당히 열에 들떠 있는 것처럼 보인다. 그러나 조선민족이 동방
문화의 시원으로서 극찬되건, 민족개조를 한 번도 경험하지 못한 불운한 민
족으로 부정되건 간에 분명한 것은 이 시기에 즈음하여 조선 '역사'에 대한
관심이 급속도로 증가하고 있었다는 사실이다. 여기에는 1918년부터 '내지'
일본에서 제기되기 시작한 것으로서, 일본의 유기적 연장지로서 식민지 조
선을 재편하고자 했던 '내지연장주의' 혹은 '동화주의' 정책이 3·1운동 직
후부터 식민지 조선에 급속하게 적용되기 시작했다는 사실이 개재되어 있었
다.3) 이 정책의 실시를 위해 작성된 실행항목에 "지방자치를 시행할 목적으
로 조사연구에 착수한다"(제6항)거나 "조선의 문화와 관습을 존중한다"(제
8항)4)는 항목이 있었음은 그 단적인 예로 제시될 수 있을 것이다.

---

2) 최남선, 「조선역사통속강화」, 『동명』, 1922. 9. 17.
3) 일제의 식민 지배담론으로서 내지연장주의 대해서는 전상숙의 「1920년대 사이토오 총독의 조선통치관
과 '내지연장주의'」(『담론』, 2008. 11), 윤덕영의 「1920년대 중반 일본 정계 변화와 조선총독부 자치정책
의 한계」(『한국독립운동사연구』 제37집), 이태훈의 「1920년대 전반기 일제의 '문화정치'와 부르조아 정치
세력의 대응」(『역사와 현실』 47호)을 참조했음.

실제로 1921년 조선 습속 조사를 위해서 '구관 및 제도조사위원회'가 발족되고 일 년 후인 1922년 12월 '조선사편찬위원회'가 발족, '조선사의 편찬과 자료수집'을 관장하는가 하면, 그 확대와 강화를 위해서 1925년 조선사편수위원회가 발족되기에 이른다. '고현학'으로 유명한 와세다 대학의 곤와지로(今和次郞) 교수가 '조선 주요 역사적 지역 민가 존재양상 조사'를 위해 조선을 탐방하여 『조선부락조사특별보고 제1책(민가)』(1924)이라는 조사보고서를 작성한 것도 이 시기이다. 조선의 역사와 풍속이 이 시기에 새롭게 발견되고 있었던 것이다. 물론 이러한 움직임의 기저를 이루고 있는 것은 많은 논자들이 지적하듯 제국의 외지로서 조선을 설정, 조선 역사를 "타국의 간섭과 지배를 강조하여 자주성과 독립성이 없는 나라의 역사로 서술하여 일본 지배의 역사적 당연성"[5]을 주장함으로써 일제에의 동화를 겨냥한 동화주의의 식민 지배이데올로기였음은 부정할 수 없다. 신채호나 최남선이 조선 역사의 기원을 탐색하는 다양한 논의를 발표한 것이 바로 이 시기다.

「이조인물약전」, 「조선사개강」, 「조선사연구초」 등 이 시기에 발표된 역사적 논의들은 자국 역사에 대한 무지함을 반성하는 것에서 출발하여 조선 역사의 시원을 정립하는 것에 이르고 있다.[6] 역사의 시원을 정립하는 이 작업은 다양한 측면에서 모색되고 있었는데, 김부식의 삼국사 편찬의 사대주의적 태도를 비판하는 한편,[7] "천식하고 편견한 일본의 某학자"가 단군 말살론을 주장한 것에 대하여 '단군'을 "우리 조선민족의 혈육의 조(祖), 정신

---

4) 이태훈, 앞의 논문, 47쪽에서 재인용.
5) 여박동, 「조선총독부중추원의 조직과 조사편찬사업에 관한연구」, 『일본학연보』, 33쪽.
6) 「이조인물약전」에서는 '지나' 역사, 서양 역사를 숭상하던 기존의 태도를 비판하는 반성적 태도를 보이고 있다.(「이조인물약전」, 『동아일보』, 1921. 11. 4)
7) 예를 들면 이병도의 「조선사개강」에서는 김부식의 삼국사 편찬 태도를 "모화자비적(慕華自卑的) 정신"에 근거한 것으로 비난하고 있는데, 이러한 태도는 여타 역사 논의에서도 발견되고 있다.(昨桂生, 「조선사개강」, 『동아일보』, 1924. 2. 21)

의 祖, 문화의 祖"[8]로서 설정하기도 하였다. 이러한 역사 관련 논설들이 '타율'을 강조한 일제의 식민사관에 어떤 식으로 이용, 혹은 포섭되었는지에 대해서는 간단하게 논하기 어렵다. 그러나 1920년대 조선에서 조선 역사의 자주성을 찾고자 하는 노력들이 일어나고 있었다는 점은 분명했다. 그리고 이 노력은 부정할 수 없는 역사적 공동체로서 '민족'에 대한 열정적 의식 형성과 그 전파로 연결되고 있었다. '역사'의 발견이 곧 그 역사를 공유한 공동체로서의 '민족'의 형성과 직결되고 있었던 것이다.[9] 1922년 『동아일보』에 게재된 다음의 논설은 이 점에서 주목할 만하다.

조선인이란 반만년 역사와 삼천리 택지와 창달하는 언문과 순수한 혈육과 총명한 영능과 선량한 풍속을 결합하여 존재한다. 그리고 이러한 의미에 있어서 동포란 어의가 진실되며 형제의 관계가 성립된 바이라. 단군을 위시하여 상하 오천재에 허다한 풍상과 우수한 곤란을 열력하면서 '조선인' 삼자가 불멸 불소하고 혼연히 민족적 문화를 형성하며 정연히 사회적 제도를 창설하게 되었다.[10]

이 글에서는 '역사, 언어, 혈육, 풍속의 공유=민족'으로 규정, 공동체 의식의 각성이 열정적으로 피력되고 있다. 1920년대 조선 내부의 이런 움직임을 고려할 때 「민족개조론」에 이어 이광수가 역사소설이라는 새로운 장르로 선회한 것은 당연한 수순이었던 것 같다. 조선민족의 제 문제와 개선방법 등, '민족개조'라는 자신의 사상을 대중화하기 위해 이광수는 '역사'와 '문학'을

---

8) 「육당최남선 단군사론 일간본지에 연재」, 『동아일보』, 1926. 2. 17.
9) "한말 일제하에서 'nation'의 번역문제는 단순한 번역문제가 아닌 당대 현실에 어떻게 대응할 것인가라는 정치적 의식과 결합되어 있었다"는 지적은 이 점에서 주목할 만하다.(이태훈, 「민족개념의 역사적 전개과정과 그것이 의미하는 것」, 『역사비평』, 2012. 봄)
10) 「재외동포위문과 전조선의 然注」, 『동아일보』, 1922. 3. 8.

결합시킨 새로운 장르를 모색하고
있었던 것이다. 물론 「민족개조론」
을 발표한 후 사회문화계의 집중적
비판 속에서 입지가 좁아진 이광수
가 역사에 의탁한 이야기 서술 방
식을 통해 활로를 모색했다는 비판
적 평가도 존재한다. 일단 역사와
문학의 결합이라는 양식을 이광수
스스로 도출해냈었던 것은 아니었
다. 여기에는 시대소설, 강담(講談)

역사소설 『마의태자』 연재 예고

등, 동시기 일본 문단을 휩쓴 역사물 선풍의 영향을 무시할 수 없다.

3. 강담(講談)과 문학 사이

1926년 5월 10일 이광수는 『동아일보』에 연재 중이던 우화소설 『천안기
(千眼記)』를 중단하고 역사소설 『마의태자』의 연재를 시작한다.11) 『천안기』
의 중단과 『마의태자』의 연재 사이에는 『동아일보』 2차 정간12)이라는 외적
상황이 있었다. 그러나 속간 후 이광수가 『천안기』의 창작을 포기하고 역사
소설로 선회한 데는 외적 상황만으로는 설명하기 힘든, 『천안기』의 창작과
관련한 나름의 내적 갈등이 있었던 것으로 추정된다. 『마의태자』 연재 예고

---

11) 상편은 1926년 5월 10일부터 10월 2일까지 142회 연재되었고, 하편은 1926년 10월 11일부터
1927년 1월 9일까지 86회 연재되었다. 상하 합쳐서 총 228회이다. 삽화는 丹谷으로 명시되어 있다.
12) 『마의태자』는 속간 기념으로 연재되었다. 『동아일보』의 2차 정간은 3·1운동을 기념하여 소련에 본부
를 둔 국제농민대회에서 동아일보사로 발신한 電文을 게재한 것 때문이었다. 1926년 3월 6일 정간되고 4
월 19일 정간 처분이 해제되어 21일부터 발행을 재개한다.

에서『천안기』의 중단 이유로 '정간으로 인한 독자들의 흥미 반감'과 '작가의 의중'을 거론하고 있음을 볼 때, 일단은『천안기』의 우화 형식이 당시 독자 대중의 감각과 맞지 않았던 듯하다. 아울러 '우화적 형식의 채택과 서사성의 파탄'이라는 연구자들의 지적에서도 알 수 있듯 이광수 스스로 창작과 관련하여 한계에 직면하고 있었던 점도 작용하고 있었던 것 같다.13)

『천안기』의 실패 후 이광수가 역사소설을 대안으로 선택하고 있다는 것은 많은 점을 시사한다. 앞서 이광수는『허생전』,『일설춘향전』,『가실』등 '고전'을 재해석한 일련의 작품을 발표하여 1920년대 조선사회에 불어 닥친 '조선붐'에 호응하는 한편, 조선 역사와 문화의 대중화 작업을 시도한 바가 있었다.『마의태자』의 창작은 그 연장선상에서 이해될 수 있다. 그러나 허구적 서사의 재해석이 아니라 실제 역사에서 소재를 취했다는 점, 그리고 당대 현실을 비판한 우화소설『천안기』에 이어 발표했다는 점에서 앞의 역사물들의 뒷자리에『마의태자』를 두기에는 다소 무리가 있다. 조선의 현실과 역사에 대한 이광수의 강력한 의지가 이 변화 과정에서 감지되기 때문이다. 다음은 1931년『동아일보』「내외신간평」에서 조선사 대중화 방안에 대해 이광수가 언급한 내용이다.

朝鮮史의民衆化. 이것은朝鮮에서甚히要緊한문제다. 웨그런고하면朝鮮人은學校에서朝鮮史를배울機會가甚히드문것이첫재까닭이오, 朝鮮人은尊明等의排外思想을겨오脫하야民族的自我意識을覺醒하는때인것이둘재까닭이다. 朝鮮史의民衆化에關하야나는二十年前붙어뜻을두엇고또六堂崔南善氏의재촉과激勵도여러번받앗엇으나자리잡지못한내一生인데다가本來史眼이없는내어서겨오麻衣太子端宗哀史

---

13) 이경돈, 「이광수와 근대우화의 소설적 전유」, 『현대소설연구』, 2007, 99-100쪽.

의 小說二篇을지을뿐이엇엇다.   李殷相氏의 "朝鮮史話集" 은朝鮮史民衆化에甚히

重要한任務를다할 空前한 好著述이라고할것이다.14)

이 시기 이미 '대중'이라는 용어가 일반화되었음에도 굳이 '민중'이라는
용어를 사용한 이광수의 의도에 대해서는 명확한 답을 내리기가 어렵다. 일
단 여기서 언급되는 '조선사의 민중화'라는 것은 '역사의 대중화'를 의미한
것으로서 그 최적의 방법으로서 제시되는 것이 '역사소설', 즉 문학적 형상
화이다. 최남선의 권유를 이유로 내걸고 있지만 『마의태자』와 『단종애사』의
창작에는 민족적 각성 촉구 및 조선사에 대한 계몽, 그리고 역사 대중화에
대한 이광수 개인의 '의지' 역시 상당한 비중을 차지하고 있었던 듯하다. 이
일련의 역사소설들이 조선민족에 대한 비판을 담은 「민족개조론」과 조선사
회 비판을 주제로 한 『천안기』에 이어 발표되고 있다는 점에서 이러한 추정
은 상당한 개연성을 얻게 된다. 그렇다면 '역사'를 대중적 감성에 맞게 소설
화한다는 이 새로운 개념을 이광수는 어떻게 가지게 되었던 것일까.

『마의태자』는 후삼국 시대 개막부터 고려 창건에 이르는 시기를 배경으로
전개된다. 신라 마지막 왕자 '마의태자'를 제명으로 내세우고 있지만, 상하
두 편으로 구성된 작품 전개에서 마의태자가 주인공으로 등장하는 분량은
미미하다. 『동아일보』에 게재된 '연재예고'에서는 『마의태자』를 "소설인 동
시에 역사이오, 비극인 동시에 활극"이라고 밝히고 있다. 당시 대중들에게
인기를 끌던 '활극'이라는 장르를 거론함으로써 독자의 호기심을 자극하고
있는 것이다. 실제로 『마의태자』는 신라 말기라는 격랑의 시대를 살았던 여
러 영웅들의 비극적 운명을 다양한 무공담, 애절한 사랑 이야기를 곁들여가

---

14) 이광수, 「내외신간평 -조선사화집-」, 『동아일보』, 1931. 3. 30.

『마의태자』제1회 연재(『동아일보』, 1926. 5. 10)

면서 흥미롭게 그려내고 있다. 세달사에서 행자승으로 있던 어린 견훤(소허)이 우연히 도인을 만나 그로부터 무예를 습득하는 장면은 무협활극의 비현실성을 차용, 독자들의 흥미를 끌기에 충분하다.

소허가 북녘을 향하여 수없이 합장 배례할 때에 난데없는 흰 도포 입고 오각건을 쓴 노인이 나타나자 소허는 두 손으로 땅을 짚고 넓적 꿇어 엎드린다. 그 노인이,

"일어나거라."

할 때에야 비로소 일어난다. …(중략)… "네 구하는 것이 도략과 재주냐? 빨리 나는 재주는 새만한 것이 없고, 빨리 뛰는 재주는 이리와 범만한 이 없고, 변화 난측하기는 구름만한 이 없고, 눈에 아니 보이고, 자취 있기는 바람만한 이 없고, 천길 물속으로 만리의 바라들 가기는 고기만한 이 없거늘, 사람이 무슨 재주를 배우려는고. 재주로 창생이 건지어지고 도략으로 나라이 편안할진댄, 무슨 근심이 있으랴. 나라와 창생을 건지는것은 도략도 재주도 아니요, 네 맘이니라— 의와 어짐이니라. 나라이 어이하여 어지럽고 백성이 어이하여 도탄에 드는고— 의 없고 재주 있는 이 많으므로 됨이니라."하고 일어나 도포 소매를 한번 후리치니 문득 붉은 구름이 산을 싸고, 또 한번 후리치니 일진광풍이 불어 와 그 구름을 다 걷어 버린다. 그동안이 실로 순식간이

언마는 천변 만화가 일어난 듯하다.15)

기행문 『상해인상기』(1915)에서 시작하여 『무정』(1917)을 거쳐 『재생』 (1924)에 이르기까지 '낭만적 감정의 과다한 분출'은 있었을지언정 이광수 가 근대문학적 성과—객관적이고 사실적인 묘사—에서 크게 벗어난 적은 없 었다. 그리고 그 덕분에 『무정』의 이형식은 기존 문학에서 발견된 적이 없는 '내면'을 확보하여 식민지 신청년들의 의식을 정확하게 반영할 수 있었다. 그런 점에서 본다면 『마의태자』는 오히려 『무정』 이전의 문학적 세계로 퇴보 하고 있었다고 할 수 있다. 우연성, 비현실성, 그리고 이야기성이 강조되면 서 인물들의 '내면'이 자리할 공간이 소멸되고 있기 때문이다. 이광수는 '역 사소설'이라는 새로운 문학 장르를 창작한다고 하면서 오히려 신소설, 혹은 고소설의 세계로 돌아가 버린 것이다. 공교롭게도 작가로서 큰 희생을 감수 하면서 채택한 이러한 비현실적이고 과장된 에피소드는 이후 작품 전개과정 에서 별다른 유기적 관계를 형성하지 못하고 있다. 뿐만 아니라 김동인이 「춘원연구」에서 "『마의태자』에 대하여서는 그다지 쓸 말이 없다"면서 "『마의 태자』는 소설이 아니다. 소설로서의 일관한 이야기의 줄기가 없고 계통이 없다"16)고 비판할 만큼 심각한 지경에 놓이고 만다.

소설로도, 그렇다고 역사로도 수용되기 힘든, 역사와 허구가 적당히 뒤섞 인 흥미로운 읽을거리. 역사소설로는 함량미달인 『마의태자』의 이러한 파탄 이 어디서 비롯된 것일까. 이에 대한 탐색은 객관적 묘사 부재, 내면 부재로

---

15) 이광수, 「마의태자」, 『이광수전집』 4, 삼중당, 1963, 45-47쪽.
16) 김동인, 「춘원연구」, 『김동인전집』 6, 삼중당, 1976, 114-115쪽. 김동인은 이광수의 역사물 내지는 고전재해석물에 대해 극히 비판적인 입장을 견지하고 있다. 예를 들면 『허생전』, 『일설춘향전』은 사화(史 話)에도 들 수 없는 이야기꺼리(物語)로, 그리고 『이순신전』, 『마의태자』, 『단종애사』는 소설이 되기에는 너무나 미숙한 것, 곧 사화로 규정하고 있다.

요약되는 이광수의 문학적 퇴보가 어디서 비롯된 것인지 그 원인을 찾는 것과 연결되어 있다. "『마의태자』는 한 개 재미있는 강담—이 이상 더 말할 바가 없다."라는 김동인 혹평을 고려하면 이러한 파탄의 원인은 의외로 단순한 곳에 있는 듯하다. 김동인은 『마의태자』가 당시 일본에서 큰 인기를 누리고 있었던 역사대중물 '강담'의 조선판, 그 이상도 이하도 아닌 것으로 파악하고 있는 것이다. 이러한 지적은 제국의 문화적 추이를 재빨리 흡수하고, 이를 정확하게 이해한 김동인의 예리한 감수성과, 이광수에 뒤이어 발 빠르게 『대수양』이라는 역사소설을 창작한 바 있는 그의 문학적 감각을 고려할 때 상당한 개연성이 있는 것으로 판단된다. 그렇다면 『마의태자』의 장르적 모델로서 김동인이 제시한 '강담'이란 과연 무엇일까.

일본 대중문학사를 다룬 기념비적 저서인 『대중문학 십육강』에서 저자 기무라 기(木村毅)는 "우리 국토는 거의 이상적이라고 할 수 있는 대중문학을 가지고 있다. 강담이다."라고 명시하고 있다.17) 이어서 그는 강담이 이상적인 대중문학인 이유를 "모든 계급, 모든 사회층의 사람들이 재미있고 즐겁게 탐독할 수 있기 때문"이라는 점을 제시한다. 일본에서는 1차 세계대전 후의 호경기 속에서 '사실(史實)을, 적어도 사실을 배자(胚子)로 한 전설에 의거"18)한 강담을 다룬 잡지들이 대단한 인기를 얻고 있었다. 이러한 분위기 속에서 사회주의 사상과 전통적 강담을 접합한 '사회강담'이라는 문학양식이 잡지 『개조(改造)』를 중심으로 1920년에 등장하기도 한다.19) 강담이 사회주의 이데올로기를 전파하는 통로로서 고안되고 있었던 것이다. 물론 이러한 시도가 일반 독자들로부터 큰 환영을 받지는 못했지만 당시 좌파 지식

---

17) 木村毅, 『大衆文學十六講』, 橘書店, 1936, 26-27쪽.

18) 木村毅, 앞의 책, 27쪽.

19) 이상에 대해서는 大村彦次郎의 『時代小說盛衰史』(築摩書房, 2005, 69-72쪽)를 참조.

인들이 대중들이 가장 선호하던 강담이라는 문학양식을 모델로 하여 새로운 형태의 대중문학을 시도하려 했다는 점에서 의미가 있다고 평가된다.[20] 특히 1920년대의 경제적 불황과 관동대지진(1924) 이후의 사회적 불안으로 인해 일본사회에서는 일종의 위로와 향락을 제공하는 강담으로 대표되는 이들 대중문예지들이 독자들에게 널리 소비되기 시작하는데, 일례로 거론할 수 있는 것이 일종의 시대소설, 즉 무사소설이다.

『마의태자』의 창작과 관련한 이광수의 의식은 적어도 문예의 민중화, 역사의 민중화, 역사와 문예의 결합 등을 모토로 1920년대 일본 문단에서 일어난 '강담 붐', 혹은 '시대소설 붐'에 크게 빚지고 있었던 것으로 추정된다. 『마의태자』 '궁예 편'에서 궁예를 흠모하여 그를 구하기 위해 남장을 하고 찾아온 난영이 갑자기 노래를 하면서 궁예 앞에 등장하는 장면은 이 점에서 매우 흥미롭다.

> 난영은 궁예의 앞으로 한걸음 가까이 나가며 넌짓 팔을 들어 노랫가락으로,
> 『석남사 깊은 밤에/ 눈 헤쳐 찾던 사람/
> 아슬라 머나먼 길/ 어이하여 오다던고
> 독한 칼 품은 옛 벗을/ 삼가소서 함이라.』
> 하고 머리에 쓴 오각건을 벗어버렸다. 그것은 난영이었다.[21]

이전 작품에서 시도된 적이 없는 이런 '창극식 장면'이 『마의태자』에서 종종 발견된다. 안압지 연당 앞, 화랑과 기생들 간의 유흥 장면에서도, 궁예와의 싸움을 앞둔 신라 장수들의 심경을 다룬 장면에서도 갑작스레 이 창극식

---

20) 강담의 전개과정과 사회강담의 형성과정에 대해서는 木村 毅, 앞의 책, 47쪽을 참조.
21) 이광수, 『마의태자』, 앞의 책, 186쪽.

장면이 전개되고, 이를 통해 인물의 심리가 전달된다. 이러한 장면은 묘사에 초점을 두는 근대문학에서는 찾아보기 힘든 것으로, "고좌(高座)에 앉아서 부채를 부치며 이야기"[22]를 풀어내던 강담에나 어울리는 것이라고 할 수 있다. 이광수는 내지 일본에서 성행하고 있던 '강담'에 착안하여 '역사의 대중화' 작업을 시도하였는데 '역사소설'이라는 이름으로 발표한 『마의태자』가 바로 그것이었다. 일본에서 귀국한 김진구에 의해 '역사 이야기(史談)'로서의 야담(野談)이 조선에 등장하기 시작한 것이 1928년의 일이다. 그렇게 본다면 강담에 착안하여 문학을 통한 역사의 대중화 방안을 모색한 이광수의 감각은 상당히 빨랐다고 할 수 있다.

비운의 왕자 마의태자의 이야기는 1926년 이광수를 통해 문학적으로 형상화된 후 식민지기 동안 여러 차례 작품화되어[23] 레코드 음반까지 제작되었다.[24] 이광수가 의도한 '역사 대중화' 작업이 일단은 성공했던 것이다.[25] 그러나 이 성공이 작품 자체의 문학적 성과로까지 연결되지는 못하고 만다. 역사와 문학의 결합이라는 문학적 아이디어를 강담에서 가져왔던 만큼, 장면과 이야기 중심이라는 강담문학적 특성을 강조하면 할수록 인물의 내면 심리 묘사가 불가능해지는 기묘한 딜레마에 봉착해버린 것이다. 광기 속에서 아내와 아들들을 살해한 후 왕좌에서까지 쫓겨난 말년의 궁예, 권력의 정

---

22) 김동인은 『마의태자』의 창극식 장면을 전적으로 일본의 강담에서 온 것으로 보았다. 아울러 그 연장선상에서 『마의태자』는 "순전한 한 개의 강담이다. 고좌에 앉아서 부채를 부치며 이야기로서 들려줄 종류의 것"이지 역사소설은 아니라고 비판하고 있다.(김동인, 앞의 책, 116쪽)

23) 식민지기 동안 이광수의 『마의태자』는 최병화, 유치진, 한상직 등에 의해 희곡으로 씌어졌다. 최병화, 『낙랑공주』(『학생』, 1930. 2-3월호), 유치진, 『개골산』(『동아일보』, 1937. 12. 15-1938. 2. 6), 한상직, 『장야사』(『조광』, 1939. 5).

24) 『동아일보』 1934년 8월 4일자 기사인 「『마의태자』가 레코-드로」에 의하면 콜롬비아레코드에서 마의태자의 사적을 가요화시켜 레코드로 발매했다고 한다.

25) 이 시기 『동아일보』는 역사물의 대중화에 상당히 신경을 썼다. 『단종애사』의 경우 본사 학예부의 주관으로 1929년 11월 6일 독후감상문모집 공고가 게재된 후 전국 각지에서 독후감상문이 쇄도하고 있다.

점에 오른 말년의 왕건, 이들이 쏟아내는 내밀한 자기반성적 언어가 오히려 부자연스러울 수밖에 없는 것은 바로 이 때문이다. 228회라는 긴 분량으로 문단 사상 처음으로 역사를 문학적으로 형상화한 이광수의 노고를 당대는 물론 후대에도 평가하지 않는 것은 당연한 일이었다고 할 수 있다.

4. 역사 허무주의로의 귀결

마의태자는 신라 멸망의 시기, 항복을 거부하고 산으로 들어가 풀뿌리로 연명하며 삶을 마감한 것으로 전해지는 비운의 인물이다. 이광수는 마의태자 이야기의 '비극성'에 상당히 동화되어 있었던 듯하다. 그러나 소설로 형상화하는 과정에서 의외로 마의태자보다는 궁예가 부각되고 있다. 전체 228회 중에서 상편에 해당하는 궁예 편이 142회를 차지할 만큼 소설의 구성은 궁예의 삶에 집중된 반면, 마의태자의 삶을 본격적으로 다룬 부분은 하편 중에서도 40회 정도밖에 되지 않는 것이다. 『마의태자』를 제명으로 한 것을 보면 이광수가 창작 초기부터 궁예의 삶을 중심적으로 그리려했던 것은 아니었던 듯하다. 오히려 마의태자의 비극적 운명을 통해 천년사직의 신라가 삼국통일의 위업을 달성하고도 왜 멸망할 수밖에 없었던 것인지, 그 왕조 몰락의 '역사'를 서술하려 했던 것이라고 볼 수 있다. 작품 서두에서, 출생의 비밀을 알게 된 소년 궁예가 신라왕을 알현하러 가는 장면이 자연스레 국상을 둘러싼 신라 왕실의 내홍 장면으로 연결되는 것에서 이러한 이광수 의중을 읽을 수 있다.

그러나 작가의 의도와 달리 이야기가 진행되면 될수록 마의태자의 비극적 운명보다는 궁예의 영웅적 삶을 묘사하는 쪽으로 전개되고 있다. 여기에는 김동인도 지적하듯, "이 반도에 대제국을 건설하려던 궁예의 웅지"[26]에 이광수 스스로 매료되었다는 점이 중요한 요인으로 작용하고 있었던 것으로 추정된다. 그것은 당시 '조선 붐'에 열광하고 있었던 조선 지식인들의 집단 심리이기도 했다. 그 때문인지 작품 속에서는 영웅으로서의 궁예가 새롭게 조합되고 있다. 본래 고귀한 혈통이었던 인물이 버림받아 미천한 신분으로 성장하고, 우여곡절 끝에 영웅적 행위를 수행하여 고귀한 지위에 올라서는 것으로 요약되는 영웅 신화의 흐름이 궁예의 삶을 통해 재현되고 있는 것이다. 그런 만큼 소설에서 궁예는 비범한 재주와 고결한 품성을 지닌 인물로 묘사되고 있다. 이 과정에서 『삼국사기』나 『고려사』에 묘사된 '미치광이 폭군'의 이미지와는 전혀 다른 새로운 궁예가 탄생한다. 이와 같은 새로운 궁예를 형성하는 가장 핵심적인 부분은 '의(義)', 곧 '충의'에 대한 숭상이다.

궁예가 신라대관들에게 인심을 잃게 된 것은 여러 가지 이유가 있지마는 그중에 가장 중요한 것은 궁예가 충직하기 때문이다. 혹 궁예의 뜻을 사려고 조정에서 궁예에게 대하여 좋지 못한 꾀를 한다는 비밀을 가지고 궁예에게로 가면 궁예는 말도 다 듣지 아니하고,

『요, 반복무쌍한 놈 같으니— 그래 네 임금의 녹을 먹고 살아 온 놈이 은혜를 몰라 도리어 배반을 하여! 신라 임금을 배반한 창자가 나를 또 배반하지 아니할까? 신라 너 같은 놈이 있으면 일월이 무광하고 풍우가 불순한 법이야— 이 놈 내 버히라.』하고 애걸복걸하는 것도 듣지 아니하고 당장에 내 베었다.

궁예는 원희를 미워하는 모양으로, 모든 제 임금 배반하는 놈을 미워하였다.

그는 살생(殺生)을 금하는 영을 내려 닭의 알도 다치지 못하게 하면서도 의리를 배반하는 사람은 사정없이 죽였다.[27]

---

26) 김동인, 『마의태자』, 『춘원연구』, 115쪽.
27) 이광수, 『마의태자』, 앞의 책, 195쪽.

여기서 궁예의 삶의 핵심을 이루는 것은 '충의'라는 유교이데올로기이다. 이를 통해 궁예는『삼국사기』,『고려사』등 기존 역사서에 묘사된 '폭군'의 이미지를 벗어나고 있다. 말하자면『마의태자』에서는 궁예의 잔혹함이 궁예 개인의 성격적 결함에서 비롯된 것이라기보다는 '충의' 혹은 '절의'를 견지해가는 과정에서 생긴 불가피한 부분으로 설명되고 있는 것이다. 아울러 미신에 미혹되고 왕후와 왕자를 살해하는 것과 같은 광기의 원인을 전쟁에서 입은 상처의 후유증으로 돌리는 등, 궁예의 삶에 대한 이광수의 이해와 애정은 상당히 깊다. 이처럼 궁예라는 인물을 통해 삶의 절대적 가치로서 '절의(節義)'를 제시한 후, 이를『마의태자』에 등장하는 여타 인물을 통해 구현해가고 있는 것이다. 고려에 항복을 거부한 마의태자, 죽음을 불사하면서까지 김충(마의태자)에 대한 절개를 지키려는 기생 난희, 의리 없는 아군보다는 적장 궁예를 더 신뢰한다고 말하는 신라 대관 현승 등은 모두 '절의'를 지향하는 인물이다.

『마의태자』에 이어 발표된 또 다른 역사소설인『단종애사』에서도 '절의'는 등장인물의 삶을 구성하는 최고의 가치로 설정된다.[28] 비운의 인물 단종을 통해 조선조의 부패한 일면을 다룬 이 소설에서 강조되는 것은 사육신으로 대변되는 '충의', 즉 '절의'다.『마의태자』와『단종애사』의 등장인물들은 '개인'의 욕망보다는 '충'과 '열'이라는 비가시적이고도 관념적인 가치를 지키기 위해 스스럼없이 죽음을 택한다. 삶과 세계에 대한 이러한 낭만적 인식이 인물들의 삶의 본질을 형성하고 있다. 그런 점에서 이 두 작품은 봉건적 낭만주의로의 회귀, 혹은 봉건사회에의 향수라고까지 할 만큼 봉건주의적 가치

---

28) 이광수 스스로도『단종애사』에 대해서 의를 위해서 목숨을 바치는 "빛나는 민족적 성격", 즉 민족의 장점을 그리고자 한 것이라고 언급하고 있다.

를 절대화하고 있다고 할 수 있다. 『무정』에서 영채에 대한 강간이라는 잔혹한 방식으로 '열(烈)'이라는 유교이데올로기를 부정했던 이광수를 고려한다면 이는 분명히 납득하기 어려운 선택이다.

그러나 『마의태자』에서 제시되는 '절의'는 조선의 전통적 유교이데올로기와는 무언가 교묘하게 어긋나 있다. 신라 대관 현승이 궁예에 대한 존경의 마음을 표명하며 언급하는 '의(義)'의 의미는 이 점에서 흥미롭다. 그는 "의리 없는 놈의 친구가 되기보다 의리 있는 놈의 원수가 되는 것이 안전하다. 의리 없는 친구는 언제 배반하여 나를 해칠는지를 몰라도, 의리 있는 원수는 내가 의리를 지키는 동안 내 의리를 알아준다"면서 '의'가 아니라 '의리(義理)'를 강조한다. 여기서 현승이 '의리'라는 용어를 사용하는 것에 주목할 필요가 있다. 현승이 의미하는 '의리'란 분명, 동등한 관계 간에 형성되는 것, 즉 '평등'의 의식을 지닌 것으로서 '절의'로 범주화되는 조선의 전통적 유교이데올로기에서 이 용어가 활용된 적은 찾기 어렵다. 그렇기는 하지만 『마의태자』와 『단종애사』 두 작품에서 '의리'는 거대한 역사의 흐름 속에 있는 남성들의 세계를 형성하는 핵심적 가치로서 자리하고 있다. 이광수는 '충의'와 더불어 '의리'라는 이 이질적 관념을 왜 그처럼 강조한 것일까. 이에 대한 답을 얻기 위해 먼저 역사소설 창작에 대한 이광수의 생각을 살펴보자. 아래 예문 중 첫째는 연재에 앞서 단종의 죽음을 소재로 선택한 이유와 역사소설의 의미에 대해 언급한 부분이고, 둘째는 『단종애사』 중 역사소설의 의미에 대해 명시한 부분이다.

1) 더구나 조선인의 마음, 조선인의 장처와 단처가 이 사건에서와 같이 분명한 선과 색채와 극단한 대조를 가지고 드러난 것은 역사 전폭을 떨어도 다시 없을 것이다. 나는 나의 부족한 몸의 힘과 마음의 힘이 허하는 대로 조선 역사의 축도요, 조선인 성격

의 산 그림인 단종대왕 사진을 그려보려 한다. 이 사실에 드러난 인정과 의리—그렇
다. 인정과 의리는 이 사실의 중심이다—는 세월이 지나고 시대가 변한다고 낡아질
것이 아니라고 믿는다.29)

2) 세 살적 버릇이 여든까지 간다. 오백년 전에 있던 우리 조상들의 장처 단처는 오
늘날 우리 중에도 너무도 분명하게, 너무도 유사하게 드러나는구나. 그 성질이 드러
나게 하는 사건까지도 퍽으나 오백년을 새에 두고 서로 같구나. 우리가 역사를 읽는
재미가 여기 있는지도 모른다.30)

이광수는 이미 『마의태자』에서 궁예의 삶에 집중함으로써 신라 말의 부패
한 실상을 통해 조선 역사의 문제점을 지적하려 했던 본래의 창작의도를 제
대로 형상화하지 못한 경험이 있다. 『마의태자』의 이러한 문제점을 감안했
던 것일까. 『단종애사』에서는 현재 조선이 왜 이런 비극적 운명에 처하게 된
것인지 그 역사의 경로를 되짚는 것에 집중하고 있다. 당나라에 대한 사대주
의, 극심한 당쟁, 민족 특유의 이기심 등 신라 멸망의 여러 요인이 단종으로
상징되는 조선 역사를 통해서도 반복되어 현금의 비극적 조선 역사를 이끌
어왔다는 것, 그 점이 단종의 비극적 운명을 통해 극적으로 형상화되고 있
다. 거센 비난을 받았던 「민족개조론」의 제 사상이 소설을 통해서 대중들에
게 자연스럽게 전달되고 있는 것이다. 물론 여기에는—김동인도 지적하듯—
운명의 비극성, 혹은 혈루(血淚)의 에피소드에 대한 작가 이광수의 선호, 그
리고 마의태자나 단종이라는 인물이 지닌 대중성 역시 작용하고 있는 것으
로 여겨진다. 즉 마의태자나 단종은 그 비극적 운명 때문에 당시의 대중들에
게 깊이 각인되어 있었고, 이들이 지닌 이러한 강력한 대중성이야말로 이광

---

29) 이광수, 「작자의 말」, 『동아일보』, 1928. 11. 20, 4쪽.
30) 이광수, 『단종애사』, 『이광수전집』 5, 삼중당, 1963, 404쪽.

수 자신이 제안한 조선민족의 제 문제점을 독자들에게 인식시키기에 안성맞춤이었던 것이다. 이순신사당 건립기금 모금을 위해 동아일보사가 야심차게 기획한 『이순신』을 집필하면서 이광수가 당쟁과 시기심으로 인해 이순신의 고난이 극대화되던 시점에서 시작해서 죽음에 이르기까지를 형상화한 것 역시 동일한 맥락에서 이해할 수 있다.

그런 점에서 이광수의 역사소설 집필이라는 선택을, 논자들이 흔히 지적하듯, 상해에서의 전향적인 귀국, 그리고 「민족개조론」 발표 이후 쏟아진 비난에서 벗어나기 위한 방편으로만 볼 수는 없을 듯하다.[31] 오히려 거듭되는 병고와 비난 여론에도 불구하고 「민족개조론」에서 설파한 자신의 생각을 견지해가려한 고집이 역사소설이라는 새로운 장르를 탄생시킨 것이라고 볼 수 있지 않을까. 그러나 『마의태자』의 진정한 문제는 여기에 있지 않았다. 문제는 마의태자, 궁예, 왕건에 이르기까지 권력을 잃었건, 얻었건 관계없이 모든 인물이 극도의 허무주의에 도달해버리고 있다는 점이다. '민족개조'에 이르기 위한 대중 계몽의 한 방안으로 '역사'를 활용하려 한 이광수의 의도가 창작과정에서 '역사적 허무주의'로 귀결되면서 그 의도 자체가 무화될 지경에 이른 것이다. 낙랑공주의 불행을 목도하면서 왕건이 느낀 다음과 같은 심경의 변화는 이 점에서 주목할 필요가 있다.

천하를 다 내마음대로 할 지존(至尊)의 지위에 있다는 것도 다 헛꿈이 아니냐? 어두워가는 눈, 멀어가는 귀, 쇠하여가는 몸을 어찌하지 못하고, 딸 낙랑 공주의 한번 깨어진 기쁨을 다시 어찌할 수 없지 아니하냐? 몇 만 사람의 다시 못 올 청춘과 다시

---

31) 이경돈은 「이광수와 근대 우화의 소설적 전유」에서『」에서 역사소설창작에 관한 김윤식 교수의 지적, "자전적 요소를 소설 속으로 이끌고 들어갈 처지가 못되었다"-을 전면적으로 수용, "궁지에 몰린 이광수는 자신과 관련된 이야기보다는 자신의 이야기를 역사에 의탁하는 방법을 취택하기도 했다"고 언급하고 있다. (이경돈, 「이광수와 근대 우화의 소설적 전유」, 『현대소설연구』, 2007, 103쪽.)

얻지 못할 생명과 다시 회복할 수 없는 기쁨을 희생하고, 이 왕업인고? 한번 죽어지면 패한 궁예나 흥한 왕건이나 모두 한 줌 흙이 아닌가? 게다가 만일 이생에서 지은 업이 내생의 과보(果報)로 돌아온다 하면, 수십만의 생명을 죽이고 수백만의 마음을 아프게 한 자기는 어찌될 것인고? 이러한 생각을 하였던 것이다. 이렇게 생각할 때에 왕의 눈에 비치는 것은 옛날의 왕위도 다 내어 던지고 삼계 중생(三界衆生)을 제도(濟度)하기로 대원을 세운 석가모니 불의 자비뿐이다. 그래서 절을 세우고 그래서 금강산에를 왔다.

그러나 공주에게는 기쁨이 없었고, 왕에게도 마음의 평안함이 없었다. 도리어 낮에는 눈에 피오른 신라 태자의 독한 비수가 눈에 어른거리는 듯하고, 밤이면 삼십년 병전(兵戰)에 죽은 사졸(士卒)과 신라의 충혼들이 어둠을 타고 모여 드는 듯하였다. 베옷 입은 중들이 코를 골고 자는 양을 볼 때에 황포 입은 왕은 알 수 없는 무서움에 밤을 새운 것이다.[32]

이러한 허무감, 삶의 무력감이란 것이 권력의 정점에 도달한 말년의 왕건에게서만 나타났던 것은 아니다. 작품을 통해서 볼 때 기회주의적인 속성과 권력에 대한 끊임없는 욕망만으로 자신의 삶을 채워갔던 왕건에 반해, 궁예나 마의태자는 '충의' 혹은 '절의'라는 이상적 가치를 자신들의 의식 속에 내재화시켜 그에 따라 삶을 추동시켜가고 있다. 그럼에도 이들 역시 왕건이 직면한 그 극복할 수 없는 허무감과 무력감에 동일하게 봉착하고 있다. 그러나 이들의 허무감이란 것이, 자신들이 지향하는 도덕적 가치와 그 가치를 수용하지 않는 부도덕한 사회 현실, 이 양자 간의 부조화에서 기인하고 있다는 점에서 왕건이 지녔던 그것과는 본질적으로 다르다. 도덕성, 영웅적 면모,

---

32) 이광수, 「마의태자」, 『이광수전집』 4권, 삼중당, 1963, 370쪽.

『마의태자』 제1회 연재(『동아일보』, 1928. 12. 1)

개혁적 의식을 지녔음에도 현실의 벽에 부딪쳐 좌절해버리는 이 두 인물, 특히 궁예의 비극적 운명이야말로 역사 허무주의 그 자체를 상징하고 있었다고도 할 수 있다. 이광수가 마의태자보다도 궁예의 묘사에 더 집중했던 것에는 궁예의 삶이 비극적 영웅의 면모에 보다 가깝다는 점, 그래서 허무주의라는 주제 제시에 보다 효과적이라는 점이 작용하고 있었던 것이다.

문제는 「민족개조론」을 발표하고 조선 민족의 장점과 단점을 분석하여 새로운 역사의 국면을 맞이하고자 했던 계몽주의자로서의 이광수의 의욕이 이처럼 역사 허무주의로 귀결되어버렸다는 점이다. 당시 이광수가 심취해 있던 제행무상(諸行無常)의 불교사상, 척추 카리에스라는 병의 발발, 그리고 3·1운동 실패 후 조선 사회에 만연해 있던 무력감과 허무주의, 이러한 개인적·사회적 요인들이 그 원인으로 거론될 수 있다. 그러나 불과 일 년 후 발표된 『단종애사』의 경우, 『마의태자』의 영웅들에게서 나타났던 자기반성적 사고라든가 그로부터 비롯된 허무주의에서 벗어나 있다는 점을 간과할 수는 없을 듯하다. 이 지점에서 『마의태자』=강담으로 결론지었던 김동인의 지적을 돌이켜 생각해볼 필요가 있다. '역사'와 '문학'의 결합이라는 이광수의 새로운 발상이 일본의 신(新)강담 혹은 무사들의 영웅담을 다룬 시대소설에서 상당 부분 연유된 것이라고 한다면, 『마의태자』의 영웅주의라거나, 허무주의적 세계 인식 역시 그 연장선상에서 설명될 수 있기 때문이다.

일본 대중문학의 기원을 탐색한 저서 『대중문학』에서 오자키 호츠키(尾崎秀樹)는 1923년 관동대지진 이후 일명 무사소설이라고 일컬어지는 시대소설이 폭발적 인기를 얻을 수 있었던 이유를 당시 '지식인들을 휩싼 허무와 파괴의 에네르기'라고 적고 있다.[33] 1920년의 경제 불황과 1923년의 대진재 이후의 사회적 불안으로 인해 지식인들이 허무와 파괴의식을 가지게 되었고 그러한 허무주의가 '정의파, 초인적 능력, 도덕적이고 사회에서 소외된 아웃사이더'인 허무적 무사를 주인공으로 한 시대소설에 그대로 투영되었다는 것이다. 아웃사이더이면서 뛰어난 무예를 지니고, 남자들 간의 '의리'에 절대적 가치를 두었던 『마의태자』의 주인공들의 모습은 이러한 시대소설에 등장하는 일명 '니힐 검사(劍士)'의 이미지와 상당부분 중첩된다. 당시 이광수를 둘러싼 개인적 · 사회적 불안을 고려할 때 이러한 허무주의와의 결탁은 자연스러운 것이었는지도 모른다. 문제는 역사소설이라는 새로운 장르를 채택한 이광수의 목적이, 당시 불안과 허무에 가득 차 있던 대중의 의식을 반영하는 것이 아니라 민족개조를 통한 새로운 조선의 건설과 그를 위한 강력한 대중계몽에 있었다는 점이다. 적어도 『마의태자』의 창작과정에서는 이광수의 민족 '계몽'의 의지는 효과적으로 실현되지 못했던 것이다.

---

33) 尾崎秀樹, 『大衆文學』, 紀伊國屋書店, 1964, 58-59쪽.

5. 식민지 역사소설의 운명: 윤백남 다시 읽기

1. 대중문화 기획자 윤백남

윤백남이라는 인물을 아는 사람은 많지 않다. 그나마 윤백남의 이름을 알고 있다고 해도 그에 대한 기억은 단일하지 않다. 영화감독이라고 했다가, 연설가라고 했다가, 소설가라고 했다가 다양한 말들이 나온다. 이 불완전해 보이는 다양한 기억들이 실은 윤백남을 규정해준다. 윤백남은 영화감독이었으며, 소설가였고, 만담전문가였으며, 연극인이었다. 이외에도 그를 규정하는 용어들은 많다. 1984년 『경향신문』이 열거한 윤백남의 직함은 열한 개가 넘는다.[1] 교수, 월간지 사장, 영화제작사 사장 등 다양한 직종들이 열거된다.

---

1) 1984년 10월 17일 『경향신문』 기사는 윤백남을 다음과 같이 소개하고 있다. "① 교수(敎授), ② 연극배우, ③ 월간지(月刊誌) 사장, ④ 영화제작사(映畵製作社) 사장, ⑤ 소설가, ⑥ 희곡작가, ⑦ 언론인, ⑧ 영화감독, ⑨ 방송인(放送人), ⑩ 동화구연가(童話口演家), ⑪ 군인(軍人) …… 모처(某處)에서 조사한 인기 직업 순위가 아니다. 놀랍게도 윤백남(尹白南) 선생에겐 이런 직업이 모두 해당된다."

이처럼 너무 많은 분야와 직종에 종사했다는 사실로 인해 그는 어느 분야에서도 뚜렷한 기억을 남기지 못한 것이다. 그런데 윤백남에게 붙여진 이 많은 수식어들은 의외로 '대중'이라는 단어와 연결되면 단숨에 일관되고도 질서정연한 의미를 획득하게 된다.

희곡 번역가에서 희곡 작가로, 연극 연출가로, 그리고 연극 제작자로, 이어서 영화 제작자로, 영화감독으로, 야담 전문가로, 월간지 편집자로, 소설가로…… 이처럼 윤백남은 하나에 집중하지 않고 끊임없이 옮겨 다닌다. 이러한 윤백남의 변신이 바로 변화무쌍한 '대중'의 기질 때문이었다고 한다면 쉽게 이해가 될까. 윤백남의 삶은 확실히 항상 '대중'을 염두에 두고, '대중'과 함께 움직이고 있었다. 그리고 이러한 움직임은 상당 부분 정확해서 그는 식민지기 조선에서 가장 성공한 대중작가로 자리하게 된다. 이 지점에서 제기될 수밖에 없는 의문이 있다. 윤백남은 왜 그렇게 '대중'에게 몰두했던 것일까. 이는 달리 말하면 일련의 대중문화 기획을 통해 윤백남이 최종적으로 지향한 것이 무엇이었는가를 찾는 것이기도 하다. 이 점에서 식민지기 윤백남이 발표한 역사소설의 분석은 새로운 답을 제공할 수도 있을 것이다.[2]

2. 아버지 윤시병과 '대중'에 대한 감각

1931년 윤백남의 아버지 윤시병이 삶을 마감한다. 윤백남은 부친에 대한

---

[2] 윤백남에 대한 연구는 주로 희곡 및 야담 활동에 집중되어 있다. 윤백남의 소설은 그동안 연구자들의 주목을 거의 받지 못했다. 식민지기 발표된 윤백남 역사소설에 대한 단일 연구는 박종홍의 「윤백남의 역사소설고」(『국어교육연구』, 1985)를 시작으로 1990년대 곽근의 「윤백남의 삶과 소설」(『한국어문학연구』, 1997), 송백헌의 「윤백남 역사소설 연구」(『인문학연구』, 1992) 등 몇 편이 있었고, 이외에는 박종홍이 식민지기 역사소설의 한 분파로서 고찰한 연구 「일제강점기 역사소설의 세 양상」(『우리말글』, 2012)이 있다. 이중 박종홍의 「윤백남의 역사소설고」는 역사소설의 통속성의 제 양상을 고찰했다는 점에서, 곽근의 「윤백남의 삶과 소설」은 세간에 알려져 있지 않던 개인사를 고찰하고 있다는 점에서 중요하다.

기록을 거의 남기지 않았다. 그가 남긴 몇 편 안 되는 회고의 글에서도 아버지 윤시병의 흔적을 찾기는 어렵다.3) 군이 찾자면 모친에게 바쳐진 단편적인 회고의 글인 「너무도 무심한— 그러나 잇처지지안는 어머니」에서 잠시 아버지 윤시병이 언급되고 있을 뿐이다. 고학으로 공부한 고생담을 담은 이 기록에서 윤백남이 회고하는 아버지는 독립협회 사건에 연루되어 망명한 선각자로서의 윤시병이다.4) 이 글이 발표된 것은 윤시병이 사망한 지 2년 후인 1933년이었다. 아버지에 대한 윤백남의 기억이 독립협회가 결성된 1894년에 머물고 있다는 것은 흥미로운 일이다. 윤시병의 삶이 실제 세간의 주목을 끌기 시작한 것은 독립협회를 이끌던 시기 이후의 일이기 때문이다. 『한국민족문화대백과』에 의하면 윤시병은 충청병사, 만민공동회장, 일진회 회장을 역임한 것으로 되어 있다. 그의 이력을 잠시 살펴보자.

윤시병(1895~1931): 중인으로 무과에 합격하여 선전관, 전운낭청, 중추원 2등 의관 등을 지냈고, 동문학(同文學)에서 공부하였다. 1898년 11월 8일 만민회 회장을 거쳐 11월 29일부터 1899년 5월 30일까지 중추원 의관을 지냈다. 1904년 러일전쟁이 무르익어가자 독립협회의 잔당을 이끌고 유신회를 조직하여 정부를 공격하다가 해산령이 내려졌지만 완강히 거부하면서 일진회를 조직하였다고 한다.5)

---

3) 윤백남과 친분이 있던 언론인 유광렬이 윤백남에게 아버지 윤시병의 정치 인생을 묻자, 그다지 기뻐하지 않는 표정으로 "선친의 한 일을 논의하고 싶지 않다"고 말했다고 한다. 아울러 평생 부친은 물론 형제들과도 교류를 하지 않고 지냈다고 한다.(유광렬, 「한말의 기자상」, 『기자협회보』, 1968. 10 참조) 이에 비추어볼 때 아버지에 대한 윤백남의 심경이 그다지 좋지 않았던 것으로 판단된다. 이 점에 대해서는 백두산, 「윤백남과 식민지 대중문화기획」, 『윤백남선집』(2013, 현대문학)에서도 지적되고 있다.

4) 윤백남은 어머니를 회고하는 수필, 「너무도 무심한—그러나 잇처지지안는 어머니」(『신여성』, 1933. 1)에서 열한 살 때 독립협회 사건으로 아버지 윤시병이 망명하고, 생계가 막막하여 고향 논산으로 낙향하려던 어머니를 졸라서 형과 자신은 학업을 위해 경성에 남았다고 말하고 있다. 아울러 16세 때 '도망'하듯 감행한 일본 유학 역시 고학으로 해결했다고 적고 있다.

5) 이용창, 「동학, 천도교단의 민회설립운동과 정치세력화연구(1896-1906)」, 중앙대학교대학원, 2005,

윤시병에 대한 기존 자료에서 일반적으로 나타나는 평가는 '친일파'라는 것이다. 그러나 윤시병이라는 인물을 '친일파'라는 하나의 틀로 평가하기에는 그의 삶 자체가 너무나도 다양하게 전개되었다. 윤시병은 구한말 무과에 급제하여 출사한 관리이면서, 자주독립을 주창한 '만민공동회' 회장이었는가 하면 친일단체 '일진회'를 이끌기도 했다. 여기에다가 동학교도였으며, 구한말 조직된 항일단체였던 '보안회'와 정치개혁을 요구한 민회(民會)인 '유신회'를 이끌었다.6) 혼탁했던 구한말의 역사가 윤시병의 삶 속에 그대로 반영되어 있는 것이다. 윤시병의 이러한 이율배반적인 삶의 이력을 어떻게 설명해야 할까. 적어도 '친일파'라는 용어만으로는 그의 삶을 온전히 설명할 수 없다는 것, 그 한가지만은 분명하다. 윤시병은 개화파를 중심으로 한 내각의 수립을 주창하는가 하면, 독립협회에 대한 정부의 탄압에 불복하면서 고종에게 '소'를 제기하기도 하였고, 의복 개량을 주창하는 글을 『황성신문』에 싣던 혁신주의자이기도 했다.7)

이처럼 윤시병은 신문에 글을 기고하여 정론에 참여할 정도로 '지적'이며 '변론'에 뛰어났는가 하면, 만민공동회, 보안회, 유신회 등 일반 민중을 중심으로 한 '민회'를 이끌어 정부에 대항하는 등 행동주의적 일면을 지니고 있기도 했다. 여기서 일 만 명이 운집한 최초의 민중집회였던 '만민공동회'를

156-157쪽.

6) 윤시병이 '보안회'를 이끈 것은 『조선왕조실록』 태상황 광무 8년(1904) 기록에 나온다. 황현의 『매천야록』에도 윤시병에 대해서 "갑오년에 동학에 입교하고 기해년에 독립협회에 들어"간 인물이라고 언급하면서, "6월에 서울 사람들이 보안회를 설립하고, 윤시병을 회장에 추대했다."고 기록되어 있다. 아울러 매천 황현에 의하면, '동학란' 이후 일본으로 도망하여 십 년을 떠돌던 손병희가 신문에 자신들의 입장을 담은 글을 투서하는 등 활동을 재개한 것은 "윤시병 등이 정론에 참여하는 것을 보고는" 한 행동이라고 적고 있다.(황현, 『매천야록』, 두산동아, 2010, 293-298쪽)

7) 일진회 회장 윤시병은 포고문에서 인민들이 회를 통해서 억울함을 호소하는 것이 천하만국에서 행하는 일이므로 정부의 허가 없이도 가능한 것이라고 항의하는가 하면, 단발의 정당성 역시 주장하고 있다.(『황성신문』, 1904. 10. 26)

만민공동회 집회 모습(1898년경)

시작으로 다수의 민회를 설립하고 이끌었던 윤시병의 '민중'에 대한 감각을 주목할 필요가 있다. 윤시병은 만민공동회가 가장 극렬하게 활동했던 1898년 11월에 회장을 맡아 대한제국기의 종로 일대의 백목전도가(白木廛都家)라든가, 지전도가(紙廛都家) 등 시전(市廛)을 중심으로 일 만 명에 이르는 민중을 이끌면서 대정부 시위를 주도한다. 만민공동회가 해산된 이후에도 그는 보안회, 유신회 등을 결성하여 역시나 종로의 시전을 중심으로 거대한 민중집회를 개최하여 조선의 자주와 개혁을 도모한다.

이 개혁이 결국에는 실패로 끝나기는 했지만 윤시병은 민중과의 교감을 통한 변혁을 끊임없이 추구하고 있었다. 무과에 급제하여 출사하기는 했지만, 중인 출신이라는 신분적 한계를 안고 있었던 윤시병으로서는 만 명의 민중이 운집한 '민중집회'를 개최하면서 평등의식에 기반한 새로운 세계를 경험하였던 것이다.[8] 그리고 백정과 양반이 하나가 되어 자유롭게 자신의 정

---

8) 종로의 시전에 위치한 백목전도가는 만민공동회 개최 장소이자, 일본의 황무지개척권 요구에 맞서 저지운동을 벌인 보안회의 개회 장소였다. 이곳이 다시 1905년 7월 일진회 주도로 친일 상인을 중심으로 조

치적 의견을 토로하는 모습을 보면서 조선이 나아가야 할 새로운 방향을 읽고 있었다. 그러나 현실은 그의 의도대로 전개되지 않았고 마침내 개혁의 가능성이 보이지 않는 현실 속에서 그 혁신의 방향은 친일로 흘러버리게 된다.9) 일진회 설립 시 공표한 '일진회 취지서'를 통해서 윤시병의 이상이 당시의 현실 속에서 어떻게 왜곡되었으며, 얼마나 비현실적이었던가를 읽을 수 있다.

> 夫國家는 人民으로써 성립ᄒᆞᆫ 者ㅣ오 人民은 社會로써 維持하ᄂᆞᆫ 者ㅣ라. 人民이 其義務에 服從치 아니ᄒᆞ면 國이 能히 國되지 못ᄒᆞ고 社會가 團體로 組合치 아니ᄒᆞ면 民이 能히 民되지 못ᄒᆞ나니 人民의 義務ᄂᆞᆫ 兵役 及 納稅만 存것할 뿐 아니오 國家의 治亂安危의 關이ᄒᆞ야 談論勸告하ᄂᆞᆫ 義務도 부담ᄒᆞ고로 (중략) 人民은 兵役과 納稅의 義務를 極盡勤勞ᄒᆞ야 安危得失을 監視할 것이니 此ㅣ國會와 社會의 設立ᄒᆞᄂᆞᆫ 本旨라.10)

송병준과 함께 일진회를 설립한 후 오래지 않아 윤시병은 내부 권력투쟁에서 밀려난다. 이후, 그의 행적에 관한 기록을 찾기는 어렵다. 아들 윤백남조차 별다른 언급을 하지 않았다. 그러나 윤백남이 말하듯 아버지 윤시병과 실제로 의절을 했었는지는 쉽게 답을 내리기가 어렵다. 윤백남이 경성어학

직된 경성상업회의소 사무소로 이용되었다.
9) 독립협회 회원이었던 윤시병 등이 러일전쟁이 임박한 1903년 겨울 정부의 무능을 느끼고 민회를 부흥해서 민권을 신장하여 국력을 유지하고자 생각하여 일본에 원조를 기대했지만 조정의 간섭으로 실패하였다는 경성헌병분대의 기록(『一進會略史』, 1910. 6, 4-5쪽)과 일진회 초대 고문이었던 사세 구마테쓰가 윤시병과 그 일파들에 대해서 '학문, 지식, 변론'에 뛰어난 인물들로 '조선의 개발을 위해 도모'하다가 한국정부로부터 일본당으로 배척받았다고 언급한 기록이 있다.(이상의 내용은 이용창, 「동학, 천도교단의 민회설립과 정치세력화 연구」, 중앙대학교 대학원, 2005, 155쪽 참조)
10) 「一進會趣旨書」, 『황성신문』, 1904. 9. 2.

당을 우수한 성적으로 졸업한 후, 일본 반조우 고등학교에 편입한 것이 1904년의 일이다. 와세다 대학 예과 3학년에 편입한 후, 장학생으로 졸업, 다시 와세다 대학 상과로 진학하여 졸업한 것이 1910년이었다. 이 기간은 공교롭게도 윤시병이 일진회를 설립하여 친일로 치닫던 시기와 일치한다. 6년에 이르는 일본 유학 생활, 조선식산은행 전신인 관립한성수형조합 이사 취임, 『매일신보』 편집국장 취임, 『매일신보』 후원에 힘입은 원각사 인수 과정 등에 이르기까지 윤백남이 친일파 거두였던 아버지의 도움을 직접적으로 받지는 않았다고 하더라도 그 그늘 밑에서 편익을 취했으리라는 점을 부인하기는 어려울 듯하다.

윤백남 스스로가 어떻게 표현하였던 간에 아버지 윤시병이 그에게 상당한 영향을 주었던 것만은 분명한 일이다. 유교적 '문(文)'의 전통이 여전히 강하게 남아 있던 사회에서 윤백남은 다른 작가들이 주저하거나 멸시하는 '대중문화'를 향해 너무도 빨리 선회하고 있었기 때문이다. 이러한 선택은 아버지 윤시병의 이율배반적 삶을 고려한다면 충분히 이해가 되는 일이다. 윤백남에게 부과된 당대의 현실은 식민지 치하라는 엄혹한 상황이었고, 그러한 현실 속에서 순문학을 선택하는 순간, 다른 많은 지식인들과 마찬가지로 '민족' 문제라거나 '식민지 조선'의 현실과 대면하지 않을 수 없었기 때문이다. 그 점에서 '대중문화'는 그 고통스러운 대면을 회피하기 위해 윤백남이 찾아낸 나름의 도피처였는지도 모른다.

이와 더불어 윤백남의 선택에 드리운 아버지 윤시병의 그림자를 또 다른 측면에서 생각해볼 수 있다. 윤시병의 '민중'과 윤백남의 '대중' 사이에 뚜렷한 차이점이 존재하고 있지만, 아들 윤백남 또한 초지일관 변혁의 거대한 힘의 담지자로서 '민중'에 관심이 쏠려 있었다. 윤백남의 문학적 활동 속에서, 민회를 통해 '민중'과 끊임없이 소통하려 했던 아버지 윤시병의 모습을 떠올

윤백남의 '논산 야담대회'를 보도한 『동아일보』 사진기사(1933. 09. 21)

리는 건 바로 이 때문이다. 1930년대 조선 최고의 야담 전문가로서 탑골 공
원을 비롯하여 조선 전역을 돌아다니면서 운집한 수 백 명의 대중 앞에서 연
설하는 윤백남과, 종로의 백전도가와 지전도가에서 대규모 민중 집회를 개
최하던 윤시병의 유사성은 이 점에서 매우 흥미롭다. 윤백남이 발표한 일련
의 대중역사소설의 지향과 귀착점에 대한 고찰은 이 문제와 관련하여 새로
운 시사점을 제공할 수 있으리라 생각한다.

3. '역사'로의 선회와 그 의미

윤백남은 1928년 5월 1일부터 1930년 1월 10일까지 『동아일보』에 중국
고전소설을 번역한 『신석(新釋)수호지』를 연재한다. 조일재와 함께 설립한
극단 문수성과 이기세와 제휴한 극단 예성좌를 연이어 해산한 후, 자신의 이
름을 내걸고 설립한 영화사 '백남프로덕션'조차 해산하고 김해 합성학교 교
사로 재직하던 시기였다.[11] 연극과 영화에서 모두 실패한 후, 윤백남이 결

국 선택한 것이 중국 고전소설의 번역이었던 것이다. '대중'과의 접점을 끊임없이 모색하던 윤백남이 연극과 영화에서 물러나 『수호전』 번역을 기점으로 야담과 역사소설에 손을 대기 시작했다는 점에서 이 선회는 중요한 의미를 지닌다. 서구 사회극 번역이라든가, 일본 가정소설 등 근대적 문학양식에 관여하던 윤백남은 왜 이런 선택을 했던 것일까.

물론 고전문학에 대한 윤백남의 관심이 갑작스러웠던 것만은 아니다. 『춘향전』을 연극으로 재구성하고, 『운영전』을 각색하여 영화로 제작하는 등, 1920년대 중반에 들어서면서 이미 서구나 일본의 근대적 문학양식에서 『수호전』이나 야담과 같은 흥미위주의 고전문학 세계로 관심을 돌리고 있었다. 여기에는 귀국 후 수차례에 걸쳐 시도한 극단 운영 및 영화 제작사 활동의 실패를 통해 깨달은 조선 '대중'에 대한 윤백남 나름의 판단이 깔려 있었다. 이 시기의 그는 '예술적 양심'과 '포부'를 거론하면서, 신파극의 완성기에 접어든 일본 연극계의 현실을 조선의 문화계에 마구잡이로 대입하려고 했던 철모르는 시절의 일본 유학생 출신 연극기획자가 아니었다. "은행을 세우고, 회사를 조직하고, 학교를 건설하며 권번을 창설하기 전에 우선 한 개의 극장을 만들어서 극단을 보호하여 민풍개선의 기능을 수행하게 하"[12]려는 이상을 견지하면서도, 그에 상응하는 '대중'의 호응이 필수적임을 여러 차례의 실패를 통해 절실하게 깨달은, 말 그대로 조선 대중문화의 현실을 절감한 윤백남이었다.

그 현실이라는 것은 별다른 것이 아니었다. 조선의 대중들은 교화적이고 사상적인 소재보다는 오히려 "잔인, 속악, 파륜, 악독, 그 여러 가지의 사회의 더러운 반면"에 흥미를 느끼고, 좋아한다는 것이다.[13] 아울러 윤백남이

---

11) 이와 관련한 이력은 『윤백남선집』(백두산, 현대문학, 2013, 493쪽)을 참조하였음.
12) 윤백남, 「연극과 사회-범하여 조선현대극장을 논함-」, 『동아일보』, 1920. 5. 16.

파악하기에 이들 대중은 낯선 이국의 이야기보다는 전통적인 이야기와 전통적 세계 속에 머물러 있기를 바라고 있었다. 이러한 조선 대중문화의 현실 속에서 윤백남은 그 스스로가 '시상영합주의(時尙迎合主義)'이며, '시대착오적'이고, '위속(僞俗)'이라고 비난했던 소재를 선택하는 것을 고려하지 않을 수 없었다. 나름의 갈등 속에서 대안으로 제시된 것이 바로 『춘향전』과 『운영전』이었으며, 조선의 대중들에게 널리 사랑받고 있던 중국 고전소설 『수호전』이었다. 윤백남의 이러한 선회가 의욕적으로 추진해온 신파극 개량 운동, 말하자면 일종의 대중문화운동의 포기를 의미한 것인지는 쉽게 단정내리기 어렵다. 일단 이 시기 윤백남이 점진적 개량을 선택했던 것만은 분명해 보인다. 한글로 씌어진 『신석수호지』가 『동아일보』에 연재된 시기는 이른 바 '문맹퇴치'를 위해 동아일보사가 주도한 '운동'이 본격화한 시기와 맞물리고 있었기 때문이다.

동아일보사는 『신석수호지』의 연재를 한 달 앞둔 1928년 4월 1일과 2일에 걸쳐 창간 8주년 기념사업의 일환으로 대대적인 문맹퇴치 캠페인을 계획한다. 실질적인 문맹퇴치운동, 즉 운동은 일종의 조선 무산계급운동의 일환으로서 1927년부터 사회주의 단체를 중심으로 조선 전역에 전파되고 있었다. 이 운동은 한글교육이라는 단순한 의미의 문맹퇴치에서 시작하여 사회, 정치, 경제 전반에 걸친 노동자, 농민의 의식 고양을 겨냥한, 말 그대로 무산계급 문화운동의 성격을 띠고 있었는데, 여기에 동아일보사가 적극 합류하고 있었다. 1920년대 초반 최남선과 신채호를 중심으로 전개된 조선역사연구의 붐 속에서 이광수의 한글 역사소설 『마의태자』의 연재함으로써 이미 한글과 조선역사의 대중화의 흐름에 동참하고 있던 동아일보사였다. 『신석

---

13) 윤백남, 「연극과 사회-범하여 조선현대극장을 논함-」, 『동아일보』, 1920. 5. 10.

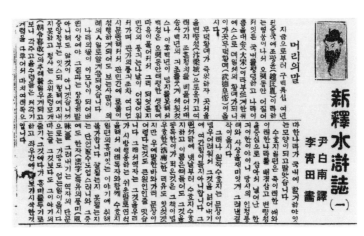

『동아일보』에 연재된 『신석수호지』 1회(1928. 5. 1)

수호지』의 연재 역시 동아일보사의 이러한 야심찬 문화적 기획의 연장선상
에서 이해될 수 있다.[14]

『신석수호지』는 역사에 대한 대중적 관심의 환기라는 점에서 『마의태자』
와 유사하다고 파악될 수 있으나 중국 남송대(南宋代) 역사를 다룬 작품이
라는 점에서 조선역사의 대중적 보급에 강조점을 둔 이광수의 작업과 구별
된다. '대중'과의 접점을 찾는 데 열중하고 있던 윤백남의 입장에서『수호전』
을 새로 번역하여 연재하는 것은 새롭고도 의미 있는 시도였다.「연재예고」
에서 윤백남은 다음과 같이 쓰고 있다.

---

14) 조선에서 문맹퇴치운동은 1927년을 기점으로 시작된다.(「조선노동군중의 문맹퇴치운동」, 『선봉』,
1927. 2. 3) 1927년 3월 15일자 『동아일보』가 러시아에서 귀국한 사회주의자 이량이 빈민구조사업의 일
환으로 문맹퇴치운동을 시행한다는 기사를 싣고 있는 것으로 보아, 이 운동은 애초 무산계급운동의 일환으
로 시작되었으며 이를 동아일보사에서 창간 8주년 사업으로 확대시켰던 것으로 파악된다. 또한 1928년 2
월 10일 『중외일보』에서 '경제문맹퇴치운동'이라는 제목의 논설을 싣고 있는 것으로 보아, 이 시기 조선에
서 불기 시작한 문맹퇴치운동은 문맹퇴치를 위한 한글보급운동의 수준을 넘어 일종의 '근대화운동'의 성격
을 띠고 있었다.(「논설경제문맹퇴치운동」, 1928. 2. 10, 「문맹퇴치운동, 불온하다고 금지」, 『중외일보』,
1928. 3. 30)

원작 수호지는 문장이 넘우 어려워서 그것을 닑어내기에 여간 힘이 들지 아니합니다. 그런 까닭에 녯날부터 수호지, 수호지하고 이름은 떠들어도 그것을 통독한 이가 적은 것은 그 책이 넘우 호한(浩瀚)한 리유도 이섯겟지만 우에 말한바와 가티 문장이 어렵다는 것도 큰 원인인 줄 밋습니다. 그래서 역자는 그것을 우리가 시방 행용하는 쉬운 말로 연석을 해서 여러 독자와 함께 수호지 일편의 흥미잇는 이야기에 취해볼가 합니다. 잘 될는지 못 될는지는 단언할 수도 업스려니와 그 중에도 한자(漢子)의 특유의 풍미를 그려내기는 역자의 단문으로는 가망도 업는 일이올시다마는 글 그것보다도 그 이야기의 줄기, 그것에다가 흥미를 두기로 하고 좌우간에 써보기 시작한 것입니다.15)

『신석수호지』를 연재하면서 윤백남이 주로 신경 쓴 것은 '역사'가 아니라 '흥미', 즉 대중성이었다. 윤백남은 원전을 정확하게 번역하는 대신 '흥미'를 강화하기 위해서 『수호전』의 내용과 문체를 근대적으로 재구성한다. 연재 예고에서 밝히고 있듯 『신석수호지』에서는 '신석(新釋)', 즉 '새롭게 해석한' 『수호전』이라는 제목에 맞게 한자 특유의 풍미를 살리기보다는 고어를 현대어로 바꾸는가 하면, "중간에 어려운 대목이 나오면 그에 대한 자세한 풀이를 해놓"고, "장회명(章回名)을 주인공이나 사건을 중심으로 새로이 만"16) 드는 등 '대중성' 확보를 위한 다양한 변형이 이루어지고 있다. 여기서 한 가지 거론될 수 있는 문제가 윤백남이 번역의 저본으로 삼은 것이 『수호전』 중국 원전이었는가 아니면 일본어 중역본이었는가 하는 점이다. "일본어 번역본을 접했다고 보는 것이 좋을 것이다"라고 평한 후대의 평가를 감안할 때,

---

15) 윤백남, 「신석수호지예고」, 『동아일보』, 1928. 4. 15.
16) 유춘동, 『수호전의 국내수용양상과 한글번역본 연구』, 연세대학교 대학원, 2012, 129쪽.

대중성을 중시한『신석수호지』의 번역에는 근대적 국어성립이 완료된 일본의 감각과 윤백남의 개인적 취향이 함께 반영되었을 것으로 여겨진다.[17] 이미 수편의 서구 및 일본 문학작품의 조선어 번역 및 번안 과정을 경험하면서 누구보다도 정확하게 일본어와 조선어, 일본 대중과 조선 대중, 제국과 식민지 간의 문화적 간극을 인식하고 있던 윤백남의 감각이『신석수호지』의 번역에 적용되고 있었다. 이 감각에 기대어 윤백남은 '역사'소설이 아니라 '대중'소설로서『수호전』을 수용하고 있었던 것이다.

  그런데 왜 하필이면『수호전』이었을까.『수호전』은 1600년경 조선에 처음 소개된 이래 많은 독자층을 확보해왔고, 그 대중적 인기에 힘입어 이후 여러 차례 한글로도 번역되어 널리 읽히고 있었다는 점이 주된 요인으로 제시될 수 있다. 한글 독자층에 한정되어 있던『춘향전』이나『운영전』과 달리, 한문소설을 즐겨 읽던 구소설 독자층까지 포섭할 수 있다는 점에서 장점이 있었다. 여기에 한 가지 더 보태자면 '충'과 '의'를 숭상하는 남성적 협객의 세계를 그리고 있다는 점에서, 그간 '연애' 이야기 위주의 신문 연재소설에서 소외되어 왔던 '남성' 독자층까지 포섭할 수 있었다는 점을 거론할 수 있다. 실제로『신석수호전』의 연재를 전후하여『동아일보』는 이익상의『짓밟힌 진주』와 염상섭의『사랑과 죄』등, 부녀자 및 신청년들을 주된 독자층으로 한 '연애소설'이 연재되고 있었다. 일본소설과 서구소설의 번안물 그리고 '연애' 모티프 일변도의 창작소설들이 주종을 이루던 연재소설의 틈에서『신석수호지』는 구소설 독자층과 남성 독자층까지도 포섭 대상으로 하고 있었던 것이다.

---

17) 유춘동은 수호전의 한글 번역본 연구에서 일본어『수호전』이 국내로 유입되면서 이를 중역한 번역본이 출현하는데, 양백화본과 윤백남본이 여기에 속한 것으로 파악하고 있다. 양백화본과 윤백남의 경우 의역이 강한 일본어 번역본을 중역한 것이었기 때문에 중국어본과는 거리가 멀었다는 것에 문제가 있다고 한다. 특히 윤백남의 번역본은 '흥미위주'의 의역본이라고 평가하고 있다.(유춘동, 앞의 책, 86-87쪽)

과연 윤백남의 감각과 예상은 적중했다. 『신석수호지』는 독자의 열렬한 호응을 받음은 물론 연재가 끝나자 곧 박문서관에서 단행본으로 출판된다.[18] 윤백남은 『신석수호지』의 대중적 호평에 힘입어 역사소설 창작에 본격적으로 손을 대 『대도전』, 『흑두건』, 『미수(眉愁)』 등 세 편의 역사소설을 연달아 『동아일보』에 연재하는가 하면[19] 야담에도 손을 대기 시작한다. 연극, 영화에서는 접점을 찾을 수 없었던 대중문화의 새로운 가능성을 '역사물'을 통해 발견한 것이다. 그 가능성이라 함은 좁게는 "무교양 대중에의 문학적 활동"[20]을 의미하는 것이며, 넓게는 한문 중심의 구소설 독자층과 한글 중심의 신소설 독자층의 규합을 통한 한글 중심의 '근대 국어(國語)'의 성립을 의미하는 것이었다.[21] 이것은 동아일보사가 8주년 기념사업의 일환으로 기획했던 '문맹퇴치운동', 즉 한글보급운동의 궁극적 지향과 궤를 함께하는 것이었으며, 아버지 윤시병이 '민회'의 결성을 통해 추구했던 '평등'과 '자주'에 기반한 근대조선의 성립을 담보하는 것이었다.

윤백남이 자신의 문화적 기획의 주요 대상으로 '역사물'을 선택한 것은 라

---

18) 연재 직후 『신석수호지』는 1930년 박문서관에서 3권 3책으로 발행된다.

19) 『대도전』의 경우 전편은 1930년 1월 16일 연재를 시작해서 3월 24일 63회로 마감되며, 후편은 1931년 1월 1일부터 7월 13일까지 총 182회 연재된다. 연재 후 1931년 대화서관에서 단행본으로 발행된다. 『흑두건』은 1934년 6월 10일부터 1935년 2월 16일까지 연재된다. 연재 후 1936년 2월 삼문사에서 발행된다. 『미수』는 1935년 4월 1일부터 9월 20일까지 연재된다. 연재 후, 1940년 덕흥서림에서 『홍도의 반생』으로 제명을 바꾸어 발행된다. 이처럼 윤백남은 1929년부터 1935년까지 『동아일보』에 네 편의 장편역사소설을 연재했으며, 연재한 작품 모두 단행본으로 출간될 만큼 인기를 끌었다.

20) 윤백남은 신문소설의 의미를 다음과 같이 언급한다. "'대중'이라 함은 문학에 대한 특별한 교양이 없는 우리의 전체를 의미하는 것인즉 문학의 대중화는 문학을 전체에 보급시킨다는 뜻이며 일부 유한계급의 문학으로서 근로와 또는 무교양 대중에의 문학적 활동이라고 믿는다."(윤백남, 「신문소설 그 의의와 기교」, 『조선일보』, 1933. 5. 14)

21) 윤백남은 1924년 발표한 논설 「민족성과 연극에 就하여」(윤백남, 『시대일보』, 1924. 4. 23)에서 "극도의 숭화심" 속에서 지배층은 한문을 사용하면서, 국문을 천시하는 것과 같은, 한문과 한글로 나뉘어 있던 조선의 언어 상황에 대해 비판하고 있다.

디오라는 매체의 등장이 또 하나의 배경이 되고 있었다. 1927년 2월 16일 조선의 첫 라디오 방송국인 경성방송국이 전파를 송신하여, '새로운 음파신문'인 라디오가 놀라운 속도로 대중에게 수용된다. 『신석수호지』가 연재되기 불과 1년 전의 일이었다. 라디오의 출현에 대한 윤백남의 열광이 어느 정도였던가는 1933년 경성방송국의 이중방송 실시에 즈음하여 발표한 다음의 글에서 엿볼 수 있다.

라디오의 출현은 바야흐로 劃시대적 경이이며 국민문화생활상의 한 큰 혁명이다. 국가사회의 消長은 吾等개인의 소질, 생활력의 정도에 기인하나니 사회의 진보는 필경은 개인 생활의 일반적 향상을 의미하는 것이다. 이러므로 국가는 국민의 문화생활의 향상을 圖하기 위하여 各般의 사회시설을 건설하기에 노력하지마는 공공시설의 대부분은 재정의 사정과 지리적 관계 기타로 일부 都會人의 이용으로만 제공되는 느낌이 있어 전 대중에게 均沾되지 못하는 느낌이 많다.

이점을 補足하고도 남음이 있는것이 즉 라디오의 위력이다. <u>도시, 농촌, 산간, 海上을 물론하고 빈부귀천 노약남녀의 別이 없이 무차별 평등으로 청취장치가 있는 한에는 모두가 아무런 制時가 없이 들을 수가 있다.</u> 여기에 라디오가 사회문화 기관으로서 무한한 가치가 있음을 인식 아니할 수 없다.[22]

라디오 시험방송에 맞춰 수백 명의 청중이 한 장소에 운집하는 광경이 1924년 경성의 새로운 풍경으로 등장하고 있었다.[23] 현장성의 측면에서

---

22) 윤백남, 「신세대의 음파신문 라디오의 사회적 역할」, 『신동아』, 1933. 3.

23) 방송 개국을 전후하여 신문사에서는 수신기가 없는 일반 대중을 상대로 '라디오대회'와 같은 미디어 이벤트를 개최하였다. '라디오대회'란 여럿이 모일 수 있는 공간에 고출력의 수신기를 설치하여 함께 라디오를 들을 수 있도록 하는 행사이다. 예를 들어 1924년 12월 17일부터 19일까지 실시된 『조선일보』 라디오 공개시험의 경우 "몃백몃천리를 격한곳에흔적업시전파되는 방송무선전화의신긔막측한비밀"을 보러온

다양한 대중문화 영역에서 활동한 윤백남

신문의 한계를, 전파력의 측면에서 연극이나 영화의 한계를 벗어난 이 신시대적 발명품의 놀라운 위력을 윤백남 또한 목도하고 있었던 것이다. 윤백남은 라디오의 대중적 파급력을 누구보다도 정확하게 파악하고 있었고, 라디오라는 '경이적' 매체에서 대중문화의 새로운 가능성을 읽고 있었다. 아울러 그는 라디오가 만들어내는 새로운 형태의 '대중'에 주목하고 있었다. 그 대중이란, '민족'이나 '계급'적 개념이 배제된 세력, 윤백남의 말을 빌자면 '무차별, 평등'한 의식 아래 형성된 새로운 독자군이었다. 그런 점에서 '역사'보다는 '흥미'에 중점을 둔 '역사물'로의 선회는 라디오가 만들어내는 새로운 문화적 흐름에 합류하기 위한 윤백남 나름의 적극적 모색의 결과였던 것으로 판단된다. 이는 경성방송국 초기의 라디오 드라마의 경우, 서양극의 번역과 번안물을 주로 선택했던 것과 달리 윤백남은 전통적 이야기꺼리인 '야담'을 들고 나온 것에서도 알 수 있다.24) 『신석수호지』의 연재가 윤백남의 입장에서는 대중의 취향을 파악하기 위한 새롭고도 중요한 시도였다고 보는 것은 바로 이 때문이다.

청중들로 대회장이 초만원을 이루었다고 한다. 서재길, 「JODK경성방송국의 설립과 초기의 연예방송」, 『서울학연구』, 2006. 9, 158-160쪽 참조.
24) "경성방송국 개국 초기에 조선어 라디오 드라마는 창작물이나 서양 연극의 번역 번안물이 많았던 것에 비해 일본어로 방송된 작품의 경우 『춘향전』, 『장화홍련전』 등 조선색 짙은 작품이 많았다"고 한다. 이에 대해서는 서재길, 앞의 논문, 168쪽 참조.

4. 식민지와 대중, 그리고 대중역사소설

윤백남은『신석수호지』연재를 끝낸 지 채 일주일도 지나지 않아 장편역사소설『대도전(大盜傳)』을 연이어 연재하기 시작한다.25) 이번에는 창작물이었다.『신석수호지』연재를 통해 대중의 취향을 파악하기는 했지만 창작역사소설은 처음이어서 불안감이 컸던 것일까. 윤백남은『대도전』에서『수호전』의 구성을 거의 답습하고 있다. 부패한 정치에 염증을 느끼고 중국 이황산에서 마적 두목이 되어 포악한 행위를 일삼는 맹학, 그런 맹학에게 양육되어 맹학의 무리와 더불어 도적질을 일삼는 주인공 무룡, 역시나 남편 무룡을 구하기 위해 해적이 되는 난영 등,『대도전』에는 불합리한 법과 제도로 인해 세상을 등지고 도적의 무리가 된 인물들이 등장한다. 양산박에 모여 도적으로서 살던 108인을 중심으로 전개된『수호전』의 기본 구도를 상당부분 차용해 온 것이다. 새로운 시도보다는『수호전』의 구도를 반복하는 '안전' 위주의 치밀한 전략에 힘입어『대도전』역시 대중의 호평을 받는다. 연재 직후인 1931년 대화서관에서 단행본으로 출판되고 이어서 1935년 경성영화사에서 영화로26) 제작된 것을 보면 그 인기를 짐작할 수 있다.

그러나 108명의 도적을 주인공으로 내세운『신석수호지』에 이어, 첫 창작역사소설『대도전(大盜傳)』역시 도적을 주인공으로 내세운 윤백남의 의중을 '대중성 확보' 차원에서만 설명할 수는 없다.『대도전』에 이어 발표한 창

---

25) 전편은 1930년 1월 16일부터 3월 24일까지 63회로 마감되며, 후편은 1931년 1월 1일부터 7월 13일까지 총 182회 연재되었다.

26) 제작은 일본인 와케지마 슈지로(分島走次郎), 각본은 윤백남, 감독은 김소봉이 맡았다. 그런데 경성촬영소에서 영화화된 〈대도전〉은 내용이 다소 변하여, 고려 공민왕 말기를 배경으로 중국으로 향하던 친원 세력의 하나였던 기주의 가족이 도적들에게 살해당하는 원작과 달리, 영화에서는 조선조 사또 일행이 도적 무리에게 살해당하는 것으로 구성되었다고 한다.

작 역사소설 『흑두건』 역시 도적의 무리면서 조정에 반역하는 인물을 다루는 등, 유교적인 '충(忠)' 이데올로기와는 이질적 방향으로 전개되고 있기 때문이다. 유교이데올로기에 비판적인 태도를 취했던 이광수가 첫 역사소설 『마의태자』에서 당시 독자들의 정서를 고려한 탓인지 의외로 '충'의 이데올로기를 강조한 것과는 대비된다. '충'만 부정되는 것이 아니라 '효' 이데올로기 역시 부정된다. 여주인공 난영은 사랑하는 무룡의 복수를 위해 무룡이 자신의 아버지를 살해하는 것을 묵인하는가 하면, 마침내 아버지를 살해한 무룡과 혼인하고 그를 위해 죽음까지도 불사한다. 난영의 행동은 비록 잔인무도한 도둑의 두목이라 하더라도 재혼도 하지 않은 채 외동딸 난영만 보며 살아온 아버지 맹학의 삶을 감안한다면 납득할 수 없는 선택이다.

이처럼 『대도전』의 인물들은 비윤리적인 행동을 서슴지 않을 뿐 아니라 세속적 욕망에 쉽게 흔들린다. 물론 여기에는 『수호전』의 영향을 무시하기 어렵다. 『수호전』의 의적들은 재물을 약탈해서 사리사욕을 채우고 여인네를 겁탈하는 부도덕한 면이 있는가 하면, 실수를 연발하는 등 약점도 가지고 있다. 『수호전』은 오히려 주인공들의 이러한 인간적인 면 덕분에 대중에게 적극적으로 수용되었던 것으로 평가된다.[27] 그러나 도적의 무리를 주인공으로 설정하고, 그 도적들을 '의(義)'를 숭상하는 인물로 미화하는 윤백남의 의중은 다른 각도에서 살펴볼 필요가 있다. 그것은 바로 친일파 거두였던 아버지 윤시병과 관련한 가족사이다. 조선조의 지배이데올로기였던 '충'의 이데올로기를 용인하는 순간 아버지 윤시병을 부인하게 되는 난감한 상황에 윤백남은 서 있었던 것이다. 윤백남 자신이 바로 '충'을 저버린 '반역자'의 아들이 아니던가. '역사소설'을 창작하면서 윤백남은 자신을 둘러싸고 있는

---

27) 『수호전』의 이 같은 특징에 대해서는 이려추의 「『수호전』과 『홍길동전』의 비교연구」(『아시아문화연구』, 가천대학교 아시아문화연구소, 2008, 121-122쪽)를 참조.

이와 같은 곤혹스러운 현실과 마주하고 있었던 것이다. 그 때문일까. 『대도전』의 창작 과정에서 윤백남은 『신석수호지』의 기본 구도를 따르기는 하지만 '충'과 '의'의 갈등 속에서 결국 '충'의 세계를 택하는 핵심적 결말까지 따르지는 않고 있다.

고려 공민왕 말기를 배경으로 전개되는 『대도전』에서 주인공 무룡은 친원(親元) 세력 기철의 동생 기주의 아들로 설정되어 있다. 기철은 공민왕의 배원(背元) 정책에 반대하여 반란을 일으켰다가 죽임을 당한 실존 인물이다. 이처럼 고려의 자주독립을 막은 '매국노' 기철의 조카이자, 반역도 기주의 아들이 무룡인 것이다. 이런 무룡에게 처음부터 원나라의 폭압 아래 놓인 고려의 현실에 대한 '역사적' 인식이 있을 리가 없다. 무룡은 원나라에서 성장했지만, 원나라 조정에 불만을 품은 반역도 맹학의 휘하에 있었으므로 '원'에 대한 충성심을 가지고 있지도 않았다. 그렇다고 고려는 조국이라지만 아버지를 내몰아 죽음에 이르게 한 나라가 아니었던가. 즉, 무룡에게는 '충심'을 가질 대상 자체가 처음부터 없었던 것이다. 그러므로 그의 모든 행동이 사회적이며 공적 맥락에서 전개되지 않는 것은 당연하다. 그가 신돈을 죽이려하고 공민왕의 폐위를 도모한 것은 모두 부모의 복수라는 개인적 이유에서 비롯된 것이었다. 등장인물들이 '충'을 지키다가 비극적 죽음을 맞는 『수호전』과 달리, 마지막까지 『대도전』에서 '충'의 이데올로기가 회복되지 않는 것은 바로 이 때문이다. 이 점에서 본다면 복수를 마친 무룡이 다시 세상을 등지는 것 역시 당연한 일이다. 원과 고려, 어디에도 귀속되지 않은 그에게 주어질 자리라는 것은 애초부터 없었기 때문이다.

무룡의 가족사는 윤백남의 가족사와 상당히 흡사하다. 반역도 기주의 아들 무룡은 반역도 윤시병의 아들 윤백남, 바로 그 자신이었던 것이다. 아버지의 정치적 이력으로 인해 윤백남은 조선인이되 조선인일 수 없었으며, 그

『대도전』 1회 연재(『동아일보』, 1930. 1.16)

렇다고 일본인이 될 수도 없었다. 윤백남이『신석수호지』에 이어『대도전』과
『흑두건』에 이르기까지 지속적으로 '반역'의 무리를 주인공으로 설정한 것
에는 가족사로 인해 결코 극복할 수 없었던 이 같은 정신적 무소속감이 자리
하고 있었다. 이 점에서 본다면 윤백남의 역사소설이 '역사'를 다룬 소설이
면서도 역사와 무관하게 전개될 수밖에 없는 것은 당연한 결과였다. 그렇다
고『대도전』이 단순히 '흥미' 위주로, 비정치적으로 전개되었던 것은 아니다.
식민 치하라는 조선의 현실 자체가 너무나도 정치적이었고, 이러한 정치적
맥락 속에서 '대중소설'의 역할이 규정되었기 때문이다. 그렇다면『대도전』
에 제시된 '역사'의 의미는 도대체 무엇일까.

　『대도전』은 1920~30년대 역사소설, 예를 들면 역사적 실존인물을 다룬
이광수의『마의태자』나 김동인의『운현궁의 봄』, 박종화의『금상의 피』등과
달리, 역사를 배경으로 하되 허구적 인물을 주인공으로 설정하고 있다. 이
과정에서 '역사적 사실'은 흥미를 배가시키기 위한 일종의 장식물로 전락함
과 아울러, 제국의 정치적 의중을 암시하기 위한 도구로서 기능한다. 소설은

충숙왕-충혜왕-충정왕-공민왕에 이르는 고려 왕실의 불운한 역사를 상당 분량을 할애하면서 되짚어간다. 고려 말의 불운한 정치적 상황을 통해 원나라의 압제가 고려 왕실의 불운, 고려 민중의 피폐한 삶, 그리고 고려 몰락의 원인으로서 제시된다. 원나라의 부당한 간섭이 부각되면 될수록 자주성 확보를 위해 노력했던 공민왕의 의지는 의외로 논외의 대상이 된다. 오히려 공민왕과 친원 세력이었던 기씨 일파 간의 정치적 알력으로 인해서 고려의 불운과 몰락이 가속화되었으며 그 속에서 주인공 무룡의 불행한 운명 역시 나온 것으로 묘사되고 있다.

이와 같은 이야기 전개 속에서 부각되는 것은 단 하나, 바로 '원나라'의 악행이다. 그 '원나라'란 조선이 오랜 역사 동안 받들어온 상국이었으며, 아시아의 구(舊) 제국이 아니던가. 공교롭게도 『대도전』이 발표된 것은 바로 중국대륙 진출을 향한 일본 야욕의 신호탄이었던 1931년 9월의 만주사변을 눈앞에 둔 시기였다. 이와 관련하여 같은 시기 일본의 중국대륙 진출에 발맞추어 김동인이 재만(在滿) 조선인 문제를 다룬 『붉은 산』을 발표하여 조선인에 대한 중국인의 가혹 행위를 문학을 통해서 조선 전역에 유포시킨 점 또한 주목할 만하다.28)

『대도전』을 통해 유포되고 있던 중국에 대한 부정적인 이미지는 큰 틀에서 볼 때 만주사변을 거쳐 중일전쟁에 이르는 중국대륙 침략을 향한 일제의 의지에 부합하는 것이었다. 이 점은 『대도전』, 『흑두건』에 이어 1935년 『동아일보』에 연재된 또 다른 작품인 『미수(眉愁)』29)를 통해서도 확인된다. 시

---

28) 김동인의 『붉은산』은 만주 개척촌의 조선인들의 삶을 다룬 작품으로 『삼천리』 1933년 4월호에 발표되었다. 1931년 발생한 만보산사건이 작품의 주요 배경이 되었다. 김동인은 잔혹한 중국인 지주와 힘없는 조선인 소작농 간의 대립갈등 구도로 소설을 이끌어 감으로써, 당시 탄력을 받고 있던 일제의 중국대륙 침략을 문학적으로 옹호하는 역할을 한 것으로 평가된다.

29) 『미수』는 『동아일보』 15주년 기념으로 1935년 4월 1일부터 9월 20일까지 연재된다. 이후 1940년

간적 배경이 조선조 정유재란을 중심으로 전개된다는 것이 다를 뿐 『미수』
역시 『대도전』처럼 중국과 조선 두 나라를 오가는 광활한 공간적 배경을 중
심으로 전개된다. 아울러 『대도전』처럼 역사적 사실과 실존인물을 다루되,
허구적 인물을 주인공으로 설정하여 전개된다. 명나라 군의 부총관으로서
남원성 전투에 투입된 실존인물 양원, 그리고 허구적 인물인 조선 무관 정
생, 정생의 아내 홍도, 이 세 사람의 악연이 정유재란 당시의 남원을 배경으
로 펼쳐진다. 이후, 이들의 악연은 명나라로 옮겨가면서 지속된다. 조선 미
인 홍도와 홍도를 빼앗기 위해 갖은 악행을 저지르는 중국인 양원, 대중의
흥미를 자극하기에 충분한 두 사람 간의 갈등이 정유재란의 아픈 기억을 여
전히 가지고 있는 조선 대중의 정서를 자극하면서 전개된다. 이 대중적 소재
를 통해서 소설에서 강조되는 것은 정유재란 중 명나라 군사가 얼마나 흉포
했는가 하는 점이다.

(1) 양원은 성을 수축하고 참호 구덩이를 파노핫을 뿐으로 아무런방비를 하지안코
낮과밤으로 술과 여색을 탐하고 잇을 뿐이엇다. 성중 백성들은 난리를 피하야 도망
한다느니보다 명나라 군사들의 폭행에 견질 수 없어 남부여대하고 산촌으로 도망하
엿다. 더구나 전라도 백성들의 명나라 군사들에게 대한 원망과 중앙정부에 대한 감
정은 상당히 뿌리가 깊엇다.[30]

(2) 일본군탐은 남원성은 방비를 손바닥에 올려노흔 듯이 잘알어 그사실을 일본군
간부에 밀고하매 일본군은 몰래 군사를 변장시키어 남원성밖에 이르게하야 이 사실
을 알지못한 것은 또한 하늘의 배체라 아니할 수 없다. 그날밤도 어느날과 달라 중추

덕흥서림에서 『홍도의 반생』이라는 제명으로 출판된다. 본고에서는 『홍도의 반생』을 주 텍스트로 삼았다.
30) 윤백남, 『홍도의 반생』, 덕흥서림, 1940, 147쪽.

명절이라 호병들은 제각기 술타령 게집타령에 두눈이 몽롱하엿을지음에 별안간 일군내습의 급보가 드러와 각기 부서에 취하라는 엄령이 나리고보니 그엄령한마데에 이미 호병들의 얼은 빠지고 말엇다. 다만 몸반이 싸움터에 나가잇을 뿐 정신은 벌서 딴곳에 가잇다. 어찌하면 도망해 나갈수잇을까이다. 이것은 명졸뿐이 아니다. 소위 장군 양원이부터 일군과 싸오느니 보다 어찌하면 안전히 이곳을 벗어나갈까 하는 생각뿐이었다.[31]

정유재란은 임진년 패전의 원인이 전라도를 공략하지 못한 데 있었다고 판단한 도요토미 히데요시가 정유년 전라도를 집중 공격하면서 일어난 2차 임진왜란이다. 당연히 정유재란에서 왜병은 전라도의 관문인 남원을 집중 공격한다. 재래식 병장기를 지닌 조선과 명나라 연합군 사 천여 명(그나마 조선군은 천여 명 정도)이 신무기인 조총으로 무장한 오만육천여 명의 왜병과 맞선 이 격렬한 싸움에서 남원 백성 육천여 명을 합해서 모두 일만여 명이 왜병에 의해 몰살당한다.[32] 남원성 전투의 참담함에 대해서는 서애 유성룡의 『징비록』에 세밀하게 기록되어 있다. 전쟁의 경과가 이와 같았음에도 불구하고 『미수』는 『징비록』의 기록과는 상이하게 조선인에 대한 명나라 군사의 잔혹한 행위를 묘사하는 쪽으로 전개된다. 물론 『미수』에서 기록된 역사가 허위인 것은 아니다. 명나라군 부총관으로 남원성에 투입된 장수 양원은 실제로 전세가 기울어지자 혼자서 도망치기에 급급했으며, 전쟁의 와

---

31) 윤백남, 앞의 책, 156-157쪽.

32) 이 참상에 대해 남원성 전투에서 살아남은 김효의가 서애 유성룡에게 상황을 자세하게 전달하여 유성룡이 이 내용을 『징비록』에 기록하였다. 『징비록』에 따르면 "잠깐 뒤에 성문이 열리자 군사와 말이 문에서 다투어 나가는데 왜병은 성 밖에서 두 겹, 세 겹으로 포위하고 각각 요긴한 길을 지키고 있다가 긴 칼을 휘둘러 함부로 내리찍었고, 명나라 군사는 다만 머리를 숙여 칼날을 받을 따름이었다. 때마침 달이 밝아서 빠져나온 이는 몇 사람뿐이었다."(서애 유성룡 지음, 이재호 옮김, 『국역정본 징비록』, 역사의 아침, 2007, 309쪽)

『미수』 1회 연재(『동아일보』, 1935. 4.1). 삽화에서는 가련한 모습의 조선 여성과 위압적인 모습의 명나라 장수가 대조되면서, 가해자로서 중국인의 이미지가 강조되고 있다.

중에 남원성민들에 대한 명나라 군사의 횡포 역시 매우 심했던 것으로 알려져 있다.

대륙침략을 도모하는 일본과 이를 막으려는 명나라 간의 충돌이 주된 요인이었다고 하더라도 정유재란의 접전국은 일본과 조선이었다. 명나라는 조선의 요청에 따라 원군을 파병하였으며 이 파병으로 인해 명나라가 입은 피해 역시 치명적이었다. 그럼에도 불구하고 소설의 갈등 축은 일본 대 조선이 아니라 명나라 대 조선으로 설정되고 있다. 역사의 실제적 맥락이 무시되고 있는 것이다. 그 때문인지 역사를 보는 시선의 객관성 역시 상실되어 명나라 군의 무능함과 잔혹성만 소설 속에서 강조되고 있다. 아울러 명나라는 조선이 숭상했던 존경스러운 상국이 아니라 오랑캐 나라로 멸시되어 호명된다. 그러면서도 전쟁을 일으킨 당사자이자 무기도 지니지 않은 무방비 상태의 남원 백성 육천여 명을 살상한 왜병의 무자비한 악행에 대해서는 전혀 언급하지 않고 있다. 뿐만 아니라 일본군은 '왜구', '왜적' 등 오랜 기간 명명되어 온 부정적 호칭을 두고 '일본군'으로 명명되는가 하면, 전쟁터에서 탈출한 명나라 군의 입을 통해서 그 용맹함이 극찬된다. 정유재란 시 누가 조선의 적이었고 누가 전쟁발발의 당사자였는지, 실제의 역사적 맥락이 『미수』에서는 전도, 왜곡되고 있는 것이다.

윤백남은 이처럼 『미수』에서 대중소설의 여러 특성을 활용하여 역사를 교묘하게 전도시키고 있었다. '인간 본능의 성욕의 심각성'이라는 대중의 흥미를 자극하는 주제를 연재 예고를 통해 제시하여 독자의 이목을 끈 후[33] 연약한 조선 여자의 정조를 유린하는 포악한 명나라 장수의 악행을 통해 정유재란의 역사적 맥락을 교묘하게 전도시켜가고 있는 것이다. 실제로 '꽃같이 고운' 홍도가 양원에게 정조를 유린당하는 장면에 이르면 명나라 군에 대한 독자의 분노와 증오는 극대화될 수밖에 없었다. 그리고 이와 같은 소설의 내용이 선량한 조선인과 포악한 중국인, 즉 피해자 조선인과 가해자 중국인 간의 대립 구도로서 독자들에게 받아들여지는 것은 당연한 일이었다.

공교롭게도 이 시기는 만보산사건의 영향으로 조선에 거주하는 백 명이 넘는 중국인을 무참하게 살해한 1931년 사건의 감정이 아직도 조선인들의 기억에 생생하게 남아 있던 시기였다. 『미수』 발표 2년 후 일본은 마침내 대륙침략을 위해 중국과의 전쟁을 시작한다. 만보산사건, 만주사변 그리고 중일전쟁에 이르는 역사적 격랑의 한가운데 『미수』가 위치하고 있었던 것이다. 대중소설의 '대중성'이 식민지의 정치성과 긴밀하게 연결되고 있음을 확인할 수 있는 부분이다. 중일전쟁이 발발한 그해 윤백남이 비열하고 추잡한 '지나인'들로 인해 고통 받는 만주 개척촌 조선인들의 삶을 다룬 『사변전후』를 『매일신보』에 발표[34]한 것에서, 윤백남의 대중소설의 실제 목적이 어디

---

33) 윤백남은 "중의에 타오르는 한 개의 청년 그리고 그의 꽃같은 안해, 이 한쌍의 아름답고도 기구한 생애를 그리어보는 가운데에 명장(明將) 양원(楊元)의 황음탐욕과 인도에 벗어진 행동의 일면을 적어보고자 합니다"라고 하면서 "인간본능의 성욕이란 얼마나 심각한 것인가 사람으로 한번 이 성욕의 아귀에 붓들린 바될진대 그는 인도를 짓밟어넘고 때로는 그로 말미암아 자기자신의 멸망이 눈에 뻔히보임에도 불구하고 앞으로 앞으로나가고야말것이외다"고 밝히고 있다.(윤백남, '연재소설 예고', 『동아일보』, 1935. 3. 28.)

34) 『사변전후』는 중일전쟁 발발 직전인 1937년 『매일신보』에 발표된 소설이다. 만주 개척촌을 중심으로 전개되는 이 소설에서 중국인은 음욕이 강하고 아편이나 피우며 도박과 마작을 하고, 사리사욕에 눈이 어

에 있었던가를 분명히 파악할 수 있다. 이것이야말로 식민지 대중역사소설의 최종적 지향점이었다.

두운 인물로서 묘사되고 있다. 아울러 중국군은 '지나군, 비적' 등으로 호명되며 비겁하고 나약하게 묘사되고 있다.

6. 역사담에서 역사소설로: 김기진의 『심야의 태양』 읽기

1. 고균에게 묻고자 한 것

1886년 8월 일본 남단 오가사와라(小笠原) 제도의 작은 섬에 한 명의 조선인이 도착한다. '갑신정변'이 실패로 끝난 후, 일본으로 망명한 김옥균이었다. 미묘한 정치적 상황으로 인해 믿었던 일본 정부로부터도 버림받고 마침내 아는 이 하나 없는 일본 남단의 한 섬으로 유배되어 밀려온 것이었다. 조선인 한 사람 없었던 작은 섬마을에서 이국의 망명객 김옥균이 할 수 있는 일이라고는 아무것도 없었다.

그는 마을 소학교가 파할 무렵이면 아이들이 좋아하는 몇 개의 군것질거리를 들고 학교 앞에 나가 아이들에게 옛날이야기를 들려주며 시간을 보냈다. 어린 학생들 중 특히 한 소년이 김옥균을 따랐고, 그 소년은 수박을 좋아하는 김옥균을 위해서 한 시간이 걸리는 길을 걸어서 농사지은 수박을 가져

다주곤 했다. 적막한 조선인 망명객에게 유일한 위안이라고는 수박과 소년과의 우정뿐이었다. 와다라는 이름의 이 소년은 이후 1894년 김옥균이 상해 동화양행에서 홍종우에게 살해될 때까지 그의 곁을 지킨 것으로 전해진다.

일본 망명 시기의 김옥균

식민지기 조선에서는 김옥균을 소재로 한 소설은 물론, 영화, 희곡, 연극, 음반까지 발표된다. 1934년에는 김옥균의 손자라고 주장하는 한 소년에 관한 기사가 『동아일보』 지면을 연일 장식했을 정도로 김옥균에 대한 당대 대중들의 관심은 컸다. 김기진의 『심야의 태양』(1934)은 바로 이러한 김옥균 붐 속에서 발표된 소설이다. 소설은 1884년 갑신년, 개화파 김옥균, 박영효 등이 혁명을 일으키기 직전 상황에서 시작되어 삼 일만에 혁명이 실패로 돌아간 후, 이들이 일본 상선 치도세마루(千歲丸) 호에 탑승하여 일본으로 떠나는 장면까지를 다루고 있다. 이 작품을 통해 김기진이 묻고자 했던 것은 무엇이었을까.

2. 암흑의 정신, 청년의 열정

『심야의 태양』은 1934년 5월 3일부터 9월 19일까지 『동아일보』에 연재되었다. 이후 제명을 『청년 김옥균』으로 바꿔 1936년 12월 한성도서주식회사에서 단행본으로 발행된다. 김기진의 첫 창작 단행본이었다. 『심야의 태양』에 앞서 김기진은 『전도양양』(『중외일보』, 1929. 9. 27~1930. 1. 23)과 『해조음』(『조선일보』, 1930. 1. 25~7. 25) 두 편의 장편소설을 발표한 적이 있었다. 이 소설들을 두고 『심야의 태양』이 먼저 단행본으로 출판된 것은 당시 조선사회에 불고 있던 역사소설 붐이 한몫했던 것으로 추정된다. 카프의 대표 이론가로서 '통속문예'와 '대중문예'를 엄정하게 구별했던 김기진이 1930년대 조선 문단의 통속 역사소설 붐에 편승했던 것은 상당히 이례적이면서도 일견 당연한 것이기도 했다. 이를 논하기에 앞서 김기진이 왜 역사소설이라는 새로운 장르를 선택하여 '20일 동안' 불철주야 창작에 몰두했던 것인지 그 정황을 살펴볼 필요가 있다. 『심야의 태양』은 『동아일보』에 연재되기 반년 전인 1933년 12월경 20여 일만에 창작된다. 창작과 관련한 사정에 대해 김기진은 이후 여러 차례 밝힌 바 있는데, 이를 테면 다음과 같은 이야기다.

> 여기서 그 동안 빼먹고 이야기하지 아니한 일을 잠깐 이야기해야겠다. 즉, 이 '청년 김옥균'이라는 소설 원고는 7년 동안 감옥살이를 하고서 만기 출옥하는 형님의 의복과 이부자리를 장만하기 위해서 벼락같이 20여일 만에 써가지고서 동아일보사에 맡겼던 원고였는데 이것을 좀더 설명하자면 다음과 같다. 즉, 1933년 겨울에 임경래 난리 끝에 조선일보의 발행권이 방응모에게 넘어가버리고 아직 그때 내가 조선일보에 다시 들어가기 전 실직상태에 있을 때, 내년 1934년 1월이면 만기출옥 할 형님이 당장 나와서 입을 솜옷 한 벌도 없고, 덮고 잘 이불도 없으니, 이 노릇을 어떡하느냐고 어머님이 걱정하시는 바람에 생각다 못해 그때 나는 동아일보사로 송진우 사장을 찾아가서…중략… "그럼 원고를 써가지고 오겠으니 미리 사달라"고 말씀드린 후 집으로 돌아와서 김옥균의 사자 영진형한테 가서 '갑신일록'과 명치 때의 일본 시사신문 한보따리를 갖다놓고 재료를 부랴부랴 정리해 가지고 대문을 닫아걸고서 20여 일 동안을 꼬박 들어 엎드려서 원고를 썼다.[1]

---

1) 김기진, 「나의 회고록」, 『김팔봉문학전집』 2, 문학과지성사, 1988, 259-260쪽.

『심야의 태양』을 집필할 무렵 김기진은 여러 가지 어려움에 처해 있었다. 1931년 5월 카프 해산을 경험한 데 이어 동맹파업을 주도하면서까지 지키려했던『조선일보』경영권 확보 투쟁 역시 참담한 결과를 맞으면서 1932년 말 조선일보사를 퇴사한다. 말하자면 정신적으로나 경제적으로나 피폐해질 대로 피폐해져 있었던 것이다. 이 무렵 1928년 조선 제3차 공산당, 속칭 'ML당' 사건으로 투옥되었던 형 김복진의 만기출소 소식이 김기진에게 들려온다. 김복진이란 누구였던가. 동경 미술학교 출신의 조선 최초의 현대 조각가였으며 김기진과 더불어 '토월회'와 '카프'를 결성했고 잡지『조선지광』의 경영에 함께 참여했으며, '조선공산당청년동맹'의 핵심 인물로 사회주의 이데올로기를 견지해 온 인물이었다.[2] 김기진에게 김복진은 혈연으로 연결된 형제의 의미를 넘어, 생애 최고의 정신적 동지이자 스승이었다. 그 김복진이 칠 년 간의 감옥 생활을 마치고 나오는 것이었다. 거듭되는 신념의 좌절을 겪으면서 무기력해져 있던 김기진에게 김복진의 출옥이 어떤 의미를 가졌을까는 나름 상상이 간다.

김기진이 형 김복진의 출소 준비금 마련을 위해 소설을 창작하기로 한 것은 주목할 만한 일이다. 1931년 5월 카프 신건설사 사건 이후 한 편도 창작하지 못하고 있었기 때문이다. 신문기자 생활, 정어리공장 사업 등 생활을 위해 이곳저곳 기웃거리면서 소설 창작과는 점점 멀어지고 있던 상태였던 만큼 형의 출소 준비금 마련이라는 이유 때문이라고는 해도 '창작'을 결정한 것은 김기진 개인적으로도 상당히 고무적인 일이었음에 분명하다. 김기진은 김복진이 출소한 후, 광산업과 같은 비현실적 꿈을 접고 함경북도 나진의 유

---

2) 40세로 요절한 김복진의 불우한 삶에 대해 김기진은 자신의 회고록 여러 곳에서 언급하고 있다. 특히 1941년 9월『춘추』지에 실린 김기진의 「故김복진 반생기」에서는 형 김복진에 대한 김기진의 애정이 강하게 감지된다.

지들을 설득, 상당한 자금을 마련하여 김복진과 함께 『청년조선』을 발행한다.[3] 물론 이 역시 얼마 지나지 않아 공산당 기관지로 몰려 폐간에 이르지만 적어도 김복진의 출옥을 전후하여 김기진이 카프 신건설사 사건 이후 포기해온 많은 부분에 대해 활발한 의욕을 갖고 있었던 것은 부인할 수 없을 듯하다. '급전(急錢)' 마련이 주목적이었다고는 해도, 창작과 정치적 활동의 재개를 도모하고 있던 김기진의 심적 정황이 『심야의 태양』 창작의 기저에는 깔려 있었다.

하지만 김기진의 개인적 정황과 별도로 1930년대 조선의 사회적 상황은 상당히 복잡하고 암울하게 전개되고 있었다. 1932년 1월 일본 동경에서 이봉창이 일황에게 수류탄을 투척하고, 2월에는 일본군이 중국 상해를 본격적으로 공격하여 3월 만주국이 세워지는가 하면 4월에는 윤봉길이 상해의 홍구 공원에서 폭탄을 투척, 시라카와 대장을 암살한다. 또한 5월에는 일본 총리가 군부 장교들에게 암살되는 충격적인 사건이 발생한다. 이러한 '어수선, 산란한 판국'은 1933년을 거쳐 34년에도 지속된다. 앞이 보이지 않는 어둠이 조선사회를 가득 채우고 있었던 것이다. 이러한 혼란은 전 세계적인 문제이기도 했다. 1934년 2월 프랑스 파리에서 폭동이 일어나고, 그해 8월 히틀러가 독일의 총통이 되었으며, 이탈리아와 에티오피아가 접전을 하는 등, 이미 세계는 전쟁의 불안한 분위기 속으로 빠져들고 있었다. 이렇듯 『심야의 태양』은 김기진의 말을 빌자면 "'혼돈'과 '회의'와 '절망'과 '타락'과 '반성'이 교차"[4]하던 '불안의 시대'를 배경으로 창작되고 있었다.

---

3) 당시 함경북도 나진에 항구가 개설되어 일종의 부동산 경기 붐이 일어 일확천금한 사람들이 생기고 있었다. 그래서 김기진은 나진의 유지들을 찾아가서 김복진과 창간한 『청년조선』의 축하광고비를 부탁하여 거금 칠천 원을 모금했다고 한다. 김동환 역시 나진에 가서 『삼천리』 축하광고비로 수천 원의 돈을 모금했다고 한다. 김기진, 「나의 회고록」, 『김팔봉문학전집』 2, 앞의 책, 262~263쪽.

4) 김기진, 「한국문단측면사」, 『김팔봉문학전집』 2, 앞의 책, 108쪽.

『심야의 태양』 1회 연재(『동아일보』, 1934. 5. 3)

김기진은 이 '불안의 시대' 한가운데서 당장의 현실을 이야기하는 대신 역사의 한 시기로 회귀하는 선택을 한다. 조선 최초의 근대적 혁명이자 미완의 혁명이었던 갑신정변이 일어난 1884년으로 돌아가 김기진이 이야기하려 했던 것은 무엇이었을까. "김옥균에 대해 큰 관심이 있어서라기보다 대중 미디어를 중심으로 김옥균 추모 분위기가 일던 때에 돈벌이가 될 만한 소설의 소재로 김옥균의 이야기를 착안하고 집필하게 되었던 것으로 보인다"[5]는 평가도 완전히 무시할 수는 없을 듯하다. 하지만 적어도 이 시기 김기진의 선택이 단지 상업주의적 영합에 의한 것만은 아님은 분명해 보인다. 역사로 회귀함으로써 김기진이 추구하려한 것이 무엇이었는지에 대해서는, 김기진과 김복진이 발행한 『청년조선』에 실린 임화의 시 「암획의 정신」이 상당히 중요한 정보를 제공한다.

---

5) 이상우, 「식민지 시대 김옥균의 문화적 재현과 그 의미」, 『한민족어문학』, 2011, 348쪽.

영리한 새여 아직도 양심의 불씨가 꺼지지 않은 조그만 심장이여!

불룩 내민 그 귀여운 가슴을 두드리면서 이렇게 소리쳐라!

"오라! 어둠이여! 울어라! 폭풍이여!

노하라! 시와 암흑의 마르세이유여"

그렇지 않은가!

누구가 대지로부터 스며오르는 생명인 봄의 수액을

누구가 청년의 가슴속에 자라나는 영웅의 정신을 주검으로써

막겠는가?

암흑인가? 폭풍인가? 뇌명(雷鳴)인가?

오오 마음이여! 청년의 심장이여!

우리는 알지 않는가?

불길은 최후까지 탄다는 것을! 6)

카프를 대표하는 이론가였던 박영희가 "얻은 것은 이데올로기요 잃은 것은 예술"이라면서 카프 탈퇴 성명서를 발표한 것이 1933년 10월 7일의 일이다. 1931년 카프 제1차 검거 사건을 계기로 급속히 와해되고 있던 참담한 현실을 보여주는 사건이었다. 바로 이 무렵 평양에서 요양하고 있던 임화는 오히려 이 암흑의 시대 속에서도 죽지 않는 '청년'들의 '정신'에 대해 노래하고 있었던 것이다. 김기진이 혼돈의 시기, 조선의 심야(深夜)를 밝히는 태양

---

6) 임화, 「암흑의 정신」, 『청년조선』, 1934.

이 되고자 했던 '청년들'의 열정과 정신을 다룬 『심야의 태양』을 발표한 직후의 일이다. 『심야의 태양』 발표에 즈음한 김기진의 의식이 박영희보다는 임화 쪽에 가까웠던 것만은 분명해 보인다. 이는 곧 김기진의 『심야의 태양』이 단순히 '급전'을 위해 '급조'되었던 작품이 아니었음을 의미한다. 창작의 과정이 지나치게 급하게 전개되기는 했지만 이 소설에는 시대에 대한 김기진의 통렬한 자기반성, 그리고 새로운 시대를 향한 의지가 뒤섞여 있었던 것으로 추정된다. 물론 이러한 김기진의 의식이 과연 진정으로 조선 대중들에게 전달되었던가는 논의를 필요로 한다.

3. '사실'의 기록과 '꿈'의 전달, 그 사이에서

『심야의 태양』은 1934년 5월 3일부터 9월 19일까지 4개월에 걸쳐 『동아일보』에 연재된다. 1934년은 갑신정변이 일어난 지 50주년 되는 해였다. 1944년 발표된 박영호의 희곡 『김옥균의 사(死)』가 '갑신정변 60주년 기념'이라는 타이틀을 달고 나온 것을 보면 『심야의 태양』의 연재 결정에는 갑신정변 50주년을 기념한다는 신문사 측의 자발적 선택의 측면도 있었던 듯하다. 실제로 갑신정변 50주년을 앞 둔 1930년대 초반이 되면 영화화, 유성음반 제작 등 김옥균과 갑신정변을 테마로 한 다양한 작업들이 행해진다. 심지어 1934년에는 김옥균의 손자라고 자처하는 인물이 등장하여 언론의 조명을 받다가 가짜임이 밝혀지는 사건이 발생하여 『동아일보』에서 여러 회에 걸쳐 그 사건을 연재 게시하는가 하면 일본 언론에도 소개된다.[7] 이처럼

---

7) 1934년 2월 25일자 『동아일보』에는 '기적적으로 출현한 혁명가 후예'라는 제목 아래 김옥균의 손자를 자처하는 김원세라는 이름의 18세 청년에 관한 기사가 게재된다. 자살 직전 발견된 이 청년은 경찰 조사에서 자신은 이태리에서 왔으며 김옥균의 손자라고 진술하였고 『동아일보』는 이 청년에 관해서 수차례에

1930년대 조선에서 '김옥균'이라는 소재는 강력한 대중적 흡입력을 지니고 있었다.

식민지기 조선에서 갑신정변에 대한 평가는 1920년대 이후 지속적으로 이루어졌다.[8] 1920년대에는 『개벽』과 『동아일보』를 중심으로 김옥균 추앙운동이 전개되었고, 이런 분위기는 1930년대를 넘어 식민지기 말기까지 지속되었다. 여기에는 일본 망명 후 10년을 떠돌다가 마침내 상해에서 홍종우에게 살해당한 비

김옥균의 손자임을 주장한 소년을 보도한 『동아일보』 기사(1934. 2. 25)

운의 혁명가 김옥균의 비극적 운명, 그리고 갑신정변 주역들의 신산한 삶에 대한 대중의 연민과 더불어, 식민지기 정치적 상황이 함께 맞물려 있었던 것으로 추정된다. 갑신정변 50주년을 맞아 그러한 대중적 관심과 정서가 어느 정도 강렬하게 상승되었을까는 쉽게 추정이 되는 일이다. 1930년대 나운규가 김옥균과 갑신정변을 주제로 한 영화를 구상하면서 적은 다음의 글은 이

걸쳐 연재기사를 싣는다. 자칭 김옥균의 후예인 김원세는 윤심덕과 김우진이 자신이 살던 로마에서 구둣가게를 하면서 살고 있다고 진술하여 다시 한 번 세간을 놀라게 한다. 1934년 2월 27일 『大阪每日新聞』 조선판에까지 「不世出의 영웅 김옥균의 令孫, 訟事를 기도하다」라는 기사가 게재된 것을 보면 김옥균에 대한 당대의 관심이 어느 정도였는지 가늠이 된다. 그러나 조사 결과 이 모든 것이 허위로 밝혀져 1934년 3월 4일 「분반(噴飯)할 이 넌센스 一幕」이라는 제목 아래 소위 김옥균의 손자라고 주장한 소년의 기사가 실려 있다.

8) 1894년 갑오개혁 직후부터 이미 조선 내에서는 김옥균 등 갑신정변 주도세력에 대한 복권과 배상이 전면적으로 진행되고 있었다.

시기 김옥균에 대한 대중적 열망의 원인을 알게 해준다.

　　이것을 알게된 그때부터 나는 정말 개화당인 혁신파의 사업과 사실을 알녀고 퍽 애를 썻다. 김옥균의 이약이는 갓금 들엇다. 이약이로 듯고 잡지에서 읽고 일본 사람들이 만든 책에서도 보고햇다. 그러나 겨우 이 뿐이엇다. 그것만으로는 알기가 어렵다. 밋기가 어렵다.

　　지금와서 탄식만 한다면 그런 낡은 썩은 넷 이약이를 들추어낼 필요가 업다. 머리를 깍고 양복을 입은 것만이 개화가 안이다. 역사란 언제던지 움즉인다. 갑신년에만 개화당이 필요하엿든 것이 안이라 세상은 아직도 컴컴하다. 더구나 조선이란 이 땅덩이는 문제거리도 못된다.

　　그 시대에 필요하엿다가 죽은 김옥균이를 다시 살니지 못할 터이니 이 시대에 필요한 산 김옥균이를 만히 만들자. 이런 의미로 우리는 개화당을 연구하자. 일진회와 개화당을 갓흔 것으로만 알든 어린 아해 때의 내 자신을 회상하면서 수 백만 조선의 어린이들에게 이 개화당 이약이를 들녀주고 십다. 이 사건을 영화화하는 것이 그 목적에 만분의 일이라도 달할 수가 잇다면 나는 만족하겟다.[9]

　　나운규가 갑신정변을 주제로 한 영화를 구상하고 있던 같은 시기, 김동환은 청일전쟁의 격전지이자 전봉준이 이끈 동학당의 격전지 아산을 거쳐 김옥균 묘를 방문한 후 「김옥균묘」와 「牙山苦戰場(아산고전장)에서」라는 두 편의 글을 발표한다. 이 글에서 그는 김옥균을 가리켜 '동방의 별'이라고 칭송하며 김옥균에 대한 절절한 그리움을 표하고 있다.[10] 김옥균 영웅화 작업

---

9) 나운규, 「'개화당'의 영화화」, 『삼천리』, 1931, 11, 53쪽.
10) 이 두 편의 글 중 전자는 『동광』, 후자는 『삼천리』로 발표지를 달리하여 1931년 1월에 게재되었다. 이 글에서 김동환은 동학과 갑신정변을 실패한 근대적 혁명으로 인식하고 있다. 아울러 김옥균의 묘를 바라보면서 "동방의 별, 그만 영영 자취를 감추고 말았네"라면서 김옥균의 죽음, 즉 갑신정변의 실패에 대해

은 1930년대 조선사회에서 다양한 경로를 통해 진행되고 있었다. 그러나 안타깝게도 갑신정변 50주년을 맞는 1930년대 식민지 조선에서는 갑신정변의 역사적 한계를 돌이켜 볼 만한 심적 여유 같은 것은 마련되고 있지 않았다.[11] 오히려 그보다는 근대적 세계로 나아가지 못했던 조선의 아둔함에 대한 자책, 그로부터 비롯되는 영웅의 도래에 대한 대책 없는 열망이 강렬하게 일어나고 있었다. 그 열망은 때로는 근대적 일본에 대한 동경과 일본침략의 정당성 인정으로 연결되기도 했다.[12] 김기진은 갑신정변과 김옥균에 대한 이러한 30년대 조선 대중의 열망과 궤를 같이하면서, 한편으로는 나름의 역사적 접근 역시 함께 시도하고 있다. 적어도 김옥균에 대한 '찬탄'과 '영웅화'로 일관하던 시대적 정조에서 얼마간 비껴서 있었던 것이다.

『심야의 태양』은 갑신정변이 일어나기 한 달 전인 1884년 11월 11일부터 갑신정변 실패 후 김옥균을 비롯한 혁명 세력이 조선을 떠나는 12월 16일까지를 다루고 있다. 김기진은 이 작품을 쓰면서 김옥균이 1885년경 작성한 『갑신일록』과 일본의 『시사신문』을 참조하였다고 밝히고 있다. 『갑신일록』의 오류는 여러 경로를 통해 지적되어 왔고 이 오류는 소설화 과정에 그대로 반영되어 연재 후 박영효의 시정 요청을 받기도 했다.[13] 김기진이 『심야의 태양』을 발표한 1934년은 김옥균과 갑신정변에 대한 역사적, 문학적 조명 작업들이 조선은 물론 일본에서도 다양하게 이루어진 후였다. 소설로는 우

서 애통해하고 있다.

11) 예를 들어 조선중앙일보에서는 12월 4일부터, 12일까지에 걸쳐서 「갑신정변 50주년을 기념하여 '50년 전의 12월 4일! 개혁운동의 제 1성! 갑신정변을 돌아보며」라는 제명의 특집기사를 7회에 걸쳐 연재하지만 갑신정변의 한계에 대한 분석까지는 이루어지지 않고 있다.

12) "1935년 3월 15일 나고야 공회당에서 이천여명이 모여서 조선인에게 조선사 지식 전수하기 위해서 강연회 개최, 동경고균회 김진구를 초빙하여 조선개화사 관련 강연, 김옥균과 일본영웅호걸, 이순신 등을 강연했다." 『동아일보』, 1935. 3. 22.

13) 山邊建太郎, 「甲申日錄研究」, 『朝鮮學報』, 17號, 天理大學朝鮮學會, 1960.

보 민태원이 1926년 발표한 『오호 고균거사』가 있었고, 김옥균 사후 1년 만에 일본에서 간행된 김옥균 전기를 위시하여 구한말 관련 서적까지 합치면 백 편이 넘을 정도로14) 김옥균에 대한 다양한 조명 작업이 이루어지고 있었다. 그럼에도 김기진이 『갑신일록』에 의지하여 소설을 쓴 것이 과연 김윤식이 지적하듯 '두루 살필 여유', 즉 시간적 여유가 없었던 때문이었을까. 이와 관련하여 1940년 임화가 고려영화사에서 준비한 『고균전』과 관련하여 쓴 다음 내용은 주목할 만하다.

> 다음으로는 고균과 우리와의 사이에 있는 사적 정황과 의사의 공통성 같은 문제를 생각해보고도 싶습니다. 즉 크게 보면 고균이나 우리나 다 가치 낡은 조선이 물러가고 새 조선이 오라는 대과도기 중의 인물같기도 하고, 적게 보면 조선의 시민사회를 건설할랴고 하든 고균이나 시민적 봉건적 질곡 가운데서 명일의 문화를 맹글랴는 우리가 극히 상이한 정황 가운데서라 할 지라도 같은 전형기를 살아가는 청년으로서의 의식과 정열을 갖을 듯키도 생각되기 때문입니다. 識者의 것은 벌서 팔봉이 소설『청년김옥균』에서 시험한 것입니다.15)

임화는 김옥균과 갑신정변을 일으킨 개화파들, 그리고 자신과 카프 구성원들을 "전형기를 살아가는 청년"이라는 공통된 고리를 통하여 바라보고 있다. 물론 거기에는 실패한 혁명에 대한 안타까움도 있었지만, 새로운 조선건설을 향한 강렬한 열망 역시 내재되어 있었다. 이것이야말로 김기진이 '청년' 김옥균을 창작한 이유였으며, 임화가 고려영화사의 영화『고균전』각본을 맡은 이유이기도 했다. 그러므로 김기진이 『심야의 태양』의 창작과정에

---

14) 임화, 「고균전잡감」, 『삼천리』, 1940, 3, 321쪽.
15) 임화, 앞의 책, 321쪽.

서『갑신일록』이라는 자료에 전적으로 의지했던 것이 단지 시간적 제한에 의한 것이었다고 단정할 수만은 없을 듯하다. 김기진으로서는 객관적 '역사'의 명확한 고증이 아니라, 열정에 가득 찬 '청년' 김옥균의 시선, 의식, 정열이 필요했던 것이다. 혁명이 실패한 시점에서 소설이 완료되는 것은 바로 그 때문이었다.

임화가 김옥균과 자신들 간의 유사성, 즉 '전형기 청년'들의 의식과 정열에 대해서는 이미 김기진이『심야의 태양』에서 시험한 바 있다고 했을 때 바로 이 점을 염두에 둔 것이었다고 할 수 있다.『고균전』의 각본을 의뢰받은 임화가, 백여 종이 넘는 관련 문헌의 방대함을 열거하고 독자들에게 또 다른 자료를 제공해줄 것을 부탁하는 등, 일종의 '역사적 논거'의 중요성을 강조했던 것은 그 스스로도 김기진의『심야의 태양』의 세계를 넘어설 수 없었기 때문은 아니었을까. 물론 이것이『심야의 태양』의 소설적 완성도를 의미하는 것은 아니다.

1935년 3월『삼천리』에는 한 해 동안 3대 신문에 게재된 연재소설에 대한 정래동의 비평이 게재되고 있다. 이 글에서 정래동은 현진건의『적도』, 강경애의『인간문제』, 김기진의『심야의 태양』을 거론하면서,『심야의 태양』에 대해서는 '평범하다'는 한마디로 평가를 끝내고 있다. 같은 글에서 동시기 발표된 두 편의 역사소설, 윤백남의『흑두건』과 홍명희의『임꺽정』에 대해 근래 발표된 어떤 작품보다도 표현 기술이 우수하다고 극찬한 것을 고려한다면 상당히 인색한 평가였다. 정래동이 판단하기에『심야의 태양』은 동시기 다른 작품들처럼 주인공이 별다른 매력, 즉 '힘'을 가진 것도 아니고, '세밀한 묘사'도 없고, 대중을 끌어들일 만한 '재미'도 없을 뿐 아니라, 표현 기술에서도 특별한 점이 없어서 별다른 특징을 찾기 어렵다는 것이다. 그가 '평범'하다라고 평가했던 것에는 이 모든 의미가 함축되어 있었을 것이다.

『심야의 태양』은 전체 13장으로 구성되어 있으며, 12장까지는 역사적 사실이 순차적으로 나열되고[16) 마지막 13장에만 작가의 '주관'과 '상상력', 그리고 역사에 대한 '해석'이 강력하게 개입하고 있다. 그러므로 12장에 이르기까지 독자는 오로지 김옥균을 중심으로 전개되는 다양한 역사적 사실의 조합을 통해서만 "광명이 조금도 보이지 아니하고 순전히 캄캄하여" 심야와 같은 19세기 후반 조선의 전근대적 상황과 갑신정변의 역사적 당위성을 확인할 수 있다. 작품을 이루는 역사적 사실들 간의 조합이 워낙 탄탄해서 혁명 주체 김옥균의 내면적 갈등과 같은 비역사적 사실이 끼어들 틈이란 어디에도 없다.

『심야의 태양』이 발표된 1934년은 갑신정변의 주역 중 한 사람이었던 박영효가 생존해 있었고, 1920년대 동경에서 김옥균 전집이 출판되었으며, 김진구의 야담 강연을 통해서 김옥균과 갑신정변에 대한 역사적 사실들이 대중들에게 두루 전파되어 있었던 상황, 말하자면 '갑신정변'이 여전히 현재진행형인 상태로 대중들에게 수용되고 있던 시기였다.[17) 이러한 상황 속에서 역사적 사실의 나열로 이루어진 이 작품이 대중들에게 새로운 흥미를 불러일으킬 수 있었을까. 그런 점에서 본다면 '평범하다'는 정래동의 평가는 정확한 것이었을지도 모른다.[18) 그럼에도 김기진은 왜 '역사적 사실'의 조합

---

16) 2장에서 잠시 임오군란이 발생한 1882년으로 돌아가고 있지만, 이 역시 갑신정변 발발의 당위성을 설명하기 위한 것으로서 역사적 사실의 나열로 이루어지고 있다.

17) 나운규는 「'개화당'의 영화화」(『삼천리』, 1931. 11)라는 글에서 "김옥균의 이약이는 갓금 들었다. 이 약이로 듯고, 잡지에서 읽고 일본 사람들이 만든 책에서도 보고했다"고 적고 있다. 또한 『삼천리』(1935. 3)에서 이광수, 방응모, 안재홍, 여운형 등 당대 유명 인사들을 대상으로 실시한 설문 『선구자를 우러러, 위대한 사상의 큰 어룬들』에서 신흥우는 김옥균을 거론한 후, 김옥균을 파란의 고시스꼬(선각자)라고 호명하면서 어린 시절 김옥균의 전기를 애독하였다고 언급하고 있다.

18) 1920년 7월 『개벽』에 번역되어 발표된 아키다 우자쿠의 희곡 『김옥균의 죽음』을 비롯해서, 1944년 3월 『조광』에 발표된 박영호의 희곡 『김옥균의 死』, 그리고 김진구가 1920년대 『별건곤』을 중심으로 발표한 일련의 야담 등은 갑신정변 실패 후 일본으로 향하는 배 안이나, 일본 망명 후, 혹은 상해에서 홍종

김옥균의 최후를 묘사한 일본 측의 삽화

에 몰두하여, 소설과 평전, 혹은 전기의 중간에 위치한 어중간한 역사소설을 발표했던 것일까. 갑신정변을 다룬 영화 「개화당 異聞(이문)」을 제작한 나운규가 『삼천리』와의 대담에서 밝힌 '사극' 제작의 고충에 대해 토로한 다음의 내용은 이 점에서 주목할 만하다.

사실 고백하지만 사극은 어려워요. 그 시대의 말씨라든지, 의복제도라든지, 그런데다가 사실에만 충실하자면 작품이 승겁게 되고 예술미를, 즉 꿈을 집어넣자면 역사를 위조하게 되고요. 엇잿든 그 작품에서 가장 '컷트'를 많이 당했어요. 그리고 그 작품 이후에는 같은 사극이라도 이조 500년 동안의 역사물은 되도록 취급치 말나는 주의를 받았어요.[19]

역사물을 제작하면서 나운규가 직면했던 이 딜레마에 김기진 역시 똑

우에게 암살당하는 시점처럼 극적 효과를 극대화할 수 있는 시기를 다루고 있다는 점에서 이와 구별된다.
19) 「백만독자가진 대예술가들」, 『삼천리』, 1937. 1, 142-143쪽.

같이 직면하고 있었다고 할 수 있다. 사실에 충실하면 작품이 '싱겁게' 되어 버리고, 꿈을 집어넣으면 역사를 '위조'하게 되는 이 심각한 딜레마 속에서 김기진은 '사실에의 충실성'을 선택한 것이다. 그것은 리얼리즘 소설을 지향했던 소설가로서 김기진의 자존심이기도 했지만, 조선의 근대화를 꿈꾸었던 혁명가로서 김기진의 책무이기도 했다. 적어도 김기진은 '역사'를 단순한 흥미로운 소재거리, 혹은 낙관적 전망의 전달체가 아니라, 긍정적 미래를 확보할 수 있는 또 다른 '현재'로서 인식하고 있었던 것이다. 현실에 대한 깊은 분석 없이 이상과 열정으로만 추진되었던 갑신정변의 비극적 결과를 통해서 카프의 문제점을 되돌아보고자 했던 것이 한 예이다. 문제는 이러한 김기진의 선택이 '대중화론'을 주창했던 그의 예술론과는 부합되지를 못했다는 점이다.

4. 역사담물과 역사소설 간의 거리

1934년 5월 『삼천리』 편집실에서는 사회 명사들을 대상으로 조선의 선구자를 묻는 설문조사를 실시한다. 이 설문조사에서 신간회의 핵심 간부이자 기독교 운동가였던 신흥우는 조선의 선구자로서 김옥균을 거론하면서, 어린 시절 김옥균 전기를 읽었던 것을 회상하고 있다. 민태원의 『오호 고균거사』가 발표된 것이 1927년이고 이 소설이 근대적 문체로 작성된 김옥균 관련 최초의 창작소설이었다는 점을 고려할 때, 신흥우가 읽었다는 김옥균 전기라는 것이 무엇이었는지는 알 수가 없다. 다만 한국 근대문학 발달사에서 볼 때, 한문체로 작성된 '기록문학'의 한 형태였지 아닐까 추정할 수 있을 뿐이다.

신흥우는 1883년 출생으로 배재학당을 다니면서 근대적 교육을 받았다. 이 약력에서 그가 개화기를 거치면서 청년기를 보냈고 전통적 조선 세계와 연결되어 있었다는 점을 추론할 수 있다. 갑신정변 50주년이 되는 1934년, 이미 장년을 넘어선 쉰두 살의 나이에 이른 신흥우의 회상은 역사소설의 성립과 관련하여 중요한 시사점을 제공한다. 1930년대 조선에는 갑신정변, 갑오경장, 을미사변, 을사늑약과 같은 역사적 사건들을 직접 목격한, '현재'의 일부로서 기억하는 사람들이 생존해 있었고, 그들은 소위 한문체의 고소설을 읽으면서 성장하여 근대문학보다는 전통적인 고소설의 문체와 소재에 익숙해 있었다는 점이다.

이처럼 1930년대 조선에는 전통적 한문학을 읽으면서 성장해서, 한문에 익숙하며, 한문으로 대변되는 유교윤리의 세계에 젖어 있는 4, 50대 이상의 독자들이 일군의 독립적 독자층으로 존재하고 있었다. 이들은 염상섭이 자신의 논설 「역사소설의 시대」에서 제시한 역사소설의 독자층에도 포함되지 않는 독자들이다. 염상섭은 역사소설의 성립과정을 다룬 이 논설에서 조선 역사소설의 독자를 사십대 이상 대중남녀와 이, 삼십대 청춘남녀로 양분한 후 그 독자들의 특징을 다음과 같이 지적하고 있다.

1) 그런데 지금 사십 이상의 대중남녀는 아모래도 현대의식이나 현대풍조나 모던적 첨단적 유행에서 뒷길로 서고 또 종래의 구소설에서 함양될 독서취미로나 그 본래의 보수적 경향등으로 보아 소위 '시대물'이나 괴기소설을 요구하는 한편에 최근에 새로운 현상으로서 조선적의 것으로 도라오랴는 일반기운에 얼싸여서 역사에 대한 지식욕과 내지 흥미가 청년남녀간에 대두되엇슴으로 이양자를 휩스러서 일반으로 사담이 환영되는 추세인즉 이것을 다시소설화하야 독자의 요구를 만족케 하자면 傳記와가키 일본류의 '시대물'이 적합하기는 하나 그러한 취제와 형식이 아즉 완성되지 못하얏스니 자연히 본격역사소설에로 다라나거나 그와 유사한 정도에서 방황하게

된현상이라 하겠다.

2) 또 한가지 역사소설이 요구되는 원인은 역사지식이 대중에 보급되지 못한 것은 말할것도 업고 전문가이외에는 이삼십대의 청년남녀에게도 거의 대부분이 역사지식에 결핍을 늣기는 까닭이라 하겠다.20)

염상섭이 '사십대 이상 대중남녀'와 '이삼십대 청년남녀'로 역사소설의 독자를 분류한 것은 단순히 '나이'에 근거한 것만은 아니었다. 일본은 조선 병합 이후, 조선인의 일본 '국민'화를 위하여 제1차 조선교육령을 공포하여 교육개혁을 실시한다. 제1차 조선교육령이 시행된 것이 1911년이니, 1930년대에 이, 삼십대에 이르는 조선의 청년남녀들은 대부분 조선교육령 1세대들이라고 할 수 있다. 그들은 조선어보다는 일본어를 더 강화한 수업을 받고,21) 일본의 근대적 교육제도를 그대로 적용시킨 체계적인 근대교육을 습득한 세대였다. 염상섭이 사십대와 이, 삼십대로 독자를 양분화한 것에는 다양한 사회적, 문학적 정황의 변화와 더불어 이러한 부분 역시 중요하게 작용하고 있었던 것으로 보인다. 이질적인 성향의 두 독자층이 '역사'라는 하나의 접점을 중심으로 동일한 독자층으로 포섭되고 있었던 것이다. 여기서 염상섭이 40대 이상 역사소설 독자층을 '고담'과 '구소설'에 젖은 낮은 소양의 독자들로 규정할 때, 그는 이들 독자와는 구별되는 '구지식층'의 존재를 간과하고 있었다. 1930년대 이들 '구지식층' 독자들은 염상섭이 제시한 '역사소설'과는 또 다른 '역사소설'의 독자로서 존속하고 있었다. 거의 같은 시기에 연재된 세 편의 역사소설, 이보상의 『임경업전』과 김기진의 『심야의 태양』 그리고 윤백남의 『흑두건』22)을 통

---

20) 염상섭, 「역사소설의 시대」, 『매일신보』, 12. 21–22쪽.

21) 제1차 조선교육령에서 일본어 수업시간은 10시간, 조선어 수업시간은 6시간으로 책정되었다.

해 이들 독자층의 존재와 범위를 확인할 수 있다. 다음은 세 작품에서 뽑은 예문이다.

1) 鮮之五百年間에有二大亂하니壬丙이是也라應時而有二名將하니壬之忠武는 有時相之引하야統率水師하야專制一方에與敵抗爭하야 輸忠立勳하고 忠愍은 應 於伶仃에무소引이라.早樹功하야　明朝―與之官賓之厚하나朝廷이不省이러니及 北滿窺覦에 時危事迫하야憔而始用公이나位不過一防禦23)

2) 때는 고종(高宗) 二十一년 ―서력 千八百八十四년― 갑신(甲申)十一월十一 일. 밤은 먹을갈어 부은것같이새가카케어두엇다. 좁은골목이거나큰길이거나말할것 없이길바닥을비치는등불하나 없다.

불똥같은 은가루를 깜깜한하늘의 이구석으로부터 저구석까지 빈틈없이 뿌려놓은것 같이 반짝이는별빗만이 살어잇는것같다. 시간은 벌서 열한점종이 지난듯.

이 밤중에 홍현(紅峴)고개우에잇는 외무아문협판 김옥균(外務衙門協辦 金玉均) 의 집 뒷사랑의일각문을 가만가만두드리는 검은 그림자가 잇다.24)

3) 충주(忠州)땅 오가리(五佳里)에서 동으로 오십리 행인이 드믄 협로에 연풍(延 豊)이라는 주막거리가 잇다.

오가리에서 연풍을 거쳐 문경(聞慶)으로 넘어가게되는 이 소로에는 무엇으로 보든 지 큰 주막이 잇을까 십지안는 산ㅅ길이 잇다.

그러나 충주읍에서 덕산(德山)을 거쳐 문경 새재를 넘는 큰 길이 생기기전에는 이 소로는 소로가 아니엿다.25)

---

22) 『임경업전』은 1934년 1월 9일부터 연재되며 작가는 이보상(李輔相)이다.

23) 이보상, 『임경업전』, 『매일신보』, 1934. 1. 9.

24) 김기진, 『심야의 태양』, 『동아일보』, 1934. 5. 3.

25) 윤백남, 『흑두건』, 『동아일보』, 1934. 6. 10.

1934년 동시기, 지면을 달리하여 발표된 이 세 작품의 문체의 차이는 당시 다른 형태로 공존하고 있던 '대중문학' 독자층의 실태와 조선 '역사소설'의 현실을 반영한다. 실제로 1920~30년대 조선에서 발표된 일명 '역사소설'은 '신강담', '야담', '신소설'26)이라는 장르명을 달고 등장하거나, 혹은 그에 준하는 호칭으로 호명되고 있었다. 이러한 호명 방식에는 기담, 야담, 신소설 등에 익숙해 있던 일반 독자들을 포섭, 수용하려는 신문사 측의 의도와 더불어, 작가들 스스로가 자신들의 문학에 대해서 느낀 '부족함', 평론가들의 비판 의식이 스며 있었던 것으로 추정된다. 그러나 이와 같은 차별적 장르 명칭이 존재했던 것과는 별도로, 실제로 당시 역사물을 살펴볼 때, 역사소설과 기담, 전설 간에는 명확한 차이가 없었다. 이광수의『허생전』을 두고 이광수와 김동인, 최독견이 벌인 설전, 즉 김동인과 최독견은『허생전』을 '야담'이라 칭하고, 이광수는『허생전』은 '기(記)'의 의식이 충실하게 반영되었으므로 '야담'이 아니라 '역사소설'이라고 규정한 것에서 역사소설의 성립과 관련한 당대의 분위기를 읽을 수 있다. 이처럼 식민지기 조선에서 '역사'를 소재로 발표된 대다수의 작품들은 '역사적 사실'보다는 '흥미'를 원한 대중들의 요구, 혹은 문학적 습관과 취향에 따라 이전시대의 전설 혹은 야사의 변형된 형태로서의 역사물의 수준을 넘어서기 어려웠다. 선조에서 광해군대에 이르는 역사적 시기를 배경으로 내세우고 있으면서도 역사적 사실과는 무관하게, 일본에서 유행한 일종의 시대 활극으로 매몰되어 버린 윤백남의『흑두건』은 그 단적인 예로 제시될 수 있다.

---

26) 홍명희의『임꺽정전』은 발표 당시 '신강담'이라는 표제어가 붙었고 윤백남의『대도전』은 대중소설이라는 타이틀과 함께 신소설로서 예고된다. 그리고 김동인의『운현궁의 봄』은 야사와 사담이라는 표제어가 붙어 있다.

『심야의 태양』의 연재예고에서 김기진은 "우리는 지나간 날의 우리의 선조들의 자태를 똑똑히 볼 필요"가 있으며, "없어진 조선을 보기 위해서" 소설을 창작한다고 밝히고 있다. 그리고 소설은 김기진의 의도대로 당시의 역사적 사실을 충실하게 반영하고 있다. 그 충실의 정도가 과다해서 허구적 소설이라기보다는 전통적 '기록' 문학으로서 느껴질 정도다. 아울러 당대 역사 담물의 일반적 특징이었던 자극적 '작(作)'의 세계, 예를 들자면 연애, 치정, 외설스러운 묘사 등이 『심야의 태양』에서는 완전히 배제되고 있다. 특히 남녀 간의 애절한 '연애사'가 배제되고 있다는 점에서 이 소설은 신문저널리즘의 요구에도 전혀 부합하지 않고 있다. 당대 독자대중, 혹은 신문저널리즘이 '역사담물'에 요구했던 모든 요건, 그리고 1930년대 조선사회에서 '역사담물'이 대중 독물(讀物)의 주도적 양식으로 자리할 수 있었던 결정적 조건들이 적어도 『심야의 태양』에서는 수용되지 않고 있었던 것이다. 이로써 『심야의 태양』은 한글체 소설을 즐겨 읽고, '고담'이라든가 '구소설'류에 익숙해 있던 40대 이상의 독자들은 물론, 소위 '연애' 혹은 '추리'와 같은 모던한 문학양식과 결합된 일종의 퓨전 역사담물을 요구하던 이, 삼십대 독자들까지도 포섭할 수 없게 된 것이다.

이 점에서 본다면 『심야의 태양』의 독자층은 '구지식층'으로 지칭되는 『임경업전』의 독자층과 중첩될 수 있다. 『임경업전』의 경우, 신문 연재예고 역시 소설과 동일하게 순한문체로 작성되어 있을 정도로 독자층을 한정하고 있다. 적어도 한문 해독 능력이 없는 경우 이 작품을 읽을 수 없다는 점에서 독자층이 정확하게 규정되고 있는 것이다. 전체 인구 중 한글 해독 능력을 지닌 사람이 15% 정도밖에 되지 않던 1930년대 중반 조선에서 한문 해독자로 독자층을 한정지을 때, 그 독자층이라는 것이 좀 더 협소해질 수밖에 없는 것은 당연한 일이다. 그럼에도 『매일신보』는 1930년대 십 년 동안 지

『심야의 태양』(『동아일보』, 1934. 4. 11)과 『임경업전』(『매일신보』, 1934. 1. 5) 연재예고

속적으로 한문체의 기록역사소설 내지 한문학 작품을 연재하고 있었고, 이
는 한문 독자층으로 호명되는 소위 '구지식층'이 1930년대 조선사회에서 여
전히 중요한 하나의 '층'을 형성하고 있었음을 의미하는 것이다.

　이들 한문체 소설은 '문체'에서뿐 아니라, 기술 방식, 내용에 이르기까지
'구지식층'이 귀속된 세계의 의식을 함축, 대변하고 있다. 이와 관련하여『임
경업전』의 작가 이보상이 1930년대『매일신보』에 한문현토체 소설을 10년
이상 연재함과 더불어 한문교육, 유교정신의 보급에 앞장선 인물이었다는
점은 주목할 만하다. 소설의 제재를 야사(野史)에서 구하더라도 "창작을 한
다기보다는 전래의 기록들을 부연한다는 의식"27)이 강했다는 후대의 지적
에서 '작(作)'보다는 '기(記)'를 중시한 유교적 '문(文)'의 이데올로기에 기반

---

27) 이대형, 「'매일신보'에 연재된 한문현토소설 '춘도기우'와 작자 이보상」, 『민족문학사연구』, 2012,
291쪽.

해 있던 이보상의 의식세계를 엿볼 수 있다. '작'보다는 '기'의 의식을 중시
했다는 점에서 본다면, 김기진의 『심야의 태양』은—김기진의 의도와는 무관
하게—오히려 『임경업전』을 즐겨 읽던 '구지식층' 독자의 구미에 잘 부합하
는 작품이었다고도 할 수 있다. 그러나 실질적으로 『임경업전』의 독자, 즉
유교이데올로기에 젖은 '구지식층'은 『심야의 태양』보다는, 철저하게 '작'의
세계에 머물렀던 윤백남의 『흑두건』의 독자로 포섭될 여지가 더 높았다. 다
음은 조선문단의 역사소설 붐에 대해서 김기진이 가한 비판의 한 구절이다.

봉건적 군주에게 향하여 바치는 개인적인 충의는 과거에 있어서의 최고의 도덕률이
었었다. 이 같은 개인적인 추의는 주종관계의 긴밀한 연결이 없고서는 성립되지 아
니한다. 그리하여 예술가가 이 같은 특수 개인의 충의를 미화한다는 것은 더 말할 것
없이 봉건적인 주종 관계의 찬미요 저 같은 제도의 지지를 의미하는 것이오, 저 같은
사회 생활에의 복고적 동경이오 그 이외의 아무 것도 아니다. (중략) 이같은 경향은
춘원에 있어서만 보는 것이 아니다. 윤백남, 김동인, 기타 이즈음 야담소설에 붓을 댄
사람들-'임거정전'의 집필자 홍벽초만은 여기서 제외한다-의 전부가 그러하다.
그들의 작품의 주제는 충절이요 신의요 정절이요 우애요 효행이다.[28]

1920~30년대 조선에서 대중적 인기를 얻었던 일련의 '역사소설'들은 김
기진이 지적하듯 '봉건적 시대에 대한 복고적 동경'을 주된 정서로서 공유하
고 있었다. 조선, 혹은 멀리 신라에 이르기까지 봉건주의 시대에서 소재를
취하는 순간, 주제에서부터 표명하는 이데올로기까지 모두 '봉건주의'에 대

---

28) 김기진, 「조선문학의 현재적 수준」, 『신동아』, 1934. 1(『김팔봉문학전집』 1, 문학과지성사, 1988,
371-373쪽에서 재인용)

한 찬탄으로 귀결되는 식민지 조선 역사소설의 기묘한 결과가 어디서 기인한 것인가는 단정하기 어렵다. 유교적 이데올로기에 여전히 젖어 있던 당시 독자층의 의식의 문제, '역사소설'에 대한 작가들의 인식 부재, 일본 시대활극의 무비판적 추종 등 다양한 요인들이 거기에는 내재되어 있었던 것으로 추정된다. 『심야의 태양』은 적어도 봉건주의에 대한 거부와 근대적 세계에 대한 강렬한 희구를 표명하고 있다는 점에서 이들 '역사소설'과는 명확한 거리를 형성하고 있었다. 물론 이 거리는 유교이데올로기에 강하게 젖은 구지식층을 대상으로 한 『임경업전』과 같은 한문체 역사소설과의 사이에도 형성되고 있었다.

이처럼 『심야의 태양』은 '역사담물'로서 호명되었던 당대의 일반적 '역사소설'과는 물론, 한문체 역사소설과도 분리되어, 자신만의 독자적 위치를 설정하고 있었다. 문제는 『심야의 태양』의 독자적 위치 설정이, 안타깝게도 조선 독자대중이 서 있던 지점과 상당한 거리를 지니고 있었다는 점이다. 한글로 창작된 일종의 '역사담물'에 익숙했던 독자들이 읽기에는 서술방식이 지나치게 딱딱했고, 한문체로 작성된 역사소설에 익숙한 구지식층 독자들이 수용하기에는 그 의식이 지나치게 급진적이었던 것이다. 김기진은 1930년대 조선 독자의 현실적 상황과 유리된 채 혼자서 앞서가고 있었던 것이다. 김옥균을 비롯한 개화파들의 치명적 문제점, 현실에 대한 면밀한 분석이 결여된 채 이상과 열정에만 추동되어 행동했을 때 발생하는 비극적 결과를 주목하기는 했지만, 역설적이게도 김기진 역시 동일한 실수를 자신의 역사소설 창작과정에서 반복하고 있었다고 할 수 있다.

3부 전시동원체제의 연애소설

'순애보' '순애보' 얼마나 아름다운 제목이냐. 사랑에 殉節하는 인생긔록이 '순애보' 아닌가. 이 세상에는 허다한 사랑의 긔록이만타. 그러나 일즉이 조선의 신문지상에 이 '순애보'와 가치 놉고 깨끗한 사랑에 순절하는 청춘의 안타까운 이야기가 실리어 본 일이 잇섯슬가. 그러타고 서러운 눈물을 자어내는 이야기가 아니고 기쁨에 목메일만큼 건강한느낌을 갓지안코는 읽을수업는 이야기다. 이 가운데에 인생으로써 가져야할 놉흔 철학과 순결한 도덕이잇다. – 『매일신보』의 「순애보」 연재소설 예고」 중에서

7. 이광수의 『사랑』과 연애소설의 '정치학'

1. 전시동원체제의 사랑

1938년 이광수는 『사랑』이라는 제목의 장편소설을 발표한다. '연애'를 테마로 한 이 작품은 식민지 말기 조선사회에서 상당한 호평을 받는다. 여기에는 이광수의 명성, '지고지순한 사랑'이라는 테마, 출판사 박문서관의 유통능력 등 다양한 변수가 작용하고 있었다. 이에 힘입어 "문단 삼십년! 대춘원대망(大春園大望)의 걸작(傑作)", "지고애(至高愛)의 신경지(新境地)"[1]라는 광고문에 걸맞게 높은 판매부수를 기록한다. 여주인공 석순옥을 '베아트리체'에 비유하며 지고지순한 사랑의 히로인으로서 언급하는가 하면, 『삼천리』, 『조광』, 『박문』 잡지에서 사랑에 대한 담론이 빈번하게 등장하는 등 『사랑』은

---

1) 『박문』, 제10집, 1938. 13년, 10, 6-7쪽.

판매부수뿐 아니라, 문단의 호응 정도에서 볼 때에도 커다란 성공을 거둔 작품으로 평가된다.

『사랑』의 발표를 전후하여 조선 문단에는 '통속 연애물'이 대성황을 이룬다. 『찔레꽃』과 『밀림』의 김말봉을 비롯하여 『방랑의 가인』, 『새벽길』의 방인근, 『순애보』의 박계주 등, 통속 연애물 전문 작가군이 등장한 것이 바로 이 시기이다. 아울러 김남천의 『사랑의 수족관』, 이태준의 『청춘무성』, 현진건의 『적도』 등 조선 문단의 핵심을 이룬 작가들의 통속 연애물이 이 시기를 전후하여 발표된다. '통속 연애물'의 시대가 도래한 것이다. '연애'를 테마로 한 소설 『사랑』의 발표 역시 이 연장선상에서 이해해도 좋을 듯하다. 그러나 통속소설의 유행을 독자대중의 자연스러운 욕구에 기반한 것이라고 파악해도 좋은가에 대해서는 쉽게 답하기 어렵다. 통속소설의 등장이 '전시체제'라는 제국 말기의 암울한 정치적 상황과 맞물려 있었기 때문이다.

물론 『사랑』이라는 작품 한 편으로 식민지 말기에 등장한 '통속 연애소설'의 의미와 대중문학이 놓인 상황을 예단하는 것은 상당한 무리일지도 모른다. 그러나 『사랑』의 창작이 일제의 국가총동원체제 시행과 맞물려 있었다는 점, 식민지 말기 조선에서 엄청난 대중적 호응을 받았다는 점, 이광수가 친일로 전향하던 시점에 있었다는 점 등에서 이 작품은 중요한 검토 자료가 될 수 있다. 아울러 식민지 말기 열악한 출판 상황 속에서 박문서관이 조선 출판 사상 처음으로 전작출판을 감행하였으며 출판 직후 일본에서 일본어로 번역되어 출판되기도 했다는 사실은 『사랑』이 당대 조선에서 지닌 대중적 파급력, 대중소설로서의 핵심적 위치를 반증해주는 것이다. 이하에서는 연애소설 『사랑』에 대한 작품 내외적 분석을 통해 식민지 말기 조선 독자들의 사랑에 대한 의식과, 총동원체제 하에서의 '연애소설' 유행의 사회사적 의미 등을 검토해 보고자 한다.

2. 『사랑』의 창작을 둘러싼 상황

　『사랑』은 박문서관에서 기획한 '현대걸작장편소설전집' 제1권으로 상권
(1938년 10월)과 하권(1939년 4월)으로 나뉘어 출판되었다. 출판 형태는
"조선 최초의 전작소설"[2]이라는 광고 문구처럼, 신문 혹은 잡지에 연재된
후 작품집으로 출판되던 일반적 출판 관행과 달리, 출판사와의 계약 하에 전
작 집필하는 방식이었다. 이와 같은 출판 형태는 『사랑』에 대한 당대 및 후
대의 긍정적 평가에 중요한 영향을 미치고 있다. 전작소설 형태를 취할 경
우, 평론가 임화가 통속소설론을 논하면서 신문 연재소설의 문제점으로 지
적했던 "발표 기관의 상업성과 타협하느냐, 그것과 깨끗이 분리하느냐" 하는
문제에서 상당 부분 자유로울 수 있기 때문이다.[3] 김문집이 춘원의 『사랑』
을 평가함에 있어서 "하루하루의 제한 아래서 고식(姑息)하게 써나간 신문
의 연재소설이 아니고 그야말로 조선 최초의 '書卸し長篇'—우리 문단에서는
'전작장편소설'이란 전문어로 결정된 것"[4]이라면서 이 점을 거론한 것을 보
면 이 시기 전작소설 출판이 지닌 의미가 상당했던 것으로 추측된다.

　이광수도 「자서(自序)」에서 "연재물이라는데 관련된 여러 가지 제한도
없"었기 때문에 창작 과정에서 "인생관을 솔직히 고백"[5]할 수 있었다고 말
하고 있다. 후대 연구자들도 이광수의 이러한 언급을 수용하여, 시대의 정치

---

2) 『박문』에 게재된 광고에서 '조선 최초의 전작소설'이라는 문구가 가장 먼저 등장한다. 『박문』에 게재된
여타 논평에서도 이 점이 강조되고 있었던 것으로 보아 '전작소설'이라는 출판 형태는 박문서관으로서도,
조선 출판역사로서도 상당히 파격적인 선택이었다고 할 수 있다.

3) 신문 연재소설 창작 과정에서 작가들은 상당한 고충과 문제점을 느끼고 있었다. 이 시기 삼천리사에서
주관한 '장편작가회의'(『삼천리』, 1936. 6), '소설가회의'(『삼천리』, 1938. 1)에서 이광수, 이태준, 김동인
등 참석 작가들은 어김없이 이에 관련된 고충을 강하게 토로하고 있다.

4) 김문집, 「사랑 독후감」, 『박문』, 제2집, 1938. 11, 27쪽

5) 李光洙, 『愛』, モダン日本社, 1940, 4쪽.

적 상황, 혹은 신문사의 상업성과 긴밀하게 연결되어 있던 여타 통속 연애소설과 『사랑』을 차별화하여 평가하고 있다.6) 그러나 과연 이광수가 자신의 말처럼 사상적 제약은 물론 대중성에 대한 부담이 없는 상황에서 『사랑』을 집필할 수 있었는가는 의문이다. 『사랑』의 집필 및 발행이 중일전쟁 발발을 거쳐 지원병제도가 시행되던 전시체제와 맞물려 있었다는 점, 그리고 1939년 4판까지 인쇄하여 상하권 합쳐 일 만부나 팔릴 만큼 상업적 성공을 거두었다는 점에서 심사숙고의 여지가 있다. 이와 관련하여 『사랑』 집필 당시 창의문 밖 산장으로 춘원을 방문한 후 쓴 김동인의 글은 주목할 만하다.

그때의 춘원의 건강으로는 장차 환경이 악화되는 경우에는 도저히 생명을 유지할 수 없다. ― 이러한 일선을 그어놓고 좌할까 우할까 주저하고 고민하고 하는 것이 분명하였다. …(중략)… 더욱이 가정적으로도 매우 불행한 환경에 있었드니만치 고민은 더하였을 것이다.

그러나 그때 내가 본 바에 의지하건대 생의 집착이 아무리하여도 勝한편이었다. 그러고 이것이 인생의 가장 당연한 路順일것이다. 두 세 시간을 이야기하다가 나는 돌아왔다.

그뒤 나는 때때로 생각하였다. 그때 그런 거대한 고민(사상적 고민이 아니라 거취에 대한 고민)가운데서 집필중인 작품이 어떤것이될까. 무론 그 고민이 어떤 형식으로든 작품에 나타날 것은 定한 이치로되 양로의 고민 때문에 작품에 무리가 안생길까. 다시 말하자면 작자의 거취가 미정이니만치 고민은 고민대로 있고도 작중인물로 하

6) 강옥희는 앞서 인용한 이광수의 「自序」를 근거로 "이 시기 대부분의 작가가 생계의 문제로 혹은 사상의 문제로 통속적인 작품에 몰두할 수밖에 없었다면 이와 달리 이광수는 자신의 사상을 피력하기 위해 전작소설의 형태를 빌리고 있는 것이다"라고 언급하고 있다. 그러나 당시의 시대적 정황 및 친일로 향하던 이광수 개인의 상황을 고려할 때 이와 같은 판단은 상당히 단선적이라고 할 수 있다.(강옥희, 『1930년대 후반 대중소설연구』, 상명대학교대학원, 1998, 42쪽)

여금 무리하여 해결짓게 하기 위하여 그 인물의 성격 환경 교양등에 맞지 않는 언, 행 등을 작자는 억지로 시키지 않을까. 『사랑』 상편이 발행된 것을 읽고 나는 내근심이 헛근심이 아니었음을 알았다.[7]

수양동우회 사건[8]으로 투옥된 이광수가 병보석으로 출감한 것이 1937년 12월이었다. 이 직후 이광수는 박문서관의 요청을 받고 『사랑』 전작 집필에 임하게 된다. 김동인이 이광수를 방문한 것은 바로 이 시점이다. 김동인의 기록에 의하면 김동인이 방문하기 며칠 전에도 이광수는 열이 사십이 도까지 올라 혼수상태에 빠질 정도로 건강이 악화된 상태였다고 한다. 이런 상황에서 이광수는 왜 장편소설 집필이라는 박문서관의 요청을 수락했던 것일까. 일단 박문서관 측에서 본다면 '현대걸작장편소설전집'이라는 야심찬 사업의 첫 작품으로 이광수의 연애소설을, 그것도 한 번도 시도한 적이 없는 전작소설의 형태로 출판한 것은 탁월한 선택이었다고 할 수 있다. '춘원의 소설', 이 한마디가 어떤 숫자적 찬사도 압도한다고 했던 김동인의 언급[9]이 과장이 아니었을 만큼 '이광수'라는 이름은 상업적 성공으로 곧바로 연결되었고, 수양동우회 사건 이후 이광수의 사상적 거취는 당대 지식인과 일반대중뿐 아니라 일제의 관심사이기도 했다. 말하자면 박문서관은 '춘원'이라는 이름이 식민지 조선과 일제 양쪽 모두에서 지닌 위상을 정확하게 알고 있었

7) 김동인, 「춘원과 『사랑』」, 『박문』 제3집, 10쪽.
8) 식민지기 결성된 교육, 계몽, 사회운동 단체로 흥사단의 자매단체이며 안창호, 이광수, 주요한, 주요섭, 김동원 등에 의해 결성되었다. 1926년 수양동맹회와 동우구락부가 통합되어 출범하였고, 1937년 수양동우회 사건 이후 1938년 대규모로 체포, 구속되어 해체되었다.
9) 『사랑』의 출판에 즈음하여 『박문』에는 김동인, 전영택, 김문집 등이 쓴 춘원 관련 글이 게재되고 있다. 이 중 김동인은 「춘원의 소설」이라는 제명의 글에서 춘원 소설이 당대 사회에서 지닌 힘을 다음과 같이 말하고 있다. "춘원의 소설' 이 한마디의 갖는 매력은 얼마나 크냐? 거기는 온갖 수짜적 찬사가 필요치 않고, 단지 이 한마디 뿐이면 충분하다."(김동인, 『박문』, 제2집, 1938. 11. 26쪽)

고 그 탁월한 상업적, 정치적 감각의 결정물이 『사랑』의 출판이었던 것이다.

그렇다면 이광수에게 『사랑』의 창작은 어떤 의미가 있었을까? 수양동우회 사건의 여파와 도산 안창호의 죽음에 따른 정신적 고통, 심각한 상태에 이른 건강 상태의 와중에서 이광수가 박문서관의 요청을 수락하여 전작 장편소설을 완성한 것은 결코 간단한 일이 아니었다. 특히 그 전작 장편소설이 '사랑'이라는 통속적 취향의 제목을 내세운 연애소설이라면, 집필 과정에서 '사상을 피력한다'는 창작의욕을 넘어선 또 다른 계기가 있었음을 짐작할 수 있다. 그 계기란 다름 아닌 경제적 문제이다. "더욱이 가정적으로도 매우 불행한 환경에 있었다"는 김동인의 언급에서도 감지할 수 있듯이, 아내 허영숙이 수양동우회 사건에 연루된 이광수의 옥바라지를 하면서 집안의 경제 상황이 상당히 곤란한 지경에 이른 것이다. 이광수는 박문서관에 판권을 팔아 받은 삼천 오백 원으로 아내 허영숙의 산부인과 병원을 개원해 준다. 이런 상황 속에서 이광수가 과연 '연재소설의 제한'에서 벗어나 자유롭게 자신의 사상을 피력할 수 있었을까. '사랑'이라는 대중의 흥미를 돋울만한 선정적 제목을 선택하여 연애소설을 집필했다는 점에서 이 의문에 대한 답은 이미 나왔다고도 할 수 있다. 이광수는 1917년 초판 발행 이후 1938년에 이르기까지 칠만 부나10) 팔린 초베스트셀러 연애소설 『무정』에 대한 대중의 향수를 '사랑'이라는 제목으로 다시 한 번 자극하고 싶었던 것이다.

『사랑』의 창작 과정에서 이광수가 직면한 또 다른 '제한'은 사상적 거취와

---

10) 『박문』에 게재된 『무정』 광고문에는 "무정-의 매력은 언제나 청청하다. 대정칠년 초판이 간행된 이래 오늘까지 이십여년 판을 거듭하고 거듭하여 실로 칠만부를 돌파하고 오늘도 또다시 새로운 독자를 획득하며 있다."(『박문』, 1939. 6. 26쪽)고 적혀 있다. 물론 이 시기 출판물에 기재된 판수는 실제 발행부수와 상당한 차이가 있었다는 점, 즉 쇄, 판의 구분이 없이 중판하는 것을 판수로 기재하지 않아 정확한 발행부수를 산출하기는 어려웠지만 『무정』의 인기를 고려할 때, 대략 이 비슷한 판매는 되었을 것으로 추정된다. 이상 식민지하 이광수 문학의 출판 상황에 대해서는 김종수, 「일제 식민지 근대 출판시장에서 이광수의 위상」, 『한국문화』 50, 114-115쪽 참조.

1941년경의 춘원 이광수

관련된 부분이다. 이광수는 병보석 중이던 1939년 3월 황군위문 작가단을 결성하고, 그해 시월 친일 성격의 조선문인협회 회장직을 맡는다. 이에 앞서 1939년 2월 『동양지광』에는 "한반도의 이천만 백성과 함께, 천황, 우리의 천황을 우러러 모시리라"[11]는 단가를 지어 게재하고 있다.

이처럼 1938년 중반부터 1939년 중반에 걸친 『사랑』의 창작 시기는 이광수가 친일로 향하던 시기와 중첩되고 있었던 것이다. 특히 『사랑』을 기획한 박문서관이 한성도서, 대동출판사 등과 더불어 황국위문작가단 파견의 스폰서 역할을 담당했다는 점에서, 이광수가 『사랑』의 창작 과정에서 자신의 인생관을 자유롭게 피력하기는 쉽지 않았을 것으로 여겨진다. 이처럼 『사랑』은 이광수 개인의 상황과 출판사 박문서관의 상업적·정치적 의중이 결합되어 만들어진 독특한 작품이었다고 할 수 있다. 그렇다면 이 의중이 『사랑』에서 어떻게 드러나고 있을까.

3. '사랑'의 부재와 정신성의 과잉

김기진은 『사랑』에 대해 "이것은 소설이 아니다"[12]라고 언급하고 있다. 이와 같은 평은 김문집에게서도 거의 동일하게 발견된다. 물론 김기진과 김

---

11) 이광수, 『수시로 부른 노래』, 『동양지광』, 1939. 2.
12) 김기진, 「춘원의 『사랑』」, 『박문』, 1938. 12, 26쪽.

문집이 『사랑』을 폄하해서 이와 같은 발언을 했던 것은 아니다. 이들은 한결
같이 이 한 편의 작품을 두고 "인간 이광수의 오십 년의 추구사" 내지는 "생
의 고통에서 해탈하고자 부둥부둥 애를 쓰는 춘원 자신의 귀한 영혼의 자세"
를 읽었다고 토로하고 있다. 분명히 『사랑』에는 불교 윤회설, 기독교 사상,
톨스토이 사상 등 춘원의 의식을 지배하고 있던 다양한 종교적 · 철학적 개
념이 혼재되어 있다. 수양동우회 사건과 도산 안창호의 죽음 이후 정신적 공
황 상태에서 자신의 사상적 거취를 찾아야 했던 춘원의 혼란이 『사랑』에서
그대로 드러나고 있는 것이다. 그런 점에서 볼 때, 이 시기 이광수가 남녀간
의 '사랑'을 테마로 한 낭만적 연애소설을 쓰려고 했던 것인지, 종교적 사랑
을 테마로 한 인간 존재에 대한 깊은 탐색을 하고 싶었던 것인지 창작 의도
가 모호하다. '작가의 의식의 혼란이 작품을 분열시켰다'는 김동인의 냉소적
언급은 이에 대한 중요한 판단 근거가 될 수 있다.

　『사랑』은 여주인공 석순옥이 선배 경원과 더불어 간호사 취직을 위해 안
빈의 병원을 방문하러 가는 장면에서 시작한다. 평양의 한 여학교 교원인 순
옥이 간호사로 취직하려는 이유는 명확하다. 오랜 기간 흠모해 온 안빈의 곁
에 있기 위해서다. 순옥은 자신의 의도대로 안빈의 병원에 취업하게 되고,
안빈을 향한 순옥의 변함없는 애정이 지속되면서 작품은 전개된다. 안빈을
향한 순옥의 애정은 안빈의 아내 옥임의 죽음, 순옥과 허영의 결혼과 이혼,
그리고 망신창이가 된 허영의 병구완을 위해서 순옥이 간도로 이주하는 등
우여곡절을 겪으면서 작가가 의도한 '절대적 사랑'의 결말로 나아간다. 『사
랑』 「자서」에서 이광수는 자신이 지향하는 '한계가 없는 숭고한 사랑'의 의
미를 다음과 같이 밝히고 있다.

　나는 '사랑'이 유정한 모든 것 중에서도 가장 신비롭고 또 가장 숭고한 것이라는 것

을 믿는다. 이성간의 사랑에 있어서도 마찬가지다. 그러나 음남음녀의 사랑과 현사숙녀의 '사랑' 이라는 것은 동일한 것으로 바라볼 수가 없다. 그 사이에는 하늘과 땅과 같은 차별이 있는 것이다. 육체의 결합을 목적으로 한 사랑은 많다. 그것은 생물계에 있어서 인간보다도 벌레들이 많은 것과 마찬가지이다. 육체의 결합과 평행해서 정신에 대한 사모를 동반하는 사랑이야말로 시작부터 인간적이라도 말할 수 있을 것이다. 그러나 한단계 높여서 육체에 대한 욕망을 전연 몰각할 수 있는 사랑이 존재한다는 것이야말로 인류의 자랑이 아닐까. 그것은 일시적으로로건 우리들 육체내에 일어나는 '영원의 존재'를 인식하는 것에 있어서만 생겨나기 때문이다. 바다를 본적이 없는 하백은 황하의 하수를 이 세상에서 가장 큰 물이라고 이해하고 있다. 이처럼 사랑을 본 적이 없는 사람은 육체를 대상으로 하지 않은 사랑을 공상으로 밖에 생각하지 않는 것으로 그에게는 언젠가 한번 '코페르니쿠스'를 만나서 새로운 우주를 깨우치지 않으면 안되는 시기가 필요할 것이다.

사랑의 극치는 無論無差別, 평등의 사랑일 것이다. 그것은 부처의 사랑이다. 모든 중생을 전부 애인과 같이, 한 사람의 자식과 같이 사랑하는 '사랑' 이다.[13]

"육체에 대한 욕망을 몰각하고, 무론무차별, 평등한 사랑, 부처의 사랑." 종교적 성격을 띤 이 사랑의 형태를 이광수는 의외로 '남녀 간의 사랑', 즉 '연애'를 통해 그려간다. 작품의 두 주인공 안빈과 순옥 간에는 이성 간에 흔히 일어날 수 있는 가벼운 감정적 교감조차 발견되지 않는다. 그들의 '사랑' 은 언제나 서로에게로 향하기보다는 구원과 도움이 필요한 타인을 끊임없이 향하고 있다. 그래서인지 항상 순옥을 갈망하고, 순옥과의 육체적 교섭을 욕망하는 허영이라는 인물이 보다 인간적이며 생동감 있게 느껴지는 것이다.

---

13) 이광수, 『이광수전집』 10, 삼중당, 1963, 3쪽.

허영과 순옥의 결혼 과정은 안빈과 순옥이 지향하는 '평등의 사랑'의 허위적 일면을 여실히 드러내고 있다. 순옥이 허영과 결혼을 결정하는 이유는 단 하나다. 안빈의 아내 옥임에게 자신의 사랑이 얼마나 도덕적인가를 보여주고, 안빈과 자신 간의 세간의 의혹을 불식시키기 위해서다. 결혼 이유가 안빈의 안위와 자신의 결백을 증명하기 위함이라는 점에서 순옥의 선택은 허영의 입장에서 보자면 극도로 이기적이라고 할 수밖에 없다. 역설적이게도 이 이기심을 '몰각'시켜주는 것이 바로 안빈이 제시한 '육체의 욕망'을 벗어난 사랑, '부처의 사랑', '평등의 사랑'이다. 그러나 결혼 결정을 갑작스레 내리고, 또 그 실행을 위해 새벽에 갑자기 허영의 집으로 쫓아가는 순옥의 히스테리컬한 면모는 이 '사랑'의 의미가 그녀의 의식 속에서 이해되고 있지 않음을 반증한다.

이 기묘한 결혼을 '중생구원' 운운하며 장려하는 안빈의 행위 역시 이기적이기는 마찬가지다. 결혼 조건으로 안빈의 병원에서의 지속적 근무를 요구하는 순옥의 허무맹랑한 일면과 결혼을 중생구원의 맥락으로 연결시키는 안빈의 비인간적인 면모는 이들이 지향하는 부처의 사랑과 평등의 사랑이라는 것이 얼마나 허위적이며 실체를 지니지 못한 것인가를 드러내고 있다. 인물들의 삶과 그들이 지향하는 의식 간에 끊임없는 괴리가 발생하고 있는 것이다. 김문집이 『사랑』을 소설이 아니라고 평한 것과 김동인이 『사랑』에는 작중 인물의 성격불일치가 노출되고 있다고 지적한 것은 바로 이를 의미한 것이었다. 그런 점에서 본다면 남녀 간의 애정을 테마로 설정하여 대중적 관심을 환기시키면서 『사랑』을 통해 자신의 '인생관'을 피력하고자 했던 이광수의 의도는 상당부분 실패했다고 할 수 있다.14) 이광수 스스로 종교애와 남

---

14) "불교학설이 춘원의 두뇌에서 한번 다시 소화되었다면 이 이상 다행이 없을 것"이라고 평한 함대훈의 언급이나, "작자는 한번도 현대에 사는 석순옥에게 유행하는 지식이나 미용법을 들려준 적이 없다"고 지적

녀 간의 애정 간의 차이를 분별하지 못했음은 물론 거창한 인생관을 피력하면서 시대적 현실성을 상실해버리고 있기 때문이다. 관념이 현실을 장악해버린 것이다. 정신성에 기반한 절대적 사랑의 형태를 이광수가 인물들의 삶속에서 어떻게 실현시켜 가는가는 이 점에서 주목할 만하다.

『사랑』에서 이광수는 '육욕(肉慾)'과 '정신성'의 문제를 거론하고 있다. 석순옥이 안빈을 사랑하는 과정은 인간에게 내재된 육체적 욕망을 누르고 정신적 사랑을 확보해가는 과정이다. 이렇게 본다면 『사랑』은 1917년 '낙양의 지가를 올린' 우리 문학 최초의 '연애'소설 『무정』의 테마를 반복하고 있다고도 할 수 있다. 사제지간으로 만나서 정신적 교감을 통해 애정관계를 형성해가는 『무정』의 두 주인공 선형과 형식의 모습이 사제지간에 준하는 관계를 통해 애정을 지속시켜가는 석순옥과 안빈의 모습에 투영되고 있기 때문이다. 이광수가 왜 이처럼 '사제관계'를 중시했는가에 대해서는 『사랑』에서 안빈의 입을 통해 들을 수 있다.

부부란 인생으로서 중요한 제도이겠지마는 결국 생물학적 관계에 지나지 못하는 것이지. 도덕적으로 참된 기초위에선 부부라야 종족번식의 큰 직책과 국민 문화의 보존자루 의미가 있는거지마는 까딱 잘못하면 애욕 만족의 방편에 불과한 것이니깐. 참 그래. 인생의 관계 중에 가장 거룩하구 영원성을 가진 것이 사제관계일거야. 예수와 인류-부처님과 중생, 그것이 다 사제관계니깐. 하긴 그래 사제 관계가 제일이야. 사제관계 이상의 관계가 없어. 가깝기루나 영원하기루나 그래.15)

『무정』을 중심으로 볼 때, 사제지간이라는 남녀 주인공의 관계설정은 남

한 모윤숙의 언급은 같은 맥락에서 이해될 수 있다.
15) 이광수, 『사랑』, 『이광수전집』 제10권, 삼중당, 1963, 144쪽.

녀평등의 실현을 위한 중요한 장치이다. 이 장치를 보다 현실화시켜주는 것이 성례의 유보이다. 혼약은 약속하되 성례는 공부가 끝나는 5년 후로 유보시키는 것, "즉 오 년 간의 시간적 유예는 이형식과 선형을 육체적 결합의 유보 속에서 정신적 교류로 자연스럽게 연결"16)시켜가기 위해서이며, 이를 통해서 두 사람은 남녀평등의 근대적 세계로 발을 딛게 된다. 반면에『사랑』의 사제 관계에는 그와 같은 시대적 현실성이 내포되어 있지 않다. 부부관계마저도 '음탕'한 것으로 규정하는 정신성에 대한 병적 집착이 오히려 시대의 현실성을 대체하고 있다. 혈기왕성한 이십대 미혼이라는 공통 조건을 통해 결혼이라는 관계로 가볍게 들어갈 수 있었던『무정』과 달리,『사랑』의 두 주인공은 결혼에 이르기까지 넘어야 할 장벽이 너무나 많다. 안빈은 병든 아내를 둔 유부남으로 나이는 이미 사십대에 들어서 있다. 물론 아내 옥임이 폐병으로 죽은 후 홀아비가 되기는 하지만 순옥과 결합하기에는 두 사람의 관계에 대한 세간의 의혹과 부정적 시선이 만만치가 않다. 아울러 이십대 초반의 이형식과 비교할 때 사십이 넘은 그의 나이는 열정적 '육적 욕망'에서 다소 멀어져 있다.

이 점에서는 석순옥 역시 마찬가지이다. 작품을 통해서 석순옥은 안식교도로 설정되고 있다. 이광수는 도산 안창호를 통해서 안식교를 접하는데, 1939년 10월 발행된 안식교 기관지『시조(時兆)』30주년 기념호에 「안식교회와 나」라는 제명의 축사까지 기고하였던 것을 보면 이 시기를 즈음하여 안식교 교리에 깊이 공감하고 있었던 듯하다. 축사는 안식교의 진실하고 청정한 생활의 모범이야말로 인류를 구원하는 성업(聖業)이라는 내용을 담고 있다. 안식교에 대한 이와 같은 인식을 기반으로 이광수는 석순옥이라는 인

---

16) 이광수의 『무정』에서 사제 관계가 지닌 의미에 대해서는 졸고, 「근대적 공간과 '연애'의 등장」, 『환영의 근대문학』, 2005, 53-63쪽 참조.

물을 조합하고 있다. 안식교도인 석순옥은 "우유와 달걀만을 넣은 청초하고 싱싱한 안식교인의 요리"를 즐겨 만드는가 하면, 살생을 싫어하고 채식주의를 준수한다. 토요일을 안식일로 삼는 안식교 교리에 따라 토요일 졸업시험을 거부할 정도로 집안의 강력한 종교적 분위기가 순옥의 성장 과정의 핵심을 이루고 있다. 석순옥의 삶을 형성하고 있는 것은 한마디로 말해서 '깨끗한 생활, 하느님다운 생활, 성경대로의 생활'이라는 안식교 준칙에 근거한 극도의 금욕주의다. 혼인의 의미를 묻는 선배 경원에게 "남녀가 살을 맞대구 비비는 게 혼인 아냐? 그게 동물적이지 무어요? 그것두 일종 음탕이지"라는 대답에서 이와 같은 석순옥의 내면을 엿볼 수 있다.

그러므로 안빈과 석순옥 간의 '사랑'에는 처음부터 '부부'라는 일상적 결합이 철저하게 배제되어 있다고 할 수 있다. 결혼을 통해 일부일처제에 기반한 남녀평등의 근대적 의식을 체현해가던 『무정』의 두 남녀의 '사랑' 즉 '연애'와 달리, 『사랑』의 두 남녀는 결혼에 이르지 않고 '사랑'의 의미를 실현하고자 하는 것이다. 그렇다면 『사랑』의 두 남녀가 수십 년에 걸친 사랑을 통해 실현하고자 했던 것은 과연 무엇일까. 이것은 약관 스물의 이광수가 『무정』에서 지향했던 세계를 부정하면서, 오십대에 이른 이광수가 확보하려고 했던 것이 무엇인가라는 질문과 연결된다. 함대훈 역시 『사랑』에 대한 논평에서 이와 같은 의문을 던지고 있다.

춘원은 불혹의 時를 지나 이제는 五十이 가깝다. 옛 유명하던 이들이 가는 그 길을 춘원도 가는구나하고 생각하니 춘원은 이 세대에 좀 더 현실적 생태를 그려주었으면 하는 느낌도 없지 않다. …(중략)… 이 작품은 완전히 이상주의에서 아름다운 종교의 맑고 깨끗한 세계를 그리려고 하였고 주인공 안빈의 말은 모-도 춘원의 말이라고 생각된다. …(중략)… 사랑에 있어서 이런 육체없는 연애를 해보는 것이나 또 이런 인물을 등장시키는 것도 춘원의 불혹이 지난 시기에는 그려볼 수 있는 인물이다. 청춘기의 사랑은 맹목적이지만 나이든 사람의 사랑은 거기 成火의 심혼이 이념의 세계에서 기뜨리기도 할 것이다. 그러나 여기서 석순옥이 안빈을 사모하게 된 동기가 박약하다. 그렇지만 나는 그것을 탈잡으려 하지 않는다.17)

여기서 함대훈은 석순옥 사랑의 동기가 박약하다든가, 소설이 현실적 생태를 다루지 못하고 있다는 문제를 거론하면서도 그것이 그다지 큰 문제점은 아니라고 언급하고 있다. 이광수가 『사랑』을 통해 보여주려고 했던 것은 한 편의 소설이 아니라 인생의 고백서 혹은 사상서였던 만큼, 인물 행위의 개연성이나 현실적 세태 반영 같은 것은 그다지 중요하지 않다는 의미가 함대훈의 이 관대한 평가에 내재되어 있었던 것이다. 수양동우회와 관련된 투옥, 안창호의 죽음, 친일 전향 등 일련의 과정을 거치면서 극단적인 자의식 분열을 경험하고 있던 이광수였던 만큼 현실 개혁을 꿈꿀 심적 여유란 것이 있을 리 없었을 것이다. 이 점은 동시기 작가라면 누구나 알고 있었고 함대훈 역시 그중 한사람이었다. 그런 점에서 보자면 『사랑』의 이광수에게 결여되어 있었던 것은 청춘기의 '맹목적인 사랑'에 대한 열정이 아니라, 『무정』의 이광수가 지니고 있던 현실에 대한 치열한 '응전력'이었다고 할 수 있다.

그렇다면 『사랑』에서 이광수가 제시하고자 한 '사랑'이란 무엇이었을까. 물론무차별의 사랑, 평등의 사랑, 부처의 사랑 등 그 사랑이 무엇이었던 간에 중요한 것은 그 사랑의 힘이란 것이 이광수가 주장하듯 외부 세계를 향해서가 아니라, 오로지 이광수 자신의 내적 구원을 향해서만 열려 있다는 점이다. 그래서인지 일 년 남짓한 기간에도 큰 내면의 성장을 보여주었던 『무정』

---

17) 함대훈, 「인생교사로서의 춘원의 『사랑』」, 『조광』, 1939. 1, 222-223쪽

의 이형식, 김선형과 달리 『사랑』의 주인공들은 이십 년이 넘는 긴 세월을 지나면서도 내면적으로 전혀 성장하고 있지 않다. 예를 들자면 간호사 취직, 남편 허영의 죽음, 북간도 생활 청산, 서울로의 귀향과 같은 삶의 긴 여정 끝에서 순옥이 "선생님은 자라셨다", "그 빛 속에서 나도 자라는가", "여기서는 모두가 자란다"는 등 자신들의 내적 성장을 끊임없이 강조하고 있음에도 불구하고 실질적으로 이들에게서 어떤 성숙의 징후도 느껴지지 않는 것이다. 정신성에 대한 그로테스크한 집착, 끊임없는 자기변호, 극단적 자의식 과잉 등 이광수 개인의 관념만으로 이루어진 『사랑』의 세계 속에서 인물들의 삶이란 처음부터 '결정'되어 있었던 것이다.

4. 정치화되는 사랑

『사랑』에서 진정한 사랑이 무엇인가 묻는 경원에게 안빈은 '영원히 변하지 않는' 불변하는 사랑이라고 대답한다. 이어서 그는 불변의 사랑이란 개인적 욕망이 제거된 것, 즉 '중생에 대한 사랑'이라고 설명한다. 이 사랑은 안빈이 지향하는 사랑의 형태이며, 그가 순옥에게 요구하는 사랑의 형태이다. 이십대 초반의 여성에게는 다소 가혹할 수 있는 이 '사랑'은 순옥의 종교적 금욕주의와 결합되어 작품을 통해서 절묘하게 실천되어 간다. 그런 점에서 보자면 순옥이 이 '불변의 사랑'을 안빈과의 관계 속에서 깨우쳤다고는 단정하기 어려울 듯하다. 오히려 이런 사랑이야말로 안식교의 종교적 금욕주의에 가득 찬 그녀가 지향하고 수용할 수 있는 유일한 '사랑'의 형태였던 것은 아닐까. 이기심과 욕정이 제거된 순수한 '피'에서만 검출되는 '아우라몬'이라는 물질에 대한 안빈의 연구도 그렇지만, 이 연구를 돕기 위해서 처녀의 몸으로 외간 남성과 호텔에 투숙해서 포옹까지 감행하는 순옥의 행위와 심적 정황에서 이들이 지향하는 '영원불변한 사랑'의 그로테스크한 일면을 엿볼 수 있다.

이러한 기묘한 사랑을 다루고 있음에도 불구하고 의외로『사랑』은 발행 며칠 만에 초판이 모두 매진되고 재판 발행으로 들어갈 정도로 당시 조선사회에서 큰 호응을 얻는다. 대중소설에서는 찾기 힘든 어려운 불교 설법의 빈번한 등장에도 불구하고 대중이 이 작품을 적극적으로 수용한 이유는 무엇일까. 여기에는 당시 조선 최대의 출판사였던 박문서관의 유통 능력과 '춘원 이광수' 이름 석 자가 지닌 대중 장악력 등이 결정적 요인으로 작용하고 있었던 듯하다. 그러나『사랑』이 통속성을 적절히 갖추고 있던 김말봉의『밀림』이라든가 함대훈의『순정해협』의 판매부수를 훨씬 넘어설 수 있었던 이유를18) 이러한 작품 외적 요소만으로 설명하기는 어려울 듯하다. 말하자면 무언가 1930년대 조선 대중들의 심리에 부합할 만한 특징이『사랑』에는 있었던 것으로 추정되는 것이다. 이 점에서『사랑』에서 묘사된 순옥의 이미지는 주목할 만하다.

(1) 인원은 다만 이 한마디로 순옥의 손을 잡아 끌고 청진동 골목을 들어섰다. 칠월 장마를 기다리는 더위는 찌는 듯하였다. 순옥의 연옥색 은조사 깨끼저고리 등에 두어 군데 촉촉이 땀이 비친다. 순옥이가 옥색 계통의 빛깔을 좋아하는 것도 안빈의 글에서 받은 감화다. 안빈이란 지금 순옥이가 간호부로 지원을 하려고 찾아가는 병원 원장이다.19)

(2) 늦은 봄 첫 여름은 경성이 세계에 대하여 자랑할만한 좋은 철이다. 옥색 모시 진

---

18) 1940년 1월『삼천리』「기밀실」의 '문학전집戰의 성과'에 따르면 함대훈의『순정해협』5천부, 김말봉의『밀림』2천부, 현진건의『적도』2천부, 이광수의『사랑』전편 8천부, 후편 4천부가 팔렸다고 한다.
19) 이광수, 앞의 책, 8쪽.

솔치마 적삼은 이제는 경성 여성에는 흔하지 아니한 것이지마는, 역시 그것은 이 철의 주인이어서 종로에 한 사람만 그렇게 차린 사람이 나서더라도 그는 이 철의 주인이 아니될 수는 없는 것이다. 그러매 순옥의 옥색 모시 옷은 이 시절에 가장 빛이 났다.[20]

히사시가미 머리에 삼팔치마를 팔랑이는 '모던걸'의 면모를 한껏 드러내고 있던 『무정』이나 『재생』의 히로인들과 달리 석순옥은 전통적 면모를 강하게 지니고 있다. 그녀는 해수욕장에서 "자줏빛 해수욕복을 입은" "탄력 있는 육체의 곡선"을 "폭로 식히면서" 남자친구와 희롱을 하는 『순애보』의 인순처럼 자유분방하지도 않다. 그런가 하면 조선 도회 가난한 여성들의 삶을 개선하자고 주장하는 『마도의 향불』의 경선처럼 사회문제에 깊은 관심을 가지고 있지도 않다. 안빈의 병원 취업을 위해 면접을 보러 가는 자리에도 선배 경원과 동행할 만큼 오히려 수줍음에 차 있고 소극적이며 내성적이다. "작자는 한번도 현대에 사는 석순옥에게 유행하는 지식이나 미용법을 들려준 적이 없다"고 한 모윤숙의 논평처럼 이광수는 석순옥을 당대 연애소설의 히로인이었던 '여학생'의 근대적 풍모로부터 철저히 분리시켜 형상화고 있는 것이다. 그 최적의 형상화 방안이 '옥색 모시 한복'이다.

'옥색 모시진솔 한복'을 입은 순옥의 모습이 경성의 진풍경이라면 이 희귀함은 순옥의 의식과 행동에서도 동일하게 발견된다. 그녀는 허영과 결혼한 순간부터 그를 사랑하지 않음에도 그에게 철저히 순종하는가 하면, 아들(허영)과 친근한 며느리를 질투하는 시어머니의 명을 받들어 시어머니 방에서 기거한다. '자아'가 부재할 뿐 아니라 전근대적인 유교이데올로기에 충실한 듯한 순옥의 문제점은 안빈과의 관계에서 더욱 직접적으로 드러난다. 작품

---

20) 이광수, 앞의 책, 367쪽.

이광수의 『사랑』 전편과 후편 표지(한국근대문학관 함태영 박사 제공)

시작부터 결말에 이르기까지 순옥의 의식과 행동을 지배하는 것은 순옥 자신의 내적 논리가 아니라 안빈의 가르침 혹은 지침이다. 사랑하지 않는 허영과 결혼하는 것, 허영의 외도를 용납하는 것, 병든 허영의 뒷바라지를 위해 다시 허영과 재결합하는 것 등 모두 안빈의 의중에 따른 것이다. 이 과정에서 일반적 인간이라면 누구나 느낄 만한 내면의 갈등이 그녀에게서는 쉽게 발견되지 않는다. 그녀는 오로지 안빈의 가르침을 충실하게 수행해갈 뿐이다. 그리고 거기에는 거스를 수 없는 안빈과 순옥 간의 철저한 위계질서가 엄격하게 자리하고 있다.

이처럼 옥색 모시진솔 한복을 입고 묵묵히 안빈의 삶을 좇는 순옥의 모습에는 '전통적 조선 여인'의 이미지가 중첩되고 있다. 안빈의 삶을 자신의 삶으로 수용해가는 순종적인 순옥의 모습은 근대적 풍모와 의식으로 무장한 여타 연애소설의 히로인들과 달리 사라져가는 전통적 조선의 풍취를 독자들에게 끊임없이 환기시키는 것이다. 독자들이 『사랑』을 적극적으로 수용했던 데는 이 점이 중요하게 작용하고 있었던 건 아닐까. 중일전쟁 발발(1937), 국가총동원법 시행(1938) 등으로 이어지는 혼란스러운 사회 분위기 속에서 "남을 위해 자기를 바쳐 순(殉)하는 사랑",21) 이기심을 버린 사랑의 이야기('순애보')에 열광할 수밖에 없었던 식민지 조선 대중들의 심적 불안과 혼란을 고려할 때 이광수의 『사랑』에 대한 열광도 이해가 된다. 육체의 유한성을 초월한 정신적 가치, 불변하는 사랑의 영원성22) 등 초월성과 영원성의 세계, 그리고 자신들의 삶의 원천이었던 전통적 세계야말로 사회정치적으로 불안정했던 조선 대중들이 위로받을 수 있는 유일한 세계였으며 『사랑』은 그 세계를 절묘하게 제시하고 있었던 것이다. 그러나 『사랑』이 식민지 시기 조선 대중들에게 제시한 것은 '위안'만은 아니었던 듯하다.

『사랑』은 『愛』라는 제목으로 1940년에 상권, 1941년에 하권이 일본어로 번역 출판된다. 출판사는 마해송이 주간으로 있던 모던일본사(モダン日本社)다.23) 『사랑』의 일본 출판에는 두 가지 요소가 작용했던 것으로 추정된다. 첫째는 잡지 『모던일본(モダン日本)』이 1939년 11월 임시 증간호로 '조선판'을 특별 발행하여 호응을 얻는 등 일본 내부에서 조선에 대한 관심이 높아지고 있었다는 점,24) 둘째는 이광수가 모던일본사에서 제정한 조선예

---

21) 박계주, 「순애보」, 『한국장편문학대계』 14, 성음사, 176쪽.
22) 진영복은 「『순애보』의 자기 소멸을 통한 주체화 방식」(『어문논총』, 2006. 12, 568~592쪽)에서 『순애보』의 정신주의에 대해 분석하면서 이 같은 극단적 정신주의가 전체주의 혹은 국가주의와 연결될 소지가 다분하지만, 식민지말 조선 대중의 호응이 그와 같은 제국의 의도를 수용했다고 보기는 힘들다고 언급한다. 이에 근거하여 이 작품의 주체 소멸방식을 실존적 주체의 초월을 통한 대주체와의 통합이라는 형이상학적인 관점에서 이해하고 있다. 그러나 식민지 말기 조선 상황과 연결할 때, 이와 같은 형이상적 작품 분석은 시대적 함의를 간과할 수 있다는 점에서 상당히 위험하다고 여겨진다.
23) 정가는 1원 80전이며, 번역자는 김일선(金逸善)이다.
24) 『사랑』의 일본어판이 출판된 시기, 일본 문예지에서는 일종의 '조선 붐'이 불고 있었다. 『文学案内』의 「朝鮮現代作家特輯偏性」(1937. 2)을 시작으로 10주년 기념특집으로 1939년 11월 조선판으로 발행된

술상[25] 제1회 수상자로 선정되었다는 점이다. 이와 같은 분위기 속에서 모던일본사에서는『사랑』이외에도 이광수의 단편을 모은『가실(嘉實)』(1940년 4월)과『유정(有情)』(1940년 7월)도 함께 번역 출판한다.

이광수의 여러 작품 중 모던일본사가 이 세 작품을 선택한 이유는 알 수 없다. 다만 이광수가 "만일 내 작품 중에 후세에 영향이 끼쳐질 만한 것이 있다면 이『유정』과『가실』"이며 "외국어로 번역될 것이 있다면 그는 역시『유정』이라고 생각"[26]한다고 말했던 점을 고려한다면『유정』과『가실』두 편의 선정은 수긍이 되기도 한다. 그렇다면『사랑』은 무슨 근거로 선택한 것일까. 모던일본사가 이광수의 기념비적 작품인『무정』을 두고『사랑』을 선택했던 이유로는 '사랑'이라는 제목이 지닌 대중성과 이광수의 최신작으로 조선에서 열렬한 대중적 호응을 받았다는 점 등을 거론할 수 있을 것이다.[27] 그러나『사랑』에 내재된 정치성을 고려할 때『사랑』을 번역작으로 선택한 모던일본사의 의중을 이처럼 담백하게 수용할 수만은 없다. 다음은 안빈이 사랑과 '조국'의 연관성에 대해 언급하는 부분이다.

『モダン日本』, 이에 이어 2차 조선판으로 1940년 8월 발행된『モダン日本』, 조선특집호라는 부제를 단 1940년 7월 발행된『文藝』등이 그것이다.(곽형덕,「마해송의 체일시절」,『현대문학의 연구』, 2007 참조) 그밖에 작품집으로도『朝鮮小說代表作集』(申建 譯, 教材社, 1940),『朝鮮文学特輯』(赤書房, 1940),『福德房』(モダン日本社, 1941) 등이 번역되어 소개되고 있다.(南富鎭,「翻訳の政治性」,『翻訳の文化/文化の翻訳』, 靜岡大学人文学部翻訳文化研究会, 2006 참조)

25) 1939년 10월 20일자『동아일보』에는 조선예술가상 제정과 관련하여 "마해송이 주재의 동경 모던일보사에서 임시증간 조선판 발행을 계기로 조선예술진흥을 위해 국지관 씨의 협찬을 얻어 조선초유의 예술상을 설정 조선 안에 발표된 문학, 연극, 영화, 무용, 음악, 회화 등을 총망라하여 해마다 한사람 또는 한 단체에 상패와 상금 오백원을 증정하리라"는 내용이 기사가 게재되어 있다. 참고로 조선예술상 제2회 수상자는 이태준이며, 제3회는 수상자가 없다.

26) 이광수,「『무정』 등 전작품을 語하다」,『이광수전집』16, 삼중당, 1963, 304-306쪽.

27) 실제로『사랑』의 일본어판인『愛』상권에는 하권에 대한 광고문이 석순옥의 가련한 운명, 허영이 칠년간의 사랑을 과연 성공적으로 확보할 수 있을 것인가와 같이 대중적 흥미를 자극하는 내용으로 실려 있다. 대중성 확보에 주안점을 두고 있는 것이다.(『愛』上, モダン日本社, 1940)

1) "부부란 인생으로서 중요한 제도이겠지마는 결국 생물학적 관계에 지나지 못하는 것이지. 도덕적으로 참된 기초 위에 선 부부라야 종족 번식의 큰 직책과 <u>국민문화의 보존가루</u> 의미가 있는거지마는 까딱 잘못하면 애욕만족의 방편에 불과하는 것이니깐."28)

2) "사랑이란 그런 이기적 동기에서 나오는 불순한 물건은 아니야. 누구를 위해서 저를 희생하는데서—아낌없이 제 모든 것을—생명까지도—무조건으로 갚어지기를 바라지 말고말야— 그 누구에게 내어 바치는 것이 사랑이어든. 남녀의 사랑이나 무슨 사랑이나말야. 우정두 그렇지, <u>애국심두</u> 그렇구."29)

3) "둘째로 우리가 시시각각으로 고마운 절을 드릴 분은 우리 <u>조국님</u>이시고, 조국님이 아니면 어떻게 우리가 질서있는 사회에서 사기는 하며 옳은 일은 하겠나? 그런데 우리가 조국님의 은혜를 느끼는 감정이 부족해."30)

예문 1)은 허영과의 결혼을 갈등하는 순옥에게 안빈이 '진정한 부부'의 의미를 설교하는 것이며, 예문 2)는 안빈이 순옥에게 진정한 사랑의 의미를 설명하는 부분이다. 예문 3)은 작품 결말부에서 노년에 이른 안빈이 요양원 건립을 앞두고 친지들에게 참된 삶의 자세에 대해서 전하는 말이다. 안빈이 의미하는 참된 부부상, 참된 사랑, 참된 삶의 자세 등 모든 것이 '조국'이라는 한 가지의 의미로 수렴되고 있다. 그 '조국'은 개인적 행복과 욕망을 배제하고 끊임없는 헌신과 봉사를 통해서만 존립할 수 있다. "남을 위해 자기를 바쳐 순(殉)하는 사랑"만이 절대적으로 요구되는 그곳에서 '자기'라는 것은

---

28) 이광수, 앞의 책, 144쪽.
29) 이광수, 앞의 책, 198쪽.
30) 이광수, 앞의 책, 476쪽.

몰각될 수밖에 없는 것이다. 바로 이 지점에서 『사랑』의 지고지순한 '사랑'은 정치성을 내포하게 되는 것이다.

전시체제라는 식민지 말기의 정치적 상황과, 검열 강화 및 용지할당제 실시 등을 통한 출판 제한을 고려할 때 통속 연애물의 출판이 적어도 독자의 자연스러운 요구에서 비롯된 것만은 아니었던 것으로 추정된다. 실제로 『사랑』에서 안빈과 석순옥, 그리고 경원은 '중생에 대한 사랑'의 실현을 위해 끊임없이 자신을 희생하고 있다. 결국에는 결핵 요양원 건립이라는 의료봉사로 수렴되는 이 희생의 모티프는 방인근의 『마도의 향불』(1932~1933), 김남천의 『사랑의 수족관』(1938), 이태준의 『청춘무성』(1940) 등 식민지 말기에 발표된 여타 통속 연애소설에서 빈번하게 등장하고 있다.31) 연애의 실현이라는 등장인물의 개인적 욕망이 희생과 봉사의 국가주의 윤리 달성으로 수렴되고 있는 것이다. 1930년대 말 통속 연애물의 대거 등장에는 위로와 치유를 위한 독자들의 욕구와 더불어, 제국의 정치적 의중이 교묘하게 뒤섞여 있었다고 할 수 있다. 『사랑』 역시 이 부분에서 예외일 수는 없었다. 단지 『사랑』은 여타 통속 연애소설에 비해 '중생구제'의 불교 교리를 내세워 정치적 의중을 보다 교묘하게 숨기고 있었던 것뿐이다.

모던일본사가 『사랑』에 내재된 이와 같은 정치성을 정확히 인지하고 선택한 것은 아니라고 할지라도 적어도 이를 어렴풋이나마 감지하고는 있었을 것이다. 『모던일본』은 1939년 4월호 편집후기에 10주년 임시 증간을 '조선판'으로 정한 것에 대해 이 간행이 "시국에 적합한 절호의 기획32)으로 언급

---

31) 예를 들면 『마도의 향불』은 빈민구제 사업에, 『사랑의 수족관』은 탁아소 등 사회사업에, 『청춘무성』은 직업여성을 위한 재활기관 설립에 주인공들이 삶을 투신하고 있다.

32) 「편집후기」, 『모던일본』, 1939. 4, 508쪽. 이상은 『モダン日本』의 한국어 번역판 『일본잡지 모던일본과 조선 1939』(윤소영, 홍선영 외 옮김, 어문학사, 2007)를 참조.

하고 있고, 기쿠치 칸은 조선예술상의 제정이 식민당국과의 협력에 의해서 이루어졌다는 점을 언급하고 있다.[33] 이런 점을 감안할 때 이광수의 조선 예술상 수상과 『사랑』의 일본 출판에 내재된 식민당국의 정치적 의중을 감지할 수 있다. 그렇게 본다면 『사랑』이야말로 가장 내밀한 방식으로 작성된 친일전향서였다고 할 수 있지 않을까. 이광수의 『사랑』에 이어 목숨을 걸고 지켜내는 절대적 '사랑'을 형상화한 박계주의 『순애보』가 엄청난 대중적 호응을 얻은 것은 이 점에서 유념할 만하다.

---

33) 기쿠치 칸은 「조선수감(朝鮮隨感)」(『모던일본』, 1940. 8, 110쪽)에서 "얼마 전에 미나미 총독을 만날 기회가 있어서 조선예술상 장려를 위해 고려해주십사 하고 부탁해두었다"고 적고 있다. 『モダン日本』의 한국어 번역판 『일본잡지 모던일본과 조선 1940』(윤소영, 홍선영 외 옮김, 어문학사, 2009)을 참조.

8. '순절'하는 사랑의 시대: 『순애보』 깊이 읽기

1. 순애(純愛)와 순애(殉愛)의 시대

한국사회에서 '순애'란 일반적으로 '순수한 사랑(純愛)'이라는 의미로 통용
되어 왔다. 육체성과 물질성이 배제된, 무언가 정신적이고 초월적인 이미지
가 이 용어에서는 강하게 풍겨져 나온다. 그래서인지 '순애'는 2000년대 한
국 영화나 대중가요의 제목으로 종종 쓰이면서 대중에게 '순수'에의 기억을
새삼 일깨우기도 했다. 정신성과 초월성을 강조함으로써 오히려 성숙한 어
른의 세계와 거리가 먼 '소녀의 순수성'을 전면에 내세우는 듯한 이런 사랑
의 형태는 1920년대 식민지 조선의 휩쓴 '자유연애 열풍'과 여러 면에서 중
첩되고 있다. 애정관계의 물질성이라거나 육체성에 대한 병적인 거부, 그리
고 초월적 정신성에 기반한 영원한 사랑에의 동경 등, 1920년대 조선사회에
급속도로 유포된 '연애'는 분명 '순애'의 형식을 띠고 있었다. 그러나 '순애'

라는 용어가 이런 일반적 의미에서 벗어나 '목숨을 건사랑'(殉愛)이라는 의미로 통용되던 시기가 있었다. 순정성보다는 절대성이 사랑에 요구되던 아주 독특한 국면이 우리 역사에서 펼쳐졌던 것이다.

1939년 발표된 박계주의『순애보(殉愛譜)』는 애정관계를 테마로 한 작품으로서 발표 당시는 물론, 단행본 발간 후에도 엄청난 대중적 호응을 얻었다.1)『순애보』에서 박계주는 '순절(殉節)하는 사랑'이라는 용어를 사용하고 있는데, '순절'이란 사전적으로 "충절이나 정절을 지키기 위하여 죽음"이라는 뜻임을 고려한다면 이 시기 박계주가 내세운 '순애(殉愛)'는 어떤 의미로건 이데올로기적 성격이 강하게 내포되어 있는 것으로 여겨진다. 말하자면『순애보』에서 '목숨을 거는' 대상은 '정절' 혹은 '충절'과 같은 관념적인 무엇인 것이다. 1917년 이광수가『무정』을 통해 벗어나려 했던 바로 그 지점에 박계주가 남녀 애정관계를 정절 혹은 충절의 이데올로기와 결합시킴으로써 다시금 서 있는 것이다. 이 점을 유념하면서 개인의 감정이나 자유보다 중요시해야 할 어떤 관념적인 것을 상정하고 있는 1930년대 말 식민지 조선의 사회문화적 분위기를 고찰해보고자 한다.

2.『매일신보』의 문화기획과『순애보』

1938년 9월 20일자『매일신보』에는 '문예작품현상모집' 공고가 게재되고 있다. 매일신보사는 매년 시행되던 '신춘현상문예작품모집'은 그대로 시행하면서 이와 별개로 '경영혁신'을 기념한 또 다른 '특별문예현상공모'를 시행하였다. 모집 분야는 문학 여러 영역을 대상으로 하던 신춘현상문예모집

---

1)『삼천리』1939년 4월호에 의하면『순애보』는 연재 당시의 인기에 힘입어 영창서관에서 곧 단행본으로 출판되는데 그 판권이 천 원이었다고 한다.

과2) 달리 장편소설, 영화소설, 국민가요 세 영역에 제한되었으며 '대중성'과 '유행성'이 주된 요건으로 요구되고 있다. 장편소설 고료로 천 원이라는 엄청난 상금을 내거는 등3) 이 현상공모에 거는 기대가 컸던 것으로 파악된다. 일단 당선작을 살펴보면 천 원 고료의 장편소설에는 박계주의『순애보』가, 백 원 고료의 영화소설에는 양기철의『내가 가는 길』이 당선작 없는 가작으로,

『매일신보』'문예작품현상모집' 공고(1938. 9. 20)

그리고 삼십 원 고료의 국민가요에는 장승두의 〈반도청년애국행진곡〉과 이정호의 〈애국행진〉 두 편이 선외(選外) 가작으로 선정된다. '신춘문예현상모집' 단편소설 당선작 원고료가 오십 원, 시 당선작 원고료가 십 원이었음을 고려한다면 '특별문예현상공모' 원고료는 적지 않은 액수였던 것이다. 이 시기 매일신보사에서 왜 이런 파격적인 현상 공모를 실시한 것인지는 경영 혁신과정을 둘러싼 당시의 여러 사정을 살펴볼 필요가 있다.

매일신보사는 1938년 4월 15일 조선호텔에서 주식회사 매일신보사의 창립총회를 열고 자매지인 경성일보와 분리하여 독립체제로 들어간다. 그 결과 1938년 4월 29일 제호를 매일신보(每日申報)에서 매일신보(每日新報)로

---

2) 매일신보사는 매년 개최하던 '신춘현상문예작품모집'을 이 해에도 실시, 1938년 12월 31일 당선자를 발표했다. 모집 영역은 단편소설, 희곡, 시가, 동화, 한시, 아동작품(습자, 도화, 작문), 그리고 '토끼 전설'이었다.

3) 당대 최고의 작가였던 이광수의 『사랑』 상하 두 편의 판권이 삼천 원이었다는 점을 고려하면 천 원이라는 고료는 대단한 액수였다고 할 수 있다.

바꾸고 혁신 첫 호를 발행한다. 개편과 더불어 매일신보사는 발행부수 배가 운동을 벌여 종래 4만 5천부에 불과하던 부수를 9만 5천부로 끌어올리는 등 대대적인 확장작업을 단행한다.4) 정치적으로는 중일전쟁의 와중에서 성전(聖戰)이 선포되고, '성업(聖業)달성'을 위한 총력전이 조선 전역에 강요된 시기였다. '내선일체, 국체명징, 인고단련'을 내건 제3차 조선교육령(1938. 3. 3)과 지원병제도(1938. 4. 2)의 실시가 개편에 앞서 시행되고 있다는 점에서 이 개편은 일제가 성전의 효과적 수행을 위해 내건 '내선일체론'의 연장선상에 있었던 것으로 파악된다. 실제로 4월 29일 혁신호에 게재된 사설에서는 이와 같은 대대적 개편작업을 "개정 조선교육령과 지원병제도의 실시"에 따른 '내선일체의 대이상성의 완성'이라고 언급하고 있다.5) 『순애보』의 연재는 이런 첨예한 상황 속에서 기획되고 있었던 것이다.

소설 『순애보』의 연재는 기획 단계부터 센세이셔널 하였다. 일단 '조선문단 유사 이래' 최초로 천 원이라는 거금이 고료로서 제시되면서 문예현상모집에 대한 독자들의 관심을 불러일으켰다. 그리고 조선은 물론, 일본, 만주, 중국 등에서 80편이 넘는 응모작이 쇄도하였다는 기사가 수차례에 걸쳐서 신문에 공지되면서 연재 시작 전부터 작품에 대한 독자들의 관심을 극도로 고조시켰다. 이러한 극적인 효과 속에서 만주국 간도성 용정시라는 작가 박계주의 출생지가 '북으로는 북지(北支), 만주국, 간도 각지로부터 남으로는 내지, 중지나에 이르는" 지역에서 응모작들이 쇄도했다는 신문사 측의 광고와 연결되면서 제국의 '성역'(聖域)을 독자들에게 자연스럽게 가시화하기도 하였다. 말하자면 1939년 1월 1일자 2면 전체를 채운 성전의 전국(戰國) 지도가 제시하던 '빛나는 일만지(日滿支)의 새 세기'가 문예현상모집의 응모과

4) 발행부수 추이에 대해서는 최미리, 『일제말기 식민지 지배정책연구』, 국학자료원, 1997, 43쪽 참조.
5) 「본사의 혁신기념」, 『每日新報』, 1938. 4. 29.

『순애보』 1회 연재(『매일신보』, 1939. 1. 1)

정을 통해서 명확하게 현실화되고 있었던 것이다.6) 이와 같은 치밀한 전략
속에서『순애보』는 새 세기를 위한 '장기건설'의 시작점으로 일제가 규정한
1939년 1월 1일『매일신보』에 연재되기에 이른다. 말하자면 남녀 간의 순수
한 사랑을 테마로 삼기에는『순애보』가 탄생한 사회정치적 맥락이라는 것이
너무나도 엄혹했던 것이다.

　시대의 정치성이 문학에 끼친 영향력은 매일신보사가 세 영역에 국한하
여 '문예작품현상모집'을 실시한 것이나 모집 공고에서 제시된 요건과 심사
평에서 밝힌 신문소설의 조건 등에서 보다 명료하게 확인된다. '문예작품현
상모집'의 내용 요건으로서 매일신보사가 제시한 것을 살펴보면 다음과 같
다. 첫째, 장편소설과 영화소설은 모두 조선어로 작성하며 내용은 현대 조선
에서 취할 것. 둘째, 국민가요는 시국에 응하여 조선인이 부를 국민가요로,
국한문혼용의 구어체로 대중성과 유행성을 가질 것.7) 정리하자면 대중성과

---

6) '선만저금일여(鮮滿貯金一如)', 즉 만주에서 저금하고 조선에서 찾을 수 있는 은행제도를 1939년 2월
1일부터 시행하는가 하면, 내선만(內鮮滿)의 케이블식 전화가 거의 동시기, 완공, 경성, 북경, 천진 사이에
전화가 개통된다.
7) 1938년 9월 20일자『매일신보』에는 '문예작품현상모집' 요강이 게재되어 있으며 이 요강에는 이 사업
을 "조선문예의 진흥을 위한 본사의 희생적 대사업"이라고까지 명명하고 있다.(「문예작품현상모집」, 『매일
신보』, 1938. 9. 20)

유행성이 필수적으로 요구되며, 이 요구의 저변에는 조선의 "대중을 익찬(翼贊)하야 황국일본의 대륙발전기지로서의 조선의 임무"를 완성하게 하기 위한 '문장보국(文章報國)'으로서의 신문의 역할에 대한 자각이 강력하게 자리하고 있었던 것으로 파악된다. '제국의 왕토'를 지키기 위해서, '총후의 적성'을 바치고, '국민 된 정신'의 '애국적 적심'을 강조한 국민가요 당선작은8) 이러한 자각의 단적인 예라고 할 수 있다. 소설 공모 조건 역시 이러한 의도에서 벗어나기는 어려웠던 것으로 보이는데 다음은 심사평에서 밝힌 신문소설의 요건이다.

> 신문소설은 그 자신이 구비해야할 조건이 여러 가지가 잇다. 一, 읽기 쉬운 문장이어야 할일, 二, 매일매일 흥미를끄을고 나가야할일, 三, 대중이 이해하기 쉬운 사건이 전개되어어야할 일, 四, 할머니 하라버지 어머니 누나등 온가족이 한 자리에 가치 안저서 읽을수잇도록 미풍양속에 위배됨이 없어야할일, 五, 현실을 정화하야써 독자로 하여금 고상한 감정을 把持하도록 할 일, 六, 문학적, 창조적이어야 할 일.9)

여기서 제시되고 있는 '미풍양속'에 위배됨 없는 '고상한 감정'의 고양은 소설에 한정된 요건만은 아니었다. 동년 1월 30일 『매일신보』에는 시행을 앞둔 영화통제법 관련 기사가 게재되었다. 수입은 물론, 제작 및 배급, 감독과 배우 등 영화 전 영역에 관한 국가 차원의 통제를 제안한 이 법안의 골자를 찾자면 '건전함'이다. 그 건전함이란 배우의 사전등록제를 통해서 '여급'이나 '기생'이 일약 스타가 되는 것조차 불허하거나, 문화영화의 지정 상영과 같은 국가적 통제를 통해 모색되는, 말 그대로 전체주의적 분위기를 강하

---

8) 이상은 국민가요 부문에서 '선외 가작'으로 뽑힌 장승두의 〈반도청년애국행진곡〉에서 인용한 구절이다.
9) 「長篇小說選後感」, 『每日新報』, 1938. 12. 29.

게 내포한 것이었다. 소설 창작에서 요구되던 '고상한 감정'이라는 정체불명의 정서 역시 '국민도의(國民道義)'의 함양을 중시하는 이러한 태도의 연장선상에 이해될 수 있다. 그런 점에서 매일신보사의 '특별문예현상공모'는 국민대통합 프로젝트의 일환으로서 대중문화의 기능을 적극적으로 활용한 일종의 문화적 기획이었던 것으로 파악된다.

3. 순절하는 사랑과 기독교적 사랑 간의 거리

『순애보』는 1939년 1월 1일부터 6월 17일까지 5개월 17일 동안 연재되었다. 연재에 앞서 매일신보사는 다음과 같은 연재예고 기사를 게재한다.

'순애보' '순애보' 얼마나 아름다운 제목이냐. 사랑에 殉節하는 인생긔록이 '순애보' 아닌가. 이 세상에는 허다한 사랑의 긔록이만타. 그러나 일즉이 조선의 신문지상에 이 '순애보'와 가치 놉고 깨끗한 사랑에 순절하는 청춘의 안타까운 이야기가 실리어 본 일이 잇섯슬가. 그러타고 서러운 눈물을 자어내는 이야기가 아니고 기쁨에 목메일만큼 건강한느낌을 갓지안코는 읽을수업는 이야기다. 이 가운데에 인생으로써 가져야할 놉흔 철학과 순결한 도덕이잇다.[10] (가점은 인용자)

'건강한 느낌, 높은 철학, 순결한 도덕'[11] 등 연재예고에서 광고한 것처럼

---

10) 「신연재소설예고」, 『매일신보』,1938. 12. 31.

11) 1939년 1월 1일을 기점으로 조선총독부는 향후 상황을 '장기건설'로 규정한 후, 사회 전반에 걸쳐 혁신을 강요하고 있다. 이 같은 움직임 속에서 '국민정신총동원 중앙연맹'에서는 '전시생활양식'을 새로이 규정하고 있는데, 그 내용을 보면 이 문예현상을 실시한 매일신보사의 의중, 예를 들면 '건강함'을 강조한 의중을 파악하는 데 도움이 될 것이다. 요약하자면 다음과 같다. 1. 결혼 피로연폐지 2. 네온싸인 전폐 3. 긴머리를 중머리로 할 것 4. 요리집, 카페, 빠의 영업시간 단속 5. 궁중관계와 신사 정식참배를 제외하고는 후록코트와 모닝을 입지 말 것.(이상에 대해서는『매일신보』 1939년 6월 5일자 참조)

『순애보』는 네 남녀의 사랑의 갈등과 그 극복 과정을 통해 헌신과 봉사에 기반한 이상적 사랑의 형태를 제시하고 있다. 『순애보』와 더불어 '특별문예현상공모' 영화소설 부분 가작으로 당선된 『내가 가는 길』이 카페 여급을 주인공으로 설정, 현란한 볼거리만 제공하는 것에 그치고 있었음을 고려한다면 이 찬사는 당연한 것으로 평가될 수 있다.12) 그러나 이처럼 "가치놉고 깨끗한 사랑에 순절하는 청춘의 안타까운 이야기"가 『순애보』에서 처음 다루어졌던 것은 아니다. 이광수 최고의 연애소설로서 언급되는 『사랑』(1938)을 비롯하여 이태준의 『화관』(1937), 김말봉의 『찔레꽃』(1937), 현진건의 『적도』(1939), 방인근의 『마도의 향불』(1933), 김남천의 『사랑의 수족관』(1939) 등 다수의 연애소설들이 1930년대 중반부터 창작되어 이상화된 사랑의 형태를 제시하고 있었다. 『순애보』의 경우 연재 예고 기사에서 홍보한 것처럼 연애소설의 새 경지를 보여주었다기보다는 오히려 앞서 발표된 연애소설들의 다양한 에피소드들을 차용하면서 내용을 전개시키고 있다. 예를 들자면 인순의 살인범 누명을 덮어쓰고 고난을 겪는 문선 관련 에피소드는 대부호 살인혐의로 고통받은 『화관』의 인철 에피소드를, 등장인물의 기독교적 사랑에의 의탁은 『사랑』의 그것과 유사하다.13)

그러나 실제로 문제가 되는 것은 에피소드의 부분적 차용이 아니다. 보다

---

12) 『내가 가는 길』의 「연재예고」에 따르면 이 작품은 '일지사변' 때문에 상해에서 돌아온 댄서를 중심으로 "흥미 백퍼센트의 현대조선이 낳은 청춘남녀의 비련"을 그린 것으로서 언급되고 있다. 예고에서 광고하듯 "부무광산별장, '카페' 등 무릇 오늘날 조선이 가질 수 있는 모든 장면을 망라"하고 있다. 그 결과 작품은 두 남녀의 비련을 그리기보다는 자극적 이미지들의 두서없는 나열로 귀결되고 있다. 이 같은 자극성은 삽화에서도 그대로 반영되고 있다.(『매일신보』, 「연재예고」, 1939. 1. 7 참조)

13) 홍정선은 『역사적 삶과 비평』(문학과지성사, 1985, 116쪽)에서 『순애보』가 이광수 소설 『사랑』을 그대로 본뜨고 있다고 비판하고 있다. 양 작품 간에 놀라운 일치성이 없는 것은 아니지만, 이는 모방이라기보다는 오히려 이 시대가 이러한 사랑의 형태를 요구했음에서 비롯되었던 것으로서 판단된다. 이 부분에 대해서는 이후 논의를 통해서 전개해갈 예정이다.

근본적인 문제점은 개인적 욕망의 발현을 사회적 의무로 대체시켜갔던 이 시기 연애소설들의 천편일률적 주제가『순애보』에서도 고스란히 반복된다는 점이다. '사랑에 순절하는 청춘의 안타까운 사랑이야기'라는 광고 문구에 제시된 그 '사랑'은 언제나 사랑의 정념 속에 있는 두 남녀의 사적(私的) 세계를 넘어 무언가 보다 공적(公的)인 세계를 향하고 있다. 사랑에 순절하는 절절한 연애담이 공적 세계의 형성과 어떻게 연결될 수 있는 것일까. 이 부분에 대한 이해는『순애보』는 물론, 이 시기 발표된 다수의 연애소설을 이해함에 있어서 중요한 관건이 될 수 있다. 이 점을 유념하면서『순애보』를 살펴보면, 소설은 송도원해수욕장에서 자줏빛 수영복 차림의 인순이, 캔버스를 세워두고 그림을 그리는 문선의 두 눈을 사랑스럽게 가리는 풍경에서 시작된다. 다소 당황스럽다고 할 수도 있는 송도원해수욕장의 이 풍경은 실제로는 1930년대 등장한 연애소설에서 단골메뉴처럼 등장한 낯익은 풍경이었다.14) 원산송도원해수욕장은 미나카이 출장소, 매점, 테니스코트, 골프장, 끽다점 등이 속속 들어서 있는 근대적 유흥공간으로서 이 시기 연애소설들의 주된 공간적 배경으로 차용되고 있었다.

이러한 근대적 소비문화의 향유 속에서 주인공들은 상당히 낭만적이며 고전적인 형태로 사랑을 실현해 간다. 여주인공 명희는 오로지 '사랑' 하나만으로 문선을 선택한다. 이화여전 출신의 영어교사에 미모이며 명망가 아버지까지 둔 그녀가 시력장애인이며 천애고아에 무직인 문선을 선택하는 것은 사랑 때문이다. 아버지의 원조까지 거절하고 자신의 힘으로 문선을 뒷바라지하는 명희의 모습은 지나치게 희생적이고 헌신적이어서 애인이라기보다는 어머니에 가깝게 느껴질 정도이다. '사랑'의 실현 방법에 있어서는 다

---

14)『순애보』에 앞서『매일신보』에 연재된 방인근의『새벽길』을 비롯, 김남천의『사랑의 수족관』, 그리고 매우 보수적인 분위기의『사랑』에 이르기까지 원산송도원해수욕장은 주된 공간적 배경으로 등장한다.

소간의 차이가 있을지언정 문선 역시 동일한 정도의 희생과 헌신성을 보여주고 있다. 그는 자신의 시력을 빼앗은 데다 살인까지 저지른 진범의 가련한 상황을 동정하여 스스로 그 죄를 뒤집어쓰고 사형까지 감내하려고 한다. 명희와 문선의 삶은 끊임없는 희생, 인고, 헌신과 봉사로 채워지고 있으며 이것이야말로 이들 사랑의 실체이기도 하다. 그리고 이 사랑의 실체는 작품의 정신적 근간인 기독교적 '사랑'의 정신과 중첩되면서—심사평에서 언급된—'높은 철학과 순결한 도덕'의 구현으로 작품의 주제를 결집시켜간다.

실제로『순애보』에서 기독교사상은 중요한 정신적 근간이 되고 있다. 살인누명을 스스로 뒤집어쓰는 순간 문선의 의식을 지배하는 것은 신약성서 누가복음 6장 27절,15) 즉 사랑과 희생의 기독교 정신이다. 명희의 오빠인 명근이 동경 유학을 다녀와서 농민복음학교와 고아원을 운영하며 사회사업에 투신하는 것도, 연희전문 출신의 인수가 돈보다는 명근이 경영하는 사회사업단체에 투신한 것도 모두 사랑과 희생의 기독교적 정신에 의거한 것이다. 그리고 이 사회사업은 이후 문선과 명희, 혜순, 철진, 옥련 등의 등장인물들을 하나로 결집시키는 중요한 매개가 된다. 기독교와『순애보』간의 이러한 긴밀한 연관 관계는 기독교인 박계주의 종교적 신념이 중요한 요인으로 작용하고 있다. 박계주는 1933년 6월 감리교에서 분파되어 창설된 '예수교회' 회원이었으며, '예수교회' 중앙선도원의 기관지 월간『예수』의 편집책임자를 역임하기도 했다.16) 특히 '예수교회' 초대 선도감이었던 이용도 목사의 '사랑의 신비주의' 사상은 박계주 개인뿐만 아니라『순애보』의 창작 과

---

15) 6장 27절은 "오직 너희는 원수를 사랑하고 선대하며 아무것도 바라지 말고 꾸어주라 그리하면 너희 상이 클것이요", 즉 희생적 사랑과 용서에 관한 것이다.

16) 박계주의 이력에 대해서는 임영천, 「이용도와 한국문학과의 관계연구」, 『인문과학연구』, 조선대인문과학연구소, 1989를 참조.

정에도 깊은 영향을 미쳤던 것으로 평가되고 있다.[17]

이 점에서 본다면『순애보』의 심사평 중 '높은 철학과 순결한 도덕'이라는 표현은 일견 기독교적 사랑의 정신을 지칭했던 것으로 이해될 수도 있다. 공교롭게도 1년 앞서 발표되어 대중적 인기를 끌었던 이광수의『사랑』에서도 기독교 사상은 주인공 남녀의 사랑을 지탱하는 중요한 정신적 기반으로 작용한다. 식민지말 조선에서 엄청난 인기를 끈 두 편의 연애소설이 왜 한결같이 기독교 사상에 이처럼 집착하고 있었던 것일까. 여기에는 이광수나 박계주 개인의 종교적 신념만으로는 설명할 수 없는 보다 광범위한 사회적 맥락, 즉 식민지의 사회정치적 맥락이 결부되어 있었던 것으로 보인다. 그 맥락이란 단적으로 말해 기독교와 일제의 식민통치 이데올로기 사이에 발생하는 문제이다. 기본적으로 기독교는 천황숭배와 신사신앙을 축으로 하는 제국의 종교, 정치, 문화적 이데올로기와 조화롭게 공존하기 어려웠다. 그럼에도 일제는 식민통치 초기에는 정교분리의 원칙만 지킨다면 기독교의 포교와 신교(信敎)에 간섭하지 않는 정책기조를 고수하였다. 이와 같은 정책기조는 중일전쟁 발발 이후, 총독부가 식민지 조선을 전시체제로 개편하면서 강력한 통제 쪽으로 선회한다. 1938년 2월 조선총독부 경무국에서 신사참배, 국민의례 준수 등을 골자로 하는「기독교에 대한 지도대책」을 수립한 것이나, 기독교계 기관들을 국제기관에서 탈퇴시켜 일본연합회에 가입토록 한 것 등에서 그와 같은 정황을 감지할 수 있다.『순애보』발표에 즈음한 1938년 조선에서 기독교는 이처럼 급속히 체제내화하고 있었다. 천황이 거행하는 추수감사행사인 신상제(神嘗祭)(10월 17일)를 기념하여 삼천여 명의 장로교인

---

17) '예수교회' 초대 선도감인 이용도 목사의 '사랑의 신비주의'와 박계주의『순애보』의 연관 관계에 대해서는 임영천의 위 논문과 신춘자의「기독교와 박계주의『순애보』연구」(『새국어교육』, 한국국어교육학회, 2000)에서 공통적으로 다루고 있다.『순애보』에 관한 기존 연구의 상당수는 '사랑의 신비주의'는 아니더라도 기독교 사상의 영향에 대해 언급하고 있다.

들이 벌인 가두행진을 보도한 『매일신보』의 기사에서 이 같은 시대의 단면을 엿볼 수 있다.

> 그리하야 17일의 신상제를 기하야 이날 오전열한시반 총독부압 광장에 삼천여명의 신도와 각학교생도학생들이 모히어 무운장구와 황군감사의 깃발을 세우고 정렬하엿스니 이에 남(南)총독은 장중한 一장의 훈시를하야 삼천교도의 각성을 격려하엿다. 이어서 일동은 연전(延傳)악대를 선두로 장사의 십자군행렬을 지어 조선신궁에 참배하고 일동을 대표해서 오건영 목사는 신전에 나아가 옥관을 밧치어 황군의 무운장구를 기원한 후 일동은 곳 남대문소학교에 모히어 신도대회를 성대히 개최하엿다.18)

삼천여 신도들이 악대를 선두로 내세우고 조선총독부 광장에서부터 남대문 소학교까지 십자군 행렬을 지어 걸어가면서 황군의 무운장구를 빌고 조선 신궁을 참배하는 광경이야말로 1930년대 말 식민지 조선의 기독교계의 현실을 적나라하게 드러낸 것이다.19) 이처럼 기독교가 일제 교화기구와 전쟁 협력단체로 전락한 1938년의 조선에서, 그것도 총독부 기관지 『매일신보』가 성전(聖戰) 수행 전략의 하나로서 기획한 '특별문예현상공모' 당선작에 기독교 사상이 전면적으로 제시될 때, 거기에는 분명 강력한 정치성이 깔려 있을 수밖에 없다. 물론 박계주 스스로가 이 같은 노골적인 정치적 목적을 가지고 기독교 사상을 『순애보』의 정신적 근간으로 내세웠는가는 명확한 답을 내리기 어렵다. 그러나 적어도 작품 내적으로 기독교 사상이 그 같은

---

18) 「神嘗祭에 애국행진」, 『매일신보』, 1938. 10. 19, 석간 1면.
19) 이 행진 이전에 『매일신보』는 교당을 작업장으로 쓰는 전남 고흥군의 기독교인들의 사례 등 기독교 내부에서 황국신민의 각성을 고조한 예를 다룬 기사들을 게재하고 있다.(「교당을 작업장으로」, 『매일신보』, 1938. 4. 3)

정치적 맥락으로 수렴될 의심의 여지는 여러 곳에서 발견된다. 다음은 내금
강 여행을 떠난 명근, 문선 일행이 조선 산천의 아름다움과 민족성을 동일시
하는 미국인 관광단의 감탄을 들으면서 느낀 감정이다.

근로와, 봉사와, 신애와, 협력으로 일운 인격아(人格兒)!　이러한 자아(自我)를 상
실하고 자기의 배만을 위해서 사는 동물아(動物兒)로 조직된사회와 민족에게는 부
가 잇스면 잇슬사록, 지위가 잇스면 잇슬사록 거기에는 오만과 시기와 질투와 갈등
과 파쟁이 쉴 줄을 모르고 일어날 것이 아니냐. 순서는 인격아의 회복부터다. 사랑을
그 본질로 한 인격의 회복은 곳 자아의 회복인 것이다.

「나를 일어버린자！」

그처럼 불상한자가 또 어데잇스랴.

「남을 네 몸과 가티 사랑하라.」는 예수의 말과 가티 그러한 사랑에 삼키워지고, 또 그
사랑을 소유한자에게는 참이나 신의나 근로나 봉사가 업슬수가 업다. 그럼으로 몬저

소유하여야할것은 인격의 유일한 요소인 사랑이다.

「이 사랑을 일흔 내 동포가 아니냐.」[20]

　기독교적 '사랑'의 정신이 '근로', '봉사'의 정신과 연결되어 민족 전체가
지향해야 할 이상적 규범으로까지 격상되고 있다. 1938년 4월 발표된 3차
조선교육령 3대 강령 중 하나가 '인고단련'이었고, 황국신민의 주요 규범으
로서 '근로'와 '봉사'가 이 시기 언론을 통하여 끊임없이 강조되었음을 고려
하면 이는 간과할 수 없는 대목이다. 기독교적 '사랑'의 정신이 정치화되고
있는 것이다. 이 같은 징후는 후반부로 갈수록 정도가 더 심해진다. 문선이
자신에게 누명을 씌운 진범 이치한에게 '형제애와 붕우애로서 상부상조하는
것이 우리의 살길'임을 강조하는 한편, "우리는 한 피로 묶겨져야"하며 "피는
사랑이오 희생"이라고 내뱉으며 살인누명을 기꺼이 자처하는 모습이란 기독
교적 희생과 사랑의 정신만으로 보기에는 지나치게 비현실적이다. 이런 행
위의 밑바탕에 깔린 복잡한 문선의 내면, 그도 아니라면 사회심리학적 맥락
을 보다 깊이 들여다볼 필요성이 있는 것이다. 이 점에서 문선과 더불어 '사
랑'과 '희생'의 정신을 체현한 또 다른 인물인 철진이 기독교적 이상을 실천
해나가는 방식은 상당히 흥미롭다.
　철진은 베를린대학 유학생 출신으로 신문사 평양지국 총무로 근무하던
중, 경남 지역 수해 이재민 취재를 자청하여 수해 지역에 내려간 인물이다.
그가 이런 임무를 자청한 것은 아내 혜순을 버리고 바람을 피운 자신의 파렴
치한 행동에도 불구하고, 생명이 위독한 순간 기꺼이 수혈을 자처하여 철진
의 생명을 구해준 혜순의 이타적 사랑에 감화되었기 때문이다. 이러한 '사

---

20) 박계주, 『순애보』, 『매일신보』, 1939. 2. 8.

랑'의 정신적 '동화'는 철진의 헌신적 구호활동을 통해 이재민에게 전파된다. 철진에게 감화 받아 궁휼한 상황 속에서도 역경을 헤쳐 나가는 이재민들의 긍정적 자세는 전국적으로 전파되어 국민의 공감과 연민을 자아내게 된다. 전국 각지는 물론 만주, 멀리는 하와이에서까지 이재민들을 위한 눈물어린 헌금과 구호품이 쇄도하는 등, 조선 남쪽 지방에서 발생한 재난을 매개로 조선 전역에 '국민적 유대감'이 형성되어 가는 것이다.

『순애보』가 연재된 시기는 수해와는 비교도 되지 않는 '재난', 즉 제국의 성전(聖戰)이 치열하게 전개되던 1939년이다. 제국일본의 신민으로서의 각성, 즉 황국신민으로서의 자각이 조선인에게 철저하게 강요되던 시기인 것이다. 이 '비상시국'에 종교단체들은 조선인들로 하여금 황국신민으로서 보국의식을 갖게 하는 데 일조하기 위해 철저히 어용화 되고 있었다.21) 자기희생과 봉사, 사랑에 기초한 기독교 정신 역시 한편으로는 가족국가관에 기반한 천황제 이데올로기와 연계함으로써 다른 한편으로는 그 빈틈을 메움으로써 식민지 말기 '국민정신총동원운동'에 참여하고 있었던 것이다.22) 그런 점에서 본다면 『순애보』의 '사랑'이란 남녀 간의 사적 열정은 물론, 전 인류를 대상으로 한 기독교의 이타적 사랑 역시 넘어선다고 할 수 있다. 즉 '순절하는 사랑'의 최종적 귀착점이란, 인간도 신도 아닌, 천황에 의해 운영되는 제국일본 그 자체였던 것이다.

---

21) 1938년 7월 7일 발대식을 가진 '국민정신총동원운동 조선연맹'에는 사회, 경제, 문예 단체 뿐 아니라 천도교, 불교, 기독교 등 종교단체들이 모두 참여하고 있다.

22) 1938년 9월 10일 제27회 장로회 총회에서는 신사참배와 관련하여 「신사참배 결의 및 성명서 발표」를 선포한다. 이 성명서에서 "국민정신총동원에 참가하여 비상시국하에서 총후황국신민으로써 적성을 다하기로 기함"이라 하여 적극적인 전쟁협력을 약속하고 있다. 「조선예수교장로회총회 제27회 회의록」, 1938, 9쪽(김승태, 「일제말기 한국기독교계의 변질」, 『한국기독교와 역사』, 2006, 14쪽에서 재인용) 참조.

4. 제국의 성전과 순애의 광풍

시력을 잃은 문선이 과수원에 동네 아이들을 모아놓고 무너지는 둑을 주먹으로 막아 나라를 구한 네덜란드 소년 영웅 '피터'의 이야기를 들려주는 장면은 『순애보』의 독특한 에피소드 중 하나다. 우리에게도 잘 알려진 한스 브링커라는 소년의 이 일화는 문선의 입을 통해 자세히 서술되고 있다. 과수원이라는 공간의 목가적 이미지, 기타 연주에 맞춰 노래를 부르다가 아이들에게 먼 나라 소년의 영웅담을 들려주는 문선의 모습에는 말 그대로 낭만적이고도 한가로운 전원 풍경이 조성해주는 자연스러움이 넘치고 있다. 그러나 중일전쟁의 발발로 국민총력전의 광풍이 식민지 전역에 몰아치고 있던 당시 상황을 고려할 때 문선이 들려주는 이 소년 영웅의 이야기를 목가적으로만 받아들이기에는 석연치 않다. 1938년 4월 지원병제도 실시를 전후하여 잡지 『소년』이라든가 『매일신보』에는 외국의 소년 영웅담을 비롯하여 어린 소년병의 모습을 담은 광고가 심심치 않게 등장하고 있었기 때문이다.[23]

실제로 이 시기 매일신보사는 대중교화를 위해 다양한 방안을 모색하고 있었다. 1939년 4월 3일 매일신보사가 창간한 자매지 『국민신보(國民新報)』는 그 모색의 한 결과이다.[24] 주간발행인 이 신문의 창간 목적은 조선 청년들이 바르게 국어(일본어)를 해독할 수 있도록 가르치는 한편, 사회교화운동의 산 교과서 역할을 하여 경제 · 산업 · 문화 교육을 하는 것이었다. 창간호 권두언으로 미나지 지로(南次郎) 총독의 「조선대중이 걸어가는 길」이 실

---

23) 『매일신보』 1938년 9월 19일자의 모리나가제과 광고에는 히틀러 소년단인 유겐트, 이태리 아동, 일본 아동에게 친선 '도화(圖畵)', 즉 광고용 포스터 보내기 운동이 주된 내용으로 등장하고 있다.

24) 이 시기 매일신보사는 일간 『매일신보』 외에 주간지 『국민신보』와 화 · 목 · 토 발행의 화보 『매신사진특보』를 창간한다. 가격은 『국민신보』가 1부 15전, 1개월 50전이고, 『매신사진특보』가 1부 12전, 1개월 1원이었다. 조석간 10면 발행에 1부 5전, 1개월 1원이던 『매일신보』에 비해 비싼 편이었다.

『매일신보』 광고면에 실린 모리나가제과의 '찬선포스터 보내기' 광고(1938. 9. 19)

린 것에서 당국이 이에 얼마나 심혈을 기울이고 있었던가를 짐작할 수 있다. 『순애보』에서 문선이 소년 영웅담을 들려주는 풍경에서 이 시기 사회교화운동의 시대적 문맥이 대중소설을 통해 어떻게 수행되고 있는가를 읽을 수 있다. 과수원 일을 도운다면서 수시로 해변에 가서 이젤을 세우고 그림을 그리면서 빈둥대는가 하면, 시력을 상실한 다음에도 심각한 절망감 없이 기타를 치면서 소일하는 문선의 모습은 그 자체로는 물론 식민지 말기의 삼엄한 현실을 고려할 때 극히 비현실적이다. 『순애보』는 이처럼 독자들에게 환상적 현실을 제공하면서 한편으로는 그 환상적 현실 속에 총력전을 위한 제국의 메시지들을 교묘한 형태로 주입, 그 메시지들을 아주 매력적인 형태로 독자들에게 전달하고 있었다. 그 메시지를 전달하는 강력한 매개로서 선택된 것이 '연애'라는 통속적 테마인 것이다.

『순애보』에서 박계주는 명희와 문선, 혜순과 철진 네 남녀의 연애를 통해 자신이 생각하는 이상적 '사랑'의 형태를 제시한다. 오로지 문선을 향한 사랑 하나만으로 그를 선택, 마침내 결혼에 이르러 행복한 삶을 꾸려가는 명희와 달리, 혜순은 집안의 약속에 따라 학업까지 중단하면서 철진과 결혼한다. 그러나 철진의 외도로 결혼생활은 파국에 이른다. 결혼을 둘러싼 두 인물간의 이러한 희비의 엇갈림은 1917년 발표된 『무정』에서 제시한 '연애'의 근대적 의식을 반복하고 있다는 점에서 일견 진부하다고도 할 수 있다. 특히

213

"사랑이 업는 결혼은 지옥이"고 "표면만 화장시킨 결혼생활은 간통"이라면서 철진과의 결혼생활을 정리하는 혜순의 모습은 나도향의 『환희』나 이광수의 『재생』 등 '연애'를 테마로 한 1920년대 소설에서 수차례 등장한 것이기도 하다. 그러나 『순애보』의 주인공들은 정조 관념을 전근대적인 정절의식과 일치시키는가 하면, 한 번의 포옹을 처녀성의 상실로 즉각 수용해 버리는 등 근대 초 신청년들의 혼란을 그대로 재현하기는 하지만, '연애'의 지향점에 있어서는 그들과 명백한 차이를 보이고 있다. 사랑을 얻을 수 없다면 죽음을 택하겠다는 『순애보』의 또 다른 등장인물 인수의 극단적 사랑 고백에 대해 명희가 들려주는 다음의 답변은 이들의 '연애'가 지향하는 사랑의 형태, 혹은 작가 박계주가 연애의 통속적 테마를 통해 확보하려 했던 '사랑'의 실체를 대변하고 있다.

선생님은 일개의 보잘것업는 여자하나를 위하여서 위대한 사업을 버리고 생명까지 버리실 그러한 선생님으로 저는 생각지 않습니다. 더 귀중한 사업이 잇습니다. 그 사업이 선생님의 애인인것을 선생님은 이저서는안됩니다. 고아원의 모든 아이들이 선생님의 애인이오 농민복음학교와 농토가 선생님의 애인입니다. 선생님은 이 애인에게 변절하고 이 애인을 무시하면서까지 한 여자를 위하야 생명을 끈어신다는것은 넘어나 큰 오해요 생각이십니다. 선생님은 선생님의 애인에게 변절자가 되어서는 안됩니다.[25]

개인적 정념을 넘어선 공적 세계를 향한 사랑, 명희는 인수에게 그런 사랑의 위대함을 역설하고 있다. 이와 같은 명희의 호소가 인수의 사랑을 거절

25) 박계주, 『순애보』, 1939. 1. 30.

하기 위한 단순한 방편이 아님은 인수에 대한 그녀의 평소 판단, "돈을 위해서 직업을 선택하지 않고 사회사업을 위하여" "사회사업단체에 투신하고 희생적 생활을"한 "아름다운 인격자"라며 인수를 존경했던 것에서도 알 수 있다. 명희가 칭송한 인수의 이력 중, 농민복음학교와 농촌봉사 에피소드는 이러한 존경심이 터한 근거를 이해하는 데 있어서 주목할 만한 부분이다. 농민복음학교라는 설정에서 일제 파시즘에서 특권적 지위를 차지하고 있던 '농본주의' 이데올로기의 흔적이 감지되기 때문이다. 만주사변 발발 등으로 일본의 대외적 긴장이 증폭되고, 자본주의 세계 공황의 타격으로 농촌 경제의 상황이 심각해졌던 1930년대 내지(內地) 일본에서는 농본주의가 일제 파시즘 이데올로기의 특징의 하나로 강화되어 등장한다.26) 여기에는 1929년 세계공황이 일본에서 농업공황으로 최악의 맹위를 떨쳤다는 점, 그리고 농촌의 불황과 침체 속에서 중소지주 내지 자작농 출신이 대다수를 차지하는 군내 청년장교의 급진화를 이끌었다는 점 등 일본 내부의 복잡한 정치사회적 요인이 작동하고 있었다.

"인간세상의 가치는 그의 가문과 학력과 응대하는 세속적인 재주와 용모 등에 있는 것이 아니라 오로지 향토에 정착해서 생활을 건설하는 '근로'에 있다"27)거나 "흙의 근로야말로 인생 최초의 근거지가 아니고 무엇이겠는가"28)라는 등, 1930년대 일본사회에 풍미한 파시즘 이데올로기를 고려할

---

26) 마루야마 마사오는 일본 파시즘의 특질을 가족주의적 경향, 농본주의 사상, 대아시아주의 세 가지로 설명하고 있다. 이 중 농본주의 사상에 대해 그는 다음과 같이 말하고 있다. "일본 파시즘 이데올로기의 특질로서 농본주의적 사상이 대단한 우위를 차지하고 있다는 점을 들 수 있습니다. 그 때문에 본래 파시즘에 내재되어 있는 경향인 국가권력 강화와 중앙집권적인 국가권력에 의해 산업, 문호, 사상 등 모든 면에서 강력한 통제를 가하게 되는 그러한 것들이, 거꾸로 지방 농촌의 자치에 주안점을 두어 도시의 공격적 생산력의 신장을 억누르려는 움직임에 의해 저지당하는 결과가 되어버리는데 이것이 하나의 커다란 특색입니다."(마루야마 마사오, 김석근 옮김, 『현대정치의 사상과 행동』, 한길그레이트북스, 1997, 80쪽)
27) 후지타 쇼조 지음, 김석근 옮김, 『천황제국가의 지배원리』, 논형, 2009, 171쪽.

전시체제의 '국민정신총동원운동'에 호응하는 전면 인단 광고(『매일신보』, 1938. 2. 28)

때, 농민복음학교라거나 농촌봉사에 대한 강조에서 제국 내부의 정치적 움직임에 동조하는 정치적 기동을 읽어낼 수 있는 것이다. 용정의 미션스쿨 교사로 있던 중 귀향하여 과수원과 양계장을 운영하는 영호, 농민복음학교를 운영하는 명근과 인수, 수재를 당한 농촌으로 내려가 농민들을 돕는 철진 등, 『순애보』의 등장인물들의 자기희생은 부단히 농촌과 관련되고 있으며 이를 통해서 이들은 제국의 이데올로기 속으로 흡수되어 간다. 그러므로 그 희생을 통해 이들이 확보한 '사랑'의 실체에 대한 통렬한 깨우침 역시 언제나 이 자장 속에 있을 수밖에 없다. 근로와 봉사 속에서 진정한 사랑의 의미를 찾던 문선, 사랑의 의미를 봉사 및 희생과 연결시켜가던 철진의 모습을 이 지점에서 다시 떠올릴 필요가 있다. 이들은 '사랑'이란 타인에 대한 철저한 희생이며, 그 희생을 통해 비로소 인간은 진정한 자유에 이르는 것이라는 인식, 곧 사랑=희생=자유라는 인식에 도달하

---

28) 1932년 5월 15일 젊은 군인들이 피폐한 경제상황, 경제계의 부패, 군부를 견제하려는 내각의 움직임에 반발하여 군사 쿠데타를 일으킨다. 쿠데타는 실패로 끝나지만 이 쿠데타를 계기로 일본은 군국주의로 들어선다. 이 쿠데타의 사상적 배경을 제공한 타치바나 코사부로의 사상을 설파한 『일본애국혁신본의(日本愛國革新本義)』에는 다음과 같은 구절이 있다. "머리에 찬란한 태양을 이고 발이 대지를 떠나지 않는 한 인간 세상은 영원하다. 인간들이 동지와 동포로서 서로 감싸 안고 있는 한 인간 세상은 평화롭다. … 그러면 흙의 근로생활이야말로 인생 최초의 근거지가 아니고 무엇이겠는가. … 실로 농업을 근본으로 삼아 국가는 비로소 영원할 수 있는 것인데, 일본에서 그처럼 중대한 일은 특히 그러지 않을 수 없는 것이다." 이상은 마루야마 마사오, 「일본파시즘의 사상과 운동」(마루야마 마사오, 앞의 책, 85-86쪽)에서 재인용.

고 있는 것이다.

남의 행복을 위하는 일을 자기의 생활의 제일의로 하려는 그러한 종교적이오 도덕적
인 가장 깨끗하고 성서르운 사랑에 살려고 애쓰는자가 아니냐. 사랑에는 분노가 업
고 폭력이업다. 사랑에는 어디까지든지 사랑 그것으로서 봉사요, 희생이다.29)
자기를 이저가면서 사랑의 세계를 건설하든 과거의 모든 성현들과 위인들! 밤잠을
이저버리고 먹을것을 이저가면서 마지막에는 죽엄으로써 자기를 인류에게 제공한
그 사랑의 희생! 얼마나 아름다운 세계더냐. 아니 얼마나 자유로운 세계더냐.30)
(강조는 인용자)

사랑 → 희생 → 자유. 네 명의 청춘 남녀의 '연애'를 통해 사랑의 실체를
찾는 긴 여정에 나선 이 소설은 '자유'의 확보라는 지점에서 탐색을 마치고
있다. 물론 그 자유란 인류 전체에 대한 희생적 사랑으로서의 순애(殉愛),
말하자면 죽음 내지는 죽음에 준하는 것을 대가로 지불했을 때만 얻을 수 있
는 것으로 설정되고 있다. 여기서 1942년 11월호『반도의 빛』에 게재된 단
편 「희망촌」에 등장하는 한 청년이 출병을 앞둔 자신의 비장한 결심을 사쿠
라 꽃에 빗대어 "나라에 풍파가 잇을때는 앗기지안코, 서슴치안코, 사내답게
떨어지는게 사쿠라 꽃"31)이라고 읊조리며, "나를 잊고",32) "산다는 관념을
버리"고 성전(聖戰)에 임하는 결연한 풍경이 겹쳐지는 것은 당연한 일이다.
"나는 간다/ 만세를 부르고/ 천황폐하 만세를 목껏 부르고/ 대륙의 풀밭에/

---

29) 박계주, 『순애보』, 『매일신보』, 1939. 2. 13.
30) 박계주, 앞의 책, 1939. 4. 10.
31) 「希望村」, 『半島の光』, 1942. 11.
32) 牧山多惠, 「私を忘れて」, 『半島の光』, 1943. 3, 4쪽.

피를 뿌리고/ 너보다 앞서서/ 나는 간다"로 시작되는 주요한의 애절한 헌정시 「첫피」[33)의 주인공인 조선인 지원병 첫 전사자 이인석[34)이 중국 산서성 전투에서 사망한 것이 1939년 6월 22일. 제국의 승리를 위한 '목숨을 건 사랑'의 광풍이 이 시기 식민지 조선 전역에 휘몰아치고 있었던 것이다. 그 조선에서 '순애(殉愛)'라는 용어가 독자들에게 어떤 의미로서 수용되고 있었던가는 새삼 설명할 필요가 없을 것이다.

---

33) 주요한의 「첫피」는 『신시대』, 1941년 3월호에 게재되고 있으며 '지원병 이인석에게 줌'이라는 문구가 부제로 붙어 있다.

34) 1942년을 전후한 시기 조선에서는 지원병 최초의 전사자인 이인석의 영웅화 작업이 진행되었다. 일제는 1942년 2월 조선인으로는 처음으로 금치훈장(제1급무공훈장)을 수여하는가 하면 이인석을 동경 야스쿠니 신사에 합사하기까지 한다. 1942년에는 일본 전통음악 나니와부시의 1인자였던 최팔근이 〈장렬 이인석 상등병〉이라는 음반을 내는가 하면, 영화감독 허영이 〈그대와 나〉라는 영화를 제작하기도 한다.

4부 식민지 근대성과 종합대중잡지

"언문으로만 쓴 것은 소설 나부랑인데 읽기가 힘이 들뿐 아니라 또 죄선 사람이 쓴 소설이란 건 재미가 있어야죠. 나는 죄선 신문이나 죄선 잡지하구는 담싸고 남 된 지 오랜걸요. 잡지야 머 낑구나 쇼넹구라부 덮어 먹을 잡지가 있나요. 참 좋아요. 한문 글자마다 가나를 달아놓았으니 어떤 대문을 척 펴들어도 술술 내리 읽고 뜻을 횅하니 알 수가 있지요. 그리고 어떤 대문을 읽어도 유익한 교훈이나 재미나는 소설이지요. 소설 참 재미있어요. 그 중에도 기꾸지깡 소설! … 어쩌면 그렇게도 아기자기하고도 달콤하고도 재미가 있는지, 그리고 요시까와 에이찌, 그이 소설은 진 찐바라바라하는 지다이모논데 마구 어깻바람이 나구요." – 채만식의 「치숙」 중에서

9. 『월간매신』과 1930년대 대중잡지의 가능성

1. 『월간매신』 창간을 둘러싼 상황

매일신보사에서 '가정잡지' 『월간매신』을 창간한 것은 1934년 2월의 일이다. 광고를 제외하고 약 50쪽 분량으로 구성된 이 잡지는 월간지 형태로 발행, 『매일신보』 독자에 한하여 무료 배부되었다.[1] 조선중앙일보사에서 발행한 월간지 『중앙』이 폐간 당시 60쪽 구성에 10전이었음을 고려하면, 『월간매신』의 무료 배부는 파격적인 독자 서비스였다고 할 수 있다. 여기에는 방응모의 『조선일보』 인수와 더불어 발행부수에서 『동아일보』에 이어 『조선

---

1) 『매일신보』는 1934년 1월 광고에서 "월간잡지의 무료배부는 일즉이조선의 신문계에서 그전레가없섯는만큼 본사의 획기적 장거(劃期的 壯擧)이니 이는 실로 영리를 떠나 본사의 독자제씨에 대한 봉사의 하나입니다"라고 적고 있다. 『월간매신』 창간호인 1934년 2월호 뒤표지에는 "定價一圓(但每日申報及月刊每申共)"이라고 적혀 있다. 이에 앞서 1925년 창간된 『신민』이 1926년 '농촌호'라는 부록을 제작하여 무료 배부한 바가 있으나 언론 출판잡지만 본다면 『월간매신』의 무료 배부가 최초였다고 할 수 있다.

일보』에도 밀리기 시작한 매일신보사의 위기감이 크게 작용하고 있었던 것 같다.2) 이 때문인지 『월간매신』의 '편집후기'에는 잡지의 발행과 무료 배부를 '희생적 사업'이라고 표현하며 한껏 고무된 어조를 띠고 있다.

> 요새 신문사에서 잡지를 발행하는 것이 한류행이 된듯싶습니다. 그러나 이 『월간매신』은 결단코 류행에 따르려는 경박한 생각에서 시작된것이 아닙니다. 날로 번창하야가는 본사의 사운과 함께 수십만 애독자에게 한층더 봉사하려는 미충에서 순전한 희생적사업임을 불구하고 무료로 독자께 한부식 배부하게 된것입니다.

'편집후기'에서 언급한 신문사 잡지 발행의 유행이란, 동아일보사가 『신동아』와 『신가정』을, 조선중앙일보사가 『중앙』을 발행하고 있던 것을 지칭한 것이다. 이후, 조선일보사에서도 『조광』, 『여성』, 『소년』, 『유년』 등 일련의 잡지를 발행하는 등 1930년대 조선에서는 말 그대로 언론사의 잡지 출판붐이 일어나고 있었다. 『월간매신』의 발행은—'편집후기'에서 어떻게 말하든간에—바로 이러한 움직임 속에서 이루어진 것으로 여겨진다. 물론 이 시기 소위 대중성을 겨냥한 잡지가 언론사에 의해서만 발행되고 있었던 것은 아니다. 『별건곤』이 선점하고 있던 대중잡지 시장에 윤백남이 최고의 '대중독물'인 야담 위주의 잡지 『월간 야담』을, 그리고 김동환이 종합잡지인 『삼천리』를 발행하면서 가세하고 있었다. 이들은 표면적으로는 생산자보다는 수신자를 우위에 두고 있다는 공통점을 지닌다. 교화적 입장에서 벗어나 독자들이

---

2) 1933년경 신문 발행부수를 보면 『동아일보』 49,947부, 『조선일보』 29,341부, 『매일신보』 27,119부였다. 방응모가 조선일보사를 인수한 것이 1933년으로 이후 발행부수에서 큰 변화가 일어난다. 1935년 발행부수를 살펴보면 『동아일보』 55,924부, 『조선일보』 43,118부, 『매일신보』 30,937부로 『조선일보』가 『매일신보』를 큰 차이로 따돌리고 있다. 정진석, 『한국언론사』, 나남, 1990, 553쪽 참조.

『월간매신』 창간 예고(『매일신보』, 1934. 2.10)

과연 어떤 것에 흥미를 느끼고 어떤 읽을거리를 좋아하는지에 관심을 가지고 보다 가벼운 태도로 독자에게 접근하려 했던 것이다.

이런 움직임이 이 시기 조선에서 왜 일어났을까. 이 문제는 근대성과 식민성이 복잡하게 결합된 당시의 정치 문화적 상황을 고려할 때 쉽게 답할 수 없는 성질의 것이다. 수도 경성으로의 급격한 인구 집중이 일어나는 등 외형적 근대화가 일어

나면서도 문맹률은 여전히 높기만 하던 상황 속에서 종합 대중잡지의 붐을 설명하기란 쉽지 않다. 그러나 분명히 카페로 상징되는 근대적 소비문화가 활발하게 일어나고 있었고, 라디오 방송국이 개국되는가 하면, 근대적 대도시로서의 경성의 면모가 자리잡혀가는 등, 1930년대 조선에서는 '근대적 대중문화'를 소비할 대중이 많건 적건 형성되고 있었다. 카프 해산, 만주사변 발발 등 조선이 처한 국내외의 복잡한 정치 상황 역시 이 움직임의 기저에 자리하고 있었던 것으로 추정된다.

그런 점에서 1934년 『월간매신』의 발행은 식민지 대중문화의 현실을 이해함에 있어서 간과할 수 없는 부분이다. 이 시기 매일신보사가 채택한 무료 배부 방식은 여타 신문사 출판 잡지 중 어느 곳에서도 채택하지 않았던 획기적인 방식이었다. 그렇다면 과연 이 시기 매일신보사가 『월간매신』을 무료로 배부한 이유는 무엇이며, 그 (무료 배부할 정도로) 절박한 이유가 이 잡지의 구성을 통해서 어떤 식으로 실현되고 있었는가를 살펴보는 것은 1930

년대 대중문화의 실상을 가늠하는 흥미로운 작업이 될 수도 있을 것이다.

2. 가정잡지 『월간매신』의 정체성

『월간매신』은 1934년 2월 창간된다.[3] 창간호 표지는 매화나무 가지에 걸터앉은 한 쌍의 꿩이 장식하고 있는데, 이당(以堂) 김은호의 풍경화로 알려져 있다. 판형은 사육배판으로서 창간호부터 1935년 1월까지 매호 48쪽(광고 제외) 내외로 구성되었다.[4] 참고로 창간호를 기준으로 할 때 1931년 동아일보사에서 발행한 『신동아』는 136쪽, 1933년 조선중앙일보사에서 발행한 『중앙』은 158쪽이었다. 이러한 분량의 차이는 20전 내지 30전을 지불해야 했던 다른 두 잡지와 달리 『월간매신』은 『매일신보』의 부록으로서 무료 배부되었기 때문이다. 그러나 분량 면에서의 열세에도 불구하고 『월간매신』은 필진 구성에서 상당히 화려한 면모를 보인다. 김동인, 염상섭, 박태원, 이효석, 안회남, 송영, 김안서, 정지용 등 순문학 작가에서 류광열, 김진구와 같은 야담, 혹은 역사담 전문 작가에 이르기까지 조선을 대표하던 다양한 장르의 문인들이 총망라되고 있다. 조선총독부를 배경으로 한 매일신보사의 정치적 그리고 경제적 힘이 어김없이 반영되고 있었던 것이다.

월간잡지였다고는 해도 '부록'으로 발행되었기 때문일까. 『월간매신』은 1934년 2월 창간호부터 1935년 1월호까지 발행인[5]과 편집후기는 있으되, 편집자에 대한 정보는 명시되지 않았다. 이 잡지가 독자 봉사 차원에서 무료

---

3) 창간호 표지에 '每日申報昭和九年二月十二日 第九千四百八十二号附錄'이라고 적혀 있다. 뒤표지의 경우 겉표지는 明治생명주식회사 전면광고가, 안표지는 명월관 전면광고가 실렸다.
4) 창간호의 경우 15쪽 분량의 '開運占法祕訣'이 특별부록으로 딸려 있어 전체 64쪽이다.
5) 발행처는 매일신보사, 발행인은 김선흠으로 명시되어 있다.

배부 형태로 발행된 일종의 부록이었다는 점을 고려할 때 매일신보사 측이 굳이 편집인을 명시할 필요성을 느끼지 않았을 수도 있을 것이다. 그러나 편집과 기획의 안정성을 생각하면 이러한 편집 체제에 대한 경시를 무심히 보아 넘길 수만은 없다. 문제의 심각성을 이해하기 위해 먼저 창간호 목차를 살펴볼 필요가 있다. 창간호 기사는 크게 성인 독물(讀物), 시사교양, 어린이 독물로 분류된다. 이를 세밀하게 살펴보면 다음과 같다.

    1) 성인 독물 : 蕩春臺(역사소설, 홍목춘), 美男子君의 放(유모어소설,6) 박태원), 마루밑(괴기소설, 行行子), 悲風부는 海島(史話, 류광열), 男女戰(연애소설, 방인근)

    2) 어린이 독물 : 달마중가자(童謠, 필자표기 안함), 바보할아버지(소년동화, 嚴春人), 비행기(동시), 복동이 생일잔치(유년동화), 이외 아동만화, 만화.

    3) 시사교양 : 취직·입학 성공비결, 가정상식, 新聞語解義, 화장문답

    * 특별부록 : 開運占秘法方

성인 일반, 여성 일반, 아동으로 독자 대상을 세분화하여 발행하던 1930년대 다른 잡지들과 달리『월간매신』은 '가정, 아동 중심의 잡지'를 표방하며 여성과 아동을 함께 독자 대상으로 삼았다. 말하자면 부녀자와 아동을 '가정'이라는 하나의 범주로 포괄한 종합잡지를 겨냥한 것이다. 그리고 이 점에서『월간매신』은 스스로를 여타 잡지들과 차별화하고 있었다.7) 부녀자와 아동을 대상으로 한『월간매신』의 성격은 편집 구성에서도 고스란히 드

---

6)『매일신보』광고에는 골계소설로 표기되었으나 실제 발행된 목차에는 유모어소설로 표기되어 있다.
7) 창간호에서 조선 최초의 가정잡지라는 점을 강조하고 있다. 그러나 이에 앞서 동아일보사가 아동과 부녀자를 대상으로 한 가정잡지『신가정』을 창간, 1933년 1월부터 발행하고 있었다.

러난다. 어려운 시사 기사나 문예소
설보다는 가벼운 '교양' 기사, 동화,
가정 상식 등으로 내용을 구성하고
있다. 구성의 이러한 특징은 문체에
서도 동일하게 나타난다. 예를 들자
면 한자를 필요로 하는 사담(史談)
이나 야담 외에, 대다수 독물(讀物)
이라든가 시사 기사는 가능한 한 한
글—필요한 경우 한글 옆에 한자 병
기—로 표기되고 있다. 아울러 이중
적인 독자층을 고려하여, 부녀자로
대표되는 성인 독물과 더불어 아동

'매일신보부록' 『월간매신』 5월호 표지

독물 역시 상당한 분량을 할애하고 있다. 예를 들면 소년동화와 유년동화로
아동 독자층을 세분화하는가 하면 아동만화, 동요, 인형 만들기 코너 등도
게재되고 있다.

그러나 이처럼 의욕적으로 출발한 『월간매신』 아동란은 이후 '소년소설'
과 한두 편의 동화로 명맥을 유지하다가 1934년 8월호에 이르면 거의 모습
을 감추게 된다.8) 『월간매신』은 아동이 빠지고 부녀자만 남은 '가정잡지'의
형태로 폐간에 이르기까지 발행된다. '봄의 가정위생', '봄의 미용화장', '결
혼문제 특집' 등 생활정보 기사의 간헐적 게재, 작가 신변담, 수필 등 가벼운
읽을거리 위주의 편집 구성 등 여성 독자를 겨냥한 기사는 그대로 유지하면
서 아동란이 점차 배제된 것이다. 이러한 변화는 일단 『월간매신』이 표방한

---

8) 1934년 12월 동화가 다시 게재된다.

가정이란 무엇이었는가 하는 문제, 즉 잡지의 기획의도에 대한 근본적 의문으로 연결된다. '가정'이라는 용어를 제명으로 하여 동아일보사가 1934년 창간한 여성종합잡지『신가정』과의 비교는 이 의문을 푸는 방편이 될 수 있다.『신가정』 '창간사'는 가정의 의미를 다음과 같이 밝히고 있다.

> 우리는 진실한 의미에서 가정생활을 갖지못한 사람들입니다. 그리고도 이사실에 관심하지 아니합니다. … 그러므로 우리사회가 남앞서 떨쳐나가지못하고 남보다 기름지지못한것을 생각할때에는 하나둘이 아닌 여러 가지 연유를 말하게될것이지마는 그우에 무엇보담도 사회의 긔초를 지어잇는 이 '가정' 의 모든문제를 제시하지 않으면 안될것입니다.
>
> 따라서 새 사회를 만들자, 광명한 사회를 짓자, 하는것이 우리의 다시없는 리상이라 할것이면 먼저 그 근본적 방법인점에서 새가정을 만들고 광명한 가정을 지어야만할 것입니다. 그러면 어떻게하는것이 우리의가정을 새롭고 광명하게 만드는것일까─이것이 우리의 긴급히 해결하지않으면 안될 중요한문제중에 하나이라고 생각합니다.9)

'창간사'에 제시된 가정의 의미는 논설, 소설, 아동물 등 잡지의 모든 내용을 통해서 드러난다. 창간호에 게재된 이무영의 희곡『펼쳐진 날개』는 하나의 예로서 제시될 수 있다. 이 작품에는 의학박사 남편을 둔 신여성 순자라는 인물이 남편에 동등할 정도의 교육을 받지 못한 자신의 처지를 비관하는 장면이 등장한다.10) 아울러 그녀는 남편이 연구하는 학문을 함께 토론하고,

---

9) 송진우, 「창간사」, 『신가정』, 1933. 1, 2쪽.
10) 이무영의 희곡 『펼쳐진 날개』(『신가정』, 1933. 1. 149쪽) 1막에서 '순자'는 고등보통학교를 졸업하여 의사와 결혼한 여성이다. 외국유학을 다녀온 자유교육가라고 표현된 아버지 이낙호에게 그녀는 남편이 자신을 사랑하기는 하지만 존경하지는 않는다며 그 이유로서 자신의 교육 정도가 남편에 이르지 못함을 지적하고 있다.

새로 발견한 학리를 기뻐할 만한 교육 수준을 갖추지 못했음을 진정한 부부애 부재의 원인으로까지 확대해석한다. 이러한 순자의 고민은 곧 잡지『신가정』이 표방하는 '여성'의 이미지, 그리고 그 여성에 의해 주도되는 '가정'의 이미지를 절묘하게 반영한다는 점에서 흥미롭다. '새 사회' 건설의 기초로서의 '신가정' 건설. 시대에 대한 이 같은 강력한 소명의식에서 출발한 만큼 잡지『신가정』의 편집은 '흥미'나 '실익'보다는 '계

동아일보사가 펴낸 가정잡지『신가정』창간호

몽'과 '교화'에 치중하고 있다. 물론 그 교화의 대상은 당연히 가정의 중심인 부녀자, 곧 여성이다.

이를 위해 우선 나라별, 시대별 귀감이 되는 여성을 다룬 특집기사, 여학교의 역사 소개 등 새로운 사회, 새로운 가정에 적합한 여성상이 잡지를 통해 지속적으로 제시된다. 그 여성들은 당대의 사회적 현실과 긴밀하게 연결되어 있으며 새로운 사회를 담보하는 내적 역량을 갖춘 인물로서 언제나 '어머니'로 수렴된다. 그리고 어머니란 본질적으로 아동과 더불어 존재하는 만큼, 그 어머니에 의해 양육되는 강인하고 진취적인 아동의 이미지 또한 잡지 전반에 걸쳐 뚜렷하게 자리 잡게 된다. 이처럼 시대를 이끌어갈 어머니로서의 여성과 조선의 미래인 아동에 의해 지탱되는 가정, 바로 그것이『신가정』이 표방하고 목표로 삼는 새조선의 가정이었던 것이다.

안타깝게도『월간매신』에서 제시한 '가정'은『신가정』에서 표방하는 '가

정'처럼 실체가 명확하지가 않다. 거기에는 사상운동에 연루되어 행방불명된 남편 대신 집안을 이끌어 가는 강인한 어머니도,11) 남편과의 정신적 교감를 열망하는 진취적 의식을 가진 아내도 없다. 단지 야담이나 기담, 사화와 같은 통속적 문학양식을 즐겨 읽고, 기생의 애화나 신여성의 불륜담을 탐닉하는 무자각적인 '부녀자'만 있을 뿐이다. 그런 만큼 아동 역시 별다른 고려의 대상이 될 이유가 없다. 진취적인 어머니 양성보다는 불특정 다수 부녀자의 흥미 충족을 겨냥한 이러한 편집을 고려할 때 아동란의 점진적 배제란 당연한 결과였을 것이다.12) 전라의 여자들로 채워진 선정적 삽화와 어린이를 위한 동화가 공존하는『월간매신』의 낯 뜨거운 편집 구성이야말로 이 잡지가 표방한 '가정'의 한계와 실체를 전면적으로 드러내고 있다.

3. '교화'와 '대중성' 사이에서

조선총독부도서관은 1935년 7월 15일 부녀자문고를 설치하여 부인과 소학 아동의 출입을 허용한다.13)『월간매신』과『신가정』이 겨냥한 독자층인 부녀자와 아동을 위한 도서관이 조선 최초로 설립된 것이다. 1930년대 중반 조선에서 부녀자와 아동이 왜 이처럼 부각되었던 것일까. 총독부도서관까지 부녀자와 아동을 대상으로 별도의 문고를 설치한 것을 보면 이 문제는 주목할 가치가 있다. 열차문고(1934. 3)를 시작으로, 부녀자문고 및 대중문고

---

11) 여러 작가가 참여한 연작소설인「젊은 어머니」에서 여주인공 우희는 사상 사건에 연루되어 징역살이를 한 남편을 둔 주부다. 남편은 임신한 그녀를 두고 집을 떠나면서 "힘잇는 어머니가 되어주시오"라는 말을 남긴다.(장덕조,「젊은 어머니」,『신가정』, 1933. 1, 167쪽)

12)『신가정』의 경우 오히려 1934년을 넘어서면서 아동란이 점차 강화된다.

13) 부녀자문고는 조선총독부도서관 후원에 개설되었으며 부인문고와 아동문고로 나누어 도서 1800권, 잡지 20여 종을 비치했다. 열람시간의 경우 개관은 본관과 같으나 폐관은 일몰에 하는 것이 다르다.「朝鮮圖書館界」,『朝鮮之圖書館』, 1935. 8, 27쪽 참조.

설치, 농촌문고 설치의 긴급성 강조(1936. 12) 등, 1930년대 중반 국가적 차원에서 전개된 일련의 범국민 독서 강화운동이 가정잡지 발행의 한 축에 놓여 있기 때문이다.

물론 식민지 조선사회에서 펼쳐진 이러한 일련의 흐름은 출판자본주의의 자유 경쟁과 시장 법칙이 창출해낸 1910년대 일본의 독서열풍과는 근본적인 차이가 있다.14) 문맹률이 여전히 80% 수준에 있던 1930년대 조선에서 출판주본주의에 의한 독서시장의 자유 경쟁적 창출이란 현실적으로 기대하기 힘들었기 때문이다. 그렇다면 부녀자와 아동을 대상으로 한 잡지를 출판하고 부녀자 문고를 설치한 당대의 요구란 어디에서 발원한 것일까.『월간매신』과 『신가정』 그리고 조선총독부도서관 등이 차지하는 정치적 입지와 지향점이 근대성과 식민성이 교차하는 당시 조선의 상황 속에서 복잡하게 얽혀 있었기에 단적으로 설명해내기란 쉽지 않다. 그렇다고는 해도 여성의 낮은 문자 해독율과 저조한 사회 참여가 낳는 문제점에 대해서는 상당한 수준의 공감대가 형성되어 있었던 것으로 여겨진다.

1934년 조선의 전체 인구 중 여성이 차지한 비율은 49%로 그중 한글 해독이 가능한 여성은 3%에 불과했다. 문제는 단지 한글만이 아니었다. 이 시기 신문을 비롯하여 대중적 인기를 끈 종합잡지들이 한자와 한글을 병용하고 있었던 만큼, 이것을 읽고 향유하는 여성은 3%에도 채 미치지 못하고 있었다. 보통학교도 제대로 마치지 못한 대다수 여성들은 한문을 병기한 신문 기사나 시사 잡지를 읽어내기 힘들었으며, 지적 수준이나 문자해독능력에서 보자면 실질적으로 소학교 아동과 비슷한 수준에 있었다고 할 수 있다. 따라서 여성과 아동을 독자로 한『월간매신』,『신가정』의 발행, 조선총독부도서

---

14) 나가미네 시게토시, 『독서국민의 탄생』, 다지마 데쓰오 · 송태욱 옮김, 푸른역사, 2010 참조.

관의 부녀자문고 설치 등은 여성의 높은 문맹률과 낮은 교육 상황에 대한 문제의식이 깔려 있었던 것으로 추정된다.

그러나 여성 교육에 대한 이러한 공통된 문제의식과 달리, 해결 방법에 있어서 이들은 큰 차이를 보이고 있다. 조선총독부도서관은 독서주간 제정 등 범국민적 독서운동을 통해 문맹률 저하를 모색하면서도 비치 도서를 일본 서적으로 제한하거나[15] 일본어 습득을 권장하는 등 식민자의 입장에서 한 치도 벗어나지 못하고 있다. 하지만 『월간매신』과 『신가정』 역시 일정한 한계를 노정하고 있었는데, 모회사인 매일신보사와 동아일보사의 정치적 입장에 따라 상충하는 이데올로기를 표방하고 '계몽'의 방법 역시 다르게 제시하고 있었기 때문이다. 계몽의 방법적 측면에서 보면 『월간매신』이 상대적으로 현실적이고 흥미로운 양태를 보였다고 할 수 있다. 『신가정』은 야담 및 사담의 배제, 소설 위주의 문예란, 여성운동 및 사회문제를 다룬 시사 교양 기사 게재 등 주 독자층을 교양 있는 신여성에 맞춘 데 비해 『월간매신』은 보다 광범위한 여성 독자층을 염두에 두고 있었다. 이 점에서 『월간매신』 첫 페이지의 성병치료약 광고는 주목할 만하다.

1934년 4월호부터 1935년 1월호까지 『월간매신』 첫 페이지는 언제나 신기신성당(神崎神聖堂)약품직수입주식회사의 광고가 차지하고 있다.[16] 광고 내용 역시 항상 동일하다. '보양보음 젊어지는 약은 가이자가 제일이오', '림질 대하증엔 구로벨이 제일 속히듯습니다', '매독에는 프로다가 제일이오'라

---

15) 조선총독부도서관에서 발행한 『조선지도서관』 1934년 3월호에 실린 「도서관과 중등생도」라는 기사에는 입관생도가 어떤 책을 읽고 있는지 조사한 항목이 있다. 경성보도연맹이 조사한 이 목록에는 조선어 책자는 전혀 없으며, 이외 도서관 신착도서목록 역시 일서로만 되어 있다. (京城保導聯盟, 「圖書館と中等生徒」, 『朝鮮之圖書館』, 1934. 3, 18~21쪽 참조)

16) 창간호의 경우 검정염료판매조합의 전면광고가 게재되었다. 1934년 3월호 경우 현재 소재를 확인할 수가 없어서 분석대상에서 제외했다.

신기신성당약품직수입주식회사의 약품 광고(『동아일보』, 1935. 4. 27)

는 문구에 이어 제품 설명이 이어진다. 카오우(花王)비누라든가, 조미료 아지노모토(味の素) 등 여타 잡지들에 빈번하게 등장하는 생활 광고를 두고 성병 치료나 정력 보강 등 성생활과 관련한 낯 뜨거운 광고가 부녀자와 아동을 대상으로 한 잡지 첫 페이지를 장식하고 있는 것이다. 여기에는 일제 강점기 동안 성병이 결핵 다음으로 만연되어 있던 고질적 질병이었다는 점을 간과할 수 없다.

실제로 성병의 만연으로 인해 1934년 일제가 '화류병 예방령'을 공포하는가 하면,17) 1939년의 한 조사에 의하면 성병환자가 34만 명에 달할 정도였다.18) 이에 따라 1930년대 중반 조선에서는 경찰, 학교, 병원 등이 주최가 되어 '성병예방 좌담회', '성병대책 좌담회', 성병 관련 영화상영회를 개최하

---

17) 『조선일보』, 1935. 7. 19.

18) 『동아일보』 1939년 4월 10일자 「전인류를 좀먹어가는 화류병의 박멸책」이라는 제명의 기사에 따르면 조선인과 일본인을 합쳐서 매독환자가 58,729명, 임질환자가 177,168명 등 모두 합쳐서 343,293명에 달한다고 한다. 아울러 1937년 경기도 위생과의 통계에 따르면 이 시기 조선 인구 1000명 당 평균 2명 정도가 성병환자였다고 한다.(『조선일보』 1938년 3월 5일자 기사 「可驚할最新學生界風紀!」 참조)

는가 하면, 포스터 부착, 무료 성병검사 실시 등 대대적인 성병예방운동이 시행되었다.19) 물론 성병예방과 관련한 국민적 홍보의 중추가 된 것은 1930년대 가장 강력한 대중매체였던 『조선일보』와 『동아일보』 양대 일간지, 엄밀히 말해 두 신문의 가정란과 광고란이었다.20) 그런 점에서 보자면 여성 일반을 포함한 불특정 다수를 대상으로 한 일간지 성병치료약 광고가 가정잡지 『월간매신』의 첫 페이지를 차지한 것은 그리 낯선 풍경이 아니었던 것 같다.

하지만 『신가정』이나 『여성』 등 1930년대 신문사 출판부가 발행한 여타 '가정잡지'의 경우, 적어도 성병치료약 광고와 뚜렷한 거리를 두고 있다. 『신가정』의 경우 이노우에(井上) 영어강의록, 모리나가(森永) 우유, 구라부 백분 등 가정생활 관련 광고를 드물게 게재하다가, 1934년 중반부터 임질치료약 광고를 실었다. 흥미로운 것은 '임질'이라고 한글로 표기한 양대 신문이나 『월간매신』과 달리, 『신가정』은 한자[淋疾]로 표기하고 있다는 점이다.21) 조선일보사가 1936년 창간한 『여성』의 경우 더 보수적이어서 헤치마크림, 칼피스, 아지노모토 등 생활 광고만 게재할 뿐 성병치료약 광고는 싣지 않았다.22) 성병 감염자가 주로 기생과 남성이었고, 성병이 일명 '화류병'

---

19) 1930년대 성병 관련 언론 홍보에 대해서는 김미영, 「일제하 『조선일보』의 성병 관련 담론연구」, 『정신문화연구』, 2006, 여름 참조.

20) "일제시대에는 성병을 총칭하는 개념은 화류병이었다. 『조선일보』는 상대적으로 성병이란 용어를 많이 사용하고 있고, 『동아일보』는 화류병이란 용어를 더 많이 사용하고 있다."(김미영, 「일제하 『조선일보』의 성병 관련 담론연구」, 『정신문화연구』, 2006. 여름. 390쪽.

21) 1934년 중반부터 등장한 임질치료약 '겐골(ゲンゴル)' 광고에서 임질이 한자[淋疾]로 표기되다가 1934년 말부터 한글로 표기되고 있다. 임질치료약 광고를 제외하면 콜롬비아레코드, 두통약 '노신(ノーシン)' 등의 광고가 게재되고 있다.

22) 『여성』의 경우 광고가 별로 게재되지 않았다. 1936년을 기준으로 보면 앞서 언급한 여성용 크림 '헤치마크림', 음료 '칼피스', 조미료 '아지노모토', 보혈강장제 '蔘樹토닉' 등 전적으로 가정생활과 관련한 광고가 게재되고 있다.

으로 통칭되었다는 점을 고려하면23) 『신가정』, 『여성』 등으로 대표되는 '가정잡지'의 경우 혼외정사의 부도덕한 분위기가 '건강한 가정'에 스며들지 못하도록 차단하고 있었다고 볼 수 있다. 모름지기 가정이란 여학교 이상의 지적 훈련을 받은 교양 있는 신여성과 남성이 만나 평등한 부부관계를 맺고 그 관계 또한 정결하게 유지되어야 한다고 믿었기 때문이리라. 그런 점에서 일간지 성병치료약 광고의 주된 대상은 '기층여성'이라는 평가는 상당히 타당한 것으로 여겨진다.24)

　　『월간매신』이 성병치료약 광고를 한글로 표기하여 1면에25) 게재할 때 그들이 목표로 한 독자층이란 과연 누구였을까. 우선은 앞서 언급한 '기층여성', 즉 언론이 교화 대상으로 삼은 교육의 정도가 낮은 다수의 조선 여성을 상정할 수 있을 것이다. 보다 세밀하게 말하자면 성병치료약 광고로 첫 페이지를 시작하여 통속적 읽을거리, 예를 들자면 야담, 사화, 괴기실화 등의 읽을거리를 실은 후 명월관 광고로 끝맺은 『월간매신』의 구성을 연결시켜 볼 때 그 독자층이란 그다지 지적 수준이 높지 않은 일반 부녀자, 혹은 그에 준하는 지적, 문화적 수준을 지닌 일반 남성, 말하자면 '대중 일반'으로 자연스럽게 규정된다. 이 점에서 본다면 『월간매신』은 『신가정』류의 교양 있는 여성을 계몽하기 위한 '가정잡지'라기보다는 대중 일반을 상대로 한 통속대중잡지였다고 보는 편이 정확할 것이다. 일반 대중의 계몽이라는 측면에서 볼 때 『월간매신』의 편집 구성이 보다 현실적이라고 표현한 것은 바로 이 때문이다. 그 계몽의 목적이 지향한 것이 단순히 조선 대중의 계몽에 있었던 것

---

23) 1939년 8월 29일자 『조선일보』 기사 「時評-花柳病問題」에 따르면 창녀의 9할, 남자의 8할 이상이 성병보유자였다고 한다.

24) 김미영은 『조선일보』에 실린 성병 담론의 주 대상이 기층여성이었다고 본다.(앞의 논문, 395-398쪽)

25) 창간호를 기준으로 할 때 뒤표지 안쪽은 명월관 광고가 전면 게재되고 있다.

인지, '제국의 국민적 통합'에 있었던 것인지 명확히 판단내리기는 어렵다. 그러나 분명한 것은 문맹률 80% 이상이라는 현실적 정황을 고려할 때 통속 대중잡지로서의『월간매신』의 편집 방향은 상당히 적확했다는 점이다.

4. 대중잡지의 가능성

『월간매신』은 만주사변을 거쳐 중일전쟁에 이르는 시기 조선총독부 기관 지인『매일신보』의 부록으로 발행된 잡지이다. 이러한 배경을 염두에 두고 『월간매신』을 펼쳐볼 때, 의외로 노골적인 정치성을 띤 기사나 읽을거리를 찾아보기는 어렵다.『신가정』이 '민족의 공기'를 자임하던『신동아』의 민족 주의적 견해를 완화된 형태로 견지했던 것과 비교하면 흥미로운 일이다. 예 를 들자면 "파라하시니 내 목숨을 다하야 이 괭이가 우질어질때까지 또파 염 들지않는 씨알의 소식을 알리워들이겟습니다"[26]라며 새로운 조선의 건 설을 강력하게 표방하던『신가정』의 강인한 의지 같은 것은『월간매신』의 문예물, 시사물에서는 전혀 발견되지 않는 것이다. 이 점에서 볼 때『월간매 신』은 '독자에 대한 희생적 봉사' 혹은 '취미와 실익 잡지'라는 광고 문구처 럼 관제언론으로서『매일신보』가 견지했던 정치적 선동성과는 거리를 두고 있었다고도 볼 수 있다.『월간매신』을 둘러싼 이처럼 다양한 정황을 정확하 게 파악하기 위해 먼저 같은 시기 개벽사가 펴낸 대중잡지『별건곤』1934년 1월호의 편집 구성을 살펴보자. 다음은『월간매신』1934년 4월호와『별건 곤』1934년 3월호의 1면과 목차이다.

『별건곤』1934년 3월호의 편집을 담당한 것은 개벽사 주간이자『개벽』,

---

26) 表土人, 「네게 이 괭이를 주십니까」, 『신가정』, 1933. 6, 16쪽.

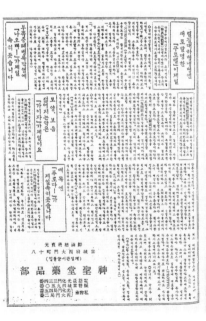

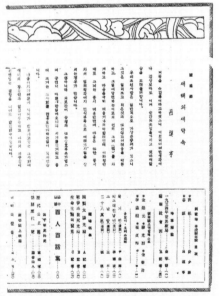

위: 『월간매신』 목차와 1면(1934년 4월호) 아래: 『별건곤』 목차와 1면(1934년 3월호)

『혜성』, 『제일선』, 『신여성』 등 개벽사가 발행한 다수 잡지의 편집을 맡았던 차상찬이다. 그는 『조선사천년비사』를 지은 조선 최고의 야담, 사화 전문작가 중 한 사람이었다. 야담, 기담, 괴기실화, 탐정실화 등 당시 대중들이 선호한 읽을거리를 중심으로 46배판 30면 분량으로 얇게 발행된 『별건곤』의 편집 구성에는 조선 대중의 취향에 관한 차상찬의 예리한 감각이 반영되어 있었을 것으로 추정된다. 신성당의 성병치료약 광고가 실린 1면, 목차의 레이아웃, 그리고 순문예물을 배제한 통속적 읽을거리 위주의 내용 구성에서 판형, 지면 수에 이르기까지 『월간매신』과 거의 흡사하다.27) 이러한 유사성을 고려할 때 『월간매신』의 편집은 당시 여러 잡지에 관여하고 있던 차상찬이 직접 담당했거나, 조선 최초의 '취미잡지'28)를 표방한 『별건곤』의 편집을 모방한 것이 분명해 보인다.

하지만 『개벽』이 강제 폐간된 후 "한가로운 겨울"을 틈타 펴낸 『별건곤』과 조선총독부 기관지인 『매일신보』가 부록으로 발행한 『월간매신』의 대중성이라는 것이 같을 수가 있었을까. 『별건곤』이 사담, 사화, 야담 등 통속적인 읽을거리 위주로 내용을 구성한 것은 당대 대중의 취향에 대한 고려와29) 더불어 1923년 개최된 「조선문화의 기본조사」로 대표되는 '조선적인 것'의

---

27) 이외에도 선정적인 성인 독물 중심의 편집을 기조로 함에도 불구하고 아동물과 가정란을 삽입하여 가정잡지의 이미지를 함께 표방하는 등 내용 구성 역시 두 잡지가 상당히 흡사하다.

28) 『별건곤』 창간호 편집후기에는 이 잡지의 발행에 대하여 "개벽이 금지를 당하자 틈을 타서 이제 『별건곤』이라는 취미잡지를 발간하게 되었다"고 언급하고 있다.(「餘言」, 『별건곤』, 1926. 11)

29) 1934년 12월 『조선지도서관』에는 조선총독부가 1934년 9월 작성한 자료를 중심으로 병합 직후 유포되고 있던 조선 소설의 도서목록을 정리한 문서가 게재되어 있다. 이에 따르면 『삼국지』가 최우선 순위를 차지하는 등 개화기 신소설들이 발행되고 있었음에도 여전히 전통적 역사전기소설이 선호되고 있었음을 알 수 있다. 순서에 따라 삼국지, 구운몽전, 춘향전, 조웅전, 사씨남정기, 류충열전, 심청전, 소대성전, 서상기, 수호전, 장풍운전, 서유기, 치악사, 홍길동전, 홍도화, 토전, 열녀지, 홍루몽, 고목화 등이 거론되고 있다.(田中梅吉, 「倂合直後時代に流布していた朝鮮小説の書目」, 『朝鮮之圖書館』, 1934. 12, 14쪽) 1930년대 김진구, 윤백남이 주도한 야담 강연회가 성황리에 진행되고, 탑골공원에서 괴담강연회가 열렸던 것을 보면 역사전기물에 대한 조선 독자층의 선호는 1930년대까지도 이어지고 있었던 것으로 추정된다.

발견에 대한 집요한 의지가 작용하고 있었다. 개벽사의 이러한 의지는 차상찬의 사화, 야담, 논설을[30] 통해 『별건곤』에서도 여전히 지속되고 있었다. 적어도 『별건곤』은 「단발랑미행기」[31]에서처럼 독자의 저속한 욕망을 충족시키면서도 한편으로는 단발랑으로 상징되는 경박한 사회풍조를 날카롭게 풍자하고 있었던 것이다. 그렇다면 『월간매신』의 통속성과 대중성이 겨냥한 것은 과연 무엇일까. 문예면에 대한 분석은 이에 대한 답을 제시한다.

『월간매신』에 게재된 문예물, 특히 소설 혹은 그에 준하는 일명 '독물'의 경우 그 장르 명칭이 다양하다. 열거하자면 역사소설, 탐정소설, 연재소설, 단편소설, 소설, 장편소설, 기담, 동물미담, 중간독물, 괴기소설, 유머소설, 실화, 야담, 애화(哀話), 괴담, 전설, 실화, 정화(情話), 지방실화, 만담, 사담, 유모어소설, 소년소설, 동화, 유년소설 등이다. 일단 아동물에 해당하는 것들을 제외한 후 이들 장르를 살펴보면 역사소설과 사화, 사담, 야담 간에 별다른 변별점이 나타나지 않으며, 기담, 괴담, 괴기소설, 실화, 탐정소설 간에도 별다른 변별점이 나타나지 않는다. 정화, 애화 간의 구별 역시 마찬가지다. '역사소설'이라는 장르명을 사용한 홍목춘의 『탕춘대』의 경우 '강담식 문체'를 사용한다는 점에서 '사화'라는 장르명이 붙은 류광열의 『비풍(悲風)부는 해도(海島)』에 비해 오히려 더 사화 혹은 사담에 가깝다. 이러한 혼재 또는 혼란은 근대적 장르체계에 맞게 문예면을 재편해가고 있던 『신가정』, 『여성』을 비롯한 여타 종합잡지들과 달리 『월간매신』이 말 그대로 세간에 통용되는 여러 이름들을 정리하지 않은 채 그대로 사용한 것에서 기인한 것으로 추정된다.

그 세간이란 '탐정소설'이라는 명칭보다는 '괴담', '기담', '전설', '괴기소

---

30) 논설로는 「횡으로 본 조선의 자랑」, 「종으로 본 조선의 자랑」(『별건곤』, 1928. 6) 등이 있다.

31) 覆面子, 「斷髮娘尾行記」, 『별건곤』, 1925. 6.

설', '괴기실화'라는 명칭에, 그리고 '역사소설'이라는 명칭보다는 '사담', '사화', '야담'이라는 명칭에, 유모어소설보다는 '만담', '골계소설'이라는 명칭에 보다 익숙해 있던 대중 일반을 지칭한다. 물론 이러한 문제가 단순한 장르명의 차이에만 한정되어 있었던 것은 아니다. 『월간매신』에 게재된 괴기소설과 기담, 괴담은 분명 근대적 탐정소설이 되기에는 부족한, 말 그대로 기괴한 이야기의 수준을 벗어나지 못했으며, 사담과 사화 역시 근대적 역사소설이 되기에는 부족한 전통적 야담의 수준에 머물고 있다. 말하자면 근대문학과 전통적으로 존재해온 독물 간의 혼재, 미분화가 거기에 개재되어 있었던 것이다. '소설'이라는 이름을 달고 등장한 김동인의 『사진과 미인』(1934. 4)이나 염상섭의 『구두』(1934. 7)가 수필이나 콩트 정도의 가벼운 읽을거리로 마감되고 있는 것은 이 점에서 유념할 만하다.

그러나 『월간매신』에서 발견되는 이러한 장르명의 혼재, 혼란을 편집과정에서의 혼란, 근대문학에 대한 인식의 부재에서 비롯된 것이라고 보기는 어려울 듯하다. 『별건곤』의 문예란 역시 동일한 형태로 구성되어 있기 때문이다.[32] 이를 감안할 때 오히려 무언가 자각적이고 의도적인 선택이 여기에서 느껴진다. 보다 분명하게 말하자면 근대문학의 세계와 거리를 두고 있으면서 전통적 이야기의 세계에 익숙한 당대 일반 대중의 문학적 취향에 대한 세밀한 분석이 깔려 있었던 것으로 추정되는 것이다. 그 대중의 세계란 간단하다. 백화점에 근무하는 여점원을 따라 청년회관, 단성사, 조선극장, 소용산 등 근대적 경성을 기웃거리고(『두 번째 남자』), 신청년들의 '연애'를 흥미롭게 바라보기는 하지만(『남녀전』), 그것은 낯선 세계에 대한 경이로운 감정일 뿐 결국 그들이 발을 딛고 있는 것은 판수와 혼귀가 등장하고(『장님과

---

32) 『별건곤』 1934년 4월호 목차를 살펴보면, 넌센스, 실화, 유모어소설, 해적 로맨스, 전설기담 등 순문예물을 배제한 말 그대로 통속적 이야기 중심으로 구성되어 있다.

요괴』), 기생의 애화에 가슴 저려하며(『土香』) 일부다처제가 자연스럽게 수용되는(『남편을 안빼끼랴면』) 전근대적 세계인 것이다.33) 『월간매신』이 겨냥한 독자층이란 이러한 세계에 거주하는 사람들이며, 이들이 곧 1930년대 조선의 '대중'으로 호명되었던 바로 그 사람들이었다.

이 점에서 본다면 양유신의 『우물밋 방송실』(1934. 6)이 설계도면 등을 통해 근대적 탐정소설의 외형을 그대로 답습하면서도 결국에는 전근대적 괴담의 수준을 벗어나지 못했던 것은 당연한 결과였다고 할 수 있다. 근대적 탐정문학의 논리적 추론 과정보다는 괴기소설의 비합리적 세계, 바로 이것이 소위 '대중'이라 호명된 1934년 조선의 대다수 일반 독자들이 요구하고 선호했던 것이기 때문이다. 이처럼 『월간매신』은 당시 일반 대중의 문학적 취향, 지적 수준, 의식 수준 등을 고려한 소위 '대중성'에 부합하여 만들어진 잡지, 당대 대중의 수준을 정확하게 반영한 대중잡지였다. 그렇다면 『월간매신』이 이러한 대중성, 통속성을 통해 진정 확보하고자 했던 것은 무엇일까. 『월간매신』이 연재한 역사소설, 사담, 사화의 주인공이 연산군과 광해군, 그리고 정여립 등 조선조의 불안정한 면모를 상징하는 인물들이었다는 점에서 일제 통치의 정당성에 관한 대중적 교화를 그 의중의 하나로 거론할 수도 있을 것이다. 그러나 '제국주의 이데올로기'라는 프리즘을 통해 그 의중을 해석하기에는 『월간매신』의 여타 독물이라는 것이 지나치게 비정치적, 무이념적이다.

새 조선 건설을 위한 여성 양성과, 총후 부인의 역할에 대한 각성 등 각기 뚜렷한 목표를 기저에 깔고 있던 여타 대중잡지와 비교할 때 『월간매신』은

---

33) 거론된 작품들의 작가, 발표일, 장르명을 명시하면 다음과 같다. 『두 번째 남자』(최독견, 1934. 5, 소설), 『남녀전』(방인근,1934. 2-계속, 연재소설), 『장님과 요괴』(이근, 1934. 8, 기담), 『남편을 안빼끼랴면』(양건식, 1935. 1, 장르명 없음).

무목적성이 지나치게 두드러져 오히려 흥미롭다. 거기에는 무거운 목적의식 없이 소학교 아동 수준의 교양과 문자해독능력을 넘지 않은 당시 일반 독자들의 가벼운 문학적 취향, 깊이 없는 단순한 취미만이 자리하고 있다. 그런 점에서『월간매신』의 발행 의도는 잡지 자체보다는 매일신보사라는 보다 큰 틀을 고려할 때 훨씬 잘 파악할 수 있다. 그 의도란 좁게는 발행부수의 상승, 조금 넓게는『매일신보』로 대표되는 일제 식민 지배담론의 대중적 전파, 보다 넓게는 문맹률 저하를 통한 (제국일본의 충량한 신민이라는) '국민적 정체성의 확보'로까지 확장시켜 이해할 수 있을 것이다.

　『월간매신』은 가정·아동잡지라는 원래의 기획 의도에서 보자면 실패한 잡지였다. 적어도『월간매신』이 소구 대상으로 삼은 부녀자 혹은 그에 준하는 독자들이란 근대적 의미의 '가정'과는 거리를 두고 있던 존재들이기 때문이다. 조선에서 가정이란 용어는 근대적 부부관계, 근대적 가족관계의 맥락과 더불어 등장한 신조어였다. 반면『월간매신』이 대상으로 삼은 독자는 일부다처제, 남존여비의 전근대적 남녀관계에 익숙한 존재들이었다. 그럼에도 왜 가정·아동잡지를 표방했던 것일까. 실질적으로『월간매신』이 목표했던 것은 가정·아동잡지보다는 그에 준하는 '대중잡지'였던 것으로 추정된다. 당시의 문맹률이나 취학률을 고려할 때 부녀자 혹은 그에 준하는 일반 대중의 수준이라는 것은 소학교 아동의 문자해독능력, 교양 정도를 넘지 않고 있었기 때문이다. 아울러 '부록'이라는 한계 역시 이러한 성격을 표방하는 데 큰 영향을 끼쳤던 것으로 추정된다.

　그러나『월간매신』은 가정·아동잡지로서는 실패한 반면 대중잡지로서는 새로운 가능성을 보여주었다. 물론『삼천리』를 비롯하여 신문사에서 발행한 『중앙』,『신동아』,『신가정』등 종합대중잡지가 있었지만 이들은 당시 일반 대중의 취미, 혹은 취향과는 상당한 거리를 두고 있었다. 조선의 잡지들은 어렵고 재미가 없어 읽기 싫다면서 백만 독자를 자랑하는 일본의 대중잡지인 『킹구(King)』를 칭송하던 채만식의 단편 「치숙」에 등장하는 주인공 소년의 비틀린 의식을 비난하기만은 힘든 현실이 1930년대 조선에 존재하고 있었던 것이다. 이 점에서 보자면 『월간매신』은 당대 독자의 취향을 정확하게 이해하여 편집에 반영한 잡지였다. 무거운 시사 기사의 배제, 한글 표기, 문예물의 배제, 사담, 사화, 야담 등 쉽고 간단한 독물 중심의 내용 구성은 여타 대중잡지, 특히 식민지의 정치성에서 벗어날 수 없었던 종합대중잡지에서는 보기 힘든 것이었다.

물론 생산자의 의도보다는 소비자, 즉 '대중'의 취향에 부응한 이러한 상업주의적 통속 대중잡지가 식민지기 내내 『월간매신』만 있었던 것은 아니다. 윤백남의 『월간야담』, 김동인의 『야담』처럼 대중의 통속적 흥미에 부합하여 상업주의적인 면만을 겨냥한 잡지들이 있었지만 이 잡지들은 『월간매신』 발행 이후의 것이다. 일견, 식민지라는 상황을 고려할 때 『월간매신』의 이러한 무목적성, 비정치성이야말로 지배 이데올로기와 완벽하게 결탁해 있던 대중문학의 문제점을 극명하게 드러내는 것이라고도 할 수 있을 것이다. 그렇다고는 해도 『월간매신』은 1930년대 조선 대중의 현주소를 정확하게 반영하고 있다는 점에서, 그리고 무거운 목적의식에서 벗어나 대중잡지의 가벼움을 실현하고 있다는 점에서 중요한 의미를 지니고 있다. 『월간매신』과 달리 보다 뚜렷한 목적성 아래, 대중성 확보를 겨냥하여 만든 잡지가 조선일보사에서 발행한 종합대중잡지 『조광』이라고 할 수 있다.

10. 1930년대 『조광』의 대중화 전략과 상업주의

1. 조선의 빛, 제국의 빛

1935년 11월 잡지 『조광』이 창간되었다. 발행처는 조선일보출판부. 『조광』은 1944년 12월 폐간[1])에 이르기까지 만 10년 1개월 동안 총 110호를 펴내 일제강점기 발간된 잡지 중 『삼천리』[2])에 이어 최장, 최대 규모를 점하고 있다. 이상의 『날개』를 비롯하여, 김유정의 『동백꽃』, 이효석의 『메밀꽃 필 무렵』 등 "한국근대문학의 이정표라 할 수 있는" 많은 작품들이 『조광』을 통해

---

1) 현재 확인된 바에 따르면 1944년 12월 통권 110호가 마지막이다. 그러나 조선일보사에서 간행한 『조선일보 60년사』에 의하면, 『조광』은 긴박해진 전시 사정으로 1945년 11권 봄호(부수는 미확인으로 기재)로 폐간되었다가 1946년 12권 3월호로 속간호를 간행, 1949년 15권 3월호까지 간행되었다고 한다.(조선일보사, 『조선일보 60년사』, 1980, 461쪽)
2) 『삼천리』는 1929년 6월 창간하여 1942년 1월 폐간에 이르기까지 통권 152권을 간행했으며, 1942년 5월부터 1943년 3월까지 『대동아』로 제명을 바꿔 통권 3호를 간행하였다.

발표되는가 하면, 『현대조선문학전집』3)을 위시한 여러 문학전집들이 『조광』 관할의 조선일보출판부에서 발간, 전집출판 시대를 여는 데 중요한 역할을 담당하였다. 그러나 이 같은 문화적 성과들에도 불구, 『조광』은 지금까지 문학연구 쪽에서는 물론 언론출판연구 쪽에서도 별반 조명을 받지 못했다.4) 같은 시기 간행된 대중잡지 『삼천리』를 향한 학계의 관심과 비교할 때 이 같은 문제점은 훨씬 극명하게 드러난다.

여기에는 일제말기 황국신민화 정책에 적극 부응한 『조선일보』와 『조광』의 행적이 치명적 요인으로 작용하고 있다. 『조선일보』와 『동아일보』 등 일간지는 물론 『신시대』, 『가정의 벗(家庭の友)』 등 친일적 색채를 띤 잡지들조차 속속 폐간의 길을 걷던 1940년대, 『조광』은 일본어 상용화 및 황국신민정책 찬동의 기사를 게재하면서 『국민문학』과 더불어 최후까지 생존한다. 『조광』과 더불어 1930년대 종합잡지 시대를 열었던 『삼천리』의 1940년대 행로, 즉 제명을 『대동아』로 바꾸고 일본어 상용화와 황국신민화 정책을 부르짖던 행로를 고려한다면 『조광』에 퍼부어진 비판과 학계의 무관심은 다소 편파적이라는 느낌이 들기도 한다. 문제는 이 편파성으로 인해 1930년대 중반 식민지 조선에서 『조광』이 차지했던 위상과 문화적 함의에 대한 객관적 조망이 간과되고 있다는 점이다. 1935년이라는 창간 연대와 대중종합잡지

---

3) 『현대조선문학전집』은 단편집 상중하 3권, 평론집 1권, 시가집 1권, 수필기행집 1권, 희곡집 1권 등 총 7권으로 구성되어 있다. 이외에도 『세계동화걸작집』, 『新選文學全集』 4권, 『현대조선여류문학선집』을 비롯하여 이광수의 『그의 자서전』, 『애욕의 피안』, 김내성의 『마인』 등 다수의 문학전집 및 작품집을 출판하여, 한성도서, 박문사와 더불어 조선에서의 전집출판시대를 열고 있다.(조선일보사, 앞의 책, 457쪽)

4) 『조광』에 대한 기존 연구로는 「'조광' 서지분석」(하동호, 『동양학보』, 단국대동양학연구소, 1986. 10)이 최초로 꼽힌다. 이외 최근 최수일이 『조광』에 대한 집중적인 연구를 지속해오고 있다. 최수일의 연구로는 다음과 같은 것이 있다. 「'조광'을 어떻게 연구할 것인가」(『민족문학사연구』, 2010), 「잡지 '조광'을 통해 본 광고의 위상변화」(『상허학보』, 2011), 「'조광'에 대한 서지적 고찰」(『민족문학사연구』, 2012), 「잡지 '조광'의 목차, 독법, 세계관」(『상허학보』, 2014).

로서『조광』이 걸었던 거침없는 행로는 식민지기 '대중잡지'의 성취와 한계, 나아가 귀결점이 무엇인지를 판별하는 데 중요한 근거가 될 수 있다.

2. 『조광』 창간을 둘러싼 상황

『조광』은 1935년 11월 창간되었다.[5] 평북 정주 출신으로 금광을 소유했던 자산가 방응모가 조선일보사를 인수한 지 1년 8개월 만의 일이다.[6]『조선일보』 편집을 담당하고 있던 이은상이 편집 고문을 맡았고, 편집주임은 황해도 송화 출신으로 동경외국어학교를 졸업하고『해외문학』 동인으로 활동했던 소설가 함대훈이 맡았다.『조광』의 창간 과정에 대해 이은상은『민족계몽의 초석 방응모』에서 다음과 같이 회고하고 있다.

> 나는 1932년 이화여전의 교수직을 사임하고서 동아일보사 안에 따로 사무실을 가지고 집필 생활을 하는 중이었습니다. 그때『동아일보』에 있었던 서춘씨가 먼저 조선일보로 옮기고 얼마 후에 내게도 조선일보로 오라고 했지요. 내가 방응모 사장을 만나게 된 것은 1935년 내 나이 서른셋일 때였습니다. (중략) 그때 이미『동아일보』에서는『신동아』,『신가정』이라는 월간지를 내고 있었고, 그 일에 나도 주요섭과 함께 관계한 일도 있었거든요. 그래 한번은 조선일보에서도 새로운 월간 잡지를 해 보자고 얘기를 꺼냈다가 의외로 급속하게 진전되었지요. 그리고는 출판국이 신설되고 내가 출판국 주간(국장)으로 임명되어 처음으로 상근하게 되었던 겁니다.[7]

---

5) 방응모는 1935년 2월 17일 언론인의 후생복지와 회원 간의 경애상조(敬愛相助) 및 친목을 도모한다는 명목으로 '조광회'를 설립한다. 이 움직임을『조광』이라는 잡지편찬으로 이어간다.(이동욱,『민족계몽의 초석 방응모』, 지구촌, 1988, 158쪽)

6) 방응모의『조선일보』인수는 정확하게 1933년 3월 23일에 이루어졌으며, 고당 조만식과의 인연이 크게 작용했던 것으로 보인다. 이동욱, 앞의 책 참조.

7) 이동욱, 앞의 책, 181~182쪽.

이은상의 회고처럼 『조광』의 창간이 과연 이은상의 우연한 발언으로부터 비롯되었던 것인가는 확인할 수 없다. 그러나 앞서 인용된 이은상의 언급에서 감지되듯 『동아일보』에 대한 『조선일보』의 미묘한 경쟁의식이 『조광』 창간의 배경이 된 것만은 분명하다. 김동인이 「문단삼십년사」에서 밝힌 방응모의 『조선일보』 인수를 둘러싼 여담, 요컨대 동아일보사로부터 자신이 운영하던 『동아일보』 정주지국을 강제폐쇄당하는 수모를 겪은

『조광』 창간호 표지(1935년 11월)

방응모가 구원(舊怨) 때문에 『조선일보』를 인수했다는 이야기를 염두에 둔다면, 이은상의 우연한 발언을 조선일보사가 왜 그리 쉽게 수용한 것인지 이해가 되는 것이다. 어쨌든 『조선일보』는 『조광』의 창간과 함께 『동아일보』에 이어서 신문사 잡지출판에 본격적으로 뛰어든다.8) 이 시기 동아일보사가 종합잡지 『신동아』와 여성잡지 『신가정』을, 조선중앙일보사가 종합잡지 『중앙』, 어린이잡지 『소년중앙』 등을 발행하고 있었고, 김동환이 창간한 종합잡지 『삼천리』와 윤백남이 주관한 대중잡지 『월간야담』 등은 상당한 대중적 호응을 얻고 있었다.9)

---

8) 이은상의 증언에서 어렴풋이 감지되는 『동아일보』와 『조선일보』의 경쟁의식에 대해서는 김동인의 『문단삼십년사』가 그 자세한 내막을 전하고 있다. 이에 근거할 때 『조광』의 창간에는 방응모 개인의 감정 역시 깔려 있었던 듯하다.(김동인, 『문단삼십년사』, 『김동인전집』 6, 삼중당, 1976, 65쪽)

9) 김동인에 따르면, 『월간야담』의 성공에 착안하여 그가 간행한 『야담』의 판매부수가 9천여 부였다고 한다.(김동인, 앞의 책, 68쪽) 1934년 『조선일보』 발행부수가 3만4천 부 정도였음을 감안하면 이러한 판매부수는 상당한 수준이었다고 할 수 있다.(조선일보사, 『조선일보역사 단숨에 읽기』, 2004, 55쪽 참조)

『조광』은 조선일보사의 막강한 경제력과 유통체계에 힘입어, 외형과 판매 방식, 가격에 이르기까지 기존 잡지들과 차별화되는 방식을 채택, 종합대중 잡지의 면모를 일신한다. 잡지 도입부에 사진이나 도색화보를 배치하여 시각적 효과를 극대화시켰는가 하면, 총 지면수가 100쪽을 넘기 어려웠던 여타 잡지들과 차별화하여 창간호부터 408쪽이라는 엄청난 분량으로 발간된다. 『삼천리』가 1929년 창간 당시 50쪽으로 시작하여 1934년 8월호를 기점으로 300쪽으로 늘리고, 1936년 4월호에 잠시 400쪽에 도달했다가 이후 다시 300쪽 대에 머물렀음을 고려하면 『조광』의 지면수는 가히 파격적이었다고 할 수 있다.10) 408쪽이라는 조선 잡지 초유의 지면수는 열악한 내외 정세와 사회적 분위기 속에서 여러 잡지들이 경영악화나 폐간의 길을 걷던 1936년 11월 창간 1주년을 기념하여 50쪽이 증량되기에 이른다.11)

지면의 증량은 다수 문인들을 끌어들일 수 있는 출판사의 섭외력과, 본질적으로는 '원고료', 즉 경제적 능력이 뒷받침되어야만 가능한 일이었다. 사주 방응모의 출신지가 평북 정주인 데 힘입어 이광수, 서춘, 함상훈 등 동향 출신의 문인과 언론인들이 대거 참여하고, 방응모로부터 후원을 받던 홍명희, 한용운과 같은 이들이 핵심 필진으로 포진했다.12) 이와 더불어 타 잡지사와 비교할 수 없을 정도로 많은 원고료를 지불함으로써 수준 높은 다양한 원고들을 게재할 수 있었다. 이와 관련한 두 문인의 회고를 잠시 살펴보자.

---

10) 408쪽에 달하는 지면과 도색화보로 구성된 『조광』의 가격은 30전이었고 우편주문시 송료도 본사부담이었다. 이에 반해 300쪽 분량으로 간행된 『삼천리』는 한 권에 30전, 우편주문시 송료 2전이 추가되었다.
11) 1936년 11월호 『조광』은 1주년 기념으로 지면을 50쪽 증량한다. 아울러 경제 불황과 지가(紙價) 인상을 이유로 책값을 30전에서 40전으로 인상할 것을 공고하고 있다. 이후 두 호 정도만 430쪽으로 발간되다가 종전과 비슷한 분량으로 돌아갔다. 1937년 5월호부터는 창간 당시보다 줄어든 370쪽 정도로 간행된다. 그러다가 1940년 말이 되면 200쪽 남짓한 수준으로 규모가 축소된다.
12) 홍명희는 그의 대표작 『임꺽정』을 13년에 걸쳐 『조선일보』에 연재했으며 방응모가 병을 앓을 때 쾌유를 비는 한시를 『조광』(1938년 11월호)에 발표하기도 했다.

(1) 들리는 바에 의하건대(사실 여부는 중요하지 않는다) 파인은 『조선일보』에서 개최되었던 공진회 끝난 뒤에 출입기자에게 준 수당금(진실로 약간한 금액이다)을 가지고 버리는 셈치고 『삼천리』를 창간하였다는 것이다.

파인의 하숙집 빈대투성이의 파인의 거실─『삼천리』사 편집실, 발행과 발송실, 영업실을 겸했고 파인이 사장 편집인 기자 하인을 겸한, 참으로 빈약한 출판이었다. (중략) 돈이 없는 파인이요, 따라서는 원고료를 내놓지 못하는 형편이매 우의에 호소해서 얻어내는 원고와 파인 자신이 꾸민 폭로기사, 에로기사 등의 하잘 것 없는 내용의 『삼천리』였지만 이 밑천 아니 먹힌 잡지가 시골 독자에 매력 있었던 모양으로 비교적 잘 팔리었다.13)

(2) 조선에 조광이라는 잡지가 있는 것을 무론 너는 모를테지. 그 잡지의 이달호의 원고 체절(締切)은 벌서 몇일 지넀지마는 편집자는 이상한 조건으로 너와의 사랑의 전말을 써내라고 졸는다. 이상한 조건? 조선에서 출판업이 시작된 이래, 기록적 원고료를 낸다는 조건이다.14)

물론 "조선에서 출판업이 시작된 이래, 기록적 원고료"를 제안받았다는 김문집의 언급을 전적으로 신뢰하기는 어렵다. 그러나 문인들이 매력을 느낄 만큼 많은 원고료를 『조광』이 지불했다는 것은 분명했던 듯하다. 창간 두 달 후인 1936년 '신년호'를 내면서 당대 발행부수로 상상하기 어려운 2만부를 기획, 인쇄를 맡은 한성도서주식회사까지 경악케 만든 공격적인 경영전략을 고려하면, 원고 수집에 얼마나 심혈을 기울였을까는 짐작이 가는 일이기 때문이다. 상당한 발행부수를 자랑하던 『삼천리』조차 원고료를 내놓을 형편이

---

13) 김동인, 「문단삼십년사」, 『김동인전집』 6, 42쪽.
14) 김문집, 「비련의 애처러운 기억」, 『조광』, 1936. 5, 246쪽.

못돼 발행인인 파인 혼자서 기사를 써내려가며 악전고투했다면, 여타 잡지들의 상황이란 불을 보듯 뻔했다. 1933년 12월호『호외』지의 '소문의 소문' 란에 게재된 기사의 한 구절인 "금광으로 돈을 벌어가지고 조선일보를 인수하야 돈의 위력을 여지없이 보혀주는 방응모"[15]라는 차가운 평가는 조선일보사의 풍부한 경제력과 이로 인한 여타 언론의 위축감을 여실히 보여주고 있다.

실제로『조광』창간호의 지면을 채운 필진의 구성은 여타 잡지들을 압도할 만큼 화려하다. 우선 소설에서는 주요섭, 이태준, 함대훈, 박화성 등이, 시에서는 임화를 비롯하여 김기림, 파인, 유치환, 신석정이 작품을 게재하고 있다. 논설 및 수필에서는 김기림, 함상훈, 한용운, 백석, 김환태, 전영택을 비롯하여 문일평, 이헌구, 홍종인, 유치진 그리고 당대 최고의 건축가 박길룡 등이 필자로 나서고 있다. 내용 또한 당대 '문화주택의 문제점', '주부 상식' 등 일상적 생활문제에서부터 '이태리의 궁상과 파시스트 정부의 위기' 등의 국제문제, '대공장은 어디 어디 생기나' 등의 경제문제, '회고특집 신라 멸후 1천년' 등의 국학문제를 적절히 배합, 종합지로서의 면모를 갖추고 있다. 이와 같은 화려한 필진과 종합잡지로서의 탄탄한 구성은 폐간에 이르기까지 지속된다. 이는『조광』과 더불어 1930년대 종합대중잡지 시대를 이끌었던『삼천리』는 물론, 천도교라는 막강한 배경을 기초로 1920년대 조선 문단을 장악했던 종합잡지『개벽』조차도 확보하기 힘든 인적, 내용적 구성이었다. 이 점에서 본다면『조광』을 가리켜 "삼십년대에는 가장 영향력 있는 종합지"[16]라는 평가는 재론의 여지가 없을 것이다. 문제는『조광』의 이 '영

---

15)『호외』지는 신문계의 소식을 알렸던 잡지로 1933년 12월 신문평론사에서 창간하였다. 창간호를 마지막으로 더는 속간되지 않은 이 잡지에『조선일보』와『동아일보』의 지면 분석과 인물 화제가 실려 있다. (『號外』, 1933. 12, 신문평론사)

향력'이 1930년대 조선사회에서 무엇을 지향하여 어떻게 발휘되었는가 하는 점이다.

3. 대중적 공유성의 확보

1935년 11월 발행된 창간호에서『조광』은 다음과 같이 밝히고 있다.

현대에 있어서는 所謂잡지문화의 발전이 그 극도를 呈하야 一個人의 것으로부터 一 部落 一國民, 그리하여 全世界的인 者에 이르기까지 輝煌燦爛한 步調를 取하고 있읍니다. 또한 그것을 通하야 한 개의 心境이 披瀝되고 한개의 學說이 唱導되고 한개의 現像이 是非되고 한개의 思潮가 泉湧하여 마침내 波及함이 얼마나 강대한 줄을 알 수가 있읍니다.

(중략)

朝鮮사람은 무엇보다 常識으로서 남을 따르지 못합니다. 天地人 三才를 通하야 各間의 專攻은 且置하고 먼저 常識의 缺乏이 얼마나 큰 悲哀와 暗黑을 가져오는지 여기 云云할 것까지도 없을 줄 알거니와 果然 常識朝鮮의 形成이 얼마나 어떻게나 所重한 者임을 切感하는 바입니다.

古今東西의 自然, 人文에 宜하여 男女老少 누구나가 여기서 그 凡有萬殿 常識의 道를 얻도록 하자 함이 우리의 敢히 꾀한 바 目標입니다. 號를 거듭함에 따라 우리의 意圖가 어느 곳에까지 得到할 수 있는지는 미리 卜(복)할 것이 업거니와 이에 우리는 이것으로써 常識朝鮮의 「아침햇빛」(朝光)이 되기를 自期함과 아울러 同胞 앞에 우리의 出發을 普告하는 바입니다.[17]

---

16) 서울대동아문화연구소 편,『국어국문학사전』, 신구문화사, 1973, 576쪽.
17)「創刊에 際하여」,『朝光』, 1935. 11, 33쪽.

『조광』의 발간 목적을 밝히고 있는 「창간사」

'상식조선의 형성'의 소중함을 절감, 조선의 '아침햇빛(조광)'이 되려는 것, 『조광』은 스스로의 발간 목적을 이렇게 밝히고 있다. 창간사에서 언급된 이 '상식'의 의미가 정확히 무엇인가는 『조광』에 앞서 창간되어 신문사 잡지시대의 문을 연 『신동아』 창간호의 '편집후기'와 비교할 때 보다 분명하게 이해할 수 있다. 『신동아』는 창간호 편집후기에서 "정치, 경제, 사회, 학술, 문예 등 각 방면을 통하여 시사, 평론으로부터 과학, 운동, 연예, 취미에 이르기까지 무엇이나 간에 우리의 지식과 견문을 넓히고 실익과 취미를 도울 만한 것이면 모두 다 취하겠다"고 편집 방향을 언급하고 있다.18) '범유만전 상식의 도를 얻도록 하'겠다는 『조광』의 창간 목적인 '상식'의 습득이란 『신동아』 창간호 편집후기에서 밝힌 두 가지 목표 '실익'과 '취미'의 습득과 동궤에 있는 것으로서 이 잡지의 간행 방향을 나타내는 것이라고 할 수 있다.

'상식조선'의 형성이라는 다분히 계몽주의적인 태도를 드러낸 『조광』의 편집 방향은 의외로 매우 상업주의적인 방식을 통해 실현되고 있다. 실제로 『조광』은 편집 구성에서부터 판매 방식에 이르기까지 '생산 중심의 발신자 코드'에 중점을 두었던 이전 잡지들의 면모에서 벗어나 '소비 중심의 수신자

---

18) 「편집후기」, 『신동아』, 1931. 1, 89쪽.

코드'에 중점을 둔 종합대중잡지의 성격을 강하게 드러내고 있다. 외형적으로 볼 때 잡지 첫 면에 당시 대중적 인기를 끌었던 영화 화보라든가 풍경사진 등 대중의 시선을 끌만한 채색 화보를 게재하는가 하면, 매호마다 여러 가지 경품, 할인권을 증정하는 일종의 끼워팔기식 판매 방식을 도입하고 있다.19) 가격 역시 채색 화보의 게재, 지면수의 증가 등에도 불구하고『삼천리』와 동일하게 30전으로 책정되는가 하면,20) 우편주문 시 배송료를 별도로 요구하던 여타 잡지들과 달리 배송료를 본사 부담으로 설정하는 등 염가 판매 방식을 취하고 있다.21) 계몽주의적 열정 속에서 영세한 규모로 제작되었던 조선의 통상적 잡지 출판문화와 차별화되는, 거대 자본에 의해 철저히 상업수의적인 태도로 기획된 잡지가 탄생하고 있었던 것이다.

그런 점에서 본다면『별건곤』,『신동아』,『중앙』,『삼천리』등 다수의 종합잡지가 먼저 자리를 잡은 시장에 뒤늦게 진입했으면서도 가장 마지막까지 생존한『조광』의 생명력을 '친일'의 결과로만 치부해버리는 것은 지나치게 단순한 평가라고 할 수 있을 것이다. 조선인으로 유일하게 일본 문단에 탐정소설가로 데뷔한 와세다 대학 출신의 김내성을 편집위원으로 영입하는가 하면, 당대 최고의 야담작가 중 한 사람인 신정언을 핵심 필진으로 끌어들인 것에서 종합대중잡지로서『조광』이 지향한 편집 방향을 읽을 수 있다. 이처럼『조광』은 판매 방식, 외형, 내용적 구성에 이르기까지 대중성 확보를 위해 다양한 노력을 기울인다. 취미 중심인『별건곤』의 오락성을 잃지 않으면서 시사 중심인『신동아』의 실용성 역시 견지한, 상업성을 지닌 실용적인 잡

---

19) 예를 들면 1936년 1월 신년특별부록으로 이광수의 단행본 신작소설(사육판 호화본)이 증정되었다. 이 외에도 춘향전 공연 우대권이라든가, 약 광고에 애독자 우대권을 넣는 등 다양한 경품을 제공하였다.

20) 1937년 1월 물가인상과 지면 증량 등의 이유로 종전 30전에서 40전으로 인상된다.

21) 앞서 밝혔듯『삼천리』,『별건곤』등 이 시기 대다수 종합잡지들은 송료를 독자부담으로 하였다.

지로서 독자적 면모를 확보하는 것, 바로 그것이 『조광』의 당면 과제였다고 할 수 있을 것이다. 말하자면 너무 통속적이지 않되, 그렇다고 지나치게 시사적이거나 사상적이지도 않은 종합대중잡지, 『조광』은 '상식대중의 실용서'라는 당시 조선에서 볼 수 없던 새로운 잡지를 겨냥하고 있었던 것이다.

이와 같은 의도를 고려할 때 『조광』의 표지화는 의외라고 할 수 있다. 『조광』은 창간호를 제외하면 1935년 12월호부터 1936년 7월호까지 표지 그림으로 미인화(美人畵)를 채택하고 있다.22) 이들 미인화를 그린 화가는 안석영이었다. 이것은 단지 『조광』만의 특성이었다기보다는 당시 상당한 판매부수를 올리고 있던 『삼천리』에서도 동일하게 발견되는 특징이다.23) 1930년대를 대표하는 두 종합잡지인 『삼천리』와 『조광』이 공히 조선을 상징하는 수많은 풍경들 중 기묘하게도 미인화를 집중적으로 선택함으로써, 전 계층을 독자 대상으로 하는 종합잡지로서의 이미지보다는 오히려 여성을 주된 대상으로 하는 여성잡지의 이미지를 풍기고 있었던 것이다.

이와 같은 이미지는 실제로 잡지 내용을 살펴볼 때 훨씬 두드러지게 드러난다. 실용적인 종합지를 주창하면서도 시사성을 강하게 띠었던 『신동아』나 『중앙』과 달리, 『삼천리』와 『조광』은 그야말로 가정과 여성에 관한 정보를 제공하는 '생활실용서'이자 조선사회에 대한 잡다한 정보를 제공하는 일종의 '여성 미용실'과 같은 면모를 함께 보였다. 「춘향전의 初日收入」이라든가 「화신백화점 매상」에서부터 「허영숙 동경행」에 이르기까지 각종 시시콜콜한 정보를 다룬 『삼천리』의 '기밀실' 코너,24) 『조광』 초창기에 선보인 「여름

---

22) 창간호는 비상하는 학 그림을 표지화로 선택하고 있다.

23) 『삼천리』의 경우 창간호인 1929년 7월호에 한복을 입고 부채를 든 여인화를 실은 것을 비롯하여, 동년 9월호, 1930년 신년호, 초하호, 초추호, 10월호, 11월호 등에 전통 여인화를 표지로 채택하고 있다.

24) 『삼천리』 '기밀실'은 1934년 5월호부터 등장, 처음에는 정계, 언론계, 재계의 동향을 싣다가 이후 시시콜콜한 사회 잡담을 다루는 것으로 변모된다.

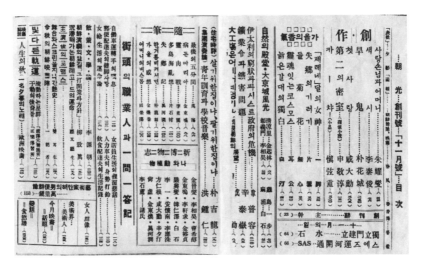

『조광』 창간호 목차(1935년 11월)

철의 조선요리」, 「아동의 습관」, 「가을의 화장비법」 등과 같은 생활상식 위
주의 기사들, 출판부 내 개설된 '생활상식문답계',[25] 「처녀성을 일코 고민하
는 여성들에게」와 같은 여성취향의 기사, 그리고 세간의 이야기를 풀어놓은
『조광』의 「雜組」 코너,[26] 일반 문예란과 별도로 개설된 '야담' 코너 등등.[27]
이들은 생활과 관련된 실용적이고도 시시콜콜한 정보를 누구나 읽기 쉽도록
기사화한 여성잡지의 면모를 상당부분 수용, 활용하고 있다. 말하자면 외형
과 내용 모두에서 여성잡지의 패턴을 답습하고 있었던 것이다.

　『삼천리』와 『조광』에서 공통적으로 발견되는 이와 같은 특징들, 즉 표지
화와 목차 구성에서 뚜렷이 드러나는 여성잡지로서의 성격은 『조광』의 출발

---

25) 『조광』 1936년 3월호에는 '질의응답란'을 개설, "일상생활 중에 의식주 기타에 물어보시고 싶은 점이
계시거던 엽서로 출판부내 생활상식문답계에 보내어줄" 것을 당부하는 글이 실렸다.(403쪽)

26) 『조광』의 '雜組'에는 『삼천리』의 '기밀실'과 동일한 성격의 글이 실렸다.

27) 『조광』은 일반 문예란과 별도로, 당시 대중적 인기를 끌었던 야담란을 설치, 신정언과 같은 야담 전
문작가들의 작품을 게재하고 있다.

점을 암시해주는 것이기도 하다. 『조광』은 '가정'과 '부인'을 의식한 표지 디자인과 편집 구성 등 '부인잡지'의 이미지를 끊임없이 환기시키면서 상식조선의 건설을 추구하는 종합 대중잡지로서의 면모를 완성해가고 있었던 것이다. 부록으로 이광수의 신작소설 단행본을 증정한다든가, 춘향전 공연이나 약 광고를 게재하면서 독자우대권을 발행하는 등 여성잡지의 판매 방식을 답습한 것 역시 한 가지 예로 제시될 수 있다. 이것이 곧 『조광』의 주된 독자층=여성으로 규정하고 있음을 의미하는 것은 아니다. 그보다는 실용적인 생활지식, 흥미로운 세간의 이야기, 재미있는 문예 등으로 구성된 부인잡지의 일반적 이미지, 예를 들자면 누구나 부담 없이 재미있게 읽을 수 있을 뿐 아니라 간단한 교양까지 얻을 수 있다고 하는 이미지를 채택하여 비슷한 수준의 독자들을 모두 껴안으려고 했다고 보는 편이 옳을 듯하다. 요컨대 『조광』은 부인잡지의 이미지를 자신의 이미지와 중첩시키면서 일종의 '대중적 공유성'을 확보하고자 했던 것이다.

　『조광』과 『삼천리』의 이 같은 기획이 완전히 새로운 것만은 아니었다. 제국이 발생시킨 문화적 자장 속에서 제국의 문화를 수용, 그 이미지를 재생산할 수밖에 없었던 식민지 문화의 한계, 즉 제국과 식민지 간의 문화적 역학관계가 이들 잡지의 성립 과정에서도 발견된다. 이 점에서 1925년 대량인쇄, 대량판매의 출판혁명을 일으키며 일본사회에 등장한 『킹구(キング)』는 주목할 만하다. 영어 King의 일본식 발음인 '킹구'를 잡지명으로 한 『킹구』는 일본 종합대중잡지의 신기원을 이룩한 잡지다. 발행인은 강담사의 노마 세이지(野間淸治), 가격은 50전이었다. 일본 역사상 초유의 '백만 잡지'를 목표로 창간, 엄청난 판매부수를 기록한 『킹구』는 조선에서도 큰 반향을 불러일으켰다. 1938년 발표된 채만식의 「치숙(痴叔)」의 한 장면을 살펴보자.[28]

그런데 보니깐 어디서 모두 뒤져냈는지 머리맡에다가 헌 언문 잡지를 수북이 싸놓고는 그걸 뒤져요.

그래 나도 심심삼아 한 권 집어들고 떠들어보았더니, 머 읽을 맛이 나야지요.

대체 죄선 사람들은 잡지 하나를 해도 어찌 모두 그 꼬락서니로 해놓는지.

사진도 없지요, 망가도 없지요.

그러고는 맨판 까달스런 한문 글자로다가 처박아 놓으니 그걸 누구더러 보란 말인고

더구나 우리 같은 놈은 언문도 그런 대로 뜯어보기는 보아도 읽기에 여간만 폐롭지가 않아요.

그러니 어려운 언문하고 까다로운 한문하고를 섞어서 쓴 글은 뜻을 몰라 못 보지요. 언문으로만 쓴 것은 소설 나부랑인데 읽기가 힘이 들 뿐 아니라 또 죄선 사람이 쓴 소설이란 건 재미가 있어야죠. 나는 죄선 신문이나 죄선 잡지하구는 담싸고 남 된 지 오랜걸요.

잡지야 머 낑구나 쇼넹구라부 덮어 먹을 잡지가 있나요. 참 좋아요.

한문 글자마다 가나를 달아놓았으니 어떤 대문을 척 펴들어도 술술 내리 읽고 뜻을 횅하니 알 수가 있지요.

그리고 어떤 대문을 읽어도 유익한 교훈이나 재미나는 소설이지요.

소설 참 재미있어요. 그 중에도 기꾸지깡 소설! … 어쩌면 그렇게도 아기자기하고도 달콤하고도 재미가 있는지, 그리고 요시까와 에이찌, 그이 소설은 진찐바라바라하는 지다이모논데 마구 어깻바람이 나구요.

소설이 모두 그렇게 재미가 있지요. 망가가 많지요. 사진이 많지요. 그리고도 값은 좀 헐하나요. 15전이면 바로 고 전달치를 사볼 수 있고 보고 나서는 오전에 도로 파는데요.[29]

28) 채만식의 「치숙」과 잡지 『킹구』의 관계에 대해서는 남부진의 「『キング』と朝鮮の作家」(『文學の植民地主義』, 世界思想社, 2006)에서 세밀하게 규명되고 있다.

29) 채만식, 「치숙」, 『채만식전집』 7, 창작과비평사, 1989, 270쪽.

여기서 언급되는 '낑구'란 앞서 언급한 잡지『킹구』이며, '쇼넹구라부'는
소년 그룹이라는 뜻으로 강담사가 학생들을 대상으로 펴낸 소년잡지『쇼넹
구라부』를 말한다. 한문에 대한 기본 소양은 물론, 별다른 지적 소양을 갖추
지 못한 식민지 조선의 소년이 사진 화보와 만화, 재미있는 소설, 읽기 쉬운
글자체로 이루어진 제국의 잡지『킹구』를 탐독하면서 제국의 문화에 동화되
어 가는 풍경을 작가 채만식은 절묘하게 포착하고 있다.30) 이 풍경을 '민족'
이라는 프리즘을 통해 비판하기 전에, 1930년대 조선의 종합대중잡지의 실
상을 파악하기 위한 근거로 바라본다면 어떨까. 이미 제국의 대중문화에 젖
은 소년의 취향과 흥미를 채워주기엔 다소 역부족일지는 몰라도「치숙」이
발표된 1938년 조선에는『조광』과『삼천리』같은 일련의 종합대중잡지가
간행되고 있었다. 이들은 이전에는 보기 힘들었던 사진화보, 만화, 재미있는
소설 등을 게재,『킹구』와 흡사한 편집 구성을 보이고 있으며, 특히 미인화
를 실은 표지와 끼워넣기 식의 염가 판매 등 몇 가지 면에서 흥미로운 유사
성을 보이고 있다.

『킹구』는 창간호의 표지화로 미인화를 채택하는가 하면, 내용 역시 가정
과 여성 중심 기사로 편집, 전 국민을 대상으로 한 종합대중잡지라기보다는
일종의 '부인잡지'의 이미지를 적극 활용하고 등장한다. 이와 같은 특징은
표지, 편집 구성에서뿐 아니라 잡지가 채택한 광고에서도 동일하게 발견된
다. "표지 이상으로 독자상을 말해주는 속표지의 전면광고는 '美顔白粉'과 '白
色美顔水'가 1932년 7월호까지 반복 교체되고 그 후 2차세계대전말까지는
'花王비누'가 독점한다. 이러한 외견에서 보는 한『킹구』는 부인잡지의 스타

<hr>

30)『킹구』의 최대 해외시장은 조선이었다. 특히 1930년대 후반이 되면 조선 독자들이 보내온 '독자 소
식'이 증가했다고 한다. 예를 들어 1937년 11월호의 '독자위안 일만여명 당선현상'의 당선자 일만여 명
중 조선인이 297명으로, 대만, 중국 등 여타 나라들의 당선자 수를 넘어서고 있다.(佐藤卓己,『キングの時
代』, 岩波書店, 2002, 40-41쪽)

일을 그대로 차용"31)하고 있었던 것이다. 이러한 이미지를 차용함으로써 『킹구』는 부인잡지 독자 및 이와 유사한 수준의 독자층을 전면 수용, 국민잡지로서의 자신의 위상을 찾아나갔다. 그리고 여기에는 1902년 간행된 일본 최초의 '부인잡지'인 『부인세계』를 비롯한, 『부녀계』, 『주부지우』 등 일련의 여성지들이 일본사회에 정착시켰던 대중적 이미지와 이에 대한 대중의 엄청난 호응이 중요한 기반으로서 작용하고 있었다.

　'남녀노소' '범유만인'의 잡지를 표방하면서도 '부인잡지'의 이미지를 강력하게 드러냈던 『조광』의 면모를 『킹구』의 문화적 자장 속에서 설명한다면 지나친 억측이 될까. 그러나 미인화 표지 채택, 가정과 여성을 염두에 둔 기사 등 조선의 종합잡지 『조광』 및 『삼천리』와 일본의 종합잡지 『킹구』 간에 발견되는 이 기묘한 유사성을 쉽게 무시할 수는 없다. 특히 소설 「치숙」에 등장할 만큼 『킹구』가 조선에서 사회적 반향을 불러일으켰음을 고려한다면 이는 더욱 그렇다. 그런 점에서 적어도 최대 판매부수를 기록한 부인잡지의 지속적인 등장과 같은 일련의 문화적 토대가 형성되어 있지 않았던 조선에서 『조광』이 갑작스레 '부인잡지'의 이미지를 차용하면서 등장한 것에는 일본의 '백만 잡지' 『킹구』가 중요한 모델 역할을 수행하고 있었음을 부인하기 어렵다.

　그러나 보다 중요한 문제는 잡지 『조광』과 『킹구』 간의 문화적 영향관계, 엄밀히 말해서 원상(原象)으로서의 제국의 문화와 모방으로서의 식민지 문화 간의 역학관계가 아니다. 『킹구』 역시 미국의 여성잡지 『레이디스 인 저널』을 모델 삼아 이미지를 정립해나갔던 만큼,32) 이 문제를 여러 문화 간의 상호 영향관계로 간단히 결론지을 수도 있다. 오히려 문제는 『킹구』가 '백만

---

31) 佐藤卓己, 앞의 책, 27쪽.
32) 『킹구』의 부인잡지 이미지 차용에 대해서는 『キングの時代』를 참조.

『킹구』 창간호 표지와 신문 광고

잡지'라는 엄청난 인기와 영향력을 통해 전시체제하의 1930년대 일본에서 형성시켰던 '국민적 공유성'의 측면을 『조광』이 어떻게 수용하고 있었는가 하는 점이다. 이는 곧 식민지 대중문화의 귀착점이 어디인가를 살펴보는 기회이기도 하다. 이 점에서 『조광』의 발간을 둘러싼 1935년을 전후한 시기 조선의 사회문화적 상황에 대해 고찰할 필요가 있다.

4. 대중과 국민, 식민지 대중잡지의 귀착점

『조광』이 창간된 1935년을 전후한 시기 식민지 조선에서는 '상식조선'의 '아침햇빛'이라고 하는 창간사에서 밝힌 『조광』의 목표를 성취하는 데 필요한 다양한 사회적 기반들이 형성되고 있었다. 일단 1929년부터 3년간 『조선일보』에 의해 전개되다가 중단되었던 문자보급운동이 1934년 재개되어 '보건체조'와 함께 전국적으로 퍼져나갔다. 1930년 10월 국세조사에 의하면 조선인 인구 20,438,108명 중 문맹은 40% 정도에 달하는 15,888,127명으로 집계되었다. 『조선일보』는 1934년 문자보급교재 100만부를 제작, 문맹퇴치운동에 적극적으로 나선다.33) 물론 이 운동이 어느 정도의 실질적인 효과를 거두었는가는 알 수 없다. 그러나 1934년 개최된 문자보급운동 동원식에서 『조선일보』 사장 방응모가 행한 식사(式辭)에서 문맹퇴치의 의미를 "문화적 향상"34)과 연결시켜 언급한 부분은 적어도 '상식조선'의 건설을 내건 『조광』의 창간 목적과 상당 부분 유사한 것을 알 수 있다. 말하자면 1934년 전개된 『조선일보』의 문자보급운동은 '문맹퇴치'를 통한 '문화적 향상', 나아가 '상식조선'의 건설로 연결되는 일련의 문화적 운동의 기초를 이루는 것이었다고 할 수 있다.

이와 더불어 주목할 만한 또 다른 사회적 배경은 1933년에 시행된 JODK 경성방송국의 조선어/일본어 이중방송의 개시였다.35) JODK 경성방송국은 1927년 총독부의 지원 아래 일본인 주도로 설립되었다. 개국 당시의 방송 형태는 단일 채널을 통한 혼합 단일방송이었다. 이 기형적 방송 형태는 조선인과 일본인 모두에게 불만을 야기, 1933년 조선어 방송이 단독 개시되기에 이른다. 조선어 방송 개시 5년 후인 1938년에 이르러도 경성 인구 중 일본어 해독 가능자가 여전히 30%36)정도 밖에 되지 않았다는 점을 고려하면,

---

33) 『조선일보』는 문자보급운동을 위해 100만부의 교재를 배포했는데, 이 운동은 한글학자 장지영에 의해 주도되었다.(『조선일보역사 단숨에 읽기』, 조선일보사, 2004, 55쪽)

34) 『조선일보』에서 전개한 문자보급운동의 동원식이 1934년 6월 29일 경성공원회당 건물에서 문자보급반과 보건체조반이 모인 가운데 개최된다. 동원식 식사(式辭)에서 방응모 사장은 "이러고야(문맹이 많고서야) 어찌 조선 사람이 문화적 향상을 바랄 수 있겠습니까. 조선일보사가 문자보급운동을 일으킨 것은 순연히 이런 동기에서 나온 것입니다"라고 말하고 있다.(『조선일보60년사』, 조선일보사, 1980, 248쪽)

35) JODK의 운영 과정과 방송사에 관해서는 『한국방송총람』(박기성, 나남, 1990)과 『한국방송총람』(방송문화진흥위 편, 나남, 1991)을 참조.

36) 1938년 5월호 『삼천리』의 '기밀실'에서 조사한 당시 경성 인구 중 일본어 해독 가능자를 보면 조선인 572,704명 중 국어(일본어-인용자)를 조금이라도 아는 자가 남자 28,395명, 여자 15,948명, 보통수

JODK 경성방송국의 조선어 방송 단독 개시는 당연한 일로 파악할 수 있다. 그러나 1927년 '경성방송국'으로 개국한 이래 1932년 사단법인 '조선방송 협회'로 개칭, 1935년 체신국 소재 '경성중앙방송국'으로 전환, 마침내 철저 한 국가관리 체제로 편입되어가던 경성방송국의 변모 과정을 바라볼 때 상황은 그렇게 간단하지만은 않았다.

실제로 1931년 만주사변 발발 이후 일본에서는 '라디오의 시국화'가 진행, "파시즘 체제를 위해 더욱 능동적으로 대중의식을 동원하는 매체"[37]로 라디오가 적극 활용된다. 조선어 사용금지 정책과 조선어 방송 단독 개시라 는 이율배반적 식민지 정책의 배후에는 이와 같은 삼엄한 정치적 상황이 깔려 있었던 것이다. 제2방송 개시 축하식에서 우가키(宇垣一成) 총독이 행한 축사 중 다음 부분은 이 점에서 주목할 만하다.

> 민심을 작흥하고 질실강건의 미풍을 양성함에는 평소의 교화선도, 특히 건전한 사상의 함양과 시세에 적응하는 상식교육의 보급을 꾀함이 극히 필요한 일이라고 생각하는데 −(중략)− 이 기관을 이용하야 민중의 교화를 도모한다는 것은 매우 유효한 일인데 특히 청취자 중에는 조선말이라야만 들을 수 있는 조선인 대중을 위하야 두 가지 말로 방송을 하게 된 것은 실로 유효한 시설이라고 생각한다.[38]

'민중의 교화를 도모'하고 민중을 '선도'하는 매체로서 라디오의 기능을 규정짓는 축사의 내용에서 1934년 조선어 방송 단독 개시에 깔려 있는 정치적 함의를 읽을 수 있다. 특히 "건전한 사상의 함양과 시세에 적응하는 상식

준의 회화 가능자가 남자 105,145명, 여자가 28,940명이었다고 한다.
37) 吉見俊哉, 『소리의 자본주의−전화, 라디오, 축음기의 사회사』, 송태욱 역, 이매진, 2005, 284−285쪽.
38) 「有效한 敎養機關 當日 宇垣總督의 祝辭」, 『東亞日報』, 1933. 4. 27.

교육의 보급"의 필요성을 강조하는 부분은 '상식조선'의 중요성을 강조하던 『조광』의 창간사와 일치하고 있다는 점에서 흥미롭다. '문자보급운동'의 재개를 통한 '민중교화'의 토대 마련(1934), 조선어 라디오 방송 개시를 통한 조선 대중에의 '상식의 보급'(1934), 라디오방송국의 국가관리 체제로의 편입(1935. 8) 등과 같은 사회적 흐름 속에서 '상식조선'의 '아침햇빛'을 표방한 『조광』(1935. 11)이 창간되고 있다. 이 급박한 시대적 정황 속에서 과연 남녀노소가 상식의 도(道)를 얻게 하겠다는 『조광』의 야심찬 계획은 어떠한 귀착점에 도달하게 될까. 그것은 곧 전시동원체제를 향해 달려가던 1930년대 중반 조선사회에서 '대중잡지'가 직면하게 될 현실적 운명을 살펴보는 것이기도 하다.

'남녀노소'의 교화를 통한 '상식조선의 건설'을 표방했던 『조광』의 의도는 발행 주체인 조선일보사의 다양한 기획을 통해 치밀하게 전개된다. 1933년 3월 22일 『조선일보』를 인수한 방응모는 조선 언론 역사상 전례를 찾기 힘든 대대적 홍보에 나선다. 먼저 인수를 기념하여 혁신 기념호 100만 부를 전국에 무료 배포하는가 하면(1933), 이듬해에는 어린이날을 기념하여 신문사 비행기를 띄워 에어쇼를 개최한다(1934). 또한 같은 해 삼남지방 수해 취재와 구제사업을 위해 비행기를 활용하고는 이 과정을 기록영화로 촬영, 실황영화를 공개함으로써 대중의 열렬한 호응과 지지를 확보한다.39) 이와 같은 홍보 전략은 1935년 태평로의 최고층 신사옥이 완공되면서 정점에 달하게 된다. 불과 2년이 조금 넘는 짧은 기간 동안 전개된 이 엄청난 대중 홍보를 통해 『조선일보』는 당시 최고 판매부수를 자랑하던 『동아일보』에 필적할 만한 위상을 갖추게 되었고, 바로 이 시점에서 종합대중잡지 『조광』이 창

---

39) 이상에 대해서는 『민족계몽의 초석 방응모』, 『조선일보 60년사』, 『조선일보 역사 단숨에 읽기』 등을 참조.

간된다. 말하자면『조광』은 철저한 상업주의를 표방한『조선일보』가 광고 효과를 최대한 활용하여 적극적으로 확보해낸 엄청난 대중적 호응을 기반으로 창간된 말 그대로 '대중잡지'였던 것이다.

이 지점에서 앞에서 인용한『조광』창간사의 한 부분을 다시 한 번 주목할 필요가 있다. 현대사회에 이르면 "所謂잡지문화의 발전이 그 극도를 못하야 一個人의 것으로부터 一 部落 一國民, 그리하여 全世界的인 者에 이르기까지 輝煌燦爛한 步調를 取하고 있다"[40]는 구절이 그것이다. 얼핏 읽으면 현대사회에서 잡지가 갖는 의미를 상식적 수준에서 언급한 것 이상의 의미를 발견하기 어렵다. 그러나 한 인간이 '개인'에서 '국민'으로 통합되는 과정을 제시하고, 바로 그 '국민적 공유성' 형성의 중심 매체로서 잡지의 역할을 상정하고 있다는 점에서 이는 상당히 의미심장하다. 획기적인 광고와 상업주의적 판매 전략을 통해 대중의 이목을 끌고, 이를 기반으로 창간된 '종합대중잡지'의 의미, 요컨대『조광』이 의도한 대중적 공유성 확보의 최종적 지향점이 어디인가가 창간사의 이 구절에서 은연중에 암시되고 있는 것이다.

'국민잡지'『조광』의 발간을 통한 국민적 공유성의 확보. 이 같은 의도는 이후 다양한 방법을 통해서 실현된다. 일단 조선일보사는 1935년 11월『조광』의 창간을 거쳐, 1936년 4월 여성전문잡지『여성』을 창간하며, 일 년 후인 1937년 4월 청소년을 대상으로 한 잡지『소년』을, 동년 10월 어린이를 대상으로 한 잡지『유년』[41]을 창간한다.『조광』의 창간을『조선일보』와『동아일보』의 경쟁구도 속에서 파악한 [42] 일련의 논의들을 따르면『여성』과

---

40) 「創刊에 際하여」,『朝光』, 1935. 11, 33쪽.

41) 잡지『유년』의 존재는『조선일보 60년사』(462쪽) 및『한국잡지사 연구』(김근수, 한국학연구사, 1999, 323쪽)에 언급되고 있으나 잡지를 확인할 수는 없었음.『조선일보 60년사』에 의하면『유년』은 1937년 9월 창간, 화보 위주의 46배판 대형잡지로 지면수는 50면 이내였으며 8호까지 간행되었다고 한다.(『조선일보 60년사』, 앞의 책, 462쪽)

『소년』의 창간 역시 동아일보사에서 출판한『신가정』이라든가, 조선중앙일보사의『중앙』,『소년중앙』등과 경쟁하는 과정에서 창간되었다고 파악할 수도 있을 것이다.

그러나『조광』의 창간사에서 언급된 잡지의 의미, 즉 국민적 통합을 위한 매체로서의 잡지의 의미를 고려한다면,『조광』의 창간을 여타 신문사 잡지들과의 경쟁관계로만 보는 것은 상당히 태만한 관점이라고 할 수 있다. 특히 『여성』및『소년』의 창간이 중일전쟁(1937. 7)과 국가총동원법 시행(1938. 4)으로 이어지는 삼엄한 정세 속에서 이루어졌음을 고려할 때 이는 더욱 그렇다. 그렇다면 급기야『중앙』,『신동아』,『소년중앙』,『신가정』이 폐간되고, 『조광』이 '천황폐하의 만수무강'을 기원하는 글을 신년호 첫 장에 게재하는 이 미묘한 시기(1937. 1)에 창간된 이들 두 잡지의 의미는 어디서 찾아야 할까. 어쩌면 이 부분이『조광』혹은 식민지 대중잡지의 근원적 존립 조건을 밝히는 중요한 단서가 될지도 모른다.

생활과 실용이라는 부인잡지 특유의 성격을 정확하게 답습, 여성대중을 겨냥하여 간행되었던『여성』, 그리고 소년소녀의 교양서로서의 역할을 자임하며 출간되어 상당한 호응을 불러일으켰던 청소년 전문잡지『소년』. 이처럼『여성』과『소년』은 대중 전체를 독자 대상으로 했던『조광』과는 별도로, 제각기 부인 일반과 청소년을 대상으로 삼아 편집 구성을 차별화한 일종의 전문잡지로서 스스로를 정립시켰다. 철저한 역할 분담이 이루어지고 있었던 것이다. 어린이를 비롯한 십대 청소년들을『소년』이, 부인 일반을『여성』이, 마지막으로『소년』을 읽으며 성장한 독자들과『여성』을 읽는 여성 독자를

---

42)『여성』영인본 '해제'(역락)에는『조광』의 창간을 가리켜 "조선일보사 출판부에서는 동아일보사의『신동아』를 앞지르려는『조광』을 발간"했다고 언급하고 있으며 이 같은 견해는 여타의 논의들에서 이미 일반적으로 수용된 것이다.

포함한 성인 전체를『조광』이 담당함으로써 '조선사회의 전체 대중'을 대상으로 하는 거대한 통합 프로젝트가 기획되고 있었다고 할 수 있다.43) 이 점에서『조광』은 같은 상업 대중잡지였다고는 해도 오히려 강력한 민족주의적 입장을 표방했던『삼천리』와는 출발에서부터 상당한 차이를 보이고 있었다고 할 수 있다.

'국민적 공유성'이라는 거대한 프로젝트의 일환으로 '국민잡지'를 겨냥하여 창간된『조광』의 귀착점이란 이미 출발선에서부터 치밀하게 상정되어 있었던 것인지도 모른다. 전시동원체제를 향해 움직이던 1935년의 시대적 정황 속에서 제국 '국민'의 향후 행보란 자명할 수밖에 없었기 때문이다. 이는 단지『조광』에 한정된 문제는 아니었다. 군국주의에의 편승이라는『삼천리』의 변모 역시 식민지 대중잡지가 도달하게 될 필연적 귀착점을 보여준 결정적 사례라고 할 수 있다. 그리고 '국민적 공유성'이라는 이름으로 행해진 체제 이데올로기의 주입은 어린이잡지에서 보다 적극적인 형태로 발현되고 있었다. 조선일보사가 발행한 어린이잡지『소년』에서 그 단적인 모습을 확인할 수 있을 것이다.

---

43) 이는 "이로써『조선일보』는 어른이 읽는『조광』, 여성이 읽는『여성』, 소년이 읽는『소년』, 어린이가 읽는『유년』을 발간, 전 조선인의 각층의 독자를 망라, 전 세대를 위한 잡지를 발간, 교양 계몽에 힘썼던 것이다"라는 언급을 통해서도 확인된다.(『조선일보 60년사』, 앞의 책, 462쪽)

제국과 식민지, 그 사이의 『소년』

1. 어린이, 소년, 그리고 소국민

1937년 4월 조선일보출판부는 어린이를 대상으로 한 잡지 『소년』을 창간한다. 이 시기 조선일보사는 일간지 『조선일보』와 더불어 성인을 대상으로 한 잡지 『조광』, 여성 일반을 독자로 한 『여성』을 발행하고 있었다. 금광으로 큰돈을 번 평북 정주 출신의 사업가 방응모는 1934년 경영난에 허덕이던 조선일보사를 인수, 뛰어난 사업 감각과 다양한 인맥을 활용하여 『조선일보』를 흑자로 돌리는 한편, 잡지 『조광』과 『여성』을 창간함으로써 『동아일보』와 『조선중앙일보』가 선점하고 있던 신문사 잡지시대에 합류했던 것이다. 어린이잡지 『소년』의 발간은 방응모의 조선일보사가 전 국민을 대상으로 펼친 야심찬 기획의 최종 단계였다고도 할 수 있다.

『소년』의 발행을 둘러싼 시대적 정황, 중일전쟁에서 태평양전쟁에 이르는 긴박한 내외적 상황에서 잡지 창간의 다양한 시대적 함의를 읽을 수 있다. 실제로 이 시기에 들어서면 어린이들을 '제2세 국민' 혹은 '소국민'으로 호명하는 등 어린이의 중요성을 부각시키거나 '국민'의 일원으로서 어린이의 역할을 강조하려는 움직임이 급증한다. '어린이 날'의 제정, 잡지『어린이』발행 등 독립된 인격체로서의 '어린이'의 발견에 대한 지속적 노력이 있었다고는 해도, 여전히 아동에 대한 존중과 인식이 부족했던 식민지 조선의 현실속에서 이 같은 움직임은 의외라고 하지 않을 수 없다.『소년』의 발행은 바로 이러한 흐름 속에서 이루어지고 있다. 그런 점에서『소년』의 다양한 언술에 대한 세밀한 분석은 이 '움직임'의 최종 지향점을 파악하는 중요한 근거가 될 수 있을 것이다.

2.『소년』창간을 둘러싼 상황

『소년』은 1937년 4월 창간되어 1940년 12월 폐간되었다. 편집인은 소파 방정환에 이어『어린이』(1933) 편집주간을 역임한 후『조선중앙일보』가정란과『소년중앙』(1934) 편집을 담당한 바 있었던 아동문학가 윤석중이다.『소년』은 이후 폐간에 이르기까지 네 차례의 편집장 교체를 겪는다. 윤석중이 일본유학을 떠나게 되자 경성방송국에서 어린이 프로를 담당했던 작가 이석훈으로(1939. 6), 이후『해외문학』동인이었던 이헌구를(1940. 5) 거쳐, 아동문학가 김영수(1940. 10)가 마지막 편집장을 맡는다. 초기 편집장이었던 윤석중을 제외하면 이석훈, 이헌구, 김영수 등 편집을 맡은 세 사람 모두 공교롭게도 와세다 대학 출신이라는 공통점을 지니고 있다.[1] 이석훈

---

1)『소년』1939년 6월호「만들고나서」에서 이석훈이 편집에 참여하게 된 것을 알리고 있다. 이석훈의 영입에는『조선일보』의 편집을 담당한 함대훈, 김내성과 마찬가지로 평양고보와 와세다 대학 출신이라는 지

이 노문학부를, 이헌구가 불문학부를, 그리고 김영수가 영문학부를 각기 졸업한 것이다. 조선일보사의 막강한 경제력의 뒷받침, 그리고 와세다 대학 서양문학부 출신들의 '서양문학' 혹은 '서구문화'에 대한 예리한 감각 등 화려한 배경을 기반으로 한『소년』의 발행은 여러 면에서 어린이잡지의 신기원을 보여주었다.

『소년』은 필진 구성에서부터 놀라운 면모를 보이고 있다.『소년』에 기고한 필진들을 간략히 정리해보면 이광수, 김동인, 박태원, 이기영, 이태준, 채만식, 안회남, 이석훈, 박경호, 현덕, 주요섭, 함대훈, 김내성, 박계주, 신정언, 윤석중, 박영종 등 조선 문학을 대표하는 작가들을 비롯해서, 국어학자 최현배, 극단 토월회를 이끌었던 사회주의 문예이론가 김복진, 지리학자 김도태, 역사학자 홍이섭, 과학자 심형필, 화가 구본웅에 이르기까지 사회 전 분야를 대표하는 인물들로 구성되어 있다. 같은 시기『조선중앙일보』에서 발행한『소년중앙』과 비교했을 때는 물론, 1930년대를 대표하는 종합대중잡지『삼천리』와 비교했을 때도 찾아보기 힘든 다채로운 인적 구성이라고 할 수 있다.2) 이와 같은 필진을 바탕으로『소년』은 '칠백만 조선동무'의 잡지라는 목표를 향해 세밀하게 체제를 정비해 나간다. 일단, 창간호부터 매호 빠짐없이 화려한 사진화보를 게재하고, 당시 잡지로는 처음으로 애독자들의 사진3)을 게재하는 등 '읽는' 잡지에서 '보는' 잡지로의 변환을 시도하고 있다. 그런가 하면 편집 구성의 측면에서도 퀴즈, 낱말 맞추기 등으로 구성된

연 및 학연이 작용했을 것으로 추정된다. 이 시기 이석훈은 경성방송국에서 어린이 방송을 담당하고 있었으며, 이석훈 이후 이헌구와 김영수 편집을 맡게 된 것 역시 각기 와세다 대학 불문학부, 영문학부 출신이라는 점이 중요하게 작용했던 듯하다.

2) 김동인의 증언에 의하면 당대 상당한 인기를 끌었던 잡지『삼천리』의 경우에도 재정 문제로 김동환 혼자서 많은 기사를 담당했다고 한다.(김동인,「문단삼십년사」,『김동인전집』6, 삼중당, 1976. 46쪽 참조)

3) 1937년 9월호부터「소년애독자사진첩」이 개설되어, 애독자들의 사진이 마지막 장에 게재되었다.

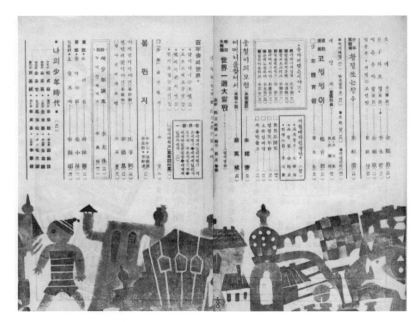

『소년』 창간호 목차(1937년 4월호)

「오락실」, 상식문답으로 이루어진 「척척대담」, 독자 참여란인 「독자담화실」 등을 개설, 홍미 자극을 통한 독자 참여를 적극적으로 유도하고 있다.

이와 같이 파격적인 『소년』의 편집 방향은 판매에서도 똑같이 발견된다. 시계 증정,4) 조선일보출판부에서 발간한 아동문학전집 증정 등 다양한 경품행사와 상업주의적 판매 방식을 도입, 독자의 구매욕을 자극하는 방식을 채택하고 있었던 것이다. 시각적 효과의 극대화, 재미있는 읽을거리 중심의 편성, 상업주의적 판매 방식 등『소년』은 편집 구성에서 판매 방식에 이르기까지 대중잡지로서의 면모를 정확히 갖추고 있었다. 특히 당시 조선 최고의

---

4) 예를 들면 1937년 12월호 「소년담화실」에 게재된 것으로, 친구들을 애독자로 포섭, 소년소녀 애독자 경쟁모집에서 400점을 획득, 1등을 함으로써 팔뚝시계를 탄 전라남도 남지에 사는 애독자 편지, 그리고 1938년 3월호의 마라톤 밀크카라멜 공짜교환 쿠폰 등은 상업주의적 판매 방식의 대표적인 사례이다.

인기를 구가하고 있던 탐정소설 전문작가 김내성을 기용, 소년탐정소설 「백가면」을 연재하면서 엄청난 대중적 호응을 끌었던 점은 '대중잡지'의 특성을 『소년』이 얼마나 정확하게 파악하고 있었는지 보여주는 단적인 예다. 물론 이러한 특성은 『소년』의 창간에 의해 처음 나타난 것은 아니다. 『소년』에 앞서 이미 『조광』에서 채택했던 이 같은 편집 및 판매 방식은 1920년대 발행된 『어린이』에서 그 기원을 찾을 수 있다.

『어린이』는 1923년 방정환이 창간한 어린이 잡지였다. 출판부는 개벽사. 기존 잡지들과는 달리 편집 구성부터 판매 방식에 이르기까지 철저하게 '소비 중심'의 '수신자 코드'에 중점을 두었다는 점에서 『어린이』는 조선에서 간행된 여타의 잡지들과 차별화된다. 예를 들자면 학생소설, 소년소설, 동화, 탐정물, 소화(笑話), 만화 등의 가벼운 읽을거리를 중심으로 내용이 구성되어 있는가 하면, 매회 특별히 선정된 어린이 독자들의 사진과 화보 게재, 대부분의 내용을 가능한 한 한글로 표기5)하는 등 '독자대중의 흥미'를 중시한 편집을 지향하고 있었던 것이다. 이와 같은 편집 구성은 판매 방식을 고려할 때 보다 분명하게 드러난다. 매호 판매에 대한 과대선전이 빠짐없이 실리고, 매호마다 현상 문제를 게재하여 첨부된 '독자증'을 답안과 함께 동봉한 엽서를 추첨하여 상품을 증정하는가 하면,6) 세계일주 경쟁말판, 세계일주 사진 등을 부록으로 주고 동화구연과 연극으로 이루어진 '가을노리 소년소녀대회' 등 잡지에서 주관하는 다양한 행사 입장권을 잡지에 넣는 등의 끼워 팔기 식의 상업주의적 판매 방식을 채택하고 있었던 것이다.

---

5) '어린이 독본'의 경우 한자 옆에 한글을 달아 놓고 그 외에는 한글로 표기하되 한자가 필요한 경우 옆에 별도로 한자를 표기하는 방식을 채택하고 있다.
6) 이 상품의 경우 초기에는 학생시계, 학생모자, 방정환이 출판한 '사랑의 선물전집', 동요엽서 등이 제시되다가 후반기로 가면 학생시계와 더불어 현금까지 제시된다.

『소년』의 기원으로서 『어린이』가 언급될 수밖에 없는 것은 조선 최초로 바로 이 같은 상업적 대중잡지를 발간한 감각 때문이다. 그러나 상업적 판매 방식, 흥미위주의 내용 구성 등 '대중성' 확보를 통해 추구한 지향점에 있어서 이 두 잡지는 분명 전혀 이질적인 입장을 취하고 있었다. 『어린이』가 지향한 목표가 '대중적 공유성'의 확보를 통한 민족적 연대감의 확산에 있었다면 적어도 『소년』은 이와 전혀 다른 방향으로 나아가고 있었다.

3. 제국의 어린이, '착한' 소년의 성립

그렇다면 『소년』의 기획 의도는 어디에 있었던 것일까. 1937년 4월호에 게재된 창간사 「소년을 내면서」를 잠시 살펴보자.

여러분에게 모르시는 것이 있거든 이 '소년'을 뒤져 그 모르시는 것을 알아내십시오. '소년'은 여러분의 스승이십니다.

그리고 여러분이 공부하시는 틈틈이 이 착하고 정다운 동무 '소년'을 찾으십시오. '소년'은 반드시 여러분에게 웃음을 드릴 것입니다. 또 여러분을 좋은 길로 이끌어 드릴 것입니다.

사랑하는 여러 백 만 어린이들이어. 우리가 여러분에게 잡지 '소년'을 보내드리는 뜻이 어디 있는지를 깊이 생각하십시오. 그리하야 달마다 이 잡지가 나오기를 손꼽아 기다리셨다가 한 달도 거르지 말고 한 장도 빼지 말고 꼭 읽어주셔서 저 뒷날 훌륭한 이들이 되어주시기를 바라는 것입니다.[7]

지식 습득을 위한 교양서, 재미있는 오락서, 인성 함양을 위한 수신서,

---

7) 「소년을 내면서」, 『소년』, 1937. 4, 9쪽.

『소년』은 스스로의 발간 목적을 세 가지 측면에서 밝히고 있다. 실제로 창간호를 기준으로 했을 때『소년』은 이 목적들에 부합되도록 편성되고 있다. 일단 미래 세계에 대한 흥미진진한 과학적 상상력에 기초한 창간특집 화보「백만 년 후의 세계」, 역시 과학적 흥미를 자극하는「달나라에 가 보면」, 조선어에 대한 정확한 이해를 위한 최현배의「재미나는 조선말」과 같은 '지식 습득' 중심의 교양 기사. 그리고 어린이들의 올바른 생활태도 및 마음

창간사「소년을 내면서」(1937년 4월호)

가짐에 대해서 다룬 이광수의「새소년독본」과 같은 '수신기사'. 마지막으로 연재만화「코찡찡이」, 「금긋기 내기」, 「고양이 길 찾기」 등과 같은 '오락기사'. 이 세 가지가 적절하게 안배되면서『소년』은 지나치게 '지식 중심적'이지도 않으면서 지나치게 '흥미 중심적'이지도 않은, 그야말로 교양과 재미가 절묘하게 배합된 종합대중잡지의 면모를 지니고 있었다.

세련된 편집 구성, '청소년'의 의식 계몽을 위한 교양적 읽을거리, 그러면서도 대중성을 잃지 않는 상업주의적 감각. 외형에서 감지되는 근대잡지로서의 이 같은 성공적 면모를 기반으로『소년』은 1930년대 조선의 소년소녀들이 도달해야 할 이상적 '소년'의 형태를 조합해 간다. 스스로를 조선 칠백만 소년의 '스승'으로 상정한 것과 같은『소년』창간사에서 감지되는 고압적 계도자로서의 역할, 적어도『소년』의 발행에는 그와 같은 책임감이 긴밀하게 작용하고 있었던 듯하다. 문제는 1930년대의 식민지 조선에서 그 계도자

로서의 책임감이 지향하는 것이 무엇이었던가 하는 것이다. 그것은 곧 영양제 광고8)에서부터, 애독자 현상문제, 동요, 소년소설에 이르기까지 반복적으로 제시했던 '칠백만' 소년이라는 문구에 내포된 깊은 '결속력'의 실질적 지향점이 어디 있었던가를 찾는 것이기도 하다.

그 결속력의 지향점을 찾아내기란 그다지 어려운 일이 아니다. 중일전쟁 발발 직전 창간되어 태평양전쟁 발발 직전 폐간된『소년』의 발행은 발행기간 그 자체만으로도 이미 많은 것을 보여주고 있기 때문이다. 실제로 중일전쟁(1937. 7), 국가총동원법 시행(1938.4) 등으로 이어지는 삼엄한 사회적 정황은『소년』의 편집 구성을 통해서 그대로 드러나고 있다. 1938년 8월호 특집화보에 소년 항공병이 실린 것을 시작으로『소년』은 그야말로 '총동원 잡지'로서의 성향을 노골적으로 드러낸다.9) 일단 '전승의 신년'(戰勝의 新年)을 표제로 내세운 1939년 신년호부터 매호 빠짐없이 첫 페이지에 중일전쟁 전승을 기념하는 화보들과 더불어 일본어로 씌어진 '황국신민의 서사'가 게재되는가 하면, 학생들의 눈물겨운 전쟁성금 모금 경험담을 담은「소년총후미담」10)란을 신설, '총후' 소년이 지녀야 할 바람직한 자세를 제시하고 있다. 칠백만 조선 소년의 모든 힘과 마음이 오직 '전승(戰勝)' 하나에 집결되고 있는 것이다.

그렇다고 해서『소년』이 주창한 '칠백만 소년'의 결속력이 단지 '전승' 자체만을 위해 독자에게 지속적으로 환기되고 있었던 것은 아닌 듯하다.『소

---

8) 1937년 7월호에 실린 영양제 '백보환' 광고는 광고 제목이 '칠백만 소년에게'로 되어 있다.

9) 물론 이 같은 성향이 1938년 8월호에 처음 나타난 것은 아니다. 1938년 3월호 마지막 페이지 마라톤 카라멜 광고에는 일본 군복을 입고 환도와 일장기를 높이 쳐든 소년병의 모습이 등장한다.

10)「소년총후미담」은 1939년 1월호부터 게재되어 매호 빠짐없이 게재되고 있다. 이 시기에 들어서면 '황국신민의 서사'가 첫 페이지에 게재되기 시작하는 등 전쟁총동원 잡지로서의 모습을 본격적으로 드러내기 시작한다.「소년총후미담」의 내용은 주로 총후에서 전승을 위해 행하는 각종 헌금모금이라든가 승전을 위한 노력의 실질적 사례들로 구성되어 있다.

년』 발행에 앞선 1935년 11월 조선일보사가 일반 성인 독자를 대상으로 발행한 『조광』 '창간사'는 이 점을 이해함에 있어서 중요한 근거가 된다. 『조광』 창간사에 따르면 현대사회에서 잡지 문화의 발전은 "그 극도를 물하야 일개인의 것으로부터 일부락, 일국민, 그리하여 전 세계적인 자에 이르기까지 휘황찬란한 보조를 취하고 있"는 것으로 언급되고 있다.[11] 현대사회에서의 잡지의 역할을 한 인간을 '개인'에서 '국민'으로 통합시키는 핵심적 매개체로 상정한 후, 『조광』의 발행 목적 역시 그로부터 찾고 있는 것이다. 획기적 광고와 상업주의적 판매 전략, 재미와 교양이 적절히 배합된 실용 위주의 편집 구성을 통해 당대 최고의 종합잡지로 자리매김한 『조광』의 의미란 이처럼 '대중적 공유성'을 '국민적 공유성'으로 치환하는 바로 그 지점에 있었다고 할 수 있다.

바로 그 연장선상에서 『소년』이 발행되고 있었다. "아버지 아저씨의 잡지 『조광』, 어머니 아주머니의 잡지 『여성』"이란 광고 문구에서 나타나듯, 『소년』의 발간에는 어린이, 여성, 성인 일반, 말하자면 조선 인민 전체를 포괄, 이를 '제국의 국민'으로 통합하고자 한 거대한 프로젝트가 동인으로서 깔려 있었다. 물론 그 기저를 이룬 핵심은 '전승' 자체가 아니라, 전승을 넘어선 지점, 말하자면 전승이 이루어낼 거대한 제국의 환영이었다. 어린이 독자들에게 전승의 소식을 전하면서 '제2세 국민'으로 훌륭히 성장해줄 것을 당부하는 『소년』의 한 기사에서 이 점을 재차 확인할 수 있다.

연전연승, 北支, 中支, 南支에 가는 곳마다 싸우는 족족 快勝의 기쁜 뉴-스를 들으면서 희망에 찬 昭和 십 사년 새봄을 맞이하게 되었습니다.

---

11) 「刊에 際하여」, 『조광』, 1935. 11, 33쪽.

임금님의 은혜, 나라의 은혜! 그리고 나라 땅을 지키고 나라의 끝없는 발전을 위하여 화약 연기 숨이 막히는 벌판에서 싸우는 우리 황군의 고마움, 지금이야말로 우리나라, 해 돋는 일본의 천년에 한번 당할가 말가한 가장 뜻 깊은 새 해입니다. 여러분은 이 무용, 이 감격을 영원토록 잊지 말아주십시오. 그리고 더욱 몸을 튼튼히 하고 더욱 부지런히 공부를 해서 빛나는 제이세국민이 되어주십시오.12)

전승 그리고 아시아를 통괄하는 거대한 제국의 건설, 결국 동일한 맥락 속에 있는 이 같은 제국의 욕망을 『소년』은 다양한 방식을 통해 독자의 내면에 각인시켜 나간다. 그 과정은 당시 조선 어린이들에게 인기가 있었던 '마라톤 캬라멜' 광고의 변화 과정13)—예를 들면 '칠백만 소년'의 과자가 어느 순간 일본 환도를 든 소년병의 과자로 대체되면서 칠백만 조선 소년의 의지를 부지불식간에 전승의 열정으로 환원시켜 버린다—처럼 교묘하고 빈틈없이 치밀하게 진행된다. 일단 거의 매호 빠짐없이 첫 페이지에 전승 화보를 게재하여 '전승'의 환영을 독자들에게 유포시킨 후, 전승을 위한 눈물겨운 경험담으로 이루어진 '총후미담'이라든가, 소년 스카우트의 유래 및 활동 기사 등을 게재, 전승을 위해 어떠한 노력을 기울여야 할 것인가를 다시 독자들에게 각인시킨다. 전승을 겨냥한 이와 같은 기획은 당대 최고의 탐정소설 작가이자 대중작가였던 김내성의 방첩소설 『백가면』이 엄청난 인기를 얻으면서 최고조에 달한다.

전승의 문제가 이처럼 표면적으로 그리고 분명하게 그 욕망을 드러내고

---

12) 「戰勝의 新年」, 『소년』, 7쪽.

13) 『소년』의 경우 광고를 통해서 이데올로기를 절묘하게 전파하고 있다. 이는 마라톤 캬라멜 광고뿐만 아니라 모리나가 밀크캬라멜 등 당시 어린이들이 즐겨 보았던 과자 광고가 잡지의 기사 내용 이상으로 독자에게 영향을 끼쳤기 때문인 것으로 추정된다.

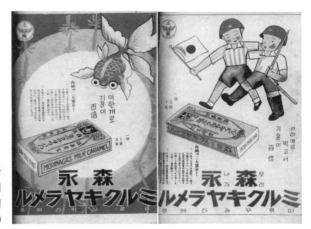

『소년』에 실린 모리나가 밀크카라멜 광고의 비교 (좌: 1937년 8월호, 우: 1937년 9월호)

있었다면, 바로 그 전승을 기반으로 한 제국의 확장이라는 욕망은 문예란 및 논설을 통해 보다 은밀한 형태로 전개되었다. 그 기획이 지향하고 또한 북돋고자 한 소년상이란 어떤 것이었을까. 『소년』에는 유명 작가들을 필진으로 섭외, 소년소녀들이 생활에서 지켜야 할 마음가짐 및 태도를 제시하는 「새소년독본」란이 창간호부터 게재되고 있었다. 매호 필자가 바뀐 이 코너의 창간호 필자는 이광수였다. 다음은 이광수가 쓴 「새소년독본」의 제1과 '고맙습니다'의 한 부분이다.

그리고 우리에게 말과 글을, 편안히 사는 여러 가지 법을 주는 나라의 은혜를 생각하고 '고맙습니다'라는 생각을 가질 것이오 … 이애들아, 하늘과 땅의 은혜와 어버이의 은혜와 스승의 은혜와 여러 사람들의 은혜와 이것을 우리의 다섯가지 은혜라고하는데 어느 때에나 이 은혜를 늘 생각하는 것이 착한 사람이다.14)

'나라'와 '부모님'과 '스승'의 은혜를 늘 생각하는 '착한 사람'이 되는 것.

---

14) 이광수, 「새소년독본」, 『소년』, 1937. 4, 29쪽.

이 언급은 어떻게 본다면 조선사회를 지배했던 기존의 전통적 유교이데올로기를 그대로 반복한 것이라고도 할 수 있다. 위계적 유교이데올로기를 철저히 거부, 평등에 기반한 근대 의식의 발현을 강력하게 주창했던 이광수의 태도를 고려한다면 다소 의외라고 하지 않을 수 없는 발언이다. 그럼에도 불구하고 이광수는 '나'로부터 스승과 부모, 나라로 확대 연결되는 수직적 질서의 강고한 확립을 소년들에게 강조하고 있는 것이다. 이광수의 이 의식과 태도의 간극은 어디서 연유한 것일까. 이를 이해하기 위해서는 전시체제를 기점으로 일본 내부는 물론 식민지 조선에 이르기까지 본격적으로 진행되었던 근대 일본인의 양성과 육성 과정, 즉 '황국신민 만들기' 기획을 거론할 필요가 있다. 일제는 만주사변 발발 후인 1934년 제4기 '심상소학 수신서'를, 그리고 태평양전쟁 발발에 즈음한 1941년 제5기 '심상소학 수신서'를 새롭게 발간, '고도화된 천황제 이데올로기적 국가통치와 전시체제'의 확립을 치밀하게 도모해간다.15) 이광수의 '고맙습니다'에서 강조된 '감사의 은혜'를 깊이 새기는 소년의 모습이란 말하자면 '천황'을 중심으로 한 군국주의적 질서를 철저히 내면화시킨 인물의 육성을 의미하는 것이다.

물론 이 같은 견해는 단지 이광수 개인에게만 한정되었던 것은 아니다. 「새소년독본」을 시작으로 『소년』에 게재된 다수의 논설 및 문예 작품들은 주제 면에서 '제국의 신민' 육성에 주안점을 두고 있던 소학교 수신교과서 생활덕목들과 정확하게 일치하고 있었기 때문이다. 개인의 이익보다는 공공의 이익을 우선시 하며, 한 치의 사심도 없는 정직함을 기본 품성으로 하는 인간. 『소년』의 논설을 비롯하여 소설 및 동화들은 다양한 형태로 그와 같은 인간상을 구현해 간다. 그러나 텍스트를 면밀하게 읽어보면 『소년』에 그려

---

15) 이상은 심상소학교 수신서 발간을 중심으로 전시체제 일본 국민육성의 과정을 밝힌 이병담의 논문을 참조했다.(이병담, 「일본 昭和期 國民育成연구」, 『일본문화학보』, 389-409쪽)

진 그 같은 인물상이 단지 '제국의 신민' 육성만을 목표로 삼고 있었다고 보기는 어딘지 석연치 않다. 거기에는 시대에 대한 복잡하고 다양한 의식이 뒤얽혀 있었던 것으로, 이 부분을『소년』의 문예란을 통해서 살펴보자.

4. 제국과 식민지, 그 사이에서

『소년』 창간호 문예란에는 동화「왕자와 조밥」, 장편동화「웅철이의 모험」, 소년소설「어머니를 찾아서」 등 세 편의 작품이 게재되고 있다.16)「왕자와 조밥」(동화)은 신예 동화작가 이영철이, 그리고「웅철이의 모험」(장편동화)과「어머니를 찾아서」(소년소설)는 당대 조선 문단의 총아였던 주요섭과 채만식이 지은이로 되어 있다. 그러나 실제로 이 작품들은 창작이 아니라 유명한 서양 동화들의 번안작이다.17)「왕자와 조밥」은 지은이 미상의 서양 전래동화를, 나머지 두 작품은 루이스 캐롤의「이상한 나라의 앨리스」와 에드몬도 데 아마치스의「엄마 찾아 삼만리」를 인명과 이야기 전개를 '조선적 상황'에 맞게 번안한 것이다. 이들 세 작품은 원작과 번안 간에 심각한 질적 차이가 존재한다는 점, 그리고 1930년대 후반 조선 문단의 상황이 '동화' 창작이 거의 불가능했음을 시사한다는 점에서 조선 문학의 전근대성을 상징하는 징후로서 언급될 수 있다. 그러나 여기서 주목하고 싶은 것은 그보다는 지엽적인 문제, 즉『소년』의 정치성에 관한 문제이다.

창간호에 게재된 세 편의 작품「왕자와 조밥」,「웅철이의 모험」,「어머니를 찾아서」의 테마인 근면과 모험정신, 불굴의 의지 등은 이후『소년』 문예

---

16) 이 세 작품 이외, 신고송의 아동극「요술모자」와 작자 미상의 전설「소내기」 등이 실려 있다.

17) 이외에도『톰 소여의 모험』을 번안한「선머슴 무용전」 등 다수의 서양 동화들이 번안되고 있으나, 원작을 밝히고 있지 않다. 번안과 번역, 원작의 관계에 대한 의식이 불분명했던 것으로 보인다.

란을 특징짓는 공통점이 되고 있다. 『소년』의 경우, 소설, 동화, 동요, 전설, 야담 등 다양한 장르의 문학작품들이 게재되고 있기는 하지만, 소재 면에서 볼 때 이들은 크게 두 가지로 분류된다. 첫째, 현덕, 김복진, 송창일 등이 일명 '학교소설', '소년소설', 혹은 '소녀소설'이라는 명칭 아래, 정직, 용기, 신의, 배려 등 공공의 선을 테마로 내세워 창작한 일련의 작품들. 둘째 「톰 소여의 모험」을 번안한 「선머슴 무용전」(史又春), '외국동화'라는 명칭이 붙은 「쿠우터 모험기」, '모험탐정소설'이라는 제명이 붙은 「백가면」과 「백두산의 보굴」, 「마적굴의 조선소년」 등 '모험'을 테마로 내세운 작품들이다. 한편으로는 정직, 신의, 효성 등 '공공의 선'을 실현하기 위한 생활덕목들이, 다른 한편으로는 불굴의 용기로서 끊임없이 자신의 영역을 확장해가는 모험의 정신이[18] 『소년』 문예란을 통해 반복적으로 강조되고 있는 것이다.

거짓말을 한 소년이 심적 고통 끝에 마침내 자신의 잘못을 정직하게 고백하는 것을 주된 테마로 한 현덕의 「하늘은 맑건만」에서 발견되는 자백 또는 이기적인 자기에 대한 반성 모티프에 『소년』의 '소년소설'들은 왜 그렇게 집착했던 것일까. 이들 소년소설은 언제나 주인공(소년)들의 통절한 자기반성에서 작품을 끝내고 있지만, '제국의 신민' 만들기 프로젝트가 철저하게 수행되고 있던 전시체제하 식민지 조선에서 끊임없는 자기반성의 태도를 내면화한 독자들이 도달하게 될 지점이란 지극히 정치적인 의미를 가질 수밖에 없다. 『소년』 첫 페이지마다 게재되어 있는 '황국신민의 서사'는 바로 그 '의미'를 적나라하게 대변하는 것이라고 할 수 있다.[19] 정직과 신의, 자기희생

---

18) '모험'이라는 용어는 '모험소설', '모험탐정소설', '모험실담', 심지어는 '모험만화'에 이르기까지 『소년』에서 상당히 강조되고 있다.

19) 1939년 1월호부터 『소년』은 소위 '총동원' 잡지로서의 면모를 강력하게 표방하고 있다. 일단 목차와 함께 전선 상황을 담은 사진화보가 게재되었고, 천황에의 충의와 대일본제국의 신민임을 다짐하는 '황국신민의 서사'가 이 시기부터 매호 게재된다.

등 '공적 이익'의 철저한 내면화 과정을 거친 소년들이 '황국신민의 서사'를 암송하게 될 때, '공적 이익'이란 당연히 '천황'으로 대체될 수밖에 없었던 것이다. 그것은 곧 불굴의 의지로 부단히 새로운 영역을 개척해가는 소년들의 의지를 담은 모험소설이 1930년대 말 조선의 정치적 상황 속에서 '제국주의' 이데올로기와 연결될 수밖에 없었던 것과 같은 맥락이기도 하다. 1939년 6월 『소년』에 게재된 '르포르타쥬'「외지에 잇는 조선어린이―만주국 신경편」은 이 '대체'와 '변환'의 과정을 보여주는 예로서 제시될 수 있다.

서울 총독부 앞 광화문통길보다도 훨씬 더 넓은 중앙대가 대동대가에서도 노랑저고리 빨강치마를 입은 조선소녀를 발견할 수가 있으며 국방색복장에 소학모를 쓰고다니는 생도도 볼수가 있고 (중략) 어마어마하게 사람이 들끓는 백화점에 가보아도 열六七세의 어여쁜 조선소녀점원이 간데마다 있으며 밤늦게 빠쓰(신경에는 전차가 없고 그대신 뻐쓰가 다닙니다)를 타고보면 소년차장은 만주애들을 제하고는 거의가 조선소년입니다 (중략) 좁고 좁은 산골 초막집에서 하눌만 빤히 머리위로 쳐다보고 살아왔으며 비좁은 도시, 빈대 끓는 오막사리 방에서 복대기질치든 어린영들이 광막하야 가이없는 만주 발판의 대륙공기를 호흡(呼吸)하는 덕택이 아마도 우리 조선소년에게도 미치어온것을 나는 기뻐하며 장래를 든든히 믿고 있습니다. 만주는 왕도락토(王都樂土)를 목표삼고 오족협화(五族協和)를 건국의 정신으로 하고, 새로운 건설과 발전을 가장 빠르게 가장활발하게하야 나가는 도중에 있습니다. 다른 사상과 리론(理論)은 소용없습니다. 오직, 각민족, 각계급이 한마음, 한뜻으로 국가를 위하야 건설로 건설로 힘찬 발길을 떼어놀뿐입니다. 신경에있는 아니 전만주에 있는 조선의 소년소녀도 모두 그러한 환경속에서 자라가고 있습니다.[20]

---

20) 「외지에 잇는 조선어린이―만주국 신경편」, 『소년』, 1939. 8, 27-28쪽.

신개지에 대한 이상화된 동경. 모험소설이 불러일으키는 이와 같은 감흥이 『소년』에서 만주국 건설과 만주국 영역 확장을 위한 이주민 적극 장려라는 '제국주의 확장' 과정과 어떻게 연결되어 가고 있는 것인지 이 르포르타쥬를 통해서 파악할 수 있다. 가상 세계에 기반한 모험소설이 현실 세계를 기록한 르포르타쥬로 대체되면서, 신개지를 향한 낭만적 열망이 제국주의 확장의 의지로 변환되고 있는 것이다.[21] 이와 같은 치밀한 정치성이 과연 『소년』의 편집진 자체의 감각이었는가에 대해서는 쉽게 답을 내리기 어렵다. 창작 '모험소설' 한 편 제대로 가지지 못한 이 시기 조선 문학의 현실적 수준을 고려할 때, 좋은 의미에서건 나쁜 의미에서건 모험소설과 제국주의의 확장을 연결시킬 만한 '정치적 상상력'의 발휘라는 것은 기대하기 쉽지 않은 일이었기 때문이다.

중일전쟁 화보, '총후미담', '전선통신'과 같은 전선 소식을 담은 기사의 게재 등 『소년』은 1939년 1월호부터 전선문학잡지로서의 모습을 재정비, 창간호부터 공공연하게 표방하고 있던 '제국의 잡지'로서의 이미지를 보다 강화해 나간다. 그러나 이와 같은 강력한 '정치성'이 잡지의 전 부분을 지배하고 있지는 못했던 듯하다. 일단 『소년』에서는 창간호부터 최현배의 「재미나는 조선말」란을 개설,[22] 조선어와 관련된 사항들을 어린이들이 읽기 쉽도록 설명하고 있는가 하면, 조선의 전통적 풍속을 설명하는 「이 달의 풍

---

21) 『소년』 1940년 2월호에 '모험실담'이라는 제명 아래 게재된 「남극빙원과 싸우는 소년」에서는 모험에 대해서 "우리가 세상에 나서 있데까지 한번도 시험해 본적이 없는 일, 모험해 본적도 없는 일, 또 한번도 가본 적이 없는 토지에 일정한 계획 밑에서 나가보려는 일같이 상쾌한 작란은 없을 것이다"라고 언급한 후, 이 모험을 즐기는 이야말로 진짜 사나이라고 극찬하고 있다. 그리고 이어서 '신동아 건설'의 중요한 시기에 불굴의 용기와 건강한 신체로 모험에 적극적인 이런 사나이가 진실로 필요하다고 언급, 모험과 제국주의 확장의 긴밀한 연계를 시사하고 있다.
22) 최현배의 「재미있는 조선말」은 중간에 결호는 있었지만 1939년 12월 폐간에 이르기까지 연재되었다.

속」, 조선 속담을 그림과 더불어 풀
이해 둔 「그림 속담집」 등을 연재하
여 독자들에게 조선 문화 전반에 대
해 끊임없이 주의를 환기시키고 있
다. 아울러 일본어 사용의 상용화와
이를 통해 내선일체론을 강화해가던
1930년대 말의 상황 속에서 한글의
창의성을 격찬한 「한글은 가장 큰
발명」23)이란 논설문을 게재하고,
독자 사은품으로 말놀이 글자놀이
딱지인 '속담딱지'와 '자마춤딱지'를
내걸고 있기도 하다.24) 조선의 언
어, 조선의 문화, 조선의 풍습, 말하

아동용 「황국신민의 서사」, 민족문제연구소 소장

자면 '조선'이 소년 독자들에게 지속적으로 환기되고 있었던 것이다.25)

　황국신민화 정책에의 적극적인 편승과 조선적인 것의 재생, 『소년』에서
일어나는 이 균열을 어떻게 이해해야 할까. 전시체제가 강화되어 가던 1939
년에 들어서면서 소학교 교과서에서 점차 동요가 모습을 감추기 시작했음에
도, 박영종, 윤석중, 이원수 등의 동요작가를 영입, 폐간에 이르기까지 동요
를 지속적으로 게재, 동요를 통한 조선어 및 아동교육을 이어간 『소년』의 면
모란 쉽게 간과하기 힘든 부분이다. 규율과 통일, 그리고 전체성을 강조하는

23) 이 글은 『소년』 1940년 1월호에 실려 있다. 의외로 저자가 카-너스라는 외국인으로 되어 있으며 이
　를 김윤환이 번역하고 있다.
24) 『소년』 1940년 1월호 사은품들로 조선어학회출판부에서 발행한 것으로 되어 있다.
25) 이외에도 1937년 7월호에는 조선의 시조들을 모은 이병기의 「그림 시조집」이 게재되고 있다.

동요 「나란이 나란이」26)를 게재하는가 하면, 조선적 풍경의 삽화를 곁들인 동요 「자장노래」를 게재하기도 하는 이율배반적 측면이 『소년』의 편집 구성에서 발견되고 있는 것이다. 『소년』에서 발견되는 이 같은 '조선적인 것의 부활'의 의미를 파악하는 데 있어서 모회사인 조선일보사가 1938년 5월 6일 개최한 '향토예술대회'는 중요한 참조점이 된다.

지령 6천호 발행을 기념하여 조선일보사는 1938년 5월 6일 풍물과 봉산 탈춤, 산대도감, 꼭두각시 등 네 가지 공연으로 이루어진 향토예술대회를 개최한다. 조선일보사에서 밝힌 개최 목적은 '조선의 역사적 전모를 문화적으로 전시하고 그것을 향상 발전시키는 데 일조'하기 위한 것이라는 것.27) 그러나 이 시기 일제가 대동아공영권 형성을 목표로 '동양주의 사관'의 수립에 심혈을 기울이고 있었음을 고려한다면 향토 즉, 조선의 예술, 조선주의에 대한 조선일보사의 관심이 실제로 무엇을 겨냥하고 있었던가는 충분히 짐작할 수 있다. 바로 이 연장선상에 『소년』의 '조선주의'의 의미를 이해할 수 있다. 「그림 속담집」, 「그림 시조집」, 「이달의 풍속」 등 조선적인 것이 창간에서부터 폐간에 이르기까지 지속적으로 실렸던 것에는 이 같은 제국의 정치적 정황이 맞물려 있었다. 그런 점에서 조선주의를 표방했던 조선의 대표적 미술가인 구본웅과 김복진을 주요 필진으로 포진시킨 것 역시 우연의 일치라고 보기는 어려울 듯하다.28)

---

26) 동요 「나란히 나란히」는 『소년』 1939년 3월호에 '체조시간에 부르는 노래'라는 제명 아래 삽화와 더불어 게재되고 있다. 가사를 대략 살펴보면 "나란이 나란이 흰 모자 쓰고, 나란이 나란이 빨강 모자, 나란이 나란이 나란이 하고, 나란이 나란이 마당 한바퀴"로, 통일성, 규율성, 전체성을 교묘히 주입하고 있다.
27) 이상의 내용은 「걸궁의 어느 일순간 동작, 최고의 아름다운 포즈」, 『조선일보』, 1938. 5. 7 참조.
28) 실제로 화가 구본웅과 조각가 김복진은 매호 '성공담', '추억담'과 같은 대다수 잡문을 담당함은 물론, '소년소설'과 '소녀소설' 등 문예란까지 담당하여 창간부터 폐간에 이르기까지 『소년』을 이끌어가고 있었다. 그러나 둘은 '조선주의'를 예술세계의 핵심으로 내세웠다는 점에서 공통점을 지니지만 그것을 정의하는 태도에서 큰 시각차를 드러내고 있었다.

중일전쟁, 국가총동원법 시행, 그리고 태평양전쟁을 앞둔 삼엄한 정황 속에서 『소년』이 '국민정신'의 함양을 그처럼 강력하게 주창하는 한편으로 '조선적인 것'의 가치를 부각시키고 있었던 데는 전술한 바와 같은 대동아공영권 수립을 위한 동양주의 사관의 선전이라는 목적이 깔려 있었다. 그렇다면 『소년』의 조선주의를 이 같은 정치적 맥락 속에서 평가하는 것으로 충분할까. 제한된 틀 안에서나마 마지막까지 '조선어' 사용을 견지하고 '제국의 신민'이 아닌 '조선 소년'의 건강한 육성을 통해 조선의 부활을 꿈꾸었던 힘겨운 노력의 흔적을 읽어낼 수는 없는 것일까. 이 문제를 제대로 검토하기 위해서는 '소년'을 자신의 미술세계의 영원한 지향점으로 설정하여 불굴의 용기로 자신의 운명을 개척해나가는 소년의 모습을 테마로 한 일련의 작품을 발표했던 김복진의 작품 세계를 면밀히 살펴봐야 한다. '외래 제국주의 예술'에 대립되는 "조선역사 그대로의 반영인 조선 미술의 윤곽"[29]을 탐색함으로써 '조선의 부활'을 지향하는 한편, 그 새로운 조선의 원동력으로서의 '소년'의 육성에 심혈을 기울였던 새로운 조선의 건설을 향한 김복진의 열정은 이 시기를 평가하는 중요한 참조점의 하나로 제시될 수 있을 것이다.

『소년』은 1940년 12월호를 마지막으로 폐간된다. 『조선일보』와 『동아일보』가 이미 폐간된 상황이었다. 1940년 9월호부터 유아를 대상으로 한 정치색이 없는 편집 구성을 취하여 생존을 모색하지만 삼엄한 시대 상황 속에서 마침내 폐간의 길을 걸을 수밖에 없었던 것이다. 3년 8개월이라는 기간 동안 『소년』은 중일전쟁, 국가총동원법 시행 등 격변의 상황을 겪으면서 '제국의 소년' 양성에 적극 편승하는 태도를 취하였다. 그러나 매호 다양한 동요 작가를 섭외하여 동요를 창작, 어린이들에게 전파하는가 하면 조선 풍속을

---

29) 김복진, 「조선역사 그대로의 반영인 조선미술의 윤곽」, 『개벽』, 1926. 1, 66쪽.

강조하고 조선어를 마지막까지 견지한 긍정적 면모 역시 찾아볼 수 있다. 물론『소년』에서 발견되는 '조선주의'가 조선적인 것의 견지와 부활을 시종일관하였다고 보기는 어렵다. 오히려『소년』의 조선주의는 대동아공영권 수립을 위한 동양주의 사관의 선전으로 이해하는 편이 보다 정확할 것이다. 그러나 거기에는 삼엄한 시대, 제한된 틀 속에서나마 '조선의 부활'을 견지하고자 했던 소수의 의지 또한 녹아 있었음을 부인할 수는 없다.

「치숙」의 소년은 왜 조선 잡지와 소설을 싫어했을까?

식민지기 조선의 대중은 조선 잡지와 소설을 즐겨 읽었을까. 채만식의 소설 「치숙」은 이 점과 관련하여 흥미로운 단서를 제공한다. 「치숙」에는 이제 겨우 십대 후반인 조선인 소년이 주인공으로 등장한다. 이 소년은 일본 대중잡지 『쇼넨구라부(少年俱樂部)』와 『킹구(King)』의 애독자라고 공언한 뒤, 조선의 신문, 잡지, 소설은 읽지 않는다고 단언한다. 『쇼넨구라부』와 『킹구』는 당시 일본에서 최고의 인기를 누리고 있었다. 『킹구』의 경우 백만 부가 팔렸다고 하니 그 인기를 가늠할 수 있다. 그렇다면 「치숙」의 소년이 조선이 아닌 일본의 잡지와 소설을 선호한 이유는 무엇일까.

답은 단순하다. 우선 한글로 쓴 글은 읽기는 쉽지만 막상 내용을 이해하기가 쉽지 않았다. 또 조선 잡지와 소설은 한자가 많이 섞여 있어서 해독이 어려운 데다, 재미가 없었다. 반면 일본 잡지와 소설은 한자 옆에 '가나(假名)'를 병기하여 읽거나 뜻을 이해하기 쉽고, 무엇보다 재미가 있었다.

「치숙」이 발표된 것이 1937년이니, 십대 후반의 인쇄공인 주인공 소년은 대략 '일한병합' 이후 태어나 일본어가 필수 교과로 들어 있는 근대적 교육을 받은 인물로 볼 수 있다. 이러한 외적 조건으로 본다면 아마도 이 소년은 초등학교 졸업 정도의 교양 수준을 갖추고 유행에 민감한 인물이었으리라 추측해 볼 수 있다. 1930년대 조선 독서 시장에는 소년과 유사한 새로운 독자층이 등장하고 있었다. 실제로 1937년『킹구』는 '독자 위안 1만여 명 당선 현상' 모집을 실시했고, 그해 11월호에 발표된 결과를 보면 당선자 1만여 명 중 조선인이 297명을 차지하였다. 이 숫자는 대만과 중국의 당선자 수를 훌쩍 넘어선 것으로, 조선이『킹구』의 최대 외국 시장이었음을 알게 해 준다. 이와 더불어 1920~30년대 일간지 광고 면에『주부의 친구(主婦の友)』를 비롯한 여러 일본 대중잡지와 시사 종합잡지 광고가 지속적으로 게재된 것으로 미루어『킹구』뿐 아니라 다수의 일본 잡지가 이미 조선 독서 시장을 파고들었음을 짐작할 수 있다.

이처럼 식민지기, 특히 병합 후 20년이 넘어선 1930년대 조선에는 일본어 해독이 가능한 조선인이 적지 않았으며, 일본 문화가 음으로 양으로 사회 전반에 스며들어 있었다. 1931년 당시 5백 쪽 분량에 53전이었던『킹구』의 가격은 34쪽 분량에 5전인 조선 잡지『별건곤』에 비하면 상당히 고가였다. 그러나 「치숙」의 소년이 말하듯 과월호를 살 경우엔 가격이 무척 저렴해지기 때문에 약간의 시차만 감수한다면 조선 대중은 그다지 어렵지 않게 재미있는 일본 잡지를 사 볼 수 있었다. 한자가 섞여 읽기 어려울 뿐 아니라 난해한 시사적 내용이 곁들여진『별건곤』과 읽기 편하고 컬러 화보에 볼 것이 많은『킹구』, 초등학교 졸업 수준에 일본어 해독이 가능한 조선 독자가 둘 중 어느 쪽을 선택했을지 답은 어렵지 않게 나온다.

여기서 조선 잡지나 소설에 대한 「치숙」 주인공 소년의 조롱 섞인 비난을 다시 주목할 필요가 있다. 표현이 과잉되고 사고가 편협하기는 하지만, 소년의 언급은 식민지기 조선 대중문학뿐 아니라 근대문학의 본질적 한계와 관련한 중요한 문제점 몇 가지를 시사한다. 첫째, 1937년 무렵에도 조선에는 언문일치가 제대로 확립되어 있지 않았다. 둘째, 조선의 대중잡지나 소설에는 근본적으로 갖추어야 할 '재미'의 요소가 제대로 반영되지 않아 대중성이 결여되어 있었다. 셋째, 일본 대중잡지를 비롯한 일본 대중문화가 조선에 유입되어 조선 독서시장을 장악하고 있었다. 사실 이러한 문제는 굳이 대중소설이나 잡지가 아니더라도 근대 소설을 이끈 작가들이 창작 과정에서 공통적으로 봉착한 딜레마이기도 했다.

식민지기 최고의 야담가이자 대중소설 작가였던 윤백남은 「치숙」이 발표되기 10년 전인 1920년대 중반에 이미 한자와 한글로 이원화된 조선의 언어적 상황, 즉 언문일치의 미확립 문제를 지적한 바 있다. 그러나 1930년대에도 한문현토체로 된 이보상의 『임경업전』과 윤백남의 한글 역사소설이 신문 지면을 채우고 있었던 것을 보면, 식민지 말기까지 언문일치 미확립 문제는 해결되지 않았음을 알 수 있다. 뿐만 아니라 신문의 사회면이나 정치면은 물론 대중적 성향을 띤 잡지에서조차 시사적인 기사는 한자가 병기되어 있었다. 김동성이 탐정소설 '셜록 홈즈' 시리즈를 번역하면서 언문일치를 본격적으로 시도한 지 20년이 지난 시점이었지만 조선에서 언문일치는 여전히 온전히 확립되지 않았던 것이다.

문제는 '언어적 상황'의 한계에만 국한되지 않았다. 일반 대중이 원하는 '재미'를 쫓기에는 식민지 대중문학이 처한 상황이 너무나 정치적이었고, 이 점 역시 또 다른 한계였다. 예를 들어 1930년대 조선일보사에서 발행한 잡지 『소년』의 경우 한편으로는 조선의 자립을 위해 근대적 지식 보급에 주력하였지만, 다른 한편으로는 잡지 자체의 존립을 위해 제국의 이데올로기를 지지하였다. 이러한 이율배반성이 식민지 조선 대중문학 전반을 지배하고 있었다. 조선 대중의 계몽과 제국을 위한 성전(聖戰)의 지지라는 양립할 수 모순적 지향 때문에 사랑조차 정치화한 식민지 대중 연애소설의 운명은 식민지 대중문학이 공통적으로 마주할 수밖에 없었던 귀결이었다. 식민지기 조선에서는 이처럼 정치적 상황으로 인해 대중문학이 본연의 가벼움을 잃고 한없이 무거워지고 있었다. 상업성을 지향하고 가벼운 '재미'로 무장한 일본의 대중잡지와 대중소설이 그 틈을 파고들면서 조선 대중문학 시장은 복잡한 양상을 띠었다.

1930년대 조선의 대중은 이처럼 언어의 벽뿐 아니라 국경의 벽이 소멸되어 일본 문화가 조선 문화를 장악해 가는 시대를 살고 있었다. 그러므로 일본 문화에 깊게 경도된 「치숙」의 소년은 1930년대 조선 신세대의 일반적인 모습이었다고 볼 수 있다. 1930년대 조선에는 한문 소설을 즐겨 읽고 유교 이데올로기에 젖은 구지식인층, 한글 해독만 가능한 일군의 독자, 그리고 일본 문화에 익숙하고 일본화한 젊은 신세대가 함께 존재했다. 독자, 언어, 문화의 측면에서 다양한 상황이 뒤섞여 있었던 것이다. 오늘날 우리가 인정하기 쉽지 않지만 식민지기 동안 조선과 일본은 사실상 하나의 나라였다. 국경이 소멸되고 문화의 동질화와 언어의 공용화가 도모되었기에 조선과 일본은 서로 강하게 연결되어 있었다. 수많은 조선 작가가 일본을 통해 서구 근대문학을 수용하였고, 일본 근대문학의 영향 아래 조선 근대문학이 성립되었다. 또한 김소운과 같은 조선 문학인들이 일본 작가들에게 조선 민요를 소개하고 적지 않은 일본 작가들이 조선을 방문하여 문학적 영감을 받는 등, 조선 문학과 문화 역시 일본 문화와 문학에 영향을 끼쳤다. 대중문학 작가나 출판인들은 바로 이런 시기를 살고 있는 조선의 대중을 독자 대상으로 움직였다.

이런 시대를 하나의 시각과 틀로 섣불리 규정하는 것은 위험한 일이다.

식민지기 조선의 대중문학을 이해하기 위해서는 조선의 대중과 대중문화를 넘어 동시기 일본의 대중과 대중문화의 영향까지 포괄하는 다면적이고도 정치한 접근이 이루어져야 한다. 여기에는 식민지기 조선 대중이 즐겨 읽었던 다양한 서구 번역소설에 대한 검토까지도 포함된다. 대다수가 일본어 번역의 중역(重譯)이었던 서구 번역소설이 조선어로 번역되는 과정에서 발견되는 다양한 변화 과정에 대한 면밀한 연구는 식민지기 조선의 근대성, 대중문학을 포함한 조선 문학 전반의 근대성을 재는 척도가 될 수도 있기 때문이다. 아울러 번역자 대부분이 작가들이었던 만큼 번역 과정에서 발견되는 문체의 변화에 대한 검토는 근대적 문체 형성, 나아가 언문일치 성립을 이해하는 중요한 근거가 될 수 있다. 이처럼 식민지기의 삶과 문학에 대한 총체적 접근이 이루어질 때 비로소 식민지기 조선 대중문학의 복잡한 흐름을 파악할 수 있을 것이다.

참고문헌

1. 기본자료

『개벽』, 『과학조선』, 『대동아』, 『동아일보』, 『동양지광』, 『매일신보』, 『박문』, 『半島の光』, 『별건곤』, 『삼천리』, 『소년』, 『소년중앙』, 『시대일보』, 『시조』, 『신가정』, 『신동아』, 『신시대』, 『신여성』, 『어린이』, 『女性』, 『월간매신』, 『조광』, 『조선일보』, 『조선중앙일보』, 『朝鮮之圖書館』, 『중앙』, 『청년조선』, 『학생』, 『호외』, 『황성신문』, 『キング』, 『大阪每日新聞』

『김동인전집』, 삼중당, 1976

『김유정전집』, 한림대학출판부, 1987

『김팔봉전집』, 문학과 지성사, 1988

『채만식전집』, 창작과비평사, 1989

『이광수전집』, 삼중당, 1963

『채만식전집』, 창작과비평사, 1989

2. 논문 및 저서

강옥희, 『1930년대 후반 대중소설연구』, 상명대학교 대학원, 1998

강옥희·이순진, 『식민지 시대 대중예술인 사전』, 소도, 2006

곽형덕, 「마해송의 체일시절」, 『현대문학의 연구』, 2007

김가현, 『김동성의 신문만화 및 만화이론에 관한 연구』, 성균관대학교대학원, 2002

김근수, 『한국잡지사연구』, 한국학연구사, 1999

김내성, 『마인魔人』, 판타스틱, 2009

김내성, 『紅髮레드메인一家』, 조광사, 1940

김동성 지음, 황호덕·김희진 옮김, 『조선청년, 100년 전 뉴욕을 거닐다』, 현실문화, 2015

김미영, 「일제하 조선일보의 성병관련 담론연구」, 『정신문화연구』, 2006. 여름

김승태, 『한국기독교와 역사』, 2006

김영희, 「일제시대 한국인의 신문접촉경향」, 『한국언론학보』, 2001

김을한, 『千里駒 金東成』, 을유문화사, 1981

김종수, 「일제 식민지 문학서적의 근대적 위상—박문서관의 활동을 중심으로」, 『우리어문연구』, 2011

김종수, 「일제 식민지 근대 출판시장에서 이광수의 위상」, 『한국문화』, 2010

김진량, 「근대잡지 별건곤의 취미담론과 특성, 어문학」, 『한국어문학회』, 2005. 8

김진형, 『해방이전 한국감리교회 선교학교의 발전과 교회사적 위치연구』, 호서대학교, 2006

김희정, 「別乾坤을 중심으로 본 신여성의 복장에 관한 연구」, 『복식문화연구』, 복식문화연구회, 2004

나가미네 시게토시, 다지마 데쓰오・송태욱 옮김, 『독서국민의 탄생』, 푸른역사, 2010

대중서사장르연구회, 『대중서사장르의 모든 것』 2, 이론과 실천, 2009

대중서사장르연구회, 『대중서사장르의 모든 것』 3, 이론과 실천, 2011

마루야마 마사오 지음, 김석근 옮김, 『현대정치의 사상과 행동』, 한길그레이트북스, 1997

박기성, 『한국방송총람』, 나남, 1990

박진영, 「개성청년과 함께한 백년의 타임슬립」, 『반교어문』, 2015

박진영, 「천리구 김동성과 샬록홈즈번역의 역사」, 『상허학보』, 2009

박진영, 『번역과 번안의 시대』, 소명, 2011

방송문화진흥위편, 『한국방송총람』, 나남, 1991

백두산, 『윤백남선집』, 현대문학, 2013

변은진, 『일제파시즘기(1937-45) 조선민중의 현실인식과 저항』, 고려대학교대학원, 1998

서울대학교 동아문화연구소 편, 『國語國文學事典』, 신구문화사, 1973

서재길, 「JODK경성방송국의 설립과 초기의 연예방송」, 『서울학연구』, 2006

신춘자, 「기독교와 박계주의〈순애보〉연구」, 『새국어교육』, 한국국어교육학회, 2009

쓰가와 이즈미, 김재홍 옮김, 『JODK, 사라진 호출부호』, 2004

아서 코난 도일, 백영미 옮김, 『셜록 홈즈의 모험』, 황금가지, 2002

아서 코난 도일, 백영미 옮김, 『주홍색연구』, 황금가지, 2002

안영희, 「한일 근대의 소설문체」, 『일본어문학』, 2007

여박동, 「조선총독부중추원의 조직과 조사편찬사업에 관한 연구」, 『일본학연보』, 1992

오혜진, 『대중 비속한 취미 추리에 빠지다』, 소명출판, 2013

吉見俊哉, 송태욱 옮김, 『소리의 자본주의—전화 라디오 축음기의 사회사』, 이매진, 2005

유성룡·이재호 옮김, 『국역정본 징비록』, 역사의 아침, 2007

유춘동, 『수호전의 국내수용양상과 한글번역본 연구』, 연세대학교 대학원, 2012

윤덕영, 「1920년대 중반 일본 정계 변화와 조선총독부 자치정책의 한계」, 『한국독립운동사연구』, 제37집, 2010

윤소영·홍선영 외 옮김, 『일본잡지 모던일본과 조선 1939』, 어문학사, 2007

윤소영·홍선영 외 옮김, 『일본잡지 모던일본과 조선 1940』, 어문학사, 2009

이경돈, 「이광수와 근대우화의 소설적 전유」, 『현대소설연구』, 2007

이대형, 「'매일신보'에 연재된 한문현토소설 '춘도기우'와 작자 이보상」, 『민족문학사연구』, 2012

이동욱, 『민족계몽의 초석 방응모』, 지구촌, 1988

이병담, 「일본昭和期 국민육성연구」, 『일본문화학보』, 2005

이상우, 「식민지 시대 김옥균의 문화적 재현과 그 의미」, 『한민족어문학』, 2011

이여추, 「〈수호전〉과 〈홍길동전〉의 비교연구」, 『아시아문화연구』, 가천대학교 아시아문화연구소, 2008

이영미·강옥희, 『딱지본 대중소설의 발견』, 민속원, 2009

이영미·최애순,『김내성연구』, 소명출판, 2011

이용창,『동학, 천도교단의 민회설립운동과 정치세력화연구(1896−1906)』, 중앙
　대학교대학원, 2005

이종호,「출판신체제의 성립과 조선문단의 사정」,『사이』, 2009

이태훈,「1920년대 전반기 일제의 '문화정치'와 부르조아 정치세력의 대응」,『역
　사와 현실』, 47호, 2003

이태훈,「민족개념의 역사적 전개과정과 그것이 의미하는 것」,『역사비평』, 2012. 봄

임영천,「이용도와 한국문학과의 관계연구」,『인문과학연구』, 조선대인문과학연
　구소, 1989

전상숙,「1920년대 사이토오총독의 조선통치관과 '내지연장주의'」,『담론』, 2008. 11

정진석,『역사와 언론인』, 커뮤니케이션북스, 2001

정진석,『한국언론사』, 나남, 1990

정혜영,『탐정문학의 영역』, 역락, 2011

정혜영,『환영의 근대문학』, 2005

조선일보 반대 시민연대,『왜? 조선일보인가』, 인물과사상사, 2000

조선일보사,『조선일보 60년사』, 1980

조선일보사,『조선일보역사 단숨에 읽기』, 2004

진영복,「〈순애보〉의 자기 소멸을 통한 주체화 방식」,『어문론총』, 2006

천정환,『근대의 책읽기』, 푸른역사, 2014

천정환,『대중지성의 시대』, 푸른역사, 2008

최미리,『일제말기식민지지배정책연구』, 국학자료원, 1997

최수일,「'조광'을 어떻게 연구할 것인가」,『민족문학사연구』, 2010

최수일,「잡지 '조광'을 통해 본 광고의 위상변화」,『상허학보』, 2011

최수일,「'조광'에 대한 서지적 고찰」,『민족문학사연구』, 2012

최수일,「잡지 '조광'의 목차, 독법, 세계관」,『상허학보』, 2014

최애순,『조선의 탐정을 탐정하다』, 소명출판, 2011

최열,「1920년대 민족만화운동」,『역사비평』, 1988

하동호, 「조광 서지분석」, 『동양학보』, 단국대학교 동양학연구소, 1986

한만송, 「침략전쟁을 위한 군사기지로 변한 '부평 조병창'」, 『시사인천』, 2006. 7. 5

홍정선, 『역사적 삶과 비평』, 문학과지성사, 1985

황현, 『매천야록』, 두산동아, 2010

후지타 쇼조 지음, 김석근 옮김, 『천황제국가의 지배원리』, 논형, 2009

Conan Doyle, *A Study in Scarlet*, Ward, Lock & Bowen, 1893

Dong Sung Kim of Korea, *Oriental Impressions In America*, The Abingdon
    Press, Cincinnati, Ohio, 1916

Jones, Edgar, and Wessely, Simon, *Shell Shock to Ptsd*, Hove. New York,
    2005

Phillpotts, Eden, *The Red Redmayne*, Macmillan, 1922

「軍事可能研究に１６大学応募　東工大や岡山大　防衛省が費用支給」, 『共同通信』, 2015.
    9. 24.

『二葉亭四迷全集』第9卷, 岩波書店, 1964

高橋修, 『明治の翻訳ディスクール』, ひつじ書房, 2015

権田萬治, 新保博多 監修, 『日本ミステリ事典』, 新潮社, 2000

南富鎭, 『文學の植民地主義』, 世界思想社, 2006

南富鎭, 『翻訳の文化/文化の翻訳』, 靜岡大学人文学部翻訳文化研究会, 2006

內田隆三, 『探偵小説の社会学』, 岩波書店, 2001

大村彦次郎, 『時代小說盛衰史』, 築摩書房, 2005

柳父 章, 『日本語の思想』, 法正大学出版部, 2004

木村毅, 『大衆文學十六講』, 橘書店, 1936

尾崎秀樹, 『大衆文學』, 紀伊國屋書店, 1964

柄谷行人, 『日本近代文学の起源』, 岩波書店, 2002

山邊建太郎, 「甲申日錄硏究」, 『朝鮮學報』, 17號, 天理大學朝鮮學會, 1960

小森陽一, 『構造としての語り』, 新曜社, 1988

松田薰, 『血液型と性格の社会史』, 河出書房新社, 1991

安藤宏,『近代小説の表現機構』, 岩波書店, 2012

永田英明,「東北帝国大学の「学徒出陣」」,『東北大学史料館だより』, 東北大学史料館, 2005. 12

李光洙,『愛』,モダン日本社, 1940

井上良夫,『赤毛のレドメイン一家』, 柳香書院, 1935

佐藤卓己,『キングの時代』, 岩波書店, 2002

中島河太郎,『推理小説展望』, 双葉社, 1965

横田順彌,『近代日本奇想小説史入門編』,ピラ一ルプレス, 2012

대중문학의 탄생: 식민지기 한국 대중소설 연구

초판 1쇄 펴낸 날 2016년 5월 20일

지은이 | 정혜영
펴낸이 | 김삼수
편 집 | 신중식·김소라
디자인 | 권대흥

펴낸곳 | 아모르문디
등 록 | 제313-2005-00087호
주 소 | 서울시 마포구 월드컵북로12길 20 보영빌딩 6층
전 화 | 0505-306-3336 팩 스 | 0505-303-3334
이메일 | amormundi1@daum.net

ⓒ 정혜영, 2016 Printed in Seoul, Korea

ISBN 978-89-92448-43-7   93810

※ 이 도서의 국립중앙도서관 출판예정도서목록(CIP)은 서지정보유통지원시스템 홈
페이지(http://seoji.nl.go.kr)와 국가자료공동목록시스템(http://www.nl.go.kr/kolisnet)
에서 이용하실 수 있습니다.(CIP제어번호: CIP2016007078)